［美］妮可·拉波特 著　薛亮　刘建周 译

Nicole LaPorte

进名校

名校录取舞弊内幕

Guilty Admissions

The Bribes, Favors, and Phonies behind
the College Cheating Scandal

北京联合出版公司
Beijing United Publishing Co.,Ltd.

目 录

第一章　大学梦魇　/　3

第二章　那个人物　/　27

第三章　打破藩篱　/　45

第四章　幼儿入学躁狂症　/　66

第五章　欢迎来到黄金海岸　/　86

第六章　体育人脉　/　102

第七章　特洛伊的陷落　/　124

第八章　巴克利蓝调　/　150

第九章　不要作弊　/　173

第十章　指定分数　/　190

第十一章　莫斯的宝贝　/　207

第十二章　波士顿摊牌　/　231

作者手记　/　249

致谢　/　257

注释　/　260

有权势者不应错用其权。
幸运之时也不应当认为自己会永远走运。

——欧里庇得斯（镌刻在南加州大学赫卡柏雕像之上）

第一章　大学梦魇

2016年一个秋日的傍晚，作家兼《纽约时报》专栏作家弗兰克·布鲁尼登上了位于洛杉矶的哈佛西湖中学大礼堂的讲台。布鲁尼来到的这所精英学校被其前辈自豪地称作"查尔斯河以西领先的预科学校"，他来此的目的是宣讲自己创作的《去哪里读书不代表你会成为什么人》（*Where You Go Is Not Who You'll Be*）一书。该演讲是学校年度"四年级[1]大学之夜"的一部分，四年级学生的家长们聚集在一起，揭秘玄妙又时常令人焦躁的申请大学程序。

哈佛西湖的高中校园坐落在崎岖不平的冷水峡谷山麓，隐藏在城市的森林角落。在这里，豪华越野车从蜿蜒曲折的林间道路上进入一条条分岔小径，小径的尽头处，有建于20世纪中叶的建筑杰作点缀其间。这些建筑或建在山腰，或靠30米高的柱子倚着山腰。在这里，自然与财富浑然一体，在一种难得的和谐中相得益彰。但有梦想，皆可建筑，泥石流和地心引力都不成问题。哈佛西湖校区位于峡谷脚下不太险峻的地方，给这片独具特色的洛杉矶郊区风景带来了古朴之风。这所学校的前身是哈佛男校，于1937年搬迁于此，带来一座独具特色的都铎式小教堂，沿

---

[1] 美国高中一般为四年制（即美国十二年教育制度中的九年级至十二年级），高中四年级学生相当于中国的高三学生，本书对于美国高中年级的表述遵循其习惯，采用一年级至四年级的译法，在此提醒读者勿与国内的情况混淆。——编注（除非特别标注，本书脚注均为编注）

用了英国拉格比公学小教堂的风格。哈佛男校的创始人1914年建造了小教堂当时的版本，当学校从城市的另一个地区迁移到冷水峡谷时，这一庇护所被拆成十六块，跨越城镇运至此地。小教堂仍然骄傲地矗立着，彰显着哈佛西湖与那些远在东部的贵族预科学校之间的志同道合。

如果哈佛西湖最初的作用是白人新教男性的精修学校——他们吃纽堡龙虾[1]，偶尔还能瞥见克拉克·盖博[2]骑马在校园小跑——那么时至今日，这所学校已被认为是21世纪成功的火箭发射器，它的生源即使在经济上没那么多样化，在族裔肤色上也已经多元化了。一位洛杉矶的家长声称："这是终极的保险杠贴纸学校。"盖蒂、费尔班克斯和吉伦哈尔家族里都有人从哈佛西湖获得过毕业文凭，其漂亮的红屋顶校园被一些人称为"迷你斯坦福"。

这种比较超出了两者之间的外观相似性。哈佛西湖骄傲地信奉严谨行事和拼命工作的理念，在这方面超越洛杉矶其他任何一所学校。有些人将之看作一家公司，而不是一个高中教育场所。这所学校的最高管理者除了这个区域其他私立学校俗称的"校长"称号之外，还带着总裁头衔。学生们晚上要做数小时的家庭作业，熬夜苦读大学水平的文学理论和微观经济学课程，然后嘲笑镇上诸如十字街学校等更开明的学校，因为那里没有大学预修课程，学术也只被认为是整体学业的一部分。直到最近，哈佛西湖的午餐时间都还不是强制要求，这意味着为了持续进取，许多孩子会匆忙进食。哈佛西湖学生的家长将学校的气质描述为"打鸡血A型"[3]"每个人都在和其他人竞争，所有人都立志要赢"。

布鲁尼的演讲是学校安抚大家紧张神经的一部分，并传达这样的信息：赢得胜利实际上并不是人生的全部，特别是在入读大学这方面。毕竟，他的书驳斥了"人生的成功有赖于常春藤盟校学位"这种观念。如

---

1 纽堡龙虾，一种利用奶油浓酱和雪莉酒调味的龙虾菜肴。
2 克拉克·盖博，美国演员，主要作品有《一夜风流》《乱世佳人》《叛舰喋血记》等。——译注
3 "A型"在英语中一般用来形容人，此类人的特点是好胜、追求完美和拥有紧迫感。

果你的孩子没有进入普林斯顿会怎样？他的研究证明，许多取得巨大成功的人，比如美国前国务卿赖斯、星巴克前CEO霍华德·舒尔茨和沃尔玛CEO董明伦等，没有常春藤高校文凭，依然做得很出色。那天晚上，他告诉听众，无论孩子们将来去哪里读书，重要的是人生经历，还有他们的家庭、私人关系以及他们所投身的社区。在塑造身份和自我意识方面，所有这些都比印有一所名校名字的运动衫更为重要。

这种信息在某些地方可能会被接纳和推崇，在那里把孩子送到一所"改变人生的大学"——这个说法来自《纽约时报》前教育编辑洛伦·波普，它描绘的是那类启迪智慧却默默无闻的大学，比如古彻学院或霍普学院[1]——会被认为是合理的建议。但哈佛西湖不是这样的地方，这里每年的学费是39700美元，其中就读的学生大多是该市顶级娱乐公司高管、律师和商业巨头的孩子。

正如当晚出席的一位家长所说："在座的所有人都想着，我一年付4万美元学费，我的孩子拼命地在学习，付出这么多努力可不是为了考华盛顿大学这种'很棒的地方'。孩子必须、必须、必须考上哈佛。考不上的话，普林斯顿勉强也凑合。"

这种主导了洛杉矶精英教育界的思想，解释了为什么这座城市是2019年3月爆发的"校队蓝调"丑闻（Varsity Blues scandal）的震中，也能解释家长为什么在这里如此容易上当受骗。这场"美国史上最大的高校录取骗局"由威廉·"里克"·辛格一手策划，他是独立大学顾问，居住在加利福尼亚州（以下简称"加州"）洛杉矶南面的纽波特海滩，通过贿赂和伪造体育特长生身份，把学生们送进耶鲁大学、乔治城大学和南加州大学等高校。迄今已有40位家长遭到刑事诉讼，包括女演员费莉西蒂·霍夫曼和洛丽·路格林，后者花了50万美元让她两个女儿假扮成体育特长生被南加州大学录取，后来在全美引起轰动。

---

[1] 古彻学院（Goucher College）和霍普学院（Hope College）两所院校均是建立于19世纪的美国私立文理学院，这类"改变人生的大学"（Colleges That Change Lives）通常入学申请竞争并不激烈，但被认为能提供与更难申请的学校同样好的教育。

哈佛西湖没有受到"校队蓝调"丑闻的法律牵连，但该校杰出的家长们聘用辛格提供（合法）服务，并将他推荐给其他人。确实，该校以及南加州（被起诉的家长里有十多位居住于此）其他一些顶级私立学校提供了一面透镜，人们可以从中管窥这个国家最富有、最有特权的阶层围绕大学录取形成的文化现象。通过对这种文化抽丝剥茧，人们会慢慢理解许多家长为什么竭尽所能，冒着如此大的风险，包括入狱的刑罚，也要让他们的孩子进入心仪的大学。

具体来说，洛杉矶是巨大财富与巨大野心相互碰撞的缩影，被无耻的商业交易态度裹挟着——教育行业也不例外。这毕竟是一个可以借助金钱来获取升级服务或 VIP 体验的地方，也是一个总能找到办法磨出更理想的交易点的地方。实际上，"无忧付酬"[1]是一项被广泛接受的合同规定。"洛杉矶赏识这种游戏规则，"一位私立学校前管理者说，"他们总的观点就是'让我们尽力做到最好，让我们试着找出破局点在哪儿'。他们在每件事情上都这样做，在谈判电影合同时这样做，在试图扩建自己用来炫耀的房子时也这样做。一切都能从交易的角度思考。"

在洛杉矶顶尖的私立中学，父母的游戏就是让他们的孩子进入顶尖大学。他们用处理其他一切事情的方式来解决这个问题：通过赢得重要人物的支持，比如校长和学校董事会成员。他们用广开支票来获得影响力。许多人认为，足够大的一笔捐款将会让孩子进入校董的注意范围，当开始申请大学时，这些级别较高的校董成员会翻找自己的通讯录，与家长通话商量孩子的事情。一份得体的礼物也可以换来学校校长的私人鸡尾酒会邀请函，这样的夜晚会在大学申请季到来时发挥作用。昂贵的礼物（iPad、巴黎旅行）让老师们应接不暇，私人投球教练会被聘请与学校的棒球队合作，所有这些全都是为了彰显哪些父母有 VIP 身份，哪些子女将会在大学申请季得到特别关照。

与此同时，精英学校也参与其中，孩子们一旦被录取，家长们就会

---

[1] 无忧付酬（pay or play），一般指影视业中制片方承诺演员一定会支付协商好的酬劳，无论是否最终需要付出劳动，也无论项目是否按计划进行。

被要求贡献"捐赠"和其他"慷慨"之举。在哈佛西湖（就像洛杉矶大多数私立学校一样），每个家庭都会收到要求每年捐款的信函，学校指出其必要性，用来提供所有优质的服务和资源（以及为学生提供助学金），通常还会指定期望的捐款金额。这种系统的筹款使得哈佛西湖成了年度受捐榜上的领跑者，每年收到近1000万美元。根据美国国税局的文件，该校的资产价值为4.19亿美元，2019年的收入为1.16亿美元。

向学校捐款的做法是"校队蓝调"案的关键要素。在某些案件中，作为计划的一部分，里克·辛格让父母们向孩子申请的大学开出支票，这笔钱流向了在这起罪行中被指控的教练和管理者监管的基金。受到指控的家长们声称他们的付款只是捐款，而非贿赂。一位家长告诉我，辛格提出捐款的想法似乎不足为奇。"自从我们的孩子进入小学以来，我们一直在给学校开支票。"此人说道。

像哈佛西湖这样的学校"并没有掩盖一个事实，即他们想从尽可能多的人那里筹集尽可能多的钱"，哈佛西湖的一位家长说。"像其他任何组织一样，他们一直在说学费不足以提供你想要的一切，所以我们需要年度捐款。捐款马上开始，真的，就从你收到录取通知书的那一刻开始。"

"许多人会尽力在收到捐款邀请信之前就进行年度捐赠。"这位家长补充说。如果他们的捐赠低于要求额度的话，他们就会冒看起来没有按照预期去做的风险。

对这些"慷慨"行为的公开赞誉会以学校年度报告的形式出现，报告会发送给社区，并视不同的慷慨程度组织家庭进入不同的精英圈。进入院长圈子的家长做出的贡献在3500至7499美元之间，进校领导层圈子的支付金额在25000美元至49999美元之间，进那些受到大肆吹嘘的元老级别的圈子需要捐款超过10万美元。重要提示：每年捐款7500美元以上的人都会获得邀请参加一年一度的校长招待会。

不太明显的募捐以所谓的"派对预订"（Party Books）形式开展，这类活动由家长组织、主持，并为此支付费用。活动全年都会举办，地点通常是富有家长的家中：他们能为其他数十位家长提供专业的派对酒席或私人威士忌品酒会，当然还有代客泊车服务。出售活动门票筹集的资金全都归学校所有，这使得派对预订成了一种轻松高效的筹款工具。"他们为这所学校提供了一小笔可观的收入，而学校基本上什么都不用做。"《手册之外：洛杉矶私立小学内幕人士指南》（Beyond the Brochure: An Insider's Guide to Private Elementary Schools in Los Angeles）的合著者克里斯蒂娜·西蒙说。

派对预订是炫耀财富和影响力的一种方式，还能在一所学校里广开门路。校方通常会与最重要的家长接洽，让他们慷慨解囊。哈佛西湖最近的派对预订名单阵容听起来像好莱坞的红毯秀场：由两位烹饪大师、洛杉矶餐厅主厨乔恩·舒克和文尼·多托洛掌勺（两人经营着明星餐厅"动物"和"三兄弟"），在威尔·法瑞尔及其妻子维韦卡·宝琳-法瑞尔家中举办的晚宴（门票300美元）；沃尔夫冈·普克在米其林餐厅Spago举办的私人晚宴（门票500美元）；在NBC环球CEO杰夫·谢尔家中的电影放映和用餐活动（门票500美元）；以及由Il Pastaio的大厨兼共同所有者贾科米诺·德拉戈在该餐厅主办的松露晚宴（门票500美元）。

当派对预订的参加人名单拉长时，家长们会争先恐后地报名，以免被降级到可怕的候补名单，同时也担心他们实际上会在这些最重要的晚会上认识多少人。对于主办者来说也会有压力。一位身为电影公司高管的家长，原计划在派对预订活动上放映其公司出品的电影。然而有消息说这部电影索然无味，结果活动竟然没有人报名参加，这在派对预订网站上一目了然，于是这位高管被迫取消了活动。

派对预订活动助长了洛杉矶私立学校的攀比文化，包括能够放言自己的孩子将上一所名牌大学的压力。一些孩子则对派对预订活动十分害怕，他们知道自己的未来将在餐前饭后被评头论足，他们恳求父母不去参加；而他们的父母确切地知道将要面临的情况。一位父亲将其称为"焦虑的熔炉。家长们在此相聚，谈论他们的孩子要去的大学。在大家各自回家的路上，会有很多类似的吐槽：'你能相信那个蠢孩子考上××大学了吗？'"

然后是盛大的筹款活动，在那里物品和体验会被拍卖，比如周末去另一位家长在斐济岛边上的私人岛屿度假的价码是5万美元，用于接送的VIP停车位费用则可能价值3万美元。"我们刚买了筹款盛会的门票，但不确定是否要去。"一位孩子在巴克利学校就读的家长说，"你要没完没了地开支票。我感觉这在某种程度上就是个骗局，我不知道将从中获得什么。他们会给予（我的孩子）特殊关照吗？他们会为他打电话争取吗？"她还没有问过，却继续一边开着支票，一边假定并祈祷有某种因果关系正在发挥作用。

事情一切顺利……直到无功而返。当孩子收信得知自己在候补名单中，或是被心仪的高校完全拒绝时，闹剧就开场了（娱乐业确实有这种"会哭的孩子有奶吃"的文化惯例）。甚至在此之前闹剧就会开始：如果学生在高中课程中获得B——这在当今无情的大学录取环境中，意味着他将无缘常春藤盟校——那么家长就会去找老师甚至校长喊冤，然后尽其所能把评价改过来。家长（即学校的客户）不开心的故事数不胜数。有位父亲在孩子没有进入心仪的大学时，威胁起诉一所私立中学。有些家长发起活动要求解雇指导顾问，因为他没有让孩子们获得父母们认为足够好的大学录取结果。还有位教导主任在圣诞节休息期间接到电话，被要求做些什么，因为有位学生由于没有被心仪大学提前录取[1]而把自己锁在房间里。这位主任必须为此打一些电话——就现在。

"人们认为这是一种服务，"《大西洋月刊》作家凯特琳·弗拉纳根说，20世纪90年代，她曾在哈佛西湖担任指导顾问，"就好像他们现在乘坐的是飞机头等舱。不是商务舱，不是经济舱，是头等舱。他们想要最好的咖啡、最好的鸡尾酒、最好的甜点。问题是当大学顾问过来时，他们的孩子可能会被送回到后排靠近洗手间的位置。父母们怒火中烧！我付了头等舱的钱，为什么我的孩子坐在拥挤不堪的厕所旁边？"

---

[1] 提前录取（Early Decision，简称ED）是美国大学的录取方式之一。美国大学录取共有三种形式：提前录取（ED，具有约束力的提前录取）、提前行动（Early Action，简称EA，不具约束力）和常规录取（Regular Decision，简称RD）——译注

弗拉纳根回忆起,有一次,一位父亲在儿子被耶鲁拒绝后出现在她的办公室里。这位父亲是耶鲁大学校友,他的大儿子也进了耶鲁。他因为二儿子没有延续这种传统而怒不可遏。"这位父亲尖叫着说:'轮到他去耶鲁了!'"弗拉纳根边笑边说,"我当时想,嗯,我不认为耶鲁有排位制。"

弗拉纳根很快就了解到,就像她在《大西洋月刊》上直截了当地写的那样,哈佛西湖"出色的大学录取成绩并非优秀教学的简单产物,而是家长通过运作得到的最终结果,这种运作的乖张之甚堪比日本海军轰炸珍珠港"。

直到最近,这些运作还是十拿九稳的策略。凭借精心谋划和关系与金钱交织的火力支援,特权阶层几乎能保证自己的后代进入一所顶尖大学(尽管也有不高兴的耶鲁老爸)。这些名校的校友后代,以及可以开出丰厚支票捐助大学,或为学校扩建图书馆的家长的孩子,几乎肯定会被护送进入这些大学。某所常春藤联盟学校的一名前招生官说,这些"带标签"申请者的录取率高达60%(相比之下,学校对普通申请人的录取率不到10%)。"带标签"的学生包括发展案例(有先前捐赠或潜在捐赠可能的家长的孩子)、政治案例(由政客或极有影响力的社区成员推荐的学生)、VIP案例(名流子女)、信托案例(信托委员会成员推荐的孩子),以及相对比例较小的校友后代和员工子女。至于被招募的运动员,此人表示,录取率可以高达100%。

带标签的孩子通常可以利用取之不尽的备考服务和家教,以帮助改善他们的申请材料和成绩单,从而让他们与不太富有的申请学生进一步拉开距离。这种偏袒制度还远远没有消亡。然而,在与洛杉矶精英学校的数十名家长交谈时——其中的一些学校如巴克利学校、玛丽蒙特高中、罗耀拉中学、马尔伯勒学校、坎贝尔霍尔学校和布伦特伍德学校等,有学生的家长在"校队蓝调"丑闻中受到了指控——很明显能够感觉到,在提及让孩子进入大学的问题时,上流社会已经出现了无法掩饰的焦虑感。让家长们沮丧的是,一种之前虽不公平但终归能被操纵的制度(当然没人相信大学录取自称的贤能制),现在已经变得既不透明又不可知。

其中的原因很明了:申请大学的学生越来越多,大学的新生人数却没有增长,因此大学录取率直线下降。斯坦福大学现在的录取率很低,只有4%,以至于校方都懒得公布了。与此同时,大学已将招募更多的第一代大学生[1]和未被充分代表(underpresented)的少数族裔学生作为优先事项,以便更好地反映国家的人口统计版图。多元文化"开放日"计划[2]如今成了必备活动,其中来自低收入和少数族裔家庭的优秀高中生涌入学校,开展校园之旅。这一转变使得特权父母们陷入困境,担心来自训练有素的中学、誉满全身的自家白人孩子,在招生人员眼里已经变得有些索然无趣。就像一位前私立学校管理者所说的那样:"我们开始听说我们的学生不是那么让人感兴趣了。如果你是来自比弗利山庄[3]的白人女孩,GPA[4]4.0并且擅长马术,你最好有其他可供展示的东西,最好确实独树一帜,让人耳目一新。因为斯坦福不需要再多一个马术还不错的白人女孩了。"

"对于孩子来说,意识到这种变化会非常痛苦,"这个人继续说道,"但父母的反应更加激烈:'他们怎么胆敢这样?'"

哈佛西湖的一名学生坦言,就是因为担心这一点,她在申请中写上会马术时感到很尴尬。

特权阶层家庭感觉到通道正在关闭:突然,校友后代的身份或是为学校扩建图书馆的能力,似乎不再能保证他们的孩子进入名校。至于那些拼命苦读的孩子呢?似乎没有人在意。在一些私立学校学生的父母之间散布着一种抱怨:像在哈佛西湖这样精确制导的教学环境里,老派的好好学习曾经管用,但现在不起作用了。

---

1 第一代大学生,指父母均未接受或完成过高等教育的学生,即家里的第一个大学生。
2 大学的"开放日"(fly-in)计划一般面向来自低收入家庭或少数族裔出身的学生,由高校出资(解决食宿和交通费用)邀请表现优异的四年级学生前来学校参观,体验校园生活,此类活动一般持续2~3天。
3 比弗利山庄,美国洛杉矶的高档住宅区,很多富豪和好莱坞明星们的住所设于此。
4 Grade Point Average,学业成绩平均绩点,在美国和其他很多国家都是衡量学业水平的标准方法。

这种感觉简而言之就是，再怎么做都不够。

"作为洛杉矶一所私立高中的白人孩子，我女儿回家后会说：'我们一无所有。我们不够多元，没有父母过世，也没有被迫要养活自己。'"位于圣费尔南多谷地的坎贝尔霍尔学校的一位家长说。（在"校队蓝调"丑闻中被起诉的一位家长的儿子亚当·塞姆普雷维沃，就毕业于该校，多亏了里克·辛格，亚当才能以网球运动员特招的形式入读乔治城大学。）

一位前哈佛西湖中学家长告诉我，女儿在高中毕业时打算申请她父亲曾就读过的常春藤高校。她的院长告诉她，她没有机会。"她回到家说：'他们为什么会再要一个犹太裔小女孩呢？'她并没那么愤慨，只是就事论事而已。"

顶级私立学校的亚裔美国人也有类似的绝望感，就像在一起针对哈佛的诉讼中曝光的那样，这起诉讼由一群被哈佛拒绝的学生发起，指控哈佛在入学申请方面歧视亚裔美国人。尽管法官在2019年驳回了诉讼，但诉讼文件中透露，虽然亚裔美国人考试成绩经常比其他少数族裔和白人学生高，却在诸如领导力和坚毅等软技能方面被过度苛责。在亚裔美国人家长中萦绕的感觉是，他们的孩子陷入了一种困境：这些聪明、努力的学生被刻板地视为书呆子，因此必须做得更多才能让自己在招生官面前脱颖而出。"父母们觉得一切都对亚洲孩子不利，"一位家长说，"就像（20世纪）50年代的犹太人一样。'总是在受排挤。'大家满是愤怒。"精英私立学校中的亚裔美籍学生也多于其他少数族裔学生，这造成了他们名校录取率的紧缩。每所私立学校中，有多少个亚裔学生能被斯坦福大学录取呢？（在"校队蓝调"案中，一名被起诉的亚裔家长陈一新做了无罪辩护。被起诉的家长中有三位是中国公民，其中一人被判刑，另外两人还没有受到指控。）

这准确指出了当前的真正问题：像哈佛西湖这类学校的学生家庭哀叹的不是进入大学有多难，他们哀叹的是进入某些特定大学有多难，也就是那些他们自己曾就读的名牌大学。"这些父母之所以焦虑，是因为他们的目光仅仅锁定了那几所大学，"一位常春藤联盟前招生官说道，"一旦他们的孩子没能进入常春藤学校或斯坦福、杜克、乔治城……他们只专注于那几所大学,但那些声望稍低一点的大学会不遗余力地招募这些学生。"

问题是,这种担忧能在多大程度上成立?哈佛西湖将孩子们送进名校的光辉业绩依然完好无缺。在 2014 年至 2019 年间,该校有 51 名学生被哈佛录取,44 人进入宾夕法尼亚大学,36 人进入斯坦福,24 人进入耶鲁。这些统计数据彰显了家长们通常不会提及的现实:对于所有那些致力于将其学生多元化的大学来说,其中的大多数都需要可以支付全额学费的家庭来支撑实现这一使命。私立中学正是这类富有家庭的可靠供应商。情况并没有发生戏剧性改变,这一观点有数据可以支撑。保罗·图赫在其著作《最重要的岁月:大学如何成就或毁掉我们》(*The Years That Matter Most: How College Makes or Breaks Us*)中提到,一群斯坦福大学经济学家在 2017 年开展的研究证明,美国录取率最低的那些大学,在社会经济方面的多样性也最低。例如,耶鲁大学只有 2.1% 的学生来自收入分配最底层的 1/5 家庭。再从另一个角度来看,更广泛的统计数据表明,超过 2/3 的常春藤学生来自收入水平排名前 20% 的家庭。在达特茅斯、普林斯顿、耶鲁、宾大和布朗等大学,来自全国前 1% 收入家庭的孩子人数,比来自全国后 60% 收入家庭的孩子的人数更多。

我采访过的大多数父母都不愿公开自己的身份,因为害怕遭到子女就读学校的报复——他们当中的大多数都能自觉意识到,自己在抱怨这些他们所感受的所谓反向歧视时,带有一些过度的自怨自艾情绪。的确,这些父母中的大多数人是持自由主义立场的民主党人,坚定地相信社会正义,对外公开称赞学校为招收更多族裔群体而做出的努力,真心相信这对学校和整个社会都更有益。实际上,他们完全赞成这样做——直到他们觉得这影响了自己孩子的就读机会。

朱莉·利思科特-海姆斯曾任斯坦福大学的教务主任,也是《如何让孩子成年又成人》(*How to Raise an Adult: Break Free of the Overparenting Trap and Prepare Your Kid for Success*)一书的作者。她说,这些父母的

恐慌，归根到底在于害怕失去自己长期以来享有的特权——这些特权在他们看来是理所应当。"随着美国变得越来越多元化，我认为白人父母在失去他们对尊享体验的垄断权。"身为黑人的利思科特-海姆斯告诉我。她指出，这些年来，私立预科学校和大学从白人新教徒的精英学校演变为如今致力于"彰显美国多元化"的校园，这让那些一直认为自己理应拥有顶尖大学学位的人震惊不已。"大学已经说了一段时间了，'嘿，我们也想要黑色皮肤和棕色皮肤的孩子。我们也想要亚裔孩子'。我认为这使白人感到恐惧，因为他们在失去自己从未意识到是特权的一种特权。"

内德·约翰逊是独立大学顾问，在华盛顿特区那些竞争高度激烈的家庭中享有牢靠的美誉，他也是课外辅导机构 PrepMatters 的总裁。他说，精英中学孩子的家长感到"控制感降低，因为在两代人以前，如果你在安多佛、埃克塞特或其他任何顶尖中学就读，校长可以打电话给哈佛大学或哥伦比亚大学说，'这就是您想要的男孩'"。当时，最好的私立学校甚至最好的公立学校，都与这所或者那所大学有着密切的关系。而那已经一去不复返了。因此，很多富裕阶层既有的权力和掌控弱化了。

"弱化的原因是，在许多方面，大学都在尽力为女性、低收入者以及有色人种创造更多机会，而不只是为来自康涅狄格州的白人盎格鲁-撒克逊新教徒（WASP）保留这样的机会。我就是 WASP，所以我可以说这些话。社会经济和种族等方面在变得越来越多元化。从很多方面来说，这是以富有的白人为'代价'换来的。他们不喜欢这样，被压得喘不过气了。"

从更微观的角度来看，富裕家长之所以自认为被不公正对待，是源于这样的感觉：像哈佛西湖这样的学校让他们失望的原因，正是它们过于出众。几位家长说，因为这所学校里有如此多学业优异的学生，他们大多数人都来自相似的背景，申请的又都是那十所名校，这让他们孩子的大学申请变得更加困难。这种感觉就是，所有这些 A 型孩子正在为数量有限的席位而战，所以有些人会不可避免地无法晋级。如果他们的孩子就读的是要求没那么严苛的私立学校，甚至是公立学校（但愿不会如此），那么他们本可以成为突出的、发表毕业致辞的学生代表，能够选择心仪的名校。此外,他们相信大学招生官认为,哈佛西湖的孩子们在私人辅导和备考课程等方面能够获得所有帮助,也有机会参加多种活动,包括在好莱坞电影制片厂的实习、参加在哥斯达黎加举行的人格塑造夏令营、为穷人建造房屋,更不用说能够全身心学习而不需要打零工了。因此,与那些不能享受这些奢华条件的学生相比,对他们的要求标准终归会更高。

"如果你在哈佛西湖就读,SAT(美国学业能力倾向测验)考试成绩是 1500 分,而在洛杉矶中学的某个孩子获得了相同的分数,那么大家会理所当然地认为哈佛西湖的孩子花了数万美元请家教、开小灶等等,这是个门槛问题,"一位家长说,"如果你的分数不高,(招生官)则会觉得,'见鬼了,怎么回事?'"

当一个孩子在二、三年级突然从哈佛西湖转学到竞争力较弱的学校,立刻就会有人嚼舌根,说这家人正试图钻制度的空子。"哈佛西湖没有那么多傻瓜,"这位家长告诉我说,"那里的所有孩子学习都很用功,学术能力都很好。每个孩子都没完没了地花时间做功课。他们必须非常自律。依我所见,在哈佛西湖肯定有更多的孩子有能力胜任大学水平的学业。但事实是,你有一个非常聪明的孩子,拥有 4.3 的 GPA(一个"加权"GPA,考虑到预修课程和荣誉课程的难度,有可能到 5),而那个孩子仍在尝试进入埃默里大学。在哈佛西湖学校的对话不是"我的孩子应该更加努力吗?",而是"我的孩子去十字街学校会更好吗?"。

＊＊＊

这种焦虑不仅限于住在贝莱尔[1]或比弗利山庄的富人们。这是一种流行病,已成为普遍现象,几乎所有计划将孩子送入四年制学校的父母都有这种焦虑,他们希望能让孩子成功地迈入社会。确实,对于没有财

---

[1] 贝莱尔(Bel-Air),位于洛杉矶西部、富豪聚集的住宅区。

富和资源可以作为依靠的中产阶级家庭而言，这个美国青少年人生中举足轻重的过渡仪式让他们充满了恐惧。这种恐惧源自美国极端的贫富差距，以及这样一种信念：仅仅获得随便哪个大学的学位，已经不像从前那样意味着能出人头地。鉴于美国目前的状况——繁重的学生债务、高昂的生活成本，以及大学毕业生不断增长的失业率频繁地出现在头条新闻上——所有这些都让获得令人印象深刻的大学学位不再仅仅是一个崇高愿望，而是一个性命攸关的紧要事项。

正如弗兰克·布鲁尼告诉我的那样："在收入不平等如此严重的大环境下，你不能割裂开来看待这个问题。进入不同的地方或许只是一步之差，其结果有天壤之别。你不能将其与经济形势割裂开来。"

"美国已不复往日，大家不再相信'蛋糕'会越来越大。在这种悲观和焦虑的氛围中，家长们的想法是，'该死，我得给孩子提供每一种优势，所有可能或者有望的优势。如果这意味着就读芝加哥、杜克或普林斯顿大学，管它的，我就必须做到这一点。这是我作为家长的职责'。"

即使听完了布鲁尼在哈佛西湖的演讲，还是会有一些家长来到他面前说："你说的话我一个字都不信。"布鲁尼同情他们。"我必须说，家长们这样反应，并不是因为他们在教育方面也想要柏金包。确实，他们想要后车窗上的那张贴纸，希望能够穿着名校的T恤或运动衫招摇过市。"他说道，"归根结底，优先于这些虚荣心的是，大多数父母只想引领自己的孩子步入成年，并给他们提供飞黄腾达的最佳机会。他们说服自己，并且一直出于某种实际上并不充足的理由确信，有些事物可以让孩子们有极大的机会获得自己想要的生活，令人垂涎的精英式名牌大学就是其中之一。"

在洛杉矶的某些地方，人们对地位的痴迷无所不在，对精英教育体系也相对陌生（不像卡伯特家族和摩根家族的地盘那样与常春藤盟校有着百年之久的关系），这些地方在大学竞赛中对"胜利"的渴望更加强烈。好莱坞精英们一直害怕被电影或电视节目拒绝，被从电影公司总裁办公室开除，被剔除出VIP清单，这使人们更加渴望名牌大学及其带来的身份认同，让人们更加不顾一切地去追逐。洛杉矶这边也不太熟悉东海岸规模较小的文理学院，如鲍登学院、贝茨学院和威廉姆斯学院等，它们提供的有些学位项目与常春藤不相上下。因此，这里的家长们雄心勃勃地把目光只聚焦在那仅有的、少数运动衫标识响当当的名校上。"我认为，在西海岸，人们只知道那些有名的大学，"马尔伯勒学校的校长普里西拉·桑兹说，该校被认为是洛杉矶最好的私立女子学校，"所以乔治城名头很响，所有的常春藤联盟高校也一样，斯坦福也是如此。"

所有这些都使洛杉矶成了见证美国大学招生系统崩盘的完美之地。把聚光灯放在这个生态系统最极端的组成部分——超精英学校、打了鸡血的家长和四处抛撒的金钱——人们便可以一点一滴地发掘事情已经脱轨到何种地步，并开始尝试了解其原因所在。

本书不仅试图表明大学录取变成现在这样有多么愚蠢，也想呈现启动备考的过程在孩子们生命中开启的时间早得多么荒诞不经。尽管"校队蓝调"丑闻揭露的阴谋发生在孩子高中时期，也就是人们试图操纵孩子的大学录取过程的时候，但对于某些父母来说，这个游戏早就开始了。事实上，游戏开始的时间可以提早到婴儿期，始于获得某个精选"妈妈群"的席位，群主既是儿童培养大师，也是可靠的幼儿园中间人，可以拿起电话帮孩子搞定"有竞争力的"托儿所。从后院带有机花园、室内有喷泉的精品幼儿园，到妥当的小学、初中和高中，最后如果一切按计划进行，再进入哈佛或耶鲁。如果理解这种竞争态度的成因，那么"校队蓝调"丑闻即使没有变得合理，起码也显得不算太离谱了。

催生"校队蓝调"丑闻现象的这个系统是由"直升机"和"扫雪机"父母[1]创造的，这些父母已经演变成了我喜欢说的那种"工匠式父母"。他们物质富足，倾其一生都在认真地为自己的孩子选择完美的博格步牌婴儿推车、思多嘉儿牌婴儿餐椅和蹒跚学步的音乐节目，或者给他们的生活置办象征身份的金鹅牌运动鞋，系着染成完美脏色系的鞋带，把他

---

[1] "直升机"和"扫雪机"父母是指像直升机一样在孩子身边盘旋，监视其成长过程，或者像扫雪机一样帮助孩子清扫障碍的父母。

们送去三年级。

"父母过去想的似乎是,'尽最大的努力,抱最好的期望',"圣莫尼卡[1]的卡西迪幼儿园执行主任路易莎·多纳蒂说道(该幼儿园的学费起步价是每年16000美元,随后它会把孩子们送入像柯蒂斯、约翰·托马斯·戴伊和布伦特伍德学校这样的私立小学),"而我现在见识更多了,知道了一种关于父母之道的'正确'方式,'我只需要与有答案的人建立联系,然后我就会知道什么是正确的方式'——这其实大错特错,完全没明白父母之道其实并没有'正确'的方式。"

多纳蒂在各个方面都看到了这些情况,例如家教每小时收费350美元,帮助4岁的孩子练习书法和精细运动技能,以便为某所私立小学进行的幼儿园评估做准备。"有不计其数的系统依靠这种焦虑存活,"她说,"所以到孩子上大学的时候,赌注看上去就高得吓人了。"

这种赌注不仅看上去高得吓人,而且简直荒谬到了不可思议的地步。曾就读于这些非常有竞争力大学的大多数X世代[2]家长们都欣然承认,如果放到现在,他们进入当年就读大学的机会非常渺茫。确实,在"校队蓝调"丑闻中被起诉的一些曾就读于名校的父母认为,他们的孩子仅凭自己的实力,即使有校友后代的地位和人脉,也无法复制他们的人生路线。简·白金汉是洛杉矶的企业家和育儿大师,她请里克·辛格让别人替她儿子代考ACT[3]。她本人是杜克大学毕业生,并且在南加州大学颇有门路,但她仍同意向辛格支付5万美元,以确保她的儿子获得接近满分的ACT成绩。比尔·麦格拉申是睿思基金的联合创始人,这是一只募资10亿美元的成长型基金,他还是耶鲁大学的毕业生、斯坦福商学院的校友,本可以轻松地利用其人脉和财富使自己的儿子进入南加州大学,就像他对辛格吹嘘的那样,南加州大学"董事会有一半人认识我"。然而

---

[1] 位于美国加州洛杉矶的度假胜地和住宅区。
[2] X世代(Gen X),指生于美国20世纪60年代中期至80年代早期的人。
[3] American College Testing,美国高考的一种,与SAT类似,但考查考生的知识范围有所不同,ACT更侧重于考查学生在课堂上学到的知识。

据称，他仍然依靠辛格帮助他的儿子获得ACT高分，然后把儿子包装成橄榄球特招生（正在应对指控的麦格拉申声称，他在儿子真正开始申请南加州大学之前退出了该计划，并且他不知道辛格在帮儿子搞定ACT）。时装设计师莫西莫·吉安努利和其妻子洛丽·路格林在南加州大学有人脉，更不用说富有到能给学校一笔数额不菲的捐款。这份名单并没有就此打住。洛杉矶商人莫里·托宾向联邦调查局透露了这桩丑闻，他是耶鲁大学校友，并曾为该校筹款，但他仍然试图把他的小女儿伪造成足球队员进入该校。托宾尚未在"校队蓝调"案中被起诉，但因参与证券交易欺诈而认罪并被判入狱。

此案中许多家长的相似之处在于，那些就读于常春藤盟校或其他名校的家长并不是靠金钱，而是通过努力和汗水进入了那些高校。但是下一代的情况不同，他们的孩子由于父母的成功而在优越环境中成长，一旦孩子准备申请大学，鉴于现在就读名校的难度异乎寻常，这些父母似乎担心孩子将无法单凭自己的实力，进入他们曾就读的顶级高校。他们似乎也对孩子的自我决心抱有怀疑（这些家长的孩子中，绝大多数都对父母的暗箱操作不知情，当他们终于知道时，最常出现的抱怨是："你们怎么就不相信我？"）。由于大学极大地改变了家长自己的命运，因此他们迫切希望孩子拥有与自己相同的人生轨迹。还有一些父母，例如路格林和吉安努利等没上过大学，这让他们对自己的孩子上大学这件事变得更加热忱满满。

大多数父母不会采用非法手段把孩子送进大学。让许多父母感到沮丧的是，今天进入大学完全不像二三十年前那样，他们对这种巨大的转变感到不公，不管这种感觉是否正当。就我自己而言，我在20世纪90年代初期进入乔治城，之前在公立高中就读，一年级在混日子，二年级才开始认真学习。可以肯定的是，校友关系帮了我的忙——我母亲也毕业于乔治城，尽管我们家里没在该校的大额捐款名单上。但是今天的孩子们根本没有犯错的余地，更不用说整整一年的平庸表现了，即使之后洗心革面也不行。就像洛杉矶的一位独立大学顾问珍·凯菲什提醒我的那样："成绩单上有 B 能进入斯坦福的机会只有 0.1%。因为其他所有孩子都没有 B，在有选择的情况下，他们为什么录取一个在某些方面表现挣扎的孩子呢？"

这种现实在大学录取率上是显而易见的，录取率低得可怕的不只是斯坦福大学。哈佛大学的录取率是 4.9%，即申请 2020 年秋季入读大一的 40248 名学生中，只有 1972 人能被录取。换句话说，每 20 名申请人中，会有约 19 人被拒绝。耶鲁大学的录取率是 6%。即使是像新奥尔良的杜兰大学这种竞争力较低的高校，对许多人而言也难以企及。在 2024 届 44000 名申请者中，该校只接收了其中的 11%，比阿默斯特学院和加州大学伯克利分校更加挑剔。杜兰大学非常激进而且时髦的招生主任杰夫·希夫曼在一定程度上起到了推波助澜的作用。他在 YouTube 上发布自己的视频：工作时穿着背心和带有白色星标的黑色健身紧身裤，与学生们在校园里击掌，然后前往法国街区享用午餐。希夫曼把自己看作"新一代的招生主任"。

"确切地说，我把这（招生过程）看作一种没那么隐秘的经历。"希夫曼说，"我的目标是为学生提供尽可能多的资源，而不是让这成为幕后的秘密过程。"但是杜兰大学也使用过没那么透明的策略来提升其招生数量，例如，用电子邮件向学校根据测试成绩和 GPA 预先挑选的优秀高中生发送"快速申请"或"VIP 申请"。邮件热情地鼓励学生免费申请该校，并告知他们会被"优先考虑"（实际上，杜兰大学在卡特里娜飓风过后对所有学生都降低了申请费[1]）。这是种营销策略，目的是让学生感受到他们之前可能从未考虑过的高校对自己的钟爱，而且申请是如此简单，并且免费！一些大学的 VIP 申请允许学生提交更少的论文，并保证更快出申请结果。为了进一步快速提升申请人数，有几年杜兰大学提供了两批提前录取。

希夫曼说，杜兰已经停止了 VIP 申请计划，但承认这是学校录取率

---

[1] 2005 年的卡特里娜飓风导致美国路易斯安那州新奥尔良市的洪灾，位于新奥尔良的杜兰大学在灾难中损失惨重。

急剧下降的重要因素。从2002年到2017年，杜兰的录取率暴跌了62%。

至于为什么情势变得如此竞争激烈，专家指出了一些因素。首先是通用申请（Common Application）变得更加流行。尽管通用申请于20世纪70年代面世，但直到21世纪前十年才被广泛接受。今天差不多有九百所大学使用通用申请，这意味着一次申请多所高校就像单击鼠标一样简单，无须费力地针对个性化的论文问题一一作答。这使高校的整体申请率猛涨，从而导致录取率暴跌。在20世纪90年代初，学生们普遍申请三四所高校（一所用来保底，一所目标学校，还有一所用来冲刺），那些更有抱负的学生可能会申请六七所大学。今天，孩子们经常申请多达20~25所高校。皮尤研究中心[1]的一项研究考察了1364所四年制大学，在2002年，这些学校的总申请量接近490万。到了2017年，该数字增至两倍多，达到近1020万。至于竞争最激烈的学校，即2017年录取率在10%~20%之间的高校，从2002年到2017年申请数量增加了110%。蜂拥而至的入学申请也由大学本身推波助澜，它们在幕后直接向有潜在意向的学生发邮件，用广告邮件对他们狂轰滥炸，举办讲座鼓励在座的所有学生申请，不论他们是否符合条件。

对大学来说，比录取率更重要的是产出数字，即实际被录取的学生中有多少人会在秋季注册入学。这不只关乎学校声誉和能否在《美国新闻与世界报道》（*U.S. News and World Report*）的年度排行榜上名列前茅（该榜单是最知名的大学排名），还关乎财务激励。大学本质上是生意，像所有生意一样，它只有筹到钱才有机会发展。不是每所大学都像哈佛那样拥有400亿美元的捐赠基金，即使是哈佛也会通过发行债券来借钱，再用几年时间连本带利偿还，这是大学债务基金的主要来源。要做到这一点，大学需要可靠的债券评级，这种评级得分主要受产出数字驱动。

"产出决定了你的整个招生模式，"宾夕法尼亚大学招生办公室前副主任萨拉·哈伯森说，"如果你的产出率低，你就要提高录取率才能使这

---

1 皮尤研究中心（Pew Research Center）是自2004年运行至今的美国独立民调和智库机构，创立于华盛顿。

一届学生在人数方面达标。如果招生办公室没有达到入学目标，整个大学模式就崩溃了，因为大学所做的一切，包括项目、招聘和住房等，都取决于入学人数。招生办公室是大学校园里最重要的办公室。"

确实，入学数字越亮眼，大学获得的用来建造各类设施——比如带有理发店和德国设计的储物柜的新体育设施（俄勒冈大学），或者一个商店和餐馆数量可以媲美小型购物中心的学生村（南加州大学）——的资金就越多，这些反过来又会吸引更多生源，提高申请率并降低录取率，如此循环往复。

产出的重要性很好地解释了大学催促学生申请提前录取的做法，近年来这种趋势一直在上升。申请提前录取的学生承诺如果被录取就会入学，这意味着产出率极高。申请提前录取已成为大学顾问的标准建议，告诉孩子们如何参与招生活动的所有人都会这样建议。里克·辛格本人在其著作《入学：进入你心仪的大学》（Getting In: Gaining Admission to Your College of Choice）中写道："如果你提前申请，那么你的录取率会提高50%，并且可以申请多所大学的提前录取。"一位洛杉矶的母亲说，她参加埃默里大学为潜在申请者举办的私人活动时，招生主任直言不讳地告诉在场的父母和学生们，如果孩子们提前申请，那么他们被录取的机会就会高很多。（一名负责学校发展的主任也出席了活动，以防那天晚上有人想向埃默里开支票却没法操作。）

在高产出方面的压力解释了为什么杜兰会如此费尽心机来吸引申请者。虽然其策略是获得大量的申请人，降低录取率，但其实际产出率低于40%，亦即尽管学校唤起了大家的兴趣，但大多数申请成功的孩子并没有在秋季入学。卡特里娜飓风过后杜兰的产出率曾低于10%，希夫曼说现在的产出率已经大幅反弹，他对这种增长感到"相当满意"。

如今招生过程中最令人焦虑的部分或许是，什么才是大学现在看重的东西。过去，想要获得招生官的垂青只需要在各项活动中表现出色，比如身为班长的明星学生、网球队队长、动物收容所的兼职志愿者等。然而这样的日子已经一去不复返了。今天，大学对这些陈词滥调和业余爱好嗤之以鼻，用独立教育顾问协会（Independent Educational Consultants Association, IECA）CEO马克·斯克拉罗的话说，他们想要的是一个"顶尖"的人。换句话说，一个拥有非凡激情并能以创新方式驱动这种激情的人。

"过去看重的是广度，而现在关注的是深度。"顾问珍·凯菲什说，"从大学的角度来看，他们不想要一个既是学生会干部，又会弹一种乐器，还能从事一种运动的学生。他们想要的是专家。因此，如果你要从事社会正义活动，你需要在宽容博物馆[1]工作过，参加过所有游行并且组织过游行，你需要主导活动并表现出积极主动性。关键在于，你要比其他申请者走得更远。"

另一个在洛杉矶的独立大学顾问亚历山德拉·杜马·罗兹对此表示赞同。"我这儿有个很棒的孩子，高中时在做机器人。"她说，"事实证明那个机器人程序还不够好，所以他开始自己编写机器人程序。他从城市周边挑选了最好的机器人孩子组队，在车库里做机器人。后来他获得了世界机器人锦标赛冠军。那孩子在世界大赛上意识到比赛中没有少数族裔（代表），于是他到洛杉矶城区中心，进入城区中心的高中，并开展项目。[2] 他还为老师们提供培训。就是这样的学生，会进入哈佛、耶鲁和普林斯顿。"

理想情况是，从大学的角度来看，这个进入大一的机器人神童身边还有世界一流的大提琴演奏家、动物权益维权人士兼创业者，以及一项志在结束无家可归现象的应用程序专利的获得者。

"学校要的是一个多才多艺的班级，而不是一个多才多艺的学生。"杜马·罗兹说。

但是，大学从来没有这样说过，事实恰恰相反。在2019年秋天，我

---

[1] 指位于洛杉矶比弗利山庄以南的宽容博物馆（Museum of Tolerance），该博物馆陈列的展览呈现了人类历史上最极端的互相不宽容的一些例子，既包括互联网上的仇恨言论，也涵盖了种族灭绝、大屠杀等人类历史上的暴行。
[2] 和美国的大多数城市一样，洛杉矶的白种富人住宅区（如前文提到的比弗利和贝莱尔）、富人孩子就读的精英学校，多位于贴近自然、环境良好的市郊，而穷人、少数族裔一般居住在更靠近市中心的位置，其孩子也多在市中心上学。

参加了斯坦福大学在格拉纳达山特许高中举行的招生演讲活动，这是一所位于洛杉矶以北40分钟车程、具有学术竞争力的公立学校。一位热情洋溢的招生官面向二百多人做报告，其中有许多少数族裔人士。他们聚集在学校荧光闪烁的大礼堂里，听着招生官谈论斯坦福大学致力于多样性的承诺，"协作精神"和"敬业的社区成员"。与会者还收到了一本光鲜的小册子，里面印满了令人印象深刻的统计数据，例如2023届的毕业生来自多少个国家（77个），在本科生研究方面投入了多少资金（580万美元），以及斯坦福大家庭里有多少麦克阿瑟奖获得者（32位）。但小册子里或演讲中的任何地方都没有提及令人吃惊的极低录取率：4%。取而代之的是，招生官强调了斯坦福大学的"整体性"评审程序。"在我们的流程中没有对测试成绩或GPA设限，"她说，"不论学术成绩如何，我们都会从整体角度考察所有申请。我们真的很想认识完整的你。"

在当年早些时候的播客中，斯坦福大学招生院长理查德·肖重申了这些观点，同时补充说："我们会关注学生们的自我陈述。我们会关注他们的希望和抱负。"

斯坦福大学并不是唯一一家大谈特谈其整体性方法的高校。这种表述是当前招生的流行词，随时随地让招生官看起来就像侍酒师谨小慎微地抿了几口经典黑皮诺葡萄酒，以确定它有多么特别，而不是简单地看着瓶子给它定级。

很多时候，这正是他们在做的事。"校方直截了当地欺骗潜在的学生。在每天的每一次互动里，他们都公然误导学生，"一位常春藤盟校前招生官说，"他们的误导方式就是编造这种整体性评审的叙事。"

这位招生官向我描述了他在排名前20的私立大学招生时的系统。"我的桌子旁边有一份打印件，上面写着：'如果学生的SAT分数低于1200，就别往下看了。'完事了。别费劲儿了。不要收200美元。就是这样。"他说，"但是，当我去参加信息发布会，在250个家庭面前讲话时，总有人会举手提问：'嘿，你们有最低分数要求吗？'我在想，'我们当然有最低分数限制。如果你的分数少于1200，就没戏了！'但我不能这么说。"

高校在录取学生方面缺乏透明度，再加上申请者众多而名额有限，所有这些问题让家长们抓狂，也让他们更加心灰意冷。"在录取方面大学变得越来越遮遮掩掩。"斯克拉罗说道。他继续表示，过去"当你申请时，人们大概会知道，如果你的平均分是 A，并且 SAT 是 1400 分，你会去这里。如果是较低的 GPA 和较低的 SAT，你会去那里。情况就是这样。现在突然感觉，好吧，等等。这是怎么回事？同一所学校有两个孩子（具有相似的个人履历）：一个被录取了而另一个则没有。等一下，他们的成绩是一样的。这给人带来的焦虑感简直冲破天际，因为没有人能弄清楚谁会被录取"。

在哈佛西湖，这种焦虑在四年级大学之夜的第二场得到了印证。当布鲁尼退场后，父母被分成几组，分别安排到高层教务主任们举行的信息发布会。每位教务主任都会做个幻灯片演示，将大学分为几个层级。顶尖高校一级包括哈佛大学、耶鲁大学、普林斯顿大学、斯坦福大学和麻省理工。然后教务主任将学生分为两类：第一类是"挂钩型"，这是行话，指的是在申请时具有加分特质的孩子，例如校友后代、运动员、少数族裔、发展案例（例如非常富有）或家庭里第一个上大学的"第一代"；第二类是"脱钩型"。接着，教务主任们会列出挂钩和脱钩的孩子们不同的录取数据——GPA 和测验分数。当然，对于那些挂钩型的孩子来说，统计数据好得多。

一位家长说："是时候面对现实了。如果你不是弱势群体、第一代大学生或运动员，基本上就没戏了。"

另一人说："他们明确表示，没有什么是万全之策。你可以捐款，但耶鲁真的需要你的捐款吗？当然，你是校友后代，但这可能没有任何意义。即使是挂钩型学生心里也没谱。"

第二天，学校会向家长发送 Naviance 的登录信息，这是一个提供图表和散点图的在线工具，显示哈佛西湖之前学生的 GPA 和测验分数，以及他们被录取的大学和没被录取的大学。（不包括学生们的姓名。）这些信息也被分成挂钩和脱钩两个类别。因而父母可以看到，例如，一位之前的挂钩型学生 GPA 是 3.9，SAT 成绩为 1460，没有被杜克大学录取，但确实进了范德堡大学。

随即，家长们开始计算数字。一位家长说："每个人都在做算术，你输入孩子的考试成绩和 GPA，以及感兴趣的学校，就可以确切地知道孩子所处的位置了。"

无论学校打算用什么方法来平息恐惧，原始数据还是加剧了父母的焦虑。"你孩子的得分为 4.1，甚至没有超过某所非常春藤高校的临界值。"有人说。对于许多人来说，他们从中认识到的就是，需要全力以赴，花尽可能多的钱，尽一切可能解决问题。一个带有大量课外活动的私立学校教育并不够。他们必须提供更多支持，首要的就是聘请独立的大学顾问。他们可以在申请大学方面为学生提供帮助，聘请这些人的费用为 2 万至 3 万美元（甚至更多）。独立顾问既是教练，又是教官，还是理疗师，他会给学生的论文提供反馈意见，帮助提出目标学校列表，并就学生选修哪门课程以及关注哪些课外活动提供建议。在高度定制化和外包的时代，他们是完整的支持系统，通常在学生的家中提供帮助和指导。

作为一条规则，独立顾问从不承诺结果。"任何优秀的顾问都会告诉你，他们不能担保客户进入某个高校。"杜马·罗兹说，"这在我的合同里写着，只有四个条款，第四条写着'无法保证进入某所特定大学'。"

可是有一位独立顾问，他的名字在洛杉矶广为流传，被视为某种救星。他避开了"不确定性"和"或许"之类的言辞——这些语言正是行业里其他人的通用之辞——他说话打包票。"我可以让你的孩子进入某某大学。"他会对家长满怀信心地说。在原本摇摆不定、不可知的情势下，这些家长因为终于听到有人能给他们确切的许诺而如释重负。的确，他看起来好到难以置信。一位正在为儿子选择独立顾问的洛杉矶母亲告诉我，她正"从一些妈妈那里——这些妈妈的孩子正在竞争激烈的学校里就读——搜集人选，她们聘用过这类人"，而这个人的名字反复出现。"这家伙胜过其他人一筹，"其他家长会告诉她，"他是最好的。他可以搞定一切。"

他的名字叫里克·辛格。

第二章　那个人物

贝莱尔酒店位于石峡谷路上，是一座外墙涂刷着粉红灰泥的宫殿，它所在的同名社区是豪华的封闭式小区。这家历史悠久的酒店隐藏在一片精心修剪过的草木中，长期以来一直都是好莱坞贵族和1%高端人群的游乐场，他们付得起995美元/天起步的房费。这里有一个套房以曾经的常客格蕾丝·凯利[1]的名字命名，玛丽莲·梦露去世前几周，正是在这里俏皮地用透明的柑橘色围巾包裹自己，为《时尚》杂志拍摄照片。

然而，在2017年9月26日晚上，这家著名的酒店接待的不是舞台和银幕上的名流。几十位洛杉矶最富有的商人聚集在酒店中的一个宴会厅里，他们来到这个典雅的奶油色空间（透过它的法式大门可以看到贝莱尔高尔夫俱乐部高低起伏的场地）是为了听一个人演讲。这个人略显瘦削，留着灰白相间的短发，因为他，厅内的气氛显得有些紧张不安。他用锐利的棕色眼睛紧盯着听众，操着一口中西部的口音大声地讲话。当客人拥入房间时，他有时会握手和拍背示意，很明显他更想尽快开始聊正事。是时候开始表演了。

里克·辛格是"金钥匙的CEO和大师级教练，该公司是全球最大的私立大学顾问和人生教练公司"，活动传单上这样写道。该公司声称在

---

[1] 格蕾丝·凯利（Grace Kelly），美国著名女演员，后嫁给摩纳哥王子而成为摩纳哥王妃，1982年在一场车祸中遇难，代表作有《正午》和《后窗》等。

美国101个城市设有办公室，并在5个海外国家设有办事处。最令人印象深刻的，也是人们今晚来的原因，是这个令人兴奋的统计数据：金钥匙夸耀说，让150万名学生成功地进入了他们首选和第二选择的大学。这个数据令人无法抗拒。当来客们将注意力转向主持人的时候，耶鲁大学、哈佛大学和普林斯顿大学的录取通知书在他们的脑海中闪现。

辛格或许已经是"大师级教练"，但在那天晚上聚集在那儿的人们，把他称为"那个人物"，就像他是你需要聘用的"那个人物"，或"嘘，我找到了一个人物"中的用法那样。一位家长更喜欢用"孩子通"（the kid whisperer）这个说法。"关于他，人们守口如瓶。"另一位家长告诉我说，"那些聘用他的人会窃窃私语，只会把他分享给朋友们。"保密是一种策略：在洛杉矶竞争极其激烈的教育游戏中，当有人发现他们手中有一张王牌时，都倾向于据为己有。毕竟，这是"秘密家教"的乐土，这个术语会在父母聘请家教辅导孩子某门课时用到，他们避免与任何人分享家教的名字，以免其他孩子家长也依样效仿。（顺便说一句，聘请家教的做法早在一年级时就开始了。）谈到独立大学顾问，辛格是人们想要保密的那类武器。

辛格那天晚上在贝莱尔酒店的演讲由苏玛集团赞助，这是全球投资公司奥本海默公司旗下的一个部门，而奥本海默公司管理着15亿美元，均来自其客户的个人资产。辛格与该公司的联系源自布莱恩·韦德斯海姆，他是苏玛集团的联合创始人兼CEO，多年来一直向朋友们推荐辛格。就在那晚演讲的几个月前，韦德斯海姆还将辛格带到了菩提树基金会的董事会，这是苏玛集团的儿童慈善机构。菩提树基金会为洛杉矶特权家庭出身的青少年提供做志愿者的机会，这在社交方面大有裨益，同时也能为这些青少年的大学申请增光添彩。奥本海默表示，他们与辛格保持着"非常有限"的合作关系，并且是出于认为辛格的业务和基金会合法的印象，但后来他们与之断绝了关系。

韦德斯海姆没有被卷入"校队蓝调"丑闻，但他个人对辛格很感兴趣，因为他女儿在精英制的巴克利学校上中学，很快就要申请大学了。韦德斯海姆是巴克利学校的董事会成员，他一直在学校四处荐举辛格，把他推荐给身为校董成员的朋友、同时也是洛杉矶供水系统公司 AquaTecture 的创始人德温·斯隆。斯隆聘请辛格帮助他在巴克利读高中三年级的儿子马泰奥申请大学。但斯隆今晚过来只是为了听他演讲。第一次见面，辛格就给他留下了深刻的印象，他喜欢辛格高效干练的辅导方法。辛格告诉马泰奥，如果要和自己一起工作，他必须坚持遵守某些规则，例如不喝酒、不吸毒以及保持充足睡眠（辛格本人遵从的智慧）。据知情人士称，看着辛格在奢华的环境里，将自己的智慧分享给一群商业巨头伙伴，斯隆确认了辛格确实是"那个人物"的想法。

鉴于辛格的神秘色彩，人们期望他会以更加亮眼的方式现身，或者至少会在今晚这样的职业活动中打个领带。但他的部分魅力就在于，他看上去如此普通、平易近人。辛格曾经是加州州立大学萨克拉门托分校的篮球助理教练——当时他 56 岁——现在他仍然把自己定位为教练，这是他全身心接纳的人格特征。"他对一切都就事论事，"丹·拉森说道，21 世纪初，他在萨克拉门托的一家私人运动俱乐部认识了辛格，"几乎就像教练在给队员们布置战术，就差个战术板把战术画出来了。"辛格不变的制服——卡其裤、Polo 衫和运动鞋——补全了这个形象。有时，他的着装更加随便。他曾成功把自己兜售给一个硅谷家庭，他们第一次见面前时，他穿着铁人三项 T 恤，以这件 T 恤为话头，他开启了一连串吹嘘。辛格身高约 1.77 米，由于双腿弯曲，走路时略显蹒跚。但是，他有着运动达人那样紧绷而肌肉发达的身体骨架。他常规的锻炼项目是骑车、举重，在户外游泳池里没完没了地折返游泳，以及桨板冲浪。他的饮食也非常有规律。白天时他只喝水，通常只在晚上吃一顿正餐，经常是外带。他不抽烟，也不喝酒。

辛格在芝加哥郊区度过了他支离破碎的童年，与他现在所处的满是爱马仕和香奈儿的社交圈子毫无交集。但在那些聚在一起听他演讲的人眼中，他是大师，拥有如何得到著名大学录取通知书的秘密公式，这在洛杉矶某些痴迷社会地位的圈子当中是一个特别了不起的成就。在这里，有太多东西都被商品化并贴上标签，而一个花哨的大学名号是又一个 VIP 升级，再次证明一个学生以及他们的家长，是个"角儿"。更重要的是，它在一种文化中提供了社会信誉，这种文化围绕的中心是洛杉矶的"关注也要被关注"型募捐会和庆典活动，以及在阿斯彭[1]的冬日假期。"你的孩子要去哪里读大学"，看似是在周六早上的美国青少年足球联盟（AYSO）比赛场边被人漫不经心地抛出的问题，却远远不是随口说出的话。在一个以华丽外观和信誉为傲，并以此衡量价值的城市中，来自南加州大学或哥伦比亚大学的录取通知，本身就代表着硬通货，更不用说来自哈佛或耶鲁的了。

这里有一个人，他说自己了解该如何拿到那些金光闪闪的高校派发的入场券。辛格与该领域的其他人不同，他言语中充满着确定性，即便在一群权势人物的包围下，他仍对自己确信无疑，甚至在某种程度上显得狂妄。就像那天晚上他告诉听众的那样："只要你听我的，我就会把你的孩子弄进大学。"

辛格的演讲有个宏伟的题目，"在充满不确定和挑战的时代揭开医疗保健和大学录取的神秘面纱：如何积极行动起来让您和家人获得制胜的指导和专业知识"。这是一个令人困惑的（而且语法上有问题的）说法，但它归结为一点：大学录取情况是如何充满竞争，以及辛格如何能帮助孩子们取胜。他引用令人错愕的大学录取率数据，并强调"个人品牌"的重要性，以便能引起大学招生官的注意，让他们在成千上万优秀的申请者中看到你。为了脱颖而出，孩子们需要构建自己的叙事，他强调说自己可以帮他们做到这点。这是他在 2014 年自费出版的一本薄薄的指南《入学》中强调的信息，他在其中写道："为了打造自己的品牌，你需要简化自己的故事。选择最出彩的时刻——你灿烂的成就，最悲惨的苦难，你生活中深深地印在人们脑海中的那些高光部分。把那样的故事讲出来。"

对于应该如何看待这个演讲者，并非所有在贝莱尔酒店的客人都胸

---

[1] 阿斯彭（Aspen），美国科罗拉多州皮特金县下属的一座城市，以滑雪场闻名，是备受世界名流和好莱坞明星青睐的度假胜地。

有成竹。他夸夸其谈，声势浩大，即使是进行幻灯片演讲时在房间里走动的方式也如此，他在洛杉矶周边进行的所有演讲都是这种风格。"他嗓门很大，声音盖过了你。"一位客人告诉我。这个人也承认，在大学正寻找什么样的学生方面，以及如何在招生过程中为你提供导航方面，辛格具有扎实的基础。他列举了辛格的一些洞见，例如当大学要求列出 10 个兴趣或爱好清单时，只列举 4 项，因为 10 个项目会让你看起来只是参加了一堆俱乐部，而不是致力于深入研究。辛格对大学本身也有深入的认知：西北大学招收的学生较少，但提供更多的经济资助。杜克大学所在的北卡罗来纳州达勒姆的社区成员"讨厌"大学生。南加州大学的名气虽然有所提高，但仍处于辛格认为的第一梯队高校的最底层。

最重要的是，他让大学录取看起来很恐怖。他说，形势已经发生了很大变化，无论去哪里读大学都是难上加难。你以为自己的孩子很聪明？类似的学生有成千上万多、。你认为向大学捐款会达成想要的结果？除非你谈论的是 5000 万美元或更多的捐款。有个客户说给康奈尔大学捐了 75 万美元，预计在那里会有一些影响力，辛格对他说的是："您的 75 万在世界面前微不足道。"并表示，自己服务的一位客户向康奈尔大学捐了 5000 万美元。

他给房间里的所有人提供的信息非常清楚：请我，我能搞定；不请我，你会搞砸。

***

截至 2017 年，演讲只是辛格不断扩张帝国的冰山一角。金钥匙也一直在加州大学洛杉矶分校（UCLA）校园举行暑期研讨会。学生们可以在诸如电影、新能源汽车、初创企业甚至科技产品等领域"获得大学水平的个人职业热情"。其中一个研讨会名叫"真正的 Mac 天才"，宣传的是为期三天的"全面沉浸计划"，聚焦于"苹果的四大产品"。金钥匙也与一些在线高中签有合约，为他们提供独家大学咨询服务，这也是该公司的另一个收入来源。辛格还在孵化自己的科技产品,在一系列针对教育和大学咨询的数字化初创企业中投入数百万美元,希望有一天可以打包出售,也许是通过首次公开募股(IPO)。确实,他在寻找看起来可能的任何方式,将他疯狂的动力、纪律和推销技巧转化为金钱。

他的慈善机构金钥匙世界基金会成立于 2012 年,该非营利组织据说是为了帮助加利福尼亚的贫困儿童,以及其宗旨中所说的"贫困的柬埔寨人"。该基金会投资了一支威尔士的足球队和一家墨西哥快餐连锁店。辛格一度还试图创建自己的 IMG 学院——这是一家位于佛罗里达州布雷登顿的精英式运动训练预科学校(现在由好莱坞娱乐集团 Endeavor 所有)——他相信自己能创建一所更好的体育学院。就像一名前金钥匙员工评价辛格的那样:"他在挣钱方面的主意层出不穷。"

在这段时间里,辛格行踪不定,一边到处飞来飞去亲自辅导全国各地的孩子,一边制订新的业务计划。他是新时代的萨米·格利克[1],似乎一直在坚持自己的主见。"当你发现自己在排队等候,遇到交通阻塞或者无所事事时,那就投入到工作中去,"他在《入学》中写道,"时刻调整你的策略。随身带着笔记本记下自己的想法,别指望以后还会记得起来。一直让自己有事可做。"

尽管辛格的家在加州纽波特海滩,他住在离海边不远的五居室地中海式别墅中,但他很少在那里现身。在访客看来,这个地方就像个荒凉的单身居所。"这里的陈设很简陋——深色的木材、地板和家具。厨房看起来好像从未使用过。"抵押贷款公司钱来宝前总裁兼首席执行官比尔·坦普尔顿说,他曾参与过辛格的数字初创企业风险投资。另一位客人记得在那里打开冰箱时,看到除了瓶装水什么都没有。

辛格停不下来,总是没完没了地忙碌着。此外唯一能让他关注的事情就是锻炼。他在黎明前起床锻炼身体,外出时开着奔驰斯宾特,桨板就放在车顶。他告诉同事们,这个小货车里面有张躺椅,他会睡在上面,

---

1 萨米·格利克(Sammy Glick),巴德·舒尔伯格(Budd Schulberg)的小说《是什么让萨米奔跑?》(*What Makes Sammy Run?*)的主人公,一直孜孜不倦追求自己的野心。

这样在萨克拉门托时,他可以开车去旧金山,起个大早在湾区冲浪。在家里时,他会去纽波特海滩港口冲浪。

"他总是马不停蹄。"坦普尔顿说,"他一直在飞机上。跟他打十分钟的电话就是一个重大挑战。'我要飞到这里。我在这里有事。'这家伙就像疯子一样。他永不停歇,一直在路上。"

坦普尔顿说,辛格在细节上总是语焉不详,但他会提及要飞去见谁。"他提到过比尔·盖茨。有一次他对我说,他正在辅导或者正在与米歇尔·奥巴马就她的两个女儿进行交流,我当然不相信。他和他的组织做的事给人一种宏图大业的景象。"(没有证据表明他与这些人有任何为人所知的联系。)

尽管辛格喜欢夸大其词——这是他在《入学》中宣讲的另一种实践方式("品牌宣传需要吹牛。但不要对什么事都吹牛——而要聪明地吹牛"),但他现在已经在洛杉矶的大本营奥兰治县和硅谷吸引了一批令人印象深刻的客户,包括几位好莱坞演员、几位电影公司高管、一个著名的美国国家橄榄球联盟四分卫,还有几位知名的风险投资基金合伙人,都聘请辛格帮助他们的孩子申请大学。因此,他现在挣到了大把的真金白银。根据税收文件,金钥匙 2016 年的营收额为 700 万美元。即便几乎是自己一手打造的生意蓬勃发展,他也从未停止忙碌的脚步。据说有一天,他在帕洛阿尔托的 Equinox 健身房的男士更衣室里,走向一位著名的亿万富翁。辛格知道此人的孩子正在读高中,所以向他推销自己的服务。那位富翁同意与他会面。

***

作为 20 世纪六七十年代在芝加哥的郊区林肯伍德长大的孩子,里克·辛格严格来说是"伍德人"。这一术语说的是那些住在犹太富人社区的孩子,他们与附近莫顿格罗夫不太有钱的"格罗夫人"有着鲜明的区别,那里是一个世纪前意大利和波兰移民定居的地方。伍德人的父母一般都是医生、牙医或者企业主。他们16岁时就能够开自己的车了（格罗夫人则是骑自行车）。他们的父母负担得起做牙齿矫正的费用。他们有许多人住在林肯伍德别墅区，这是一个富丽堂皇的社区，里面有大型都铎式房屋和修剪整齐的草坪。

"如果对照约翰·休斯[1]的电影，来自林肯伍德的孩子们就是其中更富有的小孩。"曾和辛格一起上学的"格罗夫人"阿尼·伯恩斯坦说。"他们有钱，有非常华丽的宅邸。基本上，他们都是豪客士，也不会对你有所遮掩。"他引用S.E.欣顿的成长小说《局外人》中的角色说道。[2]

尽管辛格有伍德区的邮政编码，但也仅仅是徒有伍德人的名号。与大多数朋友不同的是，他与自己的母亲、继父和妹妹住在东林肯伍德的联排房屋中，那里与林肯伍德别墅区相比逊色不少（父母在他7岁的时候离婚了）。朋友们说，尽管辛格勇敢刚毅、善于交际，总是自信满满，但他对自己身处其中的贫富差距是非常清醒的。他很少邀请朋友们去家里玩，并且在其他"伍德人"夏天去露营而他留在家里时会比较介意。"伍德人"也以在林肯伍德的凯悦酒店举行奢华的犹太男子成人礼而著称，这家酒店又被称作紫色酒店，是一家外观时尚的现代酒店，外墙是薰衣草色砖，据说巴里·马尼洛和罗贝塔·弗拉克[3]曾下榻于此。辛格从没举行过犹太男子成人礼仪式，更不用说在一家紫色酒店了，他也没有像大多数朋友那样就读于希伯来语学校。

"我不认为宗教对他的家庭有影响。"辛格当时最好的朋友之一迈克·沃尔夫说。

辛格小学六年级时从加利福尼亚移居林肯伍德，沃尔夫在那时遇到了他。他们热爱运动，一起打棒球。尽管他们关系很近，沃尔夫却说他

---

[1] 约翰·休斯（John Hughes），美国导演、编剧，代表作《早餐俱乐部》《春天不是读书天》《小鬼当家》。

[2] 豪客士（Socs），S.E.欣顿（S.E. Hinton）小说《局外人》（The Outsiders）中的角色，指小说中住在西区的富家孩子们，他们与东区贫困孩子打工人（greasers）是对立的两派。——译注

[3] 巴里·马尼洛（Barry Manilow），美国创作歌手，同时也是演员和制片人。罗贝塔·弗拉克（Roberta Flack），美国歌手。

从来没有真正了解辛格。辛格从不讨论自己的家人或他以前在西部的生活。"他非常神秘,"沃尔夫说,"他从不提及自己来自哪里。"

取而代之的是,他将口头上的精力投入到编故事和讲述引人入胜的奇闻逸事上。"他试图编造故事,只是为了拔高自己或让自己看起来更好,"沃尔夫说,"他干了很多那样的事。"但他有时也会讽刺挖苦,奚落贬损和他不一样的人,作为一种自我保护的防御手段。也就是说,他的目标是有钱人家孩子,以及他口中的非运动员。对他来说,世界上有两种人:运动员和非运动员。辛格自豪地认为自己是前者,尽管身高不是特别高,有点胖,他并非天生运动的料。

身体的缺陷驱使他比任何人都更加努力,组织更多的篮球比赛,并花费数小时练习罚球,投入程度近乎疯狂。"他能投篮,"沃尔夫说,"他的准度非常好。他运球不算很快,也不算是那种速度型控球后卫。但是他能投篮。我告诉你,他可能是我们小学里最好的投手。他投入训练,经常打球。"

辛格在美国少年棒球联盟打球,但他钟爱篮球。他以篮球为生,以篮球为梦,滔滔不绝地大谈篮球之道。他七年级[1]在林肯霍尔学校就读,当他参加校队选拔时,所有朋友都以为他稳操胜券。当他落选时,大家都难以置信,他自己更是没想到。"他被击碎了,"沃尔夫说,"那真的伤透了他的心。"

大约在这个时候,辛格决定对自己的体重做些什么。他另一个朋友谢里尔·莱文-佛利奥在播客"黑帮资本主义:大学录取丑闻"(*Gangster Capitalism: The College Admissions Scandal*)中讲过,孩子们取笑他的身材,称他为胖子辛格。在一张初中时拍摄的照片中,他脸蛋肥嘟嘟的,胳膊很粗壮。作为对比,站在他身边的是一群四季豆一样身材的男孩子。

他的转型期始于高中前的那个夏天,他开始节食,吃葡萄干和花生,开始每天慢跑。他穿厚衣服,通过出汗加快减肥。那个夏天结束的时候,

---

1 美国的七年级和八年级是初中阶段。

他已经完全瘦下来了。"他改头换面了。"一位同伴说,"从那之后,他换了新貌。还是像从前那样充满自信,但是变得更加戏剧化了。"

辛格一直都是个演员。在一次花哨的犹太男子成人礼活动中,辛格承认自己不会跳舞后,有些男孩带他去洗手间,教了他一些动作。他一旦踏入舞池,就停不下来。他喜欢成为关注的焦点,展现魅力,通过聊天引起人们的好感。而在减重后,他孔雀开屏式的炫耀更加一发不可收。"他总是自我粉饰,"那位朋友说,"这很大程度上就是他想成为的样子。"永远都搞不清楚他说的话有多少是真的,有多少是为了让别人印象深刻,或者有多少他自己信以为真。正如他在《入学》中写的那样:"只要有可能,请相信你自己的故事……如果你假装是美化过后的自己,那就像美化过后的你一样思考。如果你把自己呈现为一个洗心革面的人,并且敢于自豪地揭开自己的伤疤,那就把自己想象成那个角色。做一个方法派演员[1]。"现在辛格实现了自我革命,焕然一新。他证明自己有能力把心思放在某事上并做到这一点,他证明自己有能力改变看似不可逾越的东西,他就像是拥有了新的神秘力量。

"唯一困扰里克的是体重问题,"这个朋友继续说,"他能做其他任何事。他可以施展魅力,或者蒙混过关。但体重这事他必须亲力亲为。"

他把自己新发现的招摇术带到了一所大型公立学校西尼尔斯高中,在那里的态度就是:"你一定要成功,你必须成功。"伯恩斯坦说。这所学校的学生大多来自林肯伍德、莫顿格罗夫和斯科基的白人家庭,他们本身已经足够成功,可以搬出芝加哥郊区了。这个学校的校友包括奥运会体操运动员巴特·康纳,他比辛格高两届。还有最高法院法官候选人梅里克·加兰,他是1970级毕业致辞的最优生。很多西尼尔斯高中的孩子都是犹太人,但是学校里也隐藏着反犹太主义之风。罗斯·本乔亚是辛格的同学之一,他回忆说听到"在颠簸的汽车上一些难听的话。有人

---

[1] 方法派演员(Method actor):通过认同、理解和体验角色的内在动机与情感,得到真诚而富有表现力的表演的一类演员。方法派表演是建立在俄国戏剧大师斯坦尼斯拉夫斯基的理论体系之上。方法派演员的代表人物包括马龙·白兰度、詹姆斯·迪恩、罗伯特·德尼罗等。

会说关于希特勒的事情，说他的想法没错。'把你奶奶放进烤箱里。'那并不是很公开的、每个人都坐在学生休息室里一起聊天的那种情况。但是那确实存在"。在西尼尔斯高中之外，这些态度更加外露。在辛格毕业前一年的1977年，一群新纳粹分子在斯科基组织了一次游行，当时，斯科基是美国境内纳粹大屠杀幸存者人数最多的地方。大多数孩子对游行没有太在意，但是这造成了分裂和仇恨的暗流涌动。

在西尼尔斯有权有势的学生当中，辛格顶多只能算是平平无奇。虽然他认为自己是运动员——他在橄榄球队效力了四年，一年级参加了棒球队（他还是没有加入篮球队）——但他算不上什么明星。"我不记得他是运动员先生。"与他一起打橄榄球的本乔亚说，"我们只聊过卷头发的事儿。我们俩都有满头深色的卷发，那在当时很时髦。但我们是自然卷，没有烫发。"

辛格的棒球教练马弗·克莱巴同样记得更多的是辛格的外表而非运动能力：他是队中唯一将棒球帽紧紧扣在头上以免掉落的孩子。至于运动技能，"他能跑，但不是很快。"克莱巴说，"他可以移动，很敏捷，但从任何方面讲，他的运动能力和流畅度都不出众。"

然而在场外，他给人留下了更深印象。"他非常爱闹，总是在说话，程度之甚都让另外那支球队感到厌烦了。"克莱巴说。在一场比赛中，他们对阵有名的北岸高中新特里尔队，这个球队的球员对西尼尔斯不那么世故的郊区孩子态度傲慢。辛格站在木凳上，特别吵闹，为队友加油并大声疾呼。新特里尔的球员对此很反感。"他是那种老是高谈阔论、夸夸其谈的家伙，"克莱巴说，"那种如果你和他混在一起就会惹上麻烦的人。"

辛格对自己的看法则截然不同。在他高中最后一年即1978年的年鉴上（那是他现存仅有的照片之一），他身着外套和领带，旁边写道："我最想被铭记的是我出类拔萃的人格魅力，还有与他人相处的能力。"

大多数从西尼尔斯毕业的孩子都留在了当地。许多毕业生去了伊利诺伊大学，这所大学被称作南尼尔斯。1983年，电影《乖仔也疯狂》上映，汤姆·克鲁斯在其中扮演一个来自芝加哥郊外的富家子弟，穿着内裤四处晃悠，搞砸了进入普林斯顿大学的机会。当克鲁斯饰演的角色戴上一副深色墨镜，咧嘴一笑，说"看起来像伊利诺伊大学！"时，西尼尔斯的孩子们陷入了疯狂。

"那是一个爆笑点，"伯恩斯坦说，"那部电影完美地展现了这个地区的风土人情。"

辛格准备继续前行，继续重塑自己的品牌。他还渴求一种允许他全年开展户外运动的气候——自从开始跑步锻炼，他就再也没有停下脚步。他与莱文-佛利奥和沃尔夫一道向南进发，就读于亚利桑那大学。他从来没有承认自己上过该大学，尽管校方确认了他的就读身份。以辛格的标准做派，这件事几乎已经完全从历史中抹去了，这是他喜欢发明自己叙事的又一事例。的确，即使在他针对2016年的证人陈述接受问询进行宣誓时（此案与"校队蓝调"无关），当被问及他在哪里上过大学时，辛格只提到了得克萨斯的三一大学。他确实在那里上过学，不过是直到1984年才去的，那是他在大二中途突然离开亚利桑那大学四年后。当被问及他在高中和三一大学之间的空白时期在做什么时，辛格说他在为家人的自动贩卖机生意工作，却只字不提在图森[1]的一年半时光。

可能的情况是，与他在西尼尔斯的生活类似，他的亚利桑那大学时光也没有什么可讲的东西。这是人生路途上一条可以忽略不计的小道。在像亚利桑那这样的一区大学[2]里，他不可能参加校级运动项目，他退而求其次，参加路人篮球赛，不停地进行日常锻炼。他加入了犹太人的兄弟会AEPi，但基本上独来独往。

---

1 亚利桑那大学所在的城市。——译注
2 一区大学是全美大学生体育协会（NCAA）制定的分类标准中的一类，进入一区大学名单里的高校通常是大型公立学校，拥有美国高校中最大的学生基数，掌握最充足的运动专项预算，也能给体育特招生开出丰厚的奖学金。一区大学除了给运动员学生提供广泛参赛的机会之外，也对他们有相比其他学校更高的学术成绩要求。（参见NCAA官方介绍https://www.ncaa.org/sports/2021/2/16/our-division-i-story.aspx，2023年4月18日访问。）除了一区大学外，NCAA还有二区和三区大学的分类，后两者的校队配备标准依次递减，相应的资金和赛事也较少，本书下文会出现处在"转区"阶段的大学。可以想见，要进入一区大学的校队不是件容易的事情。

"你知道，这是大学。你会出去玩，去酒吧喝几杯。他从来不出去，他说：'运动员不喝酒。'"和辛格在兄弟会住所住在一起的沃尔夫说："我从没见过他喝一滴酒。他从不外出，睡得很早，因为他会起很早去晨跑。这就是他所做的一切。他非常专注。"

在1979年兄弟会的年鉴上，辛格与世隔绝的形象一览无余。他穿着白色运动短裤、加州大学伯克利分校的运动衫和运动鞋，头发仍然是深色的卷发。其余的兄弟会成员则穿着衬衫打着领带，好像参加正式活动一样。"那画面说明了一切，"沃尔夫说，"他想穿什么就穿什么。如果我们有个兄弟会的活动或什么的，大家都西装革履，那也没关系。他就穿着短裤、跑鞋和T恤。就是这样。"

"他保持着距离。"沃尔夫继续说道，"我认为他想要那样做。他不想融入。他对自己的印象就是与众不同。他不在乎融入这个事儿，也完全不在乎别人对他的看法，几乎总是一副趾高气昂的样子。"

作为室友，沃尔夫目睹了辛格的强迫症倾向和怪癖。"他每天要做的事就是跑步。他会穿着跑步鞋和跑步短裤。他只吃葡萄干，然后换成花生。他喝'泰伯'[1]，我不知道里面是什么，但他只喝那个东西。"在宿舍外面，他在温迪快餐那种1.99美元自助餐中吃大量沙拉，不仅为了保持体形，还要保持预算。在大学里"里克就经济上而言，不能像其他人那样随心所欲"，另一位同学说。

据室友讲，与辛格住在一起也意味着要忍受不卫生的生活条件。"他是个懒散而邋遢的人，"沃尔夫说，"我和他一起在这个房间里，闻着这些他跑步穿过、浸了汗的袜子，还有那些衣服，到处摆着，散发臭味。再就是这个'泰伯'——有一天我躺在房间里，他拿出这些'泰伯'的罐子，没有扔出去，而是做了个金字塔造型，就像一些孩子用啤酒罐做的那样，只不过他是用'泰伯'罐子。我记得我躺在那儿，突然我开始左右开弓驱赶蜜蜂。我心想'这些蜜蜂是从哪来的？'，定睛一看，这些

---

[1] 泰伯（Tab），美国可口可乐公司于1963年推出的一款无糖汽水（也是其第一款无糖汽水），该款饮料针对的是那些在意自己体重的消费者。

蜜蜂正从那些'泰伯'罐子里爬出来。他甚至都没有清洗那些罐子。"

他在大二那年的12月离开了亚利桑那大学。沃尔夫不记得原因了，另一个朋友推测是由于钱的问题，也许他再也负担不起作为州外学生的学费了。即使在亚利桑那大学，辛格也无法与其他同学为伍，只能用那种对谁都不屑的态度和大嗓门来掩盖自己的缺点。

有几年，他在芝加哥晃悠，然后搬到了达拉斯，他生病的父亲住在那里（几年后，他父亲去世了）。在得克萨斯州，辛格再次尝试攻读大学。到现在，他对自己有了更清晰的认识。他决定要成为一名篮球教练。他的偶像是印第安纳大学的博比·奈特（Bobby Knight），那是一位易怒的、到处扔椅子的篮球教练，辛格曾通过对其进行怪异的模仿表演而逗乐别人。辛格在布鲁克黑文社区学院和圣母湖大学短暂逗留后，转学到了圣安东尼奥的三一大学，这是一所小型的天主教大学，给他提供了完美的环境。这所小型文理学院正处于从一区大学过渡到三区大学的转型期，这意味着他可以同时参加大学篮球队和棒球队。三一大学还有个强健的校内运动联盟，他喜欢参加任何能加进自己日程安排的运动项目，甚至会在空闲时间担任裁判。

尽管辛格参加了三一大学的体育运动，但他还是凸显为一个来自"错误一面"的自大的孩子，曾和辛格一起打篮球的队友保罗·汉斯莱说。三一大学是一所富家子弟学校，许多学生来自富裕的石油家族，在那里，大学生都开奔驰，住在校外公寓，家长每月都给生活补贴费用。汉斯莱说，辛格是少有的无车族之一，他记得辛格骑自行车。大多数学生身着80年代风格的设计师短裤和Polo衫，而辛格总是穿运动衫或运动短裤。

"里克似乎没钱。从来都没有，"汉斯莱说，"他只能勉强过活。"为了赚钱，他在学校运动设施萨姆斯中心的前台工作，检查身份证。那是一个便利的差事：不在前台的时候，他就在场馆中打壁球、打篮球、举重。很少见他学习，并且他的运动机能学课程挂科了，而这是体育教育专业的必修课（他选择了英语专业的双学位），不得不重修。这课教授的严厉是出了名的，汉斯莱说，但当辛格没有通过时，他带入了个人情绪，认为是老师故意针对他，对他严苛到了不公平的地步。"他对此感到非常沮丧，"汉斯莱说，"到了几欲落泪的程度。"

在三一大学，辛格并没有理会兄弟会。他嘲笑汉斯莱和其他队友，说他"不需要他们"，他再次投入运动，同时与周围的人保持着距离。"他不是那种无事闲聊消磨光阴的人，"汉斯莱说，"你不会和他一起去喝啤酒。比赛结束后，我们都会出去逛逛，但里克会离开去做自己的事。他不是团队型人物。"

"他非常粗鲁并且不合群。里克只为自己而战。"

在篮球场上，他有自己的一套。虽然他是球队中个子最矮的球员，但他多年来一直投身于运动，花了很多时间学习技巧和策略，在某些比赛中他是头号得分手。"他是个斗士，"一位同学说，"他太想赢了，所以总是更加努力地训练，更加努力地工作。"在校报《三一人》(*Trinitonian*)的一篇文章中，辛格坦言说："我绝对不是一名伟大的球员。但在球场时，每时每刻我都全力以赴。"

在同一篇文章中，他提及了自己想成为一名教练的愿望，他说："我对年轻人真的很感兴趣。我觉得我在比赛中有大量的教练工作。我看到过好的地方和不好的地方，我想我能和孩子们一起工作得很好。我曾经坚定地想成为医学预科专业生，我现在宁愿振作精神去做一份真正喜欢的工作，而不是让我绝望的工作。"

"教练的薪酬不算高，但如果你得到了真正的满足感，这就是更好的工作。我喜欢教学，我想我可以给孩子们提供帮助。我喜欢与人交流，我肯定是一个努力打磨自己技能的人。我认为这让我更容易传授经验。我知道有时候情况对我来说有多难，但我认为那对我有所帮助。如果事情对你来说真的易如反掌，那么有时候执教不那么擅长的人对你来说就会很难。很多时候，那些必须用尽自己全力的人，才会成为最好的老师。"

辛格与同伴们分享了这个雄心壮志，这让他们翻着白眼心想："祝你好运。"他没有与孩子们一起工作的合适脾气，他的竞争倾向太过极端，甚至可能会让人感到危险。"里克是过度咄咄逼人的那类人，"汉斯莱说，

"他总是会想着断你的球。当与队友一起训练时,你通常不想有人受伤。我们其余人只发挥70%的能力,因为你不想搞死自己的队友。但里克只知道开足马力,全然不顾其他。"

甚至在学校体育馆的路人篮球赛,情况也可能变得难堪。有个同学回忆起一场比赛,当对方球队有人突破后冲向篮圈时,辛格"冲过来把他推了出去。辛格推倒了对手而不是让他上篮。对我来说,这是要打架的节奏。我跑过去,冲着里克大喊。他的表情有点像说'什么鬼?',就像他很惊讶有人会退缩。"

"他是个为了赢不惜一切代价的人。"这个人说,"当你和他坐在自助餐厅里时,他可能会很有魅力,当竞争开始时,他就变成了怪物。"

在"追根究底"游戏[1]中败北也会让他情绪爆发。"如果你打败了他,他绝对会精神崩溃。"汉斯莱说,"我们会说,'老兄,这只是追根究底游戏啊'。但他就是会爆炸,非常情绪化。他会来回踱着步子,满嘴尖刻的话语,说着'去他妈的这个,去他妈的那个'。"

辛格还坚信自己具备教练特质,不过它们是以奇怪的方式表现出来。在训练和比赛时,辛格会冲着队友大吼大叫。对于被吼叫的一方来说,那感觉就像是骚扰。"你怎么回事啊,窝囊废吗?"有人鱼跃扑球却没够到球时,他会这样吼叫。有一年,当大一篮球运动员来训练时,他站在场边,他们训练时他在那儿指手画脚。他会喊"你罚球真烂!",或者"你连上篮都不会!"。他非常痴迷于关注球员信息等背景材料,他会记住所有大一球员的名字,他们在哪儿上的高中,以及他们的篮球数据如何。

"我觉得他自认为是一名非官方的教练,试图激发每个人的最大潜能。"汉斯莱说,"事与愿违。谁想要那样的教练呢?他总是把自己当作球员里的教练。"

再一次,辛格眼中的自己与别人眼中的辛格完全不相符:在校园里,鸟人里克的名气渐渐传开了。

---

1 一种结合了知识问答的棋盘类桌游。

他不择手段的做派在大四的时候找到了完美的平台,当时他是校内腰旗橄榄球[1]队队长。在三一大学,校内运动项目远比校际项目更受欢迎且更具竞争性,冠军赛会吸引数百名学生观战,为球员们加油鼓劲。校报会详细地报道常规赛和季后赛赛事。"会有球员退出校橄榄球队"来参加腰旗橄榄球项目,"因为你不能两者都参加",校报《三一人》当时的体育记者格兰特·施纳说。"然后会有篮球运动员和棒球运动员加入职业联盟的情况。这很了不起。"

腰旗橄榄球长期以来一直被兄弟会队伍统治,在辛格大四的时候,一群独立的、不合群的人聚集在一起,创建了自己的球队。球队的名字叫作"等闲队",以此来戏称他们的杂牌军阵容。大多数人都是某种类型的运动员,由于它们都不是社团体系的一部分,因此他们就像是大卫,与兄弟会的歌利亚巨人[2]抗衡。辛格是球队的队长和四分卫[3],《三一人》校报称他为"军师"。在比赛中,他忠职尽责,冲着队友吼叫("你为什么不拦住那个家伙?""你漏人了!"),大喊"犯规",用手肘推开视线内的每个人。使场面更加戏剧化的是,腰旗橄榄球在三一大学是一项全接触运动。"那意味着你可以撞人——你真的可以狠狠地撞人,"曾在联盟里打球的施纳说,"你不戴头盔或任何东西,所以那会是不戴头盔或任何东西的完全阻挡。"

作为永远的离经叛道者,辛格在这个自由驰骋的环境中大展拳脚。当等闲队赢得对欧米加斐队的冠军赛时——这是近十年来首次有非兄弟会球队夺冠——他成了英雄。学校年鉴用了两个版面记录本次赛事,放了张他的特写照片:他的腿微微弯曲,正俯身向对方球场投掷橄榄球。"我

---

1 美式腰旗橄榄球(Flag Football),是源于美国国家橄榄球联盟(NFL)的一项大众化运动。腰旗橄榄球规定不允许抱人和推人,防守方拉下持球进攻球员腰带上的一条腰旗,进攻即被阻止,是一种安全的"非冲撞性"运动。
2 大卫和歌利亚是《圣经》道德故事中的两个角色,非利士人歌利亚是力大无穷的巨人战士,以色列人大卫则身材矮小。因为听到歌利亚在双方对战中嘲笑以色列人和他们的神,大卫自愿不穿铠甲挑战歌利亚,最终将歌利亚斩首。
3 四分卫是橄榄球队中的核心人物,进攻时负责将球传给负责带球跑动的跑锋或接长传球的外接球手,因为拿球机会多,四分卫也是防守方会密集冲撞夺球的目标。

们带了一群独立的家伙,把兄弟会队伍打得落花流水。"校刊引用他的话说。

在比赛结束后《三一人》发表的一篇文章中,他展现了更多外交辞令,表明他日益意识到一种话术的力量,这种话术虽然陈词滥调,却完美有效:"这是团队的功劳,"他说,"'团队'(team)一词中没有'我'(I)字。"

1986年毕业后,辛格将目光投向了篮球教练职业,并找到了一份工作,在圣安东尼奥的麦克阿瑟高中担任助理教练。这份教练工作并没有持续很长时间。汉斯莱称,辛格不稳定的脾气引发了他与学生家长的争执,家长们觉得他对孩子太苛刻。他被解雇了。对辛格而言,是时候再次重塑自己的品牌了。因此,他向西海岸进发。

第三章　打破藩篱

1994年秋天，比尔·坦普尔顿在家里听到了敲门声。坦普尔顿曾任钱来宝公司CEO，最近从新泽西搬到了加利福尼亚萨克拉门托县的富裕郊区卡迈克尔市，距公司总部15分钟车程，总部所在的是一座十层高的金字塔型建筑，俯瞰亚美利加河。坦普尔顿与妻子和三个孩子一起住在一栋带院墙的维多利亚式房子里，前面有一片起伏的草坪，后面有篮球场和客房。坦普尔顿打开门时，看到了他形容的"这个穿牛仔裤的瘦孩子"。这个年轻人（他实际上34岁了）介绍自己是里克·辛格，他说他知道坦普尔顿有两个读高中的女儿。坦普尔顿还没来得及回应，辛格就继续说了起来，他解释说他最近刚开始一项业务，帮助学生申请大学。他想知道坦普尔顿是否有兴趣让他"指导"自己的女儿。

坦普尔顿对这一主张很好奇，对辛格也很好奇，发现他异常自信而且引人注目，于是他邀请辛格进门。两人坐在客厅里聊了半个小时。"我记得那时他非常热心、乐于相助，并且在某种程度上很独特。"坦普尔顿告诉我。确实，辛格是坦普尔顿听过的第一位所谓的独立大学顾问，他与学生一起列出大学"清单"，准备标准化测试，并完善个人简历，即辛格口中所说的"品牌"。

辛格表示，他愿意同时辅导坦普尔顿的两个女儿，她们都在该地区备受好评的公立学校里约美式高中就读，小女儿读一年级，大女儿读三年级。坦普尔顿建议先从老大开始，看看情况怎样。因此，辛格开始每个月到坦普尔顿家几次，帮大女儿制订她的大学计划。"辛格会过来两个小时，和她一起浏览书目，准备测验。"坦普尔顿说。之后，他会带她去篮球场打篮球。"他用篮球作示范，教她如何提高竞争力。我喜欢他那种将运动与学术相结合的方式。"

辛格为其服务收取了 1200 美元费用，辅导延续至高中结束。坦普尔顿认为这很划算，很快就让小女儿也加入了。当时，坦普尔顿猜测自己是辛格的最大客户之一，辛格可能最多才辅导十个孩子。"他一定在赔钱，这不是门有利可图的生意。"他说，"但是他真的用心花时间辅导我的孩子们。他永远都不着急，更像那种鼓舞人心的教练。"

当大女儿进入心仪的加州大学戴维斯分校时，坦普尔顿更加满意了。"他是一个先行者，"坦普尔顿如是评价辛格，"那些事情当时没有人做过。你不会在高中时找人那样辅导自己的孩子。他超前于时代。"

辛格的企业"未来之星"是他的自主创业项目，他和他于 1989 年结婚的妻子艾莉森一同经营。旧姓卡佛的艾莉森昵称为"艾莉"，在萨克拉门托长大，读的是圣弗朗西斯中学，一所天主教女校。之后她去了圣迭戈州立大学读书，后来回到萨克拉门托。像辛格一样，她也是运动爱好者，曾在当地的公路赛中做志愿者，1982 年，她和第一任丈夫一起成立了名为 P.S. Workout 的健身俱乐部。（P.S. 代表萨克拉门托的一个地区，Parkside。）她和辛格相遇时，已经涉足了房地产行业，她在这座城市里历史最悠久、最大的房产公司里昂地产工作，并升迁为培训总监。"她很有学识，与人相处融洽，擅长授课，帮助人们开启房产职业生涯。"在里昂地产的代理同事保拉·哥伦布说。

但是，艾莉森也是个不爱跟人往来的人。当辛格开始他的大学咨询业务时，艾莉森把自己的业务管理技能投入到了她新任丈夫的事业中，成了辛格的左膀右臂。

未来之星没有办公室，没有员工，也没有任何形式的职业装点。SAT 和 ACT 组的预备班在城镇周围的教堂和运动中心里进行。辛格在自己的汽车里工作,那辆车在当时里约美式高中的指导顾问志愿者玛吉·阿莫特看来,就是"一坨垃圾"。

"那是辆旧车,一点都不花哨,"阿莫特说,"他把所有东西都放在车里。那就是他的办公室。"

辛格将自己营销为独一无二的礼宾服务提供者。正如他告诉《萨克拉门托蜜蜂报》(Sacramento Bee)的那样,他与学生一起工作时,"为他们全力以赴,我打电话给招生办公室并安排校园之旅。我拜访关键的教授或院系成员。如果可能的话,我会安排校园留宿。对于某些人,我甚至会安排租赁汽车、预订飞机和酒店"。

艾莉森负责后端管理业务,而辛格则是公司的负责人和门面。在早期,这对夫妇通过各自的联系人来招揽客户:艾莉森通过她在里昂地产的工作关系,辛格则通过体育方面的联系人。确实,辛格大部分的早期生涯都花在了为高中运动员争取奖学金上面。他还打入了萨克拉门托的犹太人社区,即使他从来都没有宗教信仰,也没有与任何犹太会堂保持联系。艾莉森内敛却坚强,因而是她高谈阔论的丈夫的坚实后盾。艾莉森还有辛格所欠缺的东西,她经常参加城里非宗派教会"一统会"的礼拜仪式。她和丈夫一样有野心,也一样热爱运动。他们经常一起慢跑,并渴望自己的新事业获得成功。一位朋友说,艾莉森很钦佩辛格执着的职业道德,甚至当他变得过于执迷时也是如此,因为"他正在为他们打造未来"。这对夫妻最近以13.95万美元的价格购买了一套较小的农场房,面积约为120平方米,在距离加州州立大学萨克拉门托分校不远的一个中产阶级社区。他们还在讨论收养孩子的事。两人一方面为自己的未来做计划,一方面明智地过着日子,开设独立的银行账户以维持各自的独立性,并制订支出和储蓄计划。显然他们俩都在乎财务状况。在1995年一篇有关家庭预算的文章中,艾莉森向《萨克拉门托蜜蜂报》记者坦承:"我丈夫算了下,我们今年会为度假花费1400美元,所以我俩都从各自的储蓄账户中拿出了700美元。"

"这让我们能够度过美好的假期,开漂亮的汽车……而我们赚的钱也不多，"她继续说道，"节省对我们来说已经成为习惯。"

未来之星是辛格在他能够掌控的企业投资领域的首次尝试，并且这次投资有可能带来真正的经济回报。尽管他曾在大学里说过，他对个人荣誉比大笔薪水更感兴趣，但当他发现他的野心超越了教练可以提供的东西时，他选择继续攻读并获得了拉文大学学校咨询方向的硕士学位。20世纪80年代后期，他从圣安东尼奥搬到萨克拉门托时，教练生涯也没有完全按计划进行，他在篮球场上的狂轰滥炸行为导致他接连被解雇，先是作为萨克拉门托公立学校恩西纳高中的总教练职位不保，然后是在担任萨克拉门托乡村日学校[1]（K-12私立学校）的助理教练时被炒，该市政府官员和其他当地权势人物的孩子都在那里读书。他的暴脾气在乡村日学校显得尤为刺眼，那里的家长更加习惯乡村俱乐部[2]的礼节。"家长们抱怨说，他对其他教练相当粗暴"，当时在乡村日担任指导顾问的帕特里夏·费尔斯说，她曾观看过辛格执教的一些篮球比赛，"他的粗暴并不是肢体上的，但他做的事情令人讨厌，它们被视为不合适的行为，尤其是在一所小型私立学校中。"

尽管激怒了同行和家长，他却和孩子们建立了良好关系。辛格在恩西纳执教了1987—1988赛季的大部分时间，在最后一场比赛前被解雇。辛格当时执教的球员们如今仍然亲切地称他为辛格教练，即使他们讲述了艰苦的训练，在输掉一场比赛后第二天早上6点就得来训练（没有人比辛格更讨厌输球），当然还有他的脾气。"教练们说话不好听这事众所周知，但他脏话连篇，吼叫不断——冲着我们、裁判、对手，不管是谁。他的感情很强烈。"曾使用科里·泰勒名字的萨迪克·阿卜杜勒–阿利姆说。

对手球队的教练对辛格的行为感到震惊，认为他是"十足的混蛋"，当时《萨克拉门托蜜蜂报》的体育作家皮特·勒布兰克说。"这是博比·奈

---

[1] 乡村日学校（Country Day School）致力于重现最好的寄宿学校具有的教育严谨性、氛围、同学情谊和品格培养等方面的特质，同时允许学生在放学后回家。为了避免工业城市的犯罪、污染和健康问题，这些学校通常设在乡村或城市郊区。

[2] 乡村俱乐部位于城郊，一般是上流人士参加高尔夫等体育项目以及参与社交活动的场所。

特的执教风格：非常高的期望值，不断的怒吼和喊叫。这种情况现在看起来很遥远，但在那个时候仍然是可以接受的做法。只要你不打孩子，那种严厉的关爱方式，吼叫中还伴随着其他人看不到的（好）做法"，不会被禁止。但这并不意味着没人在意。勒布兰克说，教练们对此的态度是：这家伙到底怎么回事？

恩西纳位于一个陷入困境的中产阶级社区。辛格球队中的一些孩子来自破碎的家庭，在这所学校，孩子由于成绩不及格和行为粗暴而被停学并不罕见。这可能会影响到球员们的篮球训练和比赛，给本来就实力不济的球队带来更多的负担。但辛格用他那猛烈的反常举止激励孩子，让他们更加努力。"我认为他一直希望大家能做得更多，"另一名队员约翰·梅克菲塞尔说，"你可以做得更好。别安于现状。他像大学教练那样执教高中篮球。"

他们对自己充满信心，即使因为球员犯规或受伤只有三个人在球场上也是如此。"我们都认为我们能赢，这都是他的功劳。"梅克菲塞尔说。

"他激发了我们更多的潜能，"阿卜杜勒-阿利姆说，"我们队里可能只有一个引人注目的球员，但他使我们的球队走得更远。我们差不多算是杂牌军。"

辛格以身作则，他一早就现身打开健身房，最后一个关门离开。"他对自己的工作非常自豪，"梅克菲塞尔说，"他会身体力行。他是那种会说'嘿，让我们不要放过任何一个地板球'之类的话的人，他没有把活儿丢给别人。他想打造一些东西。"

除了教篮球技巧外，他还命令球员们体面地走上球场：总是把短裤提起来，而不是像当时的时尚那样耷拉着，发型也总是要修剪整齐。这是另一个后来成为《入学》素材的小技巧，他在其中写道："永远不要低估一个好发型的重要性。"他的球员们没有翻白眼，而是按照要求执行。

"我们是孩子，都听他的话，"梅克菲塞尔接着说，"我相信他的话。他的声音很大，存在感十足。当他开始说话时，没有人拍球。他像老派教练一样要求受到尊重。"

也许是因为总认为自己是个局外人和下位者，辛格似乎总是更关心条件差的孩子们。他对像阿卜杜勒-阿利姆这样的球员特别关照，阿卜杜勒-阿利姆和吸毒成瘾的单亲妈妈生活在一起。"他会给我打电话，问问我怎么样，问问学校怎么样，"阿卜杜勒-阿利姆说，"他会过来看我，只是聊聊天，看看我情况怎样……他对其他人都比较直接，但他似乎与我们这些贫困的少数族裔孩子有着特殊的关联。"

辛格免费给阿卜杜勒-阿利姆和他的朋友们提供校服，并主动提出关于大学体育的建议，这个主题越来越成为他的专长，并帮助球队的一名球员获得了加州州立大学萨克拉门托分校的篮球奖学金。他曾经告诉阿卜杜勒-阿利姆，社会学是个"天坑专业"。"他说，这只是个学校迫使运动员就读的专业，因为读这个很容易拿到学位。但毕业后靠这个学位挣不到钱。他推荐我去读商科或者法律什么的。"

最后，阿卜杜勒-阿利姆继续攻读并获得了遗传学博士学位，他说自己在高中时是个糟糕的学生。"如果你当时认识我，你绝不可能预料到我最后会获得博士学位，"他说，"我认为教练对此发挥了重要作用。"

在恩西纳执教期间，辛格还在塞瑞亚学院担任男子篮球助理教练。他还在阿尔丁初中开设午餐时间的校内课程。当有太多事情要做时，他似乎也最能迸发能量。所有的要求和无情的时间表使他特别专注于个人表现，其他需求都被搁置。"有时我会感到孤独，"辛格在一次采访中对《萨克拉门托蜜蜂报》的勒布兰克说，"我爱死孩子们了，但有时你需要一个同伴。我一个人吃饭，一个人去看电影。这很艰难，但这样的生活拿什么我都不会去交换。"（在同一篇文章中，辛格谎称自己在转学到三一大学前曾在得克萨斯农工大学就读；以优异成绩从三一大学毕业，并且在那里也曾担任篮球队主教练；与博比·奈特和魔术师约翰逊是朋友，并曾在两人的夏季训练营里担任教练。）

塞瑞亚的主教练约翰·兰金把辛格比作一节电池。"他精力太充沛了，"兰金说，"他没有休息时间。"

确实，当他不执教多支球队，或者黎明时没在恩西纳游泳池里游泳时（他把这当作日常活动），他总是在行动，总是在寻找新的冒险，试图孵化某种计划。据报道，他在塞瑞亚试图启动一个运动视觉项目，用闪光灯和蜂鸣器来帮助运动员提高反应时间。他还有个自动售货机生意的副业。

"他买了自动售货机，把它们放在不同的地方，"阿卜杜勒-阿利姆说，"我的感觉就是，这不需要投入太多工作。人们把钱投进（机器），你就会得到报酬。我是说，很明显有一些工作要做。但这种东西意味着他一直在赚钱，即使他不在机器旁边也一样。"

"他的脑子总是很活跃，"阿卜杜勒-阿利姆接着说，"他看起来从来都没放松过。他属于那种活跃的人。大脑活跃，身体也活跃。他们一定要做些什么才行。他们得搞一些东西，或者琢磨一些事。他们能看到别人看不到的东西。"

阿卜杜勒-阿利姆有一次到辛格的住处拜访时，他惊讶地看到像《纽约时报》和《华尔街日报》这样的报纸放在旁边。"我很吃惊，因为我是个读书人。我记得我在想，哈，他会深入研究《华尔街日报》这样的媒体。这很有趣。在他家散落四处的不是《萨克拉门托蜜蜂报》这种小报，而是些精英报纸。他的自学能力很强。"

当辛格第一次被聘用时，恩西纳高中的校长告诉他，他"今年能赢一场比赛就很幸运了"。他的球队赢了9场，输了16场，甚至有机会进入季后赛，但在赛季末辛格被解雇后，球员们一致投票放弃了最后一场比赛。压倒辛格的最后一根稻草，是他在一场比赛中因为对阿卜杜勒-阿利姆的表现不满意，称呼后者"狗娘养的"。当阿卜杜勒-阿利姆慢吞吞地走着而不是小跑着下场时，辛格把他赶出了体育馆。辛格因此被解雇。

现在他的行为上了头条新闻。勒布兰克的另一篇《萨克拉门托蜜蜂报》文章开头写道："里克·辛格。这个名字本身就在当地篮球运动员和球迷心中唤起了许多形象。"这篇文章把辛格描述为性格鲜明的暴脾气，说他的执教风格"超越了纪律的范畴，滑向了疯狂境地"。

辛格告诉勒布兰克："我跟你说，当你说出里克·辛格这个名字时，人们开始会说：'哦，我的老天，里克·辛格。'当他们了解我后，他们会说：'那不可能是同一个人。'那是他们了解真实的我之后。"

辛格继续在塞瑞亚执教，脾气有所收敛。但他毫不掩饰的自夸行为一发不可收。当塞瑞亚在 1988 年初级学院州立锦标赛中表现出色时，该地区的本土报纸《奥本杂志》（*Auburn Journal*）要求体育编辑杰夫·卡拉斯卡写一篇关于塞瑞亚充满活力的教练团队（自然包括辛格）的报道。卡拉斯卡和辛格的谈话只持续了 15 分钟，但那一次辛格描绘了一个美化版的自己。辛格告诉卡拉斯卡，他曾是得克萨斯农工大学同时参加四项体育赛事的运动员，也是圣安东尼奥的一名"成功的高中教练"，他曾在麦克阿瑟高中率队闯入大型学校州级季后赛，不是一次，而是两次（事实上辛格只在学校待了一年，从来没有带队进入季后赛）。作为补充，他说他曾在学校教过四项运动，并担任过三项运动的首席教练，这更是无稽之谈。

"当时我没法用搜索引擎搜索他，"卡拉斯卡提及了前互联网时代事实核实的局限性。他坦言，当辛格声称自己曾是一名同时参加四项体育赛事的大学运动员时，"本应引起我的警觉。在 20 世纪 70 年代，同时参加三四项运动的孩子很常见，到了 90 年代，会有一些孩子同时参加两项运动，但很少有孩子能同时参加三项运动"。

"但是，一位在奥本市一份发行量为 9000 份的报纸工作的体育编辑如何去查证这些呢？"卡拉斯卡说，"这张报纸的设计就是以外表取人。在社区新闻中有很多这样的情况。"

卡拉斯卡说，他的总体印象是辛格是个向前看的人。"加州的罗克林[1]并不是他旅程的终点。"卡拉斯卡说。

辛格的机会出现在 1989 年，他首次在加州州立大学萨克拉门托分校获得了一区大学的教练机会，当时学校正在向大项目类别过渡。他是男篮两名助理教练之一，他的怪癖和长处在这份工作中派上了用场。大吼

---

1 塞瑞亚学院所在地。

大叫在大学篮球队里更多地被接受，他的大部分角色是去高中和其他篮球中心招募孩子到萨克拉门托加州州大。另一位助理教练罗恩·麦克纳回忆说，辛格能够进入艰苦的社区，走上篮球场，与通常比他块头大两倍的人平起平坐。"他会走进洛杉矶东部的运动场，和那些家伙聊天，他还会打临时篮球赛。他能做到那些事，"麦克纳说，"他说到做到。"

"他是个很棒的招募人员——那是他的全职工作。执教和招募。他对孩子们直言不讳，对他们如实相告。'我们可以为你做这些事，你可以为我做那些事。''你能为我做这些吗？''不，我们不能这样做。'对于住在那里的孩子来说，和他们相处的唯一方法就是直来直去。"

与此同时，他夸大其词的嗜好依然未改。当萨克拉门托加州州大发布一份关于其篮球队和职员的媒体指南时，辛格的简历声称他曾在三一大学参加过大学篮球、棒球、足球和网球校队，还说他曾是篮球队队长，并获得过许多篮球奖项和荣誉，这些全都是瞎编的。

1992年，萨克拉门托加州州大解散了其校队，在这三个令人沮丧的赛季里，他们未能在一区找到立足之地。辛格再次丢了工作。但这一次他改变了方向，决定离开篮球事业，至少是暂时告别篮球场。辛格似乎也意识到，为了成功，他需要更多地掌握自己的命运，自己做老板。在经历了多年在生意场的摸爬滚打后，他感觉找到了方向：一种新的、未经试验过的职业，这种职业将把他与孩子的联系能力和他对大学招生工作的知识结合在一起，特别是有关招募运动员的知识。他一直在关注一种风潮，即寻找和培养优秀年轻篮球运动员，并准备让他们参加顶尖大学篮球项目，这一体系在20世纪80年代已经启动。那时，有前途的篮球运动员在十一岁的时候就进入了精英夏令营，由耐克和阿迪达斯提供装备，然后转到基本上只是为了完成球员技能学业的高中，随后进入一支强大的大学球队。

在运动方面，他看到了一片处女地。孩子们（及其家长）非常想进入某些高校。然而，通常没有足够的顾问就大学招生过程对他们进行指导，公立高中尤其如此。通常，只有一两个顾问管理数百名学生。除了高中职业中心以外，这里也提供普林斯顿评论和卡普兰[1]等公司运营的 SAT 和 ACT 预科课程，但这些基本上是公式化和非私人化的课程，没什么个性化内容，没有考虑孩子的特殊情况、兴趣或优势。或许辛格最有力的洞察是，家长们讨厌参与大学申请，所以那些能够请得起人代劳的有钱父母渴望让人代劳。

"里克成了家长和学生之间的中介，父母喜欢这样做，因为他们不必和自己的孩子斗争来获得材料、填写申请——做所有申请大学所需要的工作。"麦克纳说，他在萨克拉门托加州州大执教后去了萨克拉门托肯尼迪高中担任指导顾问，并经常会见他的老教练伙伴。

多亏萨克拉门托的社会结构，辛格作为一名独立大学顾问的人生迅速上了道。虽然这个城市拥有湾区的科技亿万富翁，他们搬迁到萨克拉门托这个更安静也更便宜的州首府，但它仍然是一个低调的地方。"我们是一个老式小城，一个农业城市，"住在这个地区的办公场所顾问金·佩里说，"因此，在这里赚钱的人是开发商和从事石油行业或农业的人。但他们并不吹嘘这点。"

这也是一个所谓的政府城市，人们每天朝九晚五为国家工作，然后在五十岁时带着丰厚的养老金退休。这座城市有一种悠闲、亲切的感觉。这是人们喜欢说的那种生活轻松、适合抚养孩子的好地方。这里有公园、树木和池塘，在狭窄、绿树成荫的街道上交通井然有序，似乎没人着急。换句话说，这里对于一个想要兜售服务的穿运动鞋和 GAP 牛仔裤的人来说，再理想不过。

辛格还受益于萨克拉门托的社会和经济层级。这座城市大部分的白人上流社会家庭组成了一个紧密团结的小群体，他们早上会在当地的咖啡店相遇，放学后是足球比赛，周末参加当地的募捐活动。他们政治倾向自由派，对教育很上心，很重视自己孩子去就读的学校，包括中学和之后的高等教育。许多人把孩子送到私立学校，比如像圣弗朗西斯（奥

---

[1] 卡普兰，美国的一家教育集团，也提供类似辛格提供的"大学安置"服务。

斯卡提名影片《伯德小姐》中的女校灵感来源）和耶稣会高中这样的天主教学校，这里的大多数孩子参加体育活动，从而有更多的社交机会。

当一个家庭决定让他们的孩子参加一项新活动时，比如花样游泳，这就突然变成了一个焦点事件。同样，当一个家庭请人来帮助他们的孩子进入大学时，其他家长的耳朵也会竖起来探听。在20世纪90年代，情况更是如此，"萨克拉门托所有的富有家庭都彼此认识"，佩里说，"如果一个孩子做了什么，所有人都会知道"。

在圣弗朗西斯中学的情况就是这样，一个学生聘请辛格帮助其申请大学后，有几十人紧随其后。"他变得很吃香，消息突然开始像野火一样传播，"佩里说，"不仅在私立天主教学校社区，在公立学校也一样，那里有富裕的孩子。突然，大家都在说：'我请了里克·辛格，我的SAT考试怎么怎么啦，我通过做所有这些练习测试提高了水平。'因此对许多人来说，聘用他根本不需要过脑子。"

玛吉·阿莫特说："对于那些真的走投无路的家长来说，辛格的出现合情合理——学校顾问也很棒，但他们非常忙。"玛吉在看到辛格演讲后，决定自己也做一名独立的大学顾问，她觉得自己可以做得更好。"很多人开始聘请他，我的很多好朋友都这样做了。"

佩里第一次见到里克·辛格是在碰到一位同学时，辛格当时正和她的那位同学在受欢迎的"伯尔喷泉"冰激凌店（现已关闭）坐着，一起梳理备考材料。佩里走到桌子前，那位同学向她介绍了辛格。很快，辛格就出现在佩里家，向她父母推销自己的公司，他们同意以500美元的价格聘请他在六个月的时间里帮佩里准备SAT考试，另外还支付额外的费用来帮助她申请大学。佩里想不起是多少钱了，但表示"费用微不足道。是买牙套的百分之一"。

她对辛格的第一印象是他就像一位田径教练。"就是那种看起来像马拉松运动员的人。"她说道，"他把自己定位为导师。他很有魅力，非常机敏精明。"

未来之星的另一位客户斯科特·金斯顿就读的是乡村日学校，然后去了里约美式高中，在那里打高尔夫和篮球，他说辛格有"运动员教练的心态"，他喜欢辛格的这种心态。辛格有时的辅导方式是和金斯顿一起在他的家门口投篮。"那是一个不同的时代，"金斯顿说，"那并不是大家相安无事、人人在其中都能获得奖杯的地方。你必须赢得胜利，这里就有获胜的工具。现在作为一个回看的成年人，我对他当时所做的事情心怀尊敬。"

除了帮助佩里准备 SAT 和列出她的大学名单外，辛格还鼓励她思考自己的与众不同之处，她的"品牌"是什么。当得知佩里有一个需要特殊照看的妹妹，她也在帮忙抚养时，辛格让她把这些写进她的大学申请书。这些建议本身并不是开创性的，但辛格不是把这作为一个建议，而是作为必备的营销。"'我们的品牌是什么？'我们还是青少年的时候不知道那是什么意思，"她说，"这个问题真是太棒了，因为它会帮助你思考，是什么把你和其他人——甚至是高中同学——区别开来。"

辛格还引导佩里远离传播学和其他"烂大街"专业，从而增加录取机会。当她说有兴趣申请加州大学戴维斯分校时，辛格证明了自己不只是教练或家教，而是提供一条龙服务的礼宾部，他安排她在戴维斯分校与一位正就读于此的前女客户一同留宿。"他会推动事情。"佩里说。

"当辛格和你一起工作时，他会包办一切。"阿莫特说，"他给孩子报名参加 SAT 或 ACT。"他弄清楚他们的班级日程安排，到了大学申请时，他会组织他们去大学参观。尽管他打包票保证客户能进入心仪的高校，但他的纪录并不完美。当佩里落榜 UCLA 时，她很失望（转而就读于加州大学戴维斯分校），但她说："我从没有想过要责怪他。"

其他客户则更加难以接受现实。辛格鼓励一名年轻女孩申请北卡罗来纳大学，显然不知道学校对州外申请者的要求更高。当她被拒绝时，据知情的阿莫特说，她"心碎"了。由于辛格曾非常有信心她能成功，这种挫败感就变得更加强烈。

这些失利，让像阿莫特这样的人开始怀疑辛格是否有那么神奇。有些时候，他似乎完全摸不着头脑，例如他曾帮一个学生做简历，这个女孩曾在当地一家医院做过护士助手义工。在简历中，辛格将这份工作的职责描述为"在糖果上画条纹"[1]。

"我们都笑了，"阿莫特说，"'不，里克，护士助手义工不是这么回事。'"

当阿莫特聘请辛格和她里约美式高中的女儿一起工作时，她对辛格有了更多了解。在她女儿写了大学入学申请论文，并向辛格展示时，辛格惊呼："写得太好了！"然后阿莫特自己读了这篇文章，有着截然不同的观点。"写得太糟了。"她说。辛格被解聘了。

随着辛格不断拓展业务，并且成了城里众所周知的人物，他这些表里不一和过度的虚张声势变得更加明显，还有他那令人苦恼的执着，总是一成不变地围绕着一件事：让他比其他人更有优势。他会打电话给高中顾问，缠着对方让自己去他们学校演讲，另一方面他却指示正在参与辅导的家庭不要与他们的高中顾问接触，甚至忽略他们说的话。

"在那时，我没听说他做了任何违法的事情，"多萝西·米斯勒说，她在耶稣会高中负责大学和职业中心事务，辛格经常给她打电话，"但他没有遵循我们的国家组织（独立教育顾问协会，IECA）的伦理准则。他到处打包票，让学生们美化简历。他会对学生说：'如果你是游泳队的一员，就在简历上说你是游泳队队长'。"

辛格的一位前工作伙伴说，现在虚报简历对他来说是常规操作。他直截了当地对他辅导的一个孩子说："你在社区服务方面有所欠缺，让我们在简历里把这个项目补全。"

"一切都很随便的样子，"这位工作伙伴说，"他会征询客户的许可：'你介意我这样做吗？'那个小孩坐在那里回答：'行啊，没问题'。"这位工作伙伴从一些家庭那里听说，辛格也替孩子们写申请书，至少有一例情况是让学生把自己列入少数族裔，事实上他并不是。"你不用在这个

---

[1] 护士助手义工是帮助护士照看病人的志愿者，通常为年轻女性，其英文"candy striper"字面意思为"在糖果上画条纹的人"。护士助手义工传统上通常身着红白条纹相间的无袖连衣裙，酷似糖果上的条纹，故有此名。

行当待多久,就能意识到,你可以做很多事情来操纵事情。有很多事情都无法查证。"

辛格像是把他不择手段获得成功的体育心态运用到了大学辅导上,引用芝加哥小熊队前一垒手马克·格雷斯的名言:"如果不作弊,你就不会赢。"辛格拼命想赢。不是为了荣耀,也不一定是为了金钱(虽然金钱是成功的有形证明),而是一种过度的补偿,补偿他如此痛苦地意识到的缺陷和缺点:他成长过程中的贫穷,他不高并且易胖的身体特征,还有他曲折而颠沛流离的职业道路。

在他的脑海里,真真假假虚虚实实只是游戏的一部分,是任何真正致力于脱颖而出的人所采取的必要策略。这不是说辛格有任何自我反省,他的手段大多是下意识的行为,对生存的达尔文主义理解。只靠诚实和努力工作可能会让你获得尊重,但得不到什么其他东西,而这远远不够。在篮球场上,这种想法美化了挥肘、放倒队友或者爆粗口等行为,它们终究只是过激的反常行为,在被吹犯规后,所有人都会对其一笑置之,重新回归比赛。当辛格把这种投机取巧策略推广到大学咨询工作时,他开始进入更加严重、更加危险的领域。

***

里克·辛格肯定不是业内第一个独立大学顾问,但无论从哪个方面讲,他都是早期先行者。该行业自20世纪70年代IECA成立以来就一直存在,据IECA的CEO斯克拉罗称,当时主要是那些希望为孩子找到"最好"的私立高中和寄宿学校的家庭会聘用独立顾问。20世纪80年代,风向开始转到帮助一些家庭的孩子申请大学。聘请一名外部大学顾问的概念,直到20世纪90年代末和21世纪前十年才真正开始,这一概念的驱动因素是学生们对名牌大学的需求越来越高,而进入这些大学也变得越来越难。这又恰逢大学的录取策略转变:目标从寻求全面发展的学生,转向了那些在某些领域有专长的学生。于是,大家越来越搞不懂为什么有些孩子没有进入他们心仪的高校。那些确实存在的独立顾问倾向于将重点放在基础知识上：标准化的考试准备，帮孩子们提出申请大学的清单，并针对这些学校提供信息和建议，以及帮助修改论文。辛格将这些服务提升到了一个新高度，他不仅强调学生如何能够脱颖而出，如何使自己看起来更能获得招生官青睐，还强调积极自我推销，就好像他们是可销售的产品一样。就像他在《入学》里写的："进入大学很像是推销 iPad 或者罐装可口可乐。一切都与品牌推广有关……"

"如果你还不知道自己的个人品牌是什么，那么现在就该去打造它。因为你需要一个强大的品牌。"

这是在品牌推广成为主流文化现象很久之前的时候，尽管这个想法至少已经存在了。1997 年，汤姆·彼得斯在《快公司》（*Fast Company*）杂志上发表了一篇题为《品牌召唤你》（"The Brand Called You"）的富有时代精神的文章，他认为不论是 CEO 还是接待员，每个人都应该控制自己的形象和职业生涯。那时候还没有社交媒体，没有网红，还没有六岁大的 YouTube 红人把他们的顽皮魅力变现为价值 260 亿美元的玩具和媒体帝国（请参阅 YouTube 频道"瑞恩的世界"）。但辛格接入了文化发展的方向，就像大学越来越关注那些可以用单个流行语来描述的学生。他对上大学也抱着根深蒂固的人皆为己的态度，从一开始就认为录取是不公平的游戏，可以通过些许狡计以及违规（如有必要）行为来胜出。

如今，越来越多的家庭深受申请大学的烦扰而寻求指导，对独立大学顾问的需求暴涨。斯克拉罗估计，现在美国大约有 1.5 万名独立顾问，而 2005 年只有约 2000 人。这些顾问几乎完全由负担得起的家庭聘请，这些家庭每年花数千美元，请家教帮助学生针对大学申请过程中的每个漏洞和细微差别进行指导，并帮助他们规划自己的高中生涯：要注册哪些课程，参加哪些课外活动。与家长的会议早在学生八年级时就开始了。追随着辛格的礼宾模式，今天大多数大学顾问提供全天候与学生一起工作的服务，周末可以发短信，通过 Skype 或 Zoom 交流。独立顾问不替学生写大学申请书，但提供几轮编辑和校对，与那些只能靠自己的人相比拥有明显的优势。确实，比什么都重要的是，在这个日益注重定制和外包的时代，人们感觉缺乏指导的人几乎没有机会获胜，在这样的境地里，独立顾问提供了一种优越感。

对于许多有钱的家长来说，考虑到入读一流大学的潜在回报，价格可以忽略不计。"就像我一直告诉人们的那样，如果他们要花 5000 美元买个手提包，花 5000 或 1 万美元聘请个大学顾问又算得了什么？"运营"大学权威"公司的比尔·鲁宾说，这是一家位于加州拉古纳海滩的公司，提供针对高中生的大学参观服务。"每个人都想获得优势。"

1 万美元实际上是起步价。在洛杉矶，家长们在四年内聘请一名大学导师的费用高达 3 万美元。在美国其他地区，例如纽约和旧金山，这些费用可能高达数十万美元。

鲁宾还担任独立的大学顾问，关于人们对他职业的看法，他会开玩笑。"人们对独立顾问的刻板印象是：犹太中年妇女，丈夫很忙，她做这个副业是出于热爱，"他告诉我说，"因为她的孩子进入了很好的大学，她认为自己也可以做得很好。"

"我现在四十九岁，实际上我是犹太人，尽管我没有遵从犹太教习俗，并且我丈夫很忙。"鲁宾补充说，"所以实际上我符合这个刻板印象，但这就是让我感到好笑。有很多人有这样的想法，很多家长的孩子都进入了很好的高校，于是他们所有人都觉得，'我也能干这行'。"

实际上，该行业不受监管，意味着任何人都可以开店，这也为辛格提供了便利，他成立未来之星时仅仅是篮球教练，尽管他读了咨询学位。有越来越多的顶尖高校毕业生加入该领域，他们曾经做过招生工作，并且与招生官保持着联系。但这份工作不需要通过测试或获得许可，很多人取得成功只是因为拥有聪明才智，愿意刻苦钻研，并拥有与学生互动的技巧。有些人是在从事中学顾问职业后开始自己创业，吉尔·纽曼就是一个例子。纽曼在萨克拉门托的公立学校工作多年后才开始接收私人客户（最近她又回归了中学顾问的角色）。她说自己从来不会操纵学生的大学申请，而是给他们提供成功地独立完成申请过程的工具。"我就像个家得宝[1]。我要教你怎么做，然后你就自己做，"她说，"如果你仍然希望我手把手地教，也行。但我真的会鼓励你脱离我的帮助。"就像其他独立顾问那样，纽曼在业余时间也会提供无偿服务，以免费或较低的费用为那些承担不起每小时110美元费率的家庭提供服务（她通常会在学生高中时代每年与他们见面两三次，每次工作几小时）。

她给家长们的建议同样合理且可靠。"当家长和孩子们进来说，'我们要试试斯坦福，保底的是伯克利'，我会说，'呃，我跟你们解释一下我所说的范围'。"

"这份工作主要是安抚恐惧，建立信心，让他们知道自己可以做到这一切，不会被撕裂，"她继续说道，"即使他们去读了社区大学或当地的加州大学（分校），或在西部不知名的大学，只要这是适合他们的大学，他们在那里成功而快乐，那么我们就成功了。他们上了大学，在四年内完成了学业，然后再开启下一段人生旅程。"

如果有顾问希望获得更多正式合法性，他们可以加入高等教育顾问协会（HECA）或IECA，独立顾问在协会中记录一定学时的顾问工作，定期访问大学和学院，并完成在线伦理课程后，可以得到IECA提供的会员资格。斯克拉罗说，大学录取丑闻曝光后，向IECA提出申请的人数增长了300%。在如今美国的1.5万名独立顾问中，只有2100名IECA会员。HECA的会员人数为1000人（辛格从未加入过这两个团体）。

大多数家长并不关心资格证书。他们在乎的是引荐和口碑推荐，当然还有结果。在洛杉矶西部，最受欢迎的独立大学顾问是萨莉·舒尔茨，几乎被人称作神话。她住在"山上边"，在自己家里辅导，"几乎就像一个俱乐部，你必须受邀才能参加"，一位家长告诉我说。舒尔茨甚至会回绝客户，导致人们需要从朋友那里"请求"并尽最大努力吸引她。"人们会说：'你能给萨莉打个电话，帮我说句话吗？'这听上去有点恐怖。"

在接受《哈佛西湖纪事》（*Harvard-Westlake Chronicle*）采访时，舒

---

1 美国最大的家装建材零售品牌。

尔茨描述了她的项目采取的方法。"我的教学远不限于标准化的测验，"她说，"我的课时包括讨论时事，分享喜欢的'好书'，鼓励学生在社区中从事志愿工作。我们努力成为更好的公民，同时获得出色的成绩。"

其他顾问兜售的理念就不那么崇高了。旧金山"首要教育"公司创始人艾伦·科赫为家庭提供咨询，告诉他们如何微妙地与大学发展办公室共舞，以及向孩子正在申请的高校捐款的最佳时机。"你永远都不想在孩子申请大学时捐款，那是对学校发展官的侮辱，将被视为失礼。"科赫告诉《华尔街日报》。当我和科赫沟通时，他也分析了学生的"执行功能"，帮助他们改善学习习惯和学校表现。如果他们在 Snapchat 应用程序上花太多时间聊天，"我们可以有很多不同的应用程序和东西，通过技术手段消除一直存在的亲子争论，这些争论有关社交媒体和屏幕使用情况。我们希望他们成为生产者，而不是消费者"。科赫最受欢迎的服务包价格是 6.5 万美元，但他的服务费可高达 35 万美元。在一些涉及国际学生的特殊情况下，科赫将其描述为"复杂情况"，他收费 100 万美元。

独立大学顾问往往会对指导学生申请大学的高中顾问敬而远之。实际上，大多数私立高中不鼓励使用独立顾问，一方面感觉独立顾问在插手学校应该监督的过程，另一方面也认为他们的能力终归有限。与高中顾问不同，独立顾问不能给招生人员打电话讨论申请事宜，详述为什么某个学生很适合某所高校。诸如乔治城大学等一些高校非常看不上独立顾问，不会让他们参观学校，拒绝阅读他们准备的任何推荐信或其他材料。一些家庭无论如何最终还是会聘请他们，主要是担心自己的孩子在操劳过度的高中顾问那里得不到足够关注。这种论点在公立学校更加合乎情理，据美国学校顾问协会统计，每名公立学校顾问要应付 482 名学生，在加利福尼亚则高达 760 名。这些顾问除了需要竭尽所能应付这些工作量之外，其工作还包括为学生提供社会和情感支持，以及满足诸如日程安排等官僚化的要求。

吉尔·纽曼说，她在 21 世纪初担任里约美式高中的顾问时，每位顾问要负责 450 名学生，而当 2008 年金融危机袭来时，他们整个圣胡安学区一共只有 30 位顾问，为 9 所高中提供服务。"那太恐怖了，"她说，"当经济稳定后，加利福尼亚开始向学校投入经费，聘用了许多顾问，总数回到了 70 名。"

格温·迈耶是阿拉米达高中的大学和职业中心协调员，这是所位于旧金山外围的公立高中。"我们有 4 名学术顾问，为 430 名学生提供服务。我们给每位学生至少要做 25 份报告单，有些学生需要做三十多份，"她告诉我，"对于一些孩子，一封推荐信是高中顾问的分内事，诸事缠身的他们必须向学生规定严格的期限，以便能填写所有这些信息并写一封个人推荐信。每封推荐信都是单独制作的，没有循环使用，这对高中顾问来说是一大堆工作。"

迈耶说，当一些学生聘请独立顾问时，她会感到轻松。"因为这样一来，我就可以真的帮到那些没人可依靠的学生。"她告诉我说，"他们参加 SAT 或 ACT 所做的准备很少，也许参加了一些可汗学院的在线免费课程。但这对他们来说是一个不同的流程。"

在私立学校，学校顾问管理的学生量更加可控，通常只负责十来名、至多 30 名学生，所以他们对外部顾问的感觉更具敌意。"我总是告诉家长，'您自己决定是否想让（高中顾问）知道我的存在'，"独立顾问珍·凯菲什说道，"多数情况是这样：'我不能代笔，但我会在幕后给你出谋划策。我会告诉他们，'去找学校顾问'，因为我希望他们与学校顾问建立关系，毕竟是学校顾问在写推荐信。我会说：'你不能因为我而抛开她，她仍然是第一手顾问资源。不需要有人知道我的存在。'"

"我会使用'讨厌'这个词（来形容学校顾问对我的看法），"纽约洛克伍德大学预科学校的联合创始人安迪·洛克伍德说，"很多（高中顾问）不喜欢我或像我一样的人，因为他们的看法是，如果他们做了自己的分内事，家长就不需要去其他地方寻求帮助。这是一种防御之举。我的立场是：'听着，出问题的是系统，而不是你的顾问。'"

马尔伯勒的校长普里西拉·桑兹说，她要求父母不要与独立顾问一起工作，但对此无法监控。"我们会说'不要聘用'，但无济于事。"即使她提醒家长说学校的3个内部顾问（负责一个班级80至100名学生）与学生建立了联系，并且从学术和个人的角度都很了解学生，但很少有人听得进去。"顾问与女孩们合作很密切。"桑兹说，"他们花大量时间对每个女孩进行辅导，非常了解她们。他们与家长见面，并认识为学生们写推荐信的所有老师。他们把学生当作学生来看待。"

对她而言，真正的悲剧不是学生们没有足够依赖顾问，而是学生们没有利用生命中的重要里程碑——制订后高中时代计划，并努力实现这一目标——借此机会发展出更大的自力更生和责任感。

"这些女孩应该自己做，"桑兹说，"但她们基本上是在雇用大学保姆来做这项工作。"

***

到了20世纪90年代后期，尽管里克·辛格聘请了一位合伙人，但大部分时间他仍在亲自进行补习和备考工作，这份工作的马不停蹄让他难以为继，或者至少让他再次思考外面还有什么其他机会。一位客户1200美元的收入，并没有比篮球教练好到哪儿去。他后来对《萨克拉门托商业日报》(*Sacramento Business Journal*)说，他的执教能力强于他的做生意能力。此外，他和艾莉森收养了儿子布拉德利，一家人渴望获得比做一对一家教更多的财务回报。"艾莉森希望里克成功，我认为在某些时候，他们不认为当教师会让他成功。"艾莉森那时候的一位朋友说。

辛格是一位骄傲的父亲。他告诉朋友们，他会把布拉德利放在地板上的婴儿座椅里，然后自己在跑步机上跑步健身，希望以此激励儿子。为了收支平衡，他仍然在业余时间执教篮球，在萨克拉门托市中心的马歇尔高中担任体育教练和男篮教练。但是他有更大的野心。有一天，当他出现在比尔·坦普尔顿的家中给他的小女儿辅导时，他问坦普尔顿是否能给他一分钟时间聊聊。坦普尔顿带他进了客厅。辛格直奔主题。

"您认为您能给我一份工作吗？"

坦普尔顿对这个问题感到惊讶，以为辛格想聊他女儿的事，就问道："做什么工作？"

"我不确定，"辛格回答，"我想进入大企业，我想要做比现在更多的事情。您能帮我一把吗？"

坦普尔顿一直对辛格在辅导孩子们方面的工作伦理和奉献精神印象深刻，因此他认真考虑了辛格的请求，结果给他提供了钱来宝公司管理呼叫中心的工作。正如坦普尔顿所说："我们曾是一家金融服务公司，但我们的核心竞争力是营销。我们一年花 1.2 亿美元用于营销，其中很多钱都花在了电视广告上。我们总是在电视上。'请拨打 1800……'"

20 世纪 90 年代初期，钱来宝请来了巴尔的摩金莺队投手吉姆·帕尔默代言，并在这些广告中露脸。"我们接到的电话不计其数，"坦普尔顿说，"我们有三个呼叫中心接听成千上万个电话，每年也许接到数百万个电话。这是我们生意上非常非常重要的方面。"

辛格卖掉了未来之星，在钱来宝公司做中层管理工作——尽管他告诉别人自己是高级执行官，甚至告诉一些人他是公司总裁。"我带他到我的办公室说：'这是我想要你做的，这是你必须做的。这是我们要找到的空间。这是我们的技术，'"坦普尔顿说，"'我想要你出去招人，并培训他们如何接听电话。你能做到吗？'"

辛格热情地回应："是的，我可以做到！"

辛格马上投入工作，项目之一是在新泽西州新开一个呼叫中心，他到该地区的学校尝试招募实习生，这给坦普尔顿留下了深刻的印象。"那种做法在当时闻所未闻。"坦普尔顿说。

确实，辛格一头扎进工作中，把他的风格带到了新的事业中。他似乎为自己的工作感到自豪，并告诉一位前同事，他在那里赚的钱和之前大学咨询的总收入一样多。他的努力并没有被忽略。不止一位钱来宝高管走进坦普尔顿的办公室问："这个名叫里克·辛格的家伙到底是谁？"

"怎么了？"坦普尔顿问。

"他在打破藩篱，"那个人会说，"他正在开创事业。"

第四章　幼儿入学躁狂症

米歇尔·盖特里德是圣莫尼卡"儿童界"幼儿园（preschool）[1]的教育主管，她喜欢讲下面这个故事。一天，一家人走进她的办公室，讨论他们想让自己的孩子进入儿童界幼儿园，这所学校知名度很高。"他们非常正式，穿着漂亮的衣服走进来，父亲穿着西装打着领带，妈妈衣着光鲜。"盖特里德说，"他们坐在我房间的长凳上说：'我们想让孩子去哈佛或耶鲁。我们听说这所学校能让孩子将来去那里。'"

盖特里德曾经是幼儿园老师，她语气柔和，给人感觉平静而温柔，她因为这句冒失的话而吃了一惊，依然平心静气地告诉家长："如果那是你们的目标，我帮不上忙。"

"我之所以这么说，并不是因为我不想这个家庭到这里上学。"盖特里德在一个冬天的早晨告诉我。天空灰暗，外面阴冷，她被暖色调的羊绒包裹着：一条厚围巾围在脖子上，穿着一件柔软的毛衣。"这不是我的待人之道。我这么说是因为没有人能对任何事情打包票。上学的重点不是在于孩子去了哪个学校或没去成哪个学校，而是在于你为孩子们注入

---

[1] 美国教育体系把招收小学入学前婴幼儿（小于等于5岁）的机构称为"preschool"，相当于中国的托儿所、幼儿园和学前班合一的教育机构，又把其中针对3~5岁阶段的机构称作"kindergarten"。本书中的学龄前学校校名大多出现的是"preschool"，考虑到中文使用习惯，我们将它译作"幼儿园"。"kindergarten"在本书中仅少量出现在"幼儿园评估"（kindergartenassessment）、"幼儿园预备"（kindergarten-prep）等处。

了哪些道德和价值观。这才是最重要的。这样才会让你从一个地方走向另一个地方。"

盖特里德说,在她向这家人提出这一论点后,"他们起身离开,没有选择进入我的学校"。

大多数家长可能不会像这对父母这样直言不讳。但在洛杉矶的某些地方,家长们很自然地基于他们的孩子五岁毕业时要去什么小学和中学而选择去哪里读幼儿园,还有他们希望看到孩子们经历的社会和教育环境最终会带他们通向顶尖大学,如果计划一路顺利。儿童界幼儿园就是这样的一所幼儿园,坐落于蒙大拿大道,周边遍布设计师精品店和时髦餐厅,那些沐浴阳光的当地人穿着詹姆斯·佩尔斯(James Perse)连帽衫和露露乐蒙(Lululemon)瑜伽裤遛狗,悠闲地在皮爷咖啡店喝咖啡。申请该校的家庭(之前的家长包括梅丽尔·斯特里普和汤姆·汉克斯[1])之所以这样做,常常是因为他们相信这会让孩子被著名的小学录取,比如卡尔索普学校或约翰·托马斯·戴伊,这些学校接着又会让他们进入哈佛西湖中学或是马尔伯勒学校,接着就读于顶尖大学。正如一位洛杉矶家长告诉我的那样:"儿童界幼儿园完全是卡尔索普的种子库。"(卡尔索普是一所老派的私立学校,吸引了好莱坞大佬们的孩子就读,距离儿童界大约1英里[2]。)

当我把这个评论告诉盖特里德时,她坚决否认。"我没办法让任何儿童进入任何学校,"她说,"我们绝不是任何形式的种子学校,任何城西的幼儿园都不是。"(洛杉矶城西是财富和某类追名逐利的家长的温床。城东也对地位有所迷恋,但追求的是杰西·卡姆牌裤子和在约书亚树村的第二套房子,而不是特斯拉汽车和乔纳森俱乐部的会员资格。)

不管盖特里德是否愿意承认,儿童界与西洛杉矶的阳光、派珀、卡西迪、长老会和海边的小海豚等其他顶级幼儿园,就是洛杉矶精英教育比

---

[1] 两人皆为美国家喻户晓的电影人,前者主演了《廊桥遗梦》,后者则主演了《阿甘正传》《拯救大兵瑞恩》等影视作品。
[2] 1英里约合1.6千米。

赛的起点。正如一位幼儿园母亲所说："这是父母在布伦特伍德和约翰·托马斯·戴伊学校所做事情的轻量级版本。"

确实，家长们正是在这里打磨技能，当学步儿童（toddlers）突然成为高中生而为大学竞争时，这些技能就会派上用场。这些幼儿园每年花费在1.6万美元至2.5万美元之间（如果加上强化项目费用更高），对于许多父母来说，这里的环境充斥着焦虑，但只有这样的环境才能造就镀金的幼儿园（kindergarten）录取通知书。当孩子花时间来掌握自己的精细运动技能和大肌肉运动技能时，父母正在与幼儿园申请顾问合作，聘请家教让孩子为幼儿园评估做好准备，参加豪华派对筹款活动，建立关系网，并擦亮他们作为VIP家庭的地位。此类社交活动拉拢的是董事和其他"权势家庭"——如一位家长所说——也就是有影响力的家庭，他们掌握的人脉可能在小学录取时帮得上忙。

我与盖特里德见面几周后，儿童界幼儿园的家长们在他们太平洋帕利塞德的一处豪宅搞了个冬季仙境派对。每个孩子都得到了一个精美的姜饼房子用来装扮，受邀与《冰雪奇缘》电影中的一群游荡的角色进行互动，并被领到装满糖果袋的礼物站。孩子们玩耍时，父母们则享受大餐。还有一条闪闪发光的人造雪做的人行道，在12月气温高达六七十华氏度[1]的城市中营造冬日的幻想。这是所谓的派对预订筹款活动，一年里有很多场（尽管一般没那么夸张）。盖特里德说，筹款用于改善学校、教师退休金计划和奖学金。派对预订聚会在私立小学和中学更普遍，完全由家长们组织，盖特里德说她很少参加。"一切完全取决于（派对预订）组织者：他们的愿景，以及他们希望为学校改善什么。尽管听起来很恐怖，但学校因此受益。"

对于特权阶层而言，在为孩子制订下一步计划时，学龄前儿童和高中之间的文化相似之处在于不要输给任何人，尤其是那些最积极的人。卡西迪幼儿园的执行教育主管路易莎·多纳蒂说，"校队蓝调"丑闻

---

[1] 60 ℉约为15.6℃，70 ℉约合21.1℃。

2019年3月爆出，正是小学申请的截止日期之后。她之前花了好几周时间每时每刻与家长们一起准备申请工作，为压力很大的家长提供建议和指导。"我记得当时在想，'我每天都看到故事的婴儿版，刚刚发生的事情的萌芽期'，"她说道，"并不是说有什么不法行为，或者在这个级别上有什么不法之处。我要说的是，焦虑的种子、结出了'校队蓝调'这类疯狂行为的种子，在幼儿园和小学录取阶段就已经萌芽了。"

***

在圣莫尼卡蒙大拿大道漫步时很容易完全错过儿童界幼儿园。虽然位于洛杉矶最高级的城市社区之一，但该校外观简洁，没有任何标牌或广告，夹在一家高端干洗店和一家名为"排毒市场"的美容保健店之间。关于其身份的唯一线索是一个实心橙色圆圈，贴在灰色混凝土外墙的侧面。进去之后，访客会走过一小片沙地，走进如狭窄街区般的一排房间，穿着UGG靴子的年轻老师带着孩子参加各种活动。

换句话说，儿童界并不是一开始就会让人啧啧称赞的那种地方，这正是让家长们迷恋的地方所在。"就像梦幻岛！"一位曾申请过的妈妈向我夸赞道，"有一只乌龟在四处走动！"这位母亲称盖特里德为"天才"，说她带着女儿去学校参观时，盖特里德怎样勇敢地和女孩一起跳进沙坑，向她展示最有效的铲沙方式。

她还很欣赏盖特里德对待想来这里就读的家长那种随和的风格。"她会说，'过来看看吧！带着你的孩子！'而其他教育主管会说，'请预约'"，并且更加例行公事。这个母亲很了解盖特里德在学前圈子里受人尊敬的长者声誉。她做了很长时间的教育主管，从事这项工作近二十年了，不但拥有关于早期儿童发展和教育的深厚基础，还具有与家长打交道的世故和性情——这些家长常常像自己的孩子一样，需要无微不至的关怀——这种结合实属罕见。最重要的是，她对小学招生官们来说是值得信赖的声音。

对于许多家长来说,盖特里德就是儿童界幼儿园的招牌,为了让自己的孩子进入这里,他们愿意做任何事情,这本身并非易事。为了加入儿童界的学步儿童计划——该计划确保孩子会被该幼儿园录取——父母必须在孩子一岁时就到学校参观(学步儿童计划面向两岁的孩子,最小的孩子是21个月大),家长要填写申请表,然后每四到六周就致电盖特里德,表明兴趣。他们可以打电话、聊天或下班后打电话留言。重点在于证明他们对学校的兴趣和奉献精神,也就是说表现出他们极其想去那里。

一位家长称这种要求"荒唐",但对盖特里德而言,这只是为了把那些为申请而申请的家长与那些一旦孩子被录取将会对学校投入更多的家长区分开来。谁不希望将要就读的孩子家长们积极参与,至少很高兴在这个学校就读呢?"说实话,我翻翻申请簿就能知道,谁想让孩子来我的学校就读,而谁不想,"盖特里德说,"进来的人一目了然。没有挑挑拣拣,没有先来后到。"

唯一的预先声明保留给兄弟姐妹和园友后代。"我不在乎你是否有了第三段婚姻,第三次带着孩子们来,"盖特里德说,"你仍然是我的社区的一部分。"

真正申请该校的家长很少只打几个电话,而是将幼儿园儿童录取视为一场比赛,需要利用每一个关系和优势。为了增加胜算,他们也会向儿童界现在和曾经的家长寻求建议,在某些情况下,还会请西洛杉矶婴儿和学步儿童圈的红人背书。这些人包括像唐娜·霍洛兰这样的女士,她经营一个针对母亲和婴儿的高度挑剔的婴儿团体,还有贝齐·布朗·布劳恩和米歇尔·尼特卡,她们帮助父母提出幼儿园申请清单,并引导他们完成申请程序。(布朗·布劳恩还是儿童发展顾问,为父母提供有关睡眠训练和行为问题等方面的建议。)有贝齐(这个圈里的每个人都只称呼名字)给幼儿园致电,相当于一个标签,暗示着该儿童的申请值得认真考虑。

"我不认为住在城西的随便一个人,在谁都不认识的情况下,可以申请并加入（有竞争力的幼儿园），"克里斯蒂娜·西蒙说，她是《手册之外：洛杉矶私立小学内幕人士指南》一书的合著者，"那会非常令人惊讶。你必须要有人脉。"

当我问起没有人脉的家庭能不能让孩子进入这类幼儿园时，一位孩子在布伦特伍德上阳光幼儿园的母亲笑着说："呃，不行，这里全是你认识的人。"（阳光幼儿园被认为是该地区最精挑细选的幼儿园之一，吸引了数量众多的巨富家庭。）

关于进入洛杉矶精英幼儿园的故事，有的滑稽，有的吓人，也有的令人瞠目。在"早期教育中心"，它开设的幼儿园为它知名度极高的小学提供种子库（碧昂丝曾在学校的晚会上表演，学校前任校长雷维塔·鲍尔斯曾在迪士尼董事会任职），一位当时申请该校幼儿园的母亲说自己被问及孩子是剖腹产还是顺产。这位母亲认为这个问题不仅奇怪和有侵犯性，并且不合时宜，最终她放弃了申请。

据该校校长马克·布鲁克斯称，这个问题更多的是与家长交谈的开场白，无异于问他们在孩子出生后的半年里感觉怎么样。"这更像是，我们如何与您交流关于孩子的话题？我们在试着让家长打开心扉，与我们分享事情。'那怎么样？你的情况怎样？'"

"这只是让人们与我们分享事情的一种方式。"

幼儿园教育主管喜欢说，他们在寻找"合适的人"。但是在某些学校，这更多意味着合适的家长，而不是孩子。"教育主管想接触特定的阶层。"一位曾有孩子在阳光幼儿园就读的母亲说。诸如财富和捐赠能力、社会声望和人脉之类的因素，都扮演了一定的角色。在一所城西的幼儿园，大家都知道招生主任会记下妈妈们来学校参观时背的是什么品牌的包包，并在 Zillow[1] 上查询其家庭住址位置的价格。

圣莫尼卡的另一所精英幼儿园派珀有一条户外小溪，会在课间演奏枪炮与玫瑰乐队和戴夫·马修斯乐队歌曲的管乐版本（瑞茜·威瑟斯彭

---

[1] 美国的一家房产中介公司。

和杰西卡·阿尔芭[1]的孩子都在这里就读），希望孩子入校的父母要经过厚脸皮的性格测试，目的是剔除掉那些不够酷的人。入学申请的问题包括："评价你的疯狂程度……你拿到了邦·乔维乐队已全部售罄的前排门票……你雇了新保姆……你的孩子开始快速戏剧化转变。你更可能会怎么做……"。在邦·乔维问题上给出的可能答案包括："亲吻手指，摸摸孩子的前额，然后跑路""告诉孩子，Livin' on a Prayer 只有在现场听才最好听"和"向孩子解释我们今晚必须去演唱会，因为乔的微笑让妈妈不能自已。给孩子盖紧被子，然后离开"。[2]

布伦特伍德的阳光幼儿园网站自夸其"学生去了最著名的西洛杉矶私立和公立学校"，根据一位妈妈的说法，一些家长感觉阳光幼儿园对待想来这里就读的家庭的态度是"你很幸运能加入我们的行列"。她说："我觉得自己正在申请斯坦福大学。"尽管如此，她还是沉醉于这个紧临日落大道的幼儿园的神秘魅力中，坚信"为了去斯坦福或哈佛或其他常春藤联盟学校，（她的孩子）必须去阳光幼儿园"。她为了招生面试倾尽所有，列举出她和丈夫的常春藤盟校证书，以及他们写满了财富500强公司名字的工作履历。"我把一生中遇到的所有人和事都说了个遍。"她说。

功夫不负有心人，她的孩子成功进入幼儿园的学步儿童计划，这是一个每周会面两次、每次持续1小时45分钟的"父母与我"小组项目。这个计划的年费高达四千多美元。"这实际上就是做一点海绵绘画，唱几首歌，与其他全职妈妈一起坐着聊天，分享并感叹我们的艰辛生活。"这位母亲开玩笑说。

与儿童界不同，阳光幼儿园的学步儿童计划并不能确保孩子继续进入真正的幼儿园，这个计划感觉更多的是为入学提供更多密切交谈和为录取助力的机会，而不是关注儿童的发展。"学步儿童小组通向受邀参加

---

1 二人均为美国女演员，瑞茜·威瑟斯彭曾凭借《与歌同行》斩获奥斯卡最佳女主角奖；杰西卡·阿尔芭出演过《神奇四侠》《罪恶之城》等片。
2 邦·乔维是美国一支知名的摇滚乐队，Livin' on a Prayer 是其一支单曲的名字。

募捐活动、派对预订和庆典活动，"那位母亲说，"有一种模糊的理解是，为了获得录取，你必须捐款。"

阳光幼儿园的长期所有者和前教育主管丽塔·科宁否认了这一说法，并说："很抱歉结果会是这样。本不应该如此。但是，确实很难进来。通常是兄弟姐妹优先录取，我只有这些名额。申请的人太多了，但这绝对不是钱的问题。"

这位母亲却有着不同的感受，尤其是当她与其他学步儿童计划的父母受邀参加阳光幼儿园的年度筹款活动时，那年的活动在太平洋帕利塞德的高尔夫胜地里维埃拉乡村俱乐部举行，马克·沃尔伯格、亚当·桑德勒和拉里·戴维[1]都在那里打球。她和其他父母都被要求参与拍卖，"可以拍下任何东西，从与奥普拉见面致意，到你最喜欢的美甲水疗中心的赠礼券，"发送给学步儿童小组成员的电子邮件写道，"如果这些拍卖品不合你胃口，我们也接受天使捐赠。"

一张表格解释了"天使捐赠"的含义：从1500美元（青铜会员）到1万美元（铂金会员）的"礼物"。全力以赴获得铂金会员身份的人会获得两张参加庆典的入场券、在聚会节目单上的一张整页广告、一个网站上的横幅广告、在活动中的特别鸣谢，并在学校网站上致谢。这个母亲对该要求感到很焦虑，于是她向自己的幼儿园顾问咨询。顾问说她不应该感到捐款是一种义务，考虑到她的孩子还没有被阳光幼儿园录取。

然而，这位母亲确实参加了庆典。"人们举起牌子，为（在学校的）前排停车位支付5万美元，"另一位曾经的阳光幼儿园学生家长说，"对这些人来说这只是九牛一毛，这个2万、那个2万。"

学步儿童计划的母亲还会参加一些派对预订活动，频频向学校进行更多捐款，主要是为了得到与幼儿园高层面对面的机会。"这全都与门路有关，"她说，"猜猜谁在参加聚会？招生主任在那里。园长也在那儿。我们肯定是尽力让孩子进来。"

---

[1] 三人皆为好莱坞男星。

对于顶级幼儿园的家长父母来说，最重要的目标也许是和幼儿园教育主管搭上关系，他被认为是孩子未来的终极看门人，当进行小学申请时，幼儿园教育主管会推荐或者不推荐某个学生。毕竟，家长们非常清楚地意识到，教育主管与小学招生官员有深厚的交往，当幼儿园的学生申请时，他们之间会进行交流。有些人甚至有着更深的关系网。当派珀幼儿园的联合创始人克丽丝特尔·弗雷经营由她联合创办的卡西迪时，人人都知道她与布伦特伍德学校的关系，她之前是该校的心理咨询师。一位家长曾告诉《洛杉矶》杂志："克丽丝特尔就等同于布伦特伍德"。

米歇尔·盖特里德也被视为类似的权威人士。"一切都事关赢得米歇尔的青睐，"儿童界的一位学生家长说，"她有权力和人脉，可以帮助你，也可以伤害你。"家长们甚至愿意为此付钱。儿童界的一个名为"与米歇尔一起品尝墨西哥玉米卷饼和龙舌兰"的派对预订活动，入场费达数百美元。

"幼儿园教育主管在关于某个特定孩子就读小学方面拥有巨大的推荐权"，《手册之外》的合著者安妮·西蒙说，她是十字街学校的前教务主任和怀尔德伍德小学的前校长。她接着说，如果幼儿园有"五个孩子申请柯蒂斯，而幼儿园教育主管说，'劳拉、伊莎贝尔和汉克为柯蒂斯做好了准备'，并说，'莉拉和约翰就算了'，那么莉拉和约翰很可能不会被录取"。

"教育主管是其领地的统治者，"《手册之外》合著者克里斯蒂娜·西蒙说，"如果你的幼儿园经历不好，无论出于何种原因而处于不利的一面，那么就别指望他们能帮助你上学了。你得明白，你需要他们的帮助。"

顾问贝齐·布朗·布劳恩自己之前也是幼儿园教育主管，她说对教育主管的关注，以及感觉教育主管是决定孩子未来的全能之神的想法，并非来自教育主管。"在我看来，教育主管心里想的是孩子和家长的幸福，"她说，"他们努力让人放心并保持镇定，而不是加剧这种愤怒。'不要做任何可能惹教育主管不高兴的事，因为她将不会让你上小学'，这种想法是家长自己想出来的。"

盖特里德说:"我的工作是指导和帮助家长通过这一流程。或许甚至管控一些期望,并为他们设定一条轨道或路径,为他们提供申请这些学校所需要的一切信息。没有秘密可言。没有'恰当的话'之说。没有论文要写。每个人都不一样。"

"家长们希望这一过程从他们走进幼儿园大门的那一刻就开始,"她继续说道,"我真的要给他们减减速,我要做的是请他们在孩子申请学校前一年开始做准备。"

至于与招生主任的关系,她说:"我已经在该领域工作了很长时间,因此我与这些小学以及它们的招生负责人及校长有一些关系……这种关系就像我与其他幼儿园教育主管的关系一样。我想说的是,我的任何关系都没有给我带来任何优先权。"

当我问她,家长们是否认为她有优先权时,她毫不犹豫地回答:"他们当然这么觉得。"

路易莎·多纳蒂是两个孩子的母亲,年轻而有活力,喜欢牛仔裤和连帽衫。当她在2015年接管卡西迪时,幼儿园正从前共同所有者之间的法律纷争中解脱出来。克莱尔·马丁在《洛杉矶》杂志上写了一篇关于该冲突的热闹非凡的文章,其中透露了幼儿园学生家长和经营这所学校的夫妇克丽丝特尔·弗雷和杰西·比利兹(学校的共同所有者)之间的亲密关系,但刺激性的细节与诉讼无关。家长们讲述的故事包括亚库齐牌按摩浴缸派对、私人喷气机之旅和结伴度假等。这所学校有着塞雷娜与莉莉[1]的清新阳光氛围(纸灯笼、精美的艺术品、种植可食用作物的花园,孩子们在里面种柠檬和生菜),在允许家长通过财富和资源统治教育主管方面是最糟糕的反面教材之一。多纳蒂一直在努力摆脱学校的这种VIP标签,并使其入学名册民主化。现在,约有35%的卡西迪家庭让他们的孩子上公立学校,而在她开始之前这个比例只有5%。学校还在周末开设学步儿童班,以便让周一到周五上班的家长可以参加。被学步

---

1 美国加州的一个家具品牌。

儿童计划录取并不能确保在幼儿园的席位，这是吸引更多家庭的另一种方式。"我们努力反映周围的世界，"多纳蒂说，"出于各种各样的原因，不是每个人都能参加学步儿童计划。作为工作的母亲我无法做到这一点，但是我的孩子仍然值得拥有一个很棒的幼儿园。"

尽管如此，她的工作仍然是帮助家长应对小学录取，这与特权阶层在高中阶段进行的战略制定具有不可思议的相似之处。她说她在9月至次年3月（发录取通知单的月份）之间每周花五个小时，与父母协商并提出要申请的小学清单。"这是一种疗法。有点像是引导他们前进的道路。然后就变成了'哦，天哪，这所学校还是那所学校，什么才是合适的？'。或者是爸爸真的想要这个，妈妈却想要那个，"多纳蒂说，"所以有很多咨询。就像是字面上讲的咨询，并让他们接受这样的现实，即不管结果如何孩子都会没事的。"

她还帮助家长弄清楚他们和学校之间有什么联系：他们认识董事会成员吗？一个有影响力的家庭能拉他们一把到那儿去吗？"有些人甚至在这个过程还没开始时就崩溃了，因为他们觉得这太有竞争性了。"她说，"他们会说，'我们没有任何关系'或'我们不认识董事会成员，但我们认识这个人'。这每年都给家长带来了巨大压力。我不会天真地说关系从来都不是一个因素，但我已经看到有很多'没关系'的家庭进入了多所学校，包括他们的'首选学校'。"多纳蒂还分享了一些更基本的技巧，例如在参观小学后发一封手写的感谢信。

"我过去讨厌这方面的工作，"多纳蒂说，"期望和压力令人感到压抑。就好像我们一整天和孩子们所做的事情，所有的无微不至和灵感启发，最终并没有他们进入什么样的私立学校那么重要。"她说自己必须找到一种方法，为她自己和学校重新设计框架，否则她就不得不找一份新工作。

取而代之的是，她开始招收那些不那么一门心思关注于小学录取的家庭，那些"在儿童和教育方面持有相似的核心价值的人"。结果，她说，"能够给儿童教育带来一些理性和全局角度，让我感觉很好"。

然而，大多数父母都很难找到这种平和。一位母亲说，当她申请约翰·托马斯·戴伊时（其校园看起来像科德角[1]地段的延伸），她犯了个错误，没有按照学校网站上的建议发送推荐信。与此同时，她的一些朋友则找了多达六个不同的家庭为他们担保。结果他们的孩子被录取了，而这个母亲的孩子没有。"我太天真了。"她说，"我想，'我的女儿是如此聪明和有好奇心。这就足够了'。"

然而，即使是幼儿园的教育主管也对近年来小学录取的某些转变感到畏缩。小学录取的竞争变得太过激烈了，这其中部分原因是洛杉矶的公立学校在教育质量上的下滑，尤其是在初中和高中阶段。越来越多的家庭选择私立教育，根本没有足够的席位满足所有人的需求。幼儿园通常首先要把位置留给学生的兄弟姐妹和校友后代，在某些情况下还包括教职员工子弟。到了这个时候，可能班级的一半席位已经填满了。"焦虑感更多了，因为空间越来越小了。"盖特里德说，"申请的人数太多了。这些家庭正在和他们20个最好的朋友一起参加开放参观日。这本身就会引起焦虑。"

***

也许没有什么比幼儿园评估[2]能制造更多的恐惧和妄想症了，在招生过程中，小学会邀请孩子们在学校待一阵，以便观察他们。根据学校和学术上的严谨程度，孩子们可能会被要求证明自己的阅读和写作能力。他们还会与其他孩子玩耍互动，让招生人员了解他们的性格和社交技能。

在评估期间父母不能与孩子在一起，他们用恐怖的词语描述痛苦的煎熬时刻，一位母亲担心"如果孩子在评估过程中哭泣，他们就不能过关"。还有传闻说有艺术作业，如果孩子画不出一个有脖子的人物，也

---

[1] 美国马萨诸塞州南部的一个钩状半岛。——译注
[2] 这是小学招生的一部分，并非针对还未进入 kindergarten 的学步儿童进行的入园评估。后文作者会提到家长求助于幼儿园预备家教，他们找家教的目的，更多是为了让孩子进入理想的小学。

会出局。画一个"飘浮在空中,不站在地上"的人物线条画也同样如此。

这些恐惧可能被夸大了,但父母对孩子评估的恐惧并非完全没有根据。小学继续提高对学龄前儿童的期望标准门槛,部分是因为他们需要缩减巨大的申请人数。一位教育主管说,她从学校拿回来的字条里会有这样的评语:"我看到他写自己名字的时候,他看向老师以确认自己写的没错。他信心不足吗?"

这位教育主管惊呆了。"因为这是9月的第三周,他才四岁。我们都在说些什么啊?这简直是疯了。"

为了帮助孩子在评估中胜出,许多家长求助于顾问。的确,幼儿园预备家教和公司正在萌芽,这是独立大学顾问的学步儿童版,他们正在将自己推销给吓坏了的家长。最受欢迎的是"幼儿宝备",它提供一对一辅导,每小时收费350美元,以帮助儿童掌握他们在幼儿园需要的技能。但是,许多父母购买该服务纯粹是为了帮助孩子准备幼儿园评估。该公司还举办带有"可定制课程"的夏令营,招收年龄范围在3至12岁之间,内容包括编程、中文普通话和举止。该公司的营销材料包括亚当·桑德勒和汤姆·阿诺德[1]激情满怀的名言。

幼儿宝备的创始人兼CEO伊丽莎白·弗雷利坚称,她的服务并非针对幼儿园评估测试,而是提供更广泛的学术基础培训,诸如书写和"沟通技巧"等,这将让孩子为小学的要求做好准备。弗雷利曾经是一名幼儿园老师,她说她看到了这个需求,即一个"学龄前儿童上幼儿园的过渡计划,借此让他们获得技能和信心,使儿童蓬勃发展,并在早期打下坚实基础"。她说根据每个孩子的需求,无论是视觉还是听觉学习者[2],以及他们注册哪种类型的幼儿园,是以学术或游戏为基础,制定的课程都各有不同。

大多数家长之所以聘请家教,是因为其他家长也这样做,但他们在幼儿园对此保密。"(家长)选择不和我分享这些信息,因为我向他们明

---

1 美国影人,参与过《辛普森一家》《真实的谎言》等影视作品。
2 出自一种关于学习过程的心理学理论,该理论已被证伪。

确地指出这没必要。"盖特里德说,"我认为没必要的原因在于,如果我们要辅导孩子进入(幼儿园),这意味着孩子还没有为这样的环境做好准备。因此,这需要你继续在孩子剩余的小学生涯中也进行辅导。"

多纳蒂对家长们更是直言不讳,告诉他们说:"看,外面有一堆人正在伺机从你们的焦虑中赚钱。我知道你们认为他们正在提供必要的服务,但是任何自重的教育者都会告诉你,在孩子还没准备好时就向他们引入学术观念,不是个好主意。而且,谁想辅导四岁的孩子参加考试?"

大多数父母都听进去了她的话,甚至同意她的观点,但他们并没有解雇家教。

等到终于要递交申请时,家长们变得疲惫而烦躁。有些家长之间互相不讲话。"关系当中充满了敌意,"一位母亲说,"我有个朋友试图诱导我远离她为孩子申请的学校。"为了安抚大家的神经,并让所有人为他们一直在迫切等待的裁决做好准备,多纳蒂在小学寄出录取通知书的前一个星期会给家长们发一封电邮。2020年春季,她的信在开头这样写道:"亲爱的家长们,我们知道这星期是令人筋疲力尽的顶峰期,毕竟你们经历了几个月的学校访问,填写申请表,尽一切可能让你们的孩子保持健康、在评估日前好好休息,发送感谢信并拨打电话,对于为五岁的儿童申请学校而言,你们大概经历了自己从没想过的那么多环节。"

这封信提供了在处理录取、拒绝或候补通知时的注意事项,并敦促家长不管得到什么消息,都要迅速而优雅地采取行动。"为你申请过的每所学校写封感谢信,感谢他们考虑你的孩子,这是个不错的主意。招生主任需要花费大量时间来考虑和了解每个家庭,所以认可并感谢他们是一种善意的姿态。"

她还引用招生顾问罗伯·斯通的话说:"在那可怕的等待决定的困境中,家庭可以做的一件事情是相信一切都会好起来。最大的陷阱是认为孩子的整个未来取决于进入特定的一所学校。第二大陷阱是让招生决策的利害关系在家里造成太大的压力,以至于将之传导给孩子们。"

然后就是决策日,即3月下旬的周五下午,录取通知书寄出的时候。

多纳蒂坐在她丈夫开玩笑地称为作战室的房间里,她的电话放在面前的桌子上。5点钟刚过,电话就开始响了。有欢呼雀跃的家长打来的电话,对她感激不尽,说他们缺了她不可能达到目标,简直喜极而泣。也有悲痛欲绝的家长沉浸在悲伤中,有时对她和幼儿园很生气,想知道为什么她没做更多努力。还有一些处在候补名单的孩子的家长,他们陷入一种不确定状态,急切地寻求建议。这就需要顾问与小学来回沟通,搞清楚候补名单究竟只是出于礼貌,还是说这些孩子真的还有机会被录取。电话一直持续到周末。

父母们同样觉得决策日令人不爽。"你在一个周五的下午5点知道结果,"一位母亲说,"你正和孩子在一起,那是晚餐时间。你必须登录他们的网站。在过去六个月中,你的整个生活都与此有关。"而现在一切都归结为在周末之前(通常也是春假的前夕)查询一个网站。"整个过程太可怕了。"她补充说。

拒绝的结果并不仅仅影响家庭,也会影响幼儿园的声誉。一所顶级幼儿园将孩子成功送入精英小学的数量减少,这在家长当中引起了忧虑。"过去三年里,家长们不去那个幼儿园了。"一位母亲说,"有一位向学校投了很多钱的女士,她参加了每个派对,参加了拍卖会,做了能做的一切。但她的孩子被五所学校拒绝了。这成了布伦特伍德热议的话题。"

***

无论是幼儿园还是大学,家长们为了让孩子进入合适学校的疯狂之举,布劳恩将之归因于"竞争性的父母之道"。

"现在的情况是,父母们等了更久时间才结婚,因为他们很努力地工作,正尽一切努力争取在职业模式里向上爬。他们对待生活有点像对待职业生涯那样。"她说,"你知道,你有了手表,有了汽车,有了房子,现在我必须要娶妻或者嫁人,并且我必须要有孩子……

"他们以一种人们之前没有过的方式为自己制订计划。我很欣赏规划师,但我们谈论的是人,你不能去规划孩子,而必须去养育孩子。你不能创建一个孩子,然后按照自己的想象,按照自己的想法或需求来养育。"

那是11月一个下雨的周六早晨,我和布劳恩在圣莫尼卡的一个小餐馆里面对面坐着。这个地方她经常和丈夫及孙辈一起去,服务员都认识她,也知道她要点什么:燕麦片加葡萄干,牛奶和红糖放旁边。布劳恩显得时尚而年轻,穿着海军蓝白条纹T恤和合身的牛仔夹克。像盖特里德一样,布劳恩也一样有家长来访,问哪些幼儿园会让他们的孩子上哈佛西湖,然后去读宾大。布劳恩听到这些时就会耸耸肩,然后开始给家长上课("顺便说一下,通常是父亲",她说),不仅驳斥种子库幼儿园的想法,还会问他们如何能知道自己的孩子可以应付这些学校的强度。"我说:'你怎么知道你的孩子不会被诊断为在学习上有差异?你怎么知道他不会被毒品、酒精或其他东西搞得一团糟?'"她对我说。

"我有个客户目前正在读高中,迄今为止他的一生都在按部就班前进。"她接着说,"他所经历的都是任何意义上'最好的'。他读的是'那所'幼儿园、'那所'小学,现在在'那个'高中。现在,他刚从一个地方回来,我们姑且将之称为收容所吧,那个收容所面向的是有巨大焦虑、压力并且实际上陷入抑郁的孩子。这些孩子可能会试图自杀。现在,他的父母很高兴他还活着。他可能会也可能不会考上最好的大学,但那些事情现在已经不再重要。不过可能就是这样的父母(在几年前)说过:'只管告诉我(如何进入正确的幼儿园)。'"

在洛杉矶的学步儿童领域里,布朗·布劳恩是个名人。她曾经是幼儿园老师和教育主管,目前管理着18个育儿小组,对象是2岁至16岁孩子的家庭。除此之外她还是私人育儿顾问,顾问收费标准为每小时300美元。她还提供"幼儿园闪电战"研讨会,花两个半小时为父母们讲授申请幼儿园时的注意事项。2011年,她创建了自己的育儿帝国"育儿之道"公司,借此不间断地提供建议和行事之道,她的追随者可以通过播客、博客、视频研讨会、公开和私人演讲、书籍以及《帕力撒典邮报》(*Palisadian-Post*)上的专栏获取。在某些父母眼中,布朗·布劳恩是必选项。在"校队蓝调"丑闻中被起诉的一位家长简·白金汉称她为"家长的教母"。这些家长渴望布朗·布劳恩的建议,也需要通过与该领域的标志性人物一起工作来证明自己。

要知道,布劳恩说的话既不肤浅也不时髦。她的底线是坚强而明智的爱。她是三胞胎的母亲,在20世纪70年代还没有保姆的年代独自把孩子们养大。她坚信需要赋予孩子独立自主的能力,不论这会让孩子流多少眼泪或发多少脾气。她喜欢说:"你已经有一个孩子了。你正在抚养一个成年人。"

孩子不想吃晚餐吗?布劳恩的建议是:让他们饿着。他们想穿着睡衣去上学吗?那就让他们自便。兄弟姐妹之间在打架吗?只要没流血就不要插手。

你敢告诉她你还在和你5岁的孩子睡一起吗?大多数人不敢。甚至不敢问她一个基本的问题,例如她对你要送孩子去的小学有什么看法,并且坦然接受答案。

我在早餐时把这些问题抛给了布劳恩,说出了我孩子就读学校的名字,这是该地区最好的公立学校。

"这学校足够好。"她咬了一口燕麦片说道,"但它是最好的吗?不是。"

趁着她没来得及解释原因,我先转换了话题。

客户们把布朗·布劳恩描述为一位犹太祖母,她以直接的方式讲述养育之道,她说的话不一定中听,但你内心深处知道,她说的都是事实。名人和超级富豪们对她尤其服气,他们往往被阿谀奉承者和应声虫包围着,布劳恩经常是房间里唯一敢站出来反对他们或提出相反观点的人。归根结底,在这种严重偏向家长过度包揽的文化中,她的声音代表着一种老派的强硬养育方式。

"她很直率,并非每个人都喜欢这一点,"在布劳恩领导的妈妈小组中的一位母亲梅雷迪思·亚历山大说,"有一小群妈妈认为她的看法有些偏激,但是她的行为总是被爱驱动。她给人的感觉就像家人。她真的拥有那种养育型妈妈的品格,让你觉得一切都会好起来。"

然而,正是由于她这种敢说真话的风格,一些洛杉矶的妈妈选择刻意回避她。"我不会去找她,因为我不想听她告诉我应该怎么做。我想听她讲顺遂我心意的话。"曾聘用过布劳恩的一位母亲对我说。另一位母亲称她"太有攻击性了"。

当我告诉布劳恩这些时,她没有回避。她说:"我知道人们怎么说我。"

"我有点直奔主题,"她补充说,"我有啥说啥,不想浪费你的时间。我不在乎是否伤了你的感情。我们都应该富有成效,如果你不喜欢转而去找别人,那没关系。孩子一出生,事情就没有回头路了。"

布劳恩说,她从 21 世纪初就开始注意到竞争性育儿的迹象:"在'富贵病'(affluenza)这个词流行之前我就在用它。我有一个创办了十八年的研讨会,名称是'富贵病:特权的危险'。我当时是在回应我所看到的过度特权。我认为'校队蓝调'就是这种过度特权的产物。"

对布劳恩而言,该术语意味着"对财富的沉迷"和对更大更好事物(汽车、房屋、度假)的不懈追求。她在2007年告诉《马里布时报》(*Malibu Times*)说:"它来自鼓吹消费主义和物质主义的社会。我们的孩子听到的信息是'给我,给我,给我',而父母变得无法区分欲求和需求之间的不同。"她解释说,富贵病会影响具有这些价值观的父母所抚养的孩子,由于这些家庭经常把照料外包出去,情况会变得更加糟糕。

"富裕的父母认为他们应该聘请'专家'来培训自己的孩子,于是他们放弃了自己的权威。"布劳恩告诉《马里布时报》说,"于是你有保姆和网球教练以及其他各种各样的照料者,结果你的孩子失去了身份认同。"

与此相对的另一情况是:父母们过度手把手地培养孩子,以至于模糊了孩子与父母之间的身份认同边界。这些父母可能会陷入诱使孩子们追求更多荣誉的陷阱(并将这些荣誉向自身投射),由于脸书和 Instagram 的出现,这种追求现在几乎每分每秒都能得到即时满足:看,萝拉赢得了她的第一场网球比赛!#温布尔顿我们来啦。或者:这是本吉收到达特茅斯学院录取通知书的照片。

过度管教可能会走向失控,以至于父母完全接管了孩子的生活,让孩子产生无力感,在某些案例中甚至无法完成基本任务,例如做家庭作业,或是到外面打工时按时到岗。朱莉·利思科特-海姆斯在斯坦福大学担任新生教务主任,指导本科生教学规划时目睹了这一情况,这促使她撰写了《如何让孩子成年又成人》一书。她在其中建议父母给予孩子更多的独立性,例如让他们在到达学龄后自己走路去上学,以此培养自力更生的能力。她承认,这是在我们的文化中不容易打胜的一仗:"我们将孩子们当作稀有和珍贵的植物标本对待,并提供精心考量的关爱和给养,同时对所有可能让他们变得坚强和抗压的事物加以阻挠……"她在书中说,"我们的孩子没有经历生活中的坎坷,变得像兰花一样娇弱,无法独自在现实世界里茁壮成长,这种无力有时甚至到了可怕的地步。为什么养育之道从让我们的孩子准备好踏入生活,变成了保护他们免于生活,为什么我们会觉得他们没有为独立生活做好准备?"

利思科特-海姆斯在最近的一次采访中对我说:"这就像家长对孩子说:'我可以给你买那个别人都买不到的玩具。我可以给你举行一个生日派对,其中包括乘直升机去任何地方旅行。我还可以为你购买这种大学经历。'父母这样做其实是出于一种不安全感,就好像他们在想:'我的孩子只有在我给他购买了正确的体验时才会爱我',或者:'如果我不为自己的孩子做到这些事情,那么我的同伴们会瞧不起我'。归根结底,这是父母的病态。最重要的是,父母没有意识到他们也在损害孩子的心理健康。"

即使是那些对 Instagram 一点也不在乎的善意父母,也可能会陷入这种不安全感,让他们在几乎所有事情上都去外部寻求专业知识。索菲娅·罗伯逊是韦斯特伍德长老会教堂幼儿园的前教育主管,这家以游乐为主的幼儿园位于西洛杉矶,接收处于候补名单的家庭(许多妈妈在孩子刚出生时就从医院打电话预订席位)。索菲娅对我说:"父母对自己的养育能力越来越没有安全感。有很多'我做对了吗?'的疑问。我认为这源于一种不信任自己直觉的文化,它教育家长们:你必须去参加这个小组、读这个博客、阅读这篇文章和这本书,才能成为更好的父母。

"而育儿曾经是这样的,'嘿,你是父母,以自己认为合适的方式去做父母就好'。"罗伯逊补充说,"这并不总是正确的。我并不是说这种育儿方式就更好。但我现在看到更多的是,父母过来找我说:'瞧,现在情况如此,我也不知道我做得到底对不对。'"(免责声明:我的两个孩子就读的是沃尔特佩顿大学预科高中。)

父母从孩子的幼儿园到大学一直都感到焦虑。贝齐·布朗·布劳恩的育儿小组里,有一些家长的孩子正在读高中,在这样的小组里话题不可避免地会转向大学录取。她告诉我:"我的一个小组里有个妈妈,我们一起散步时聊了聊近况。我问她:'你一直很安静。这是怎么回事?'她有对双胞胎孩子,都是高中四年级学生。她哭了起来:'没有人帮我。我该怎样才能让我的孩子上(大学)去?我很担心,我做不到。'

"我说:'这为什么是你的事?'她说:'我情不自禁会这么想,我觉得这就是我的事。我得帮他们。'

"他们俩就读的都是私立学校,那里有顾问,"布朗·布劳恩补充说,"但她感觉自己有责任尽一切努力,帮助他们完成大学申请。这是一种竞争性的育儿方式,就是要确保你的孩子在你力所能及的范围内,拥有其他孩子拥有的全部优势。"

第五章　欢迎来到黄金海岸

里克·辛格成为公司高管的梦想是短暂的，且从未真正实现。1998年钱来宝出售给"第一联盟"之后，里克在钱来宝开设呼叫中心的表演结束了，于是他收拾行装，在内布拉斯加州奥马哈的"西部公司"找到了另一份呼叫中心的工作。（他还在当地的犹太社区中心指导一支中学生篮球队作为副业，每天进行长达四小时的艰苦训练，并把球队中的某些孩子称为"大混蛋"。）他希望获得更多的职业信誉，于是在卡佩拉大学注册了组织和管理在线博士学位课程，但他从未完成学业。取而代之的是，他开启了下一个计划：更多的呼叫中心工作。这一次是在印度，美国公司因印度廉价的劳动力和运营费用而成群结队地外包其呼叫中心。辛格在一家名为"一环"的公司担任CEO一职，该公司与其他许多本地呼叫中心公司一样，都渴望聘请本土英语人士来培训其员工。他将拼命三郎的工作方式带到了这家公司，告诉他的员工说，他们需要更加努力地工作，才能像他所带的"一流团队"一样富有生产力和竞争力。该公司高级副总裁普拉布·辛格表示："他让我们感到自己没有发挥潜能。"他说里克·辛格本人的职业道德令人瞠目结舌，后者只有在汽车或飞机上才会停止行动，只为打个盹："最多睡15分钟，然后他会醒来，重新开始一些工作。"

普拉布尊重里克·辛格，说他对商业里里外外都很了解，但对他的一些策略感到不满。例如，他坚持要求普拉布每天花一个小时与呼叫者通话,这是一项艰巨而毫无意义的工作,目的是更好地了解公司的运作方式并提高团队士气。"我负责所有业务,所以我认为这有失身份。"普拉布说,"这似乎不是我时间的最佳利用方式。"正是这样的要求最终导致普拉布辞职。但里克·辛格一直干到 2003 年一环出售给一家印度银行,印度工业信贷投资银行。作为一环拥有优先股的 CEO,辛格在退出方面做得很好,对此他吹嘘了许多年。

带着更多的现金和更大的信心,辛格回到萨克拉门托开始了他的下一个篇章:大学咨询的又一次冲刺。他清楚地意识到自己留下的宝贵网络,以及随着人们对顶级高校的渴望愈演愈烈,变得越来越有利可图的职业。他出售未来之星时签署的竞业限制已经到期,这意味着他可以自由参加竞赛。他和艾莉森以 57.9 万美元的价格买下了一套引人注目但价格适中的四居室农场房。住宅位于一条绿树成荫的安静街道上,在一个大公园的拐角处,艾莉森经常在那里遛弯。

辛格怀着极大的野心回到了加利福尼亚。他给一位前同事打电话,并说他惊叹于曼哈顿的一名大学顾问向客户收取 3 万美元费用。虽然萨克拉门托与纽约相去甚远,没办法在随和的政府城市里收取这样的费用,但他认为可以朝这个方向发展。根据前合伙人的说法,他的新公司"大学资源"向一些家庭收取的费用高达 1 万美元。当辛格遇见一个哪怕他感觉有一点点可能是富裕人士的人,他就会扑上去。有一次在飞机上,辛格发现自己坐在萨克拉门托银行 CEO 旁边,他注意到她正在玩希伯来语填字游戏,于是就此与她展开了对话。他们降落两小时后,辛格给她发电子邮件继续交流。不久,他就开始辅导她的三个孩子了。

很快就有消息说辛格又回来了,这引起了高中辅导老师的抱怨。"直到我们看到他再次出现,才知道他开了第二家(公司),"当时仍在里约美式高中担任顾问的吉尔·纽曼说,"曾经有一段时间的感觉是,'里克不在,一切真不错!',然后他回来了。"

很快,他再次成为城里无处不在的人物。他会在萨克拉门托乡村日学校露面,与他辅导的学生坐在校园角落处,或放学后坐在图书馆的长椅上。卡尔·格鲁伯1998年开始在格拉尼特湾高中讲授政府学、经济学和新闻学课程，这所高中位于萨克拉门托地形起伏的郊区的封闭式豪宅社区里，他表示，辛格"是那里的常客，经常在咨询区和行政区来回穿梭"。尽管此时城里也有其他独立顾问，但不断出现在校园里的顾问"在某种程度上还是有点不寻常"，格鲁伯说："不是说要'打电话给警察，911，这儿有个奇怪的家伙。'但这不是常态。"

如果说辛格在经营未来之星时是一个有侵略性的经营者，刚开始涉足不诚实行为的话，那么他在大学资源公司时的不合伦理行为变得更加毫无顾忌。现在，他毫不犹豫地告诉学生们，在申请大学时要夸大其词或者善于说谎。当申请流程变得数字化之后，他会把学生的密码要过来，亲自填写学生信息（与纸质申请不同，当时的在线文书填写不需要签名）。这成了辛格未来的标准程序。仍然有一些客户发誓说辛格没有做任何事情，只是激励学生更加努力学习，并且在申请大学时更有策略性，但有关他可疑行为的传说堆积如山。

纽曼在里约美式高中为一位在数学上表现挣扎的高中运动员提供咨询时，曾遇到这种情况。这个男孩没有通过代数1，因此无法继续学习几何或代数2，而这是他一心想读的某所著名一区大学的要求。（为了保护学生的身份，纽曼不想透露大学或体育项目的相关信息。）该学生高中三年级时另一门课的成绩也很差。纽曼和男孩及其家人提出的计划是让他先上当地社区大学，然后再转到该大学。

"然后他们就聘请了里克。"纽曼说道。

此后不久，学生和他的父母来到学校，与辛格一起和纽曼会面。纽曼在房间里感受到了一种异样的氛围。"他们把一切都转交给里克打理，然后对我说，'你不称职，你应该让我们的儿子去学代数2'，"纽曼说，"我解释说我不能这样做，因为他没有通过代数1。"

辛格随后打断了她："没问题。我将把他送进所有三堂在线数学课程中，他也将重修那个三年级的在线课程。"

纽曼大吃一惊。"我说，'等一下。他整天和我们在一起上四年级的课程。现在，你说要在这一学年里为他提供三个在线数学课程？这不可能实现。'"

"这并非不可能，"辛格回击说，"我们将实现这一目标。他会通过考试，然后会有资格在那所大学里打球。"

纽曼说："我难以置信。完全难以置信。"

会议期间，那个学生完全保持沉默。几天后，他来到纽曼的办公室。"我真的很想向您道歉，"他告诉她说，"我知道我们一直与您保持良好的工作关系。是里克指导我的父母以这种方式行事的。"

纽曼然后问他，他自己打算如何去上大学，因为他并没有为像微积分学前课这样的大学课程做好充分准备。这名学生回答说："嗯，里克会在大学里为我提供辅导。"

最后，这名学生在获得辛格为其注册的在线课程学分后，成功地去了自己心仪的大学，但他是否实际参加了课程仍然未知。（从后来"校队蓝调"丑闻披露的情况来看，辛格继续让他的员工替学生们参加在线课程。）"我想有人参加了这些课程，"纽曼说，"但我不知道是谁。"

这不是纽曼与辛格的唯一一次冲突。"我作为里约的顾问和一个家庭合作，我们拟订了一个计划：'你将申请这六所大学，其中两所是冲刺、两所是目标、两所是保底。'这是个很好的搭配组合。然后他们回来找我，里克和他们在一起，他们的语气也变了。他们几乎就像是在说'你给我们指错了路，你没有像里克那样为我们做事'。"

辛格对学生家庭的控制力能够被归结为一件简单的事情：他承诺能让他们的孩子考上一所特定的高校。这一诺言使他成了斯文加利[1]式的人物，即使是最理性和受过最良好教育的人也会被他吸引。不管关于辛格的事情看来有多离谱、好得多么不像是真的，这些都被他向家长们打的包票蒙蔽了。家长们的焦虑、不安全感和困惑围绕着一件事，那就是他

---

1 斯文加利，英国小说家乔治·杜穆里埃小说《特丽尔比》中的音乐家，他使用催眠术控制女主人公特丽尔比，使其唯命是从。该词现在用来形容那些对他人具有极大影响力和控制力的人物。——译注

们的孩子将如何进入大学。只要他重复自己的诺言，他们就愿意买单。玛吉·阿莫特当时已成为独立顾问，也是辛格的主要竞争对手，她说："那就是他的撒手锏：'我能让你进入一所特定的高校。'人们选择相信他。"

阿莫特承认，她听起来可能像一个"嫉妒的竞争者"，因为对于21世纪头几年在萨克拉门托需要大学顾问的家庭来说，选择很简单：他或她。现实是，她比其他任何人都早就感觉到，辛格做的事情不只是可疑，而且完全是错误的。在这种预感的驱使下，她开始记下自己和他人与他的互动，并开始保留他的宣传材料和媒体上提及他的内容的拷贝材料。这些年来，她仍然保留着那些材料。当我一天早上在萨克拉门托的坦普尔咖啡店与她会面时，她将材料打印出来，整齐地摆放在桌子上，就像一位学者展示多年的细致研究一样。"人们对此视而不见。他们不想听说他是个骗子，"阿莫特曾是注册会计师，她用平静、深思熟虑的语气说，"多年来，我一直在为里克的事大声疾呼。"

他的方法之一是跟学校的校长和行政人员套近乎，讨好学校的圈子。至少有一个他取得进展的案例。"我们的管理层喜欢辛格，因为他帮助孩子们进入了有竞争力的高校。"卡尔·格鲁伯说。除了辅导工作之外，里克·辛格还游说高中课程设置，以提高学校的竞争力，间接地也就提高了他指导的学生的竞争力。他希望格拉尼特湾高中开设国际文凭课程（该校此后已采纳该课程），希望里约美式高中提供更多的大学预修课程和荣誉课程，并告诉管理层说，如果他们学校没有某些高级课程，至少应提供在线课程。

他的策略归根结底是为了让自己的利益最大化，如果不能通过道德的渠道获得想要的东西，他就会另辟蹊径。在格拉尼特湾，他对学校的一位数学老师感到不满，大概是因为辛格指导的孩子们数学成绩不佳。"他不喜欢这个老师，"格鲁伯说，"里克做出了决定：这位数学老师不适合执教他指导的学生，他对客户的父母说：'你们必须跟学校要求给你们的孩子换班。'"

事情紧张到学校为此开了一次会，到场的有这位老师、数学系的另一位教员、一位学校的顾问、学生和他的家人。辛格和这个学生的叔叔也出席了会议。在会议期间，辛格和学生的家人"不停施压、施压、施压"，格鲁伯说，"他们说这堂课有多差，这老师有多糟。那次会议太糟糕了。"

之后，据透露，被介绍为学生叔叔的那个人实际上并不是学生的亲戚，而是辛格手下的工作人员。后来，校方发了一封信给格拉尼特湾的所有教职员工，称辛格是不受欢迎的人。

"那就是当时典型的里克·辛格做派，"格鲁伯说，"他会竭尽所能钻空子。"

另一位与辛格合作的格拉尼特湾学生夸耀自己在 UCLA 的申请中勾选了西班牙裔美国人身份。"这孩子是个彻头彻尾的盎格鲁人，"格鲁伯说，"谁知道他还做了其他什么假账呢？"

事实情况花样百出。据阿莫特说，她有个朋友雇用了辛格，他为其儿子填写大学申请表，其中编造了各种各样的故事。"他说，这个孩子组织了一个梦幻足球俱乐部。他筹集资金在海伦·凯勒公园建了游乐场设备，而萨克拉门托根本没有海伦·凯勒公园。"阿莫特说，"说他在青少年网球比赛中排名前 50，这个孩子可能只是加入了网球队。说他写的很多剧本都上了电视，好吧，他确实写剧本，这是他的业余爱好，但是这些剧本根本没有上电视。这些全是弥天大谎。申请书还说他在家里说西班牙语，然而，他没有。"

申请书还指出，该男孩曾是"阿斯彭创意节的区域社交媒体总监／博主"。当这名学生和他母亲看到申请时，感到震惊不已。母亲向辛格支付了服务费，随后更改了儿子在线账户的密码，将辛格拒之门外，然后学生如实填写了申请表。

几乎所有同时期在萨克拉门托从事大学咨询工作的人，都有一个辛格的故事可讲。帕特里夏·费尔斯当时是萨克拉门托乡村日学校的一名顾问，她有个学生接受了辛格的辅导，这位学生告诉她，辛格建议他写自己在犹太会堂创建了一个青年团。"这不是真的，"费尔斯说，"孩子是在里面，他参加该团体，仅此而已。里克提出的建议是，仅仅成为一个小组的成员并不会给人留下深刻的印象。你必须说自己创建了它。好吧，是的，但这是谎言。"

他告诉该学校的另一个学生"把他拥有一项什么专利写进去"，费尔斯说。

同时，辛格不停地吹响号角，编写营销材料和统计数据以美化他的业务规模和范围，而他正拼命地试图将之发展和多样化。他举办演讲活动，邀请当地律师和其他商业领袖给他的学生们演讲。然后，他指导参会的孩子们，说他们应该在大学申请时写上参加了创业俱乐部，证据就是他们聆听的这一个演讲。他谈到了与像英特尔这样的公司接触以提供大学咨询服务，作为他们提供给员工的可选择的额外福利（这从未实现过）。然后，他与教育专家兼工程师路易斯·罗布尔斯商谈如何为学生补习数学和科学，辛格从罗布尔斯收取的每小时工资中扣除五美元。"当他意识到这不会让他赚钱时，"罗布尔斯告诉我说，"他就打消了这个念头。"

罗布尔斯对辛格的印象是，他只关心做秀。"他从不关心教育，"罗布尔斯说，"这全都是销售。他一直在努力赚钱。"

辛格甚至给之前在印度呼叫中心工作时的老朋友普拉布·辛格打电话，请他创办大学资源公司的印度分公司。普拉布达成了合约并开始与当地家庭合作，帮助他们的孩子进入美国大学。辛格收取为期两年2500美元的咨询费，这在印度被认为收费昂贵，他不得不给一些家庭提供优惠。该业务最终未能起飞。在一年的时间里，普拉布只合作了大约八个家庭，因为只有很少的印度家庭考虑让孩子去美国接受本科教育。缓慢的增长使辛格感到沮丧，辛格说他不明白为什么普拉布不能获得像自己在美国一样多的客户，而他吹嘘自己在这里"一夜之间和三十名学生"签约。

"他不明白为什么在印度要花这么长时间建立客户基础。"普拉布说。他补充说，艾莉森因必须处理印度和美国之间的会计实践差异而感到沮丧。

在外面，辛格告诉萨克拉门托的熟人，他在印度建立了蓬勃发展的业务，考虑到他经常飞来飞去，这似乎很可信。"他总是飞去印度，"其中一位熟人说,"他从来没有在家过。"

在 2005 年,辛格承认失败,并将印度的生意移交给了普拉布。

辛格开足马力,努力想法子把公司做大,而不仅仅是一个大学辅导公司。如果撞了墙,他也会不露声色。他在《萨克拉门托杂志》(*Sacramento Magazine*)上刊登了整页广告,展示自己站在经他帮助考上大学的高中生旁边,他们正穿着自己南加州大学和亚利桑那大学的运动衫。"进大学不是一门艺术,"广告如是宣称,"而是一门科学。"他的网站当时宣称,他已经指导了超过 2.5 万名大学申请者。而在 2005 年 2 月《萨克拉门托商业日报》一篇引人入胜的特稿文章中,他说大学资源公司在 2004 年创造了超过 100 万美元的收入,并有望在第二年再翻一番。文章还引述了西方学院时任校长特德·米切尔的话:"里克对大学具有百科全书般的知识。更重要的是,里克确实善于把握孩子和家长需求的核心,并为之找到正确的匹配。"

辛格声称自己的顾问委员会中包括许多高等教育重要人士,并在其网站上吹嘘。米切尔是其中一位,其他人包括普林斯顿大学前校长比尔·鲍恩、斯坦福大学前校长唐纳德·肯尼迪、UCLA 前校长查尔斯·杨、斯坦福大学和普林斯顿大学前招生院长弗雷德·哈加登等。

当阿莫特看到这件事时,她惊恐万分,并打电话给斯坦福大学前招生官乔恩·里德,他多年来听到了许多里克·辛格的故事,同样感到不安。里德说:"他用斯坦福的名字来抬高自己的身价。而我碰巧认识名单上的人。"然后,里德给肯尼迪、米切尔和哈加登这些人发了电子邮件,说:"您想和这个人有关联吗?他是私人顾问业务中欺诈的代名词。

"他是如何把您的名字放到他的网站上的?行业里有一些体面的独立顾问,但他不属于那一类……我们无法阻止这个人,但我们可以让他放慢脚步。"

米切尔承认与辛格有关联,并回信说辛格是"一个体面的人",当辛格与穷学生们一起工作并试图让他们上大学时,他曾参与其中。肯尼迪在一封电子邮件中写道:"几年前,我同意加入他企业的顾问委员会,当时那看起来很有前景。不幸的是,自那以来我一直没有与他接触过,所以在提供咨询服务方面,我不能为他做什么担保。"

里德记不清哈加登具体的回复内容了,此人已去世。里德说:"在我印象中他说他与辛格没有任何关系,也没有授权使用他的名字。无论如何,那不是他的风格。他从不为任何东西背书,也从未在任何东西上贴上自己的名字。

"弗雷德是一位传奇人物,将他的名字和其他人一起列入名单肯定很不错。"

史蒂夫·雷普瑟当时是乡村日学校的校长,当他看到顾问委员会名单时也很恼火,他联系了肯尼迪。雷普瑟说肯尼迪告诉他,他只在湾区的一个鸡尾酒会上见过辛格一次,大概就是辛格要求他加入董事会的时候。

即使肯尼迪同意允许辛格使用他的名字,雷普瑟依然感到沮丧。他告诉我说:"他公然乱用知名人士的名字。"

当辛格在城里说乡村日学校数学系的坏话时,他就已经激怒雷普瑟了。"从某种程度上,数学系在世纪之交那些年表现较弱,"雷普瑟说,"当我听到他的坏话时,该课程已经好很多很多了。我们的教职员工很棒。"

雷普瑟迫切想纠正记录,挑战辛格关于董事会的宣传,所以打电话给辛格并安排了一次会面。但辛格没有露面。"然后我又安排了一次,他还是没有露面。"雷普瑟说。

然后,雷普瑟向他的员工传达了这一信息:乡村日学校校园内不允许辛格出现。里约美式高中也已不再允许辛格在学校演讲,而格拉尼特湾的数学系对他仍然怒气未消,这意味着辛格在萨克拉门托三个主要的据点现在都成了敌区。

他还与比利·唐宁闹翻了,唐宁之前被聘为辛格公司的首席运营官,他在耶稣会高中读书时曾接受辛格的辅导,从伯克利大学毕业后为辛格工作,最终成为他的二把手。没有迹象表明唐宁参与了辛格的不道德策略。据知情人士称,当唐宁想脱离出去并创办自己的公司时,辛格露出丑态,扣留了他的薪水。唐宁威胁要起诉，并最终成立了自己的公司，辛格最亲密的业务关系现在断绝了。（唐宁没有牵涉"校队蓝调"丑闻，作者多次请他为本书发表评论，没有得到回应。）在萨克拉门托联系紧密的社区中，大家都相互认识，八卦如野火般蔓延，辛格的名声开始名不副实。

但是他对萨克拉门托的需要也越来越少了。辛格壮大公司的一个尝试是与萨基蒙特学校达成协议，启动一项大学咨询计划，这是佛罗里达州韦斯顿的一所私立学校。学校的共同创办人布伦特·戈德曼告诉我，他聘请了辛格，因为"他知道他在说什么。他似乎有很多关系。他会说，'我认识这里的体育主任''我认识这里的校长'"。

根据戈德曼的说法，辛格为萨基蒙特做了一些辅导，但他主要是帮助学校制定课程。"那家伙要么在工作，要么在锻炼，睡得很少，"戈德曼说，"他很另类。"

当萨基蒙特开办一所虚拟学校，允许学生在线上课时，辛格也参与到其中，并聘请顾问通过大学资源为萨基蒙特的在线学生提供大学咨询业务。当萨基蒙特虚拟学校与迈阿密大学的一个部门合并成为迈阿密大学在线高中时，他一直是学校的大学咨询供应商，直到该学校被出售给卡普兰（他后来对客户说，他拥有这所在线学校的所有权，并因此净赚了1亿美元）。当找到了一个需要他投入时间很少的新收入来源后（因为他雇用的顾问负责与学生打交道），他开始寻求与其他在线学校签订合同，并在宾夕法尼亚州西切斯特的劳雷尔斯普林斯学校开启了下一个合作项目。

他还开始为位于佛罗里达州布雷登顿的精英运动训练中心IMG学院提供服务，这也是一所寄宿学校，接收那些希望获得大学体育奖学金的年轻运动员，或者有足够多的钱来这里读书的学生。

即使扩大了业务范围，大学资源公司仍然是一家奇怪而功能失调的公司。里面为数不多的员工之间几乎不透明也鲜有沟通，员工包括六名顾问、记账员史蒂文·马塞拉、会计米凯拉·桑福德和一名助理（马塞拉和桑福德已对"校队蓝调"丑闻中的指控表示认罪）。这个公司不举行全体会议或年度绩效评估。至于辛格，他主要是在飞机上或在另一个州或国家，为家长们提供建议或拓展自己的业务。当时在公司任职顾问的一名员工表示，辛格从未提供过任何福利或保险，他与辛格的往来很少，而且常常不连贯。"都是一两句话，"这位前雇员说，"而且他的话都不合逻辑。你问他一个问题，但他从不给你一个直接的答案。"辛格的前助手告诉《入学代价》（*The Price of Admission*）作者丹尼尔·戈尔登，他不分日夜地给员工发短信，即他们所说的"里克代码"，他们必须辨别那些令人困惑的命令，例如"给迈阿密打电话"，这可能意味着佛罗里达的迈阿密大学或俄亥俄州的迈阿密大学。至于为什么不向所有员工提供保险，这位前员工说："里克没有看到（我们所做事情的）任何价值。我们只是工蜂，不是什么大玩家。"

辛格通常会与他的在线顾问平分酬劳。但是，当这个雇员认为辛格没有与客户打交道，因而要求自己获得更多分成时，辛格就会变得充满敌意。"没有任何讨论。他基本上是说，'如果你不喜欢，可以离开'。他态度很强硬。"

***

2010年，纽约的独立大学顾问安迪·洛克伍德与里克·辛格安排了一次会面。洛克伍德是一位健谈的纽约人，为人随和，与萨基蒙特学校的布伦特·戈德曼是朋友，而戈德曼赞扬辛格是一位对教育领域非常了解的人，做的事情很有意思。戈德曼认为与长岛郊区富裕家庭一起工作的洛克伍德和辛格也许能够以某种方式进行合作。至少，他认为辛格是洛克伍德应该认识的人，尽管在说了辛格有多杰出之后，他补充道："他嘴里蹦出来的东西我只相信百分之八十。"

辛格在会议中高谈阔论，提及许多人的名字，并谈论他的生意——他怎样到处奔走，他的客户多么有钱。"他滔滔不绝。"洛克伍德说，他将辛格描述为"这个背着背包瘦小而结实的人。他基本上看起来像是个长着黑白相间头发的大学生"。

辛格描绘自己是为最富有者提供大学咨询服务的人,援引史蒂夫·乔布斯等人来阐明自己的观点。洛克伍德对我说:"据我所知,他仍在萨克拉门托,但他到处飞,并正在(为他的客户)向大学安排捐款。"

会议本身只是辛格故事的一个脚注——没有后续的业务或合作。这显示了辛格如何运筹自己的业务,将自己标榜为大学顾问,服务对象不仅包括萨克拉门托的富裕家庭,还有湾区、南加州、纽约以及全球其他非常富裕地区的 CEO 和商业领袖。这些家长不是当地银行的 CEO,他们是跨国公司的 CEO 和首席运营官。他们是对冲基金经理、风险投资创始人和其他业务巨头,《华尔街日报》和《金融时报》的读者都可以认出他们的名字。他们的家庭不止有一个保姆,而是好几个保姆,他们乘私人飞机出行,经常载着辛格去他们许多豪宅中的一所进行辅导。

为了反映这种转变,也许是为了更直接地吸引更有权势、更注重结果的客户,他最近将公司名称更改为"尖端大学与职业网络",尽管他只是简单地将其称为"金钥匙"。洛克伍德说,辛格吹嘘自己曾与励志大师托尼·罗宾斯就商标名称发生过商标侵权纠纷(罗宾斯有一系列名为《尖端》的书籍和视频),但他胜诉了。"他就像在说,'是的,他起诉了我,因为我们有相同的名字,而他不得不从我这里购买这个名字'。"洛克伍德说,"这没什么意义,因为里克仍在使用它……他搞得自己好像取得了重大胜利,就像他耍了托尼·罗宾斯一样。"

辛格视自己为一个类似罗宾斯的人物:一位高于生活、启迪人心的顾问兼心灵导师,他对生活中的麻烦有问必答,可以通过一系列简单的步骤将这些麻烦加以分解;他是人们寻求建议和帮助的对象,给追随者带来巨大影响,不论这些追随者本身有多强大。

他对激励型大师很着迷,在 21 世纪前十年后期,他曾将一组员工派到西雅图看路·泰斯的演讲。泰斯创立了太平洋研究所,专注于"为个人、团队和组织创造高性能的思维模式",辛格希望他的一些实践能对金钥匙的成员有所帮助。

在这些公共教宗的启发下,他现在在营销材料中称自己为"大师级教练"和"人生教练"。在与"校队蓝调"无关的一次陈述中,当有人要求他定义"大师级教练"一词时,他说:"在职业和个人方面与人全面工作的人。"没有证据表明辛格曾经向任何人提供过此类服务,当在证词中询问辛格是否有心理学或其他心理卫生专业背景时,他回答说:"没有,先生。"

辛格对勃勃雄心以及如何实现它们的兴趣并不全然是装腔作势。在某种程度上,他似乎确实对教育充满热情,并围绕教育寻求创新之道。他参与了有关在线教育和学习数字化未来的热烈讨论。他谈到了如何为负担不起的孩子提供大学预备的帮助,以及如何在加州奥克兰为弱势儿童启动篮球计划。在理想的世界中,他可以把这些利他的想法与巨大的获利机会结合起来——要是他能找到方法就好了。

与此同时,他选择了一条更有利可图的道路,与帮助孩子们毫无关系,全都是关于如何扩张个人财富。在与安迪·洛克伍德的会面中,辛格谈到了所谓大学录取的开发角度,即在学生申请入学之前或期间向大学捐款以利于被录取。他称这种方法为"后门",并对此持批评态度。他说,如今这些方法都行不通了,必须写的支票简直太多了。为了证明这一点,他提到一个外国家庭给他打电话,对自己的孩子被一所顶尖大学列入候补名单表示沮丧。他们想给学校写一张600万美元的支票,并且确实也那样做了,但孩子并没有从候补名单上移出。

根据辛格的说法,进入精英学校的后门成本是这九倍之多。"哈佛要价4500万美元,"他告诉一位客户,"斯坦福要价5000万,并且他们也得到了。"他继续说道:"那真是太疯狂了。他们从湾区和纽约得到了这些捐赠。太疯狂了。"

他告诉洛克伍德,他有一个更可靠的方法,而且成本更低,他称之为"侧门"。他并没有确切说明这是什么意思,但是他说:"(一个家庭)不用捐赠几百万美元,我可以只需25万美元就能搞定。"

洛克伍德不知道的是,辛格已经在他的新热点业务之一中运用了侧门策略：在南加州的奥兰治县，他融入了纽波特海滩和拉古纳海滩等沿海枢纽的富裕家庭社区。这将是至关重要的立足点。在这里，金钱被自豪地标榜为玛莎拉蒂、特斯拉和多个度假屋，以及在塞奇山学校这样的私立中学就读，这是一所每年学费4.2万美元的预科学校，在那里一个家庭可能会投入100万美元来升级学校的竞赛用草坪和跑道，并在巴尔博亚湾度假酒店举行募捐活动，这是一个俯瞰太平洋的会员制俱乐部和高尔夫球场。就像萨克拉门托中学时期一样，辛格开始逢迎塞奇山，并通过口口相传吸引了该校董事会的成员，而他们拥有巨大的影响力。

奥兰治县为他提供了另一个甚至更为关键的门户。通过不断发展的关系网，他开始在该地区的投资公司为其最富有的客户提供大学录取演讲。2008年，他在全球最大的债券公司之一、位于纽波特海滩的太平洋投资管理公司（PIMCO）进行了一次这样的演讲。

据《华尔街日报》报道，辛格通过当时该公司抵押贷款联合负责人威廉·鲍尔斯进入了PIMCO，鲍尔斯聘请他辅导自己的女儿进行大学申请。《华尔街日报》称，鲍尔斯曾称他为"神话般的资源"，并把他推荐给PIMCO人力资源负责人，从而让辛格于2008年6月在该公司发表了演讲。

像PIMCO这样的投资公司为辛格提供了超高效且简化的业务渠道，从而免除了他惯于为吸引新客户而进行的所有烦琐工作。更好的是，这些客户是金字塔顶端的1%。通过发表演讲，甚至只是轻松地在办公室里与财富管理顾问交流，他突然就能接近依赖该公司进行投资和管理其可观收入及资产的客户了。同时，那些顾问也渴望慷慨地为高薪客户提供额外的福利和便利，例如一名精于让其孩子进入顶尖高校的大学顾问。

在这种态势下，可以理解为什么辛格试图与PIMCO建立业务关系，以便能够持续在该公司演讲。据说他在推销时太激进，PIMCO拒绝了。在那个时候，这已经无关紧要。到目前为止，他已经打造了职业生涯以来最重要、最有利可图，同时也是非法的关系网之一。

有一天，鲍尔斯将里克·辛格引荐给了他的老朋友道格拉斯·霍奇，后者后来成了PIMCO的首席运营官，然后做了CEO。他们的友谊可以追溯到1978年，当时鲍尔斯鼓励霍奇申请加入PIMCO。拥有哈佛大学MBA的霍奇当时有五个孩子，大女儿在凯特学校正准备申请大学，这是一所位于加州卡平特里亚的寄宿学校。根据法庭文件，鲍尔斯力赞辛格为"最好的导师和向导"。不久，他就开始与霍奇的女儿一起工作了，坐下来每周开展辅导、规划大学参观，为她修改论文，并建议在学校上什么课。

霍奇是一位商业巨人，他利落稳定地爬升着职级，首先是所罗门兄弟公司的债券交易员，然后是PIMCO，并在那里度过了大部分职业生涯。几年来，他一直居住在东京，在那里发展公司的亚洲业务。他在2009年被任命为首席运营官，回到南加州，搬进了拉古纳海滩的拉默拉尔德贝封闭式社区中一幢价值1220万美元的豪宅。霍奇的慈善履历像他的简历一样令人印象深刻。他和妻子凯莉创立了一家国际非营利组织，为全球各地贫困国家的女孩和年轻妇女提供指导和医疗保健教育。他甚至在柬埔寨建立了学校和孤儿院，他的孩子们夏季在那里做义工。他和妻子因看到孩子们在贫穷国家忍受的苦难而非常动容，以至于他们从摩洛哥一家孤儿院收养了他们最小的两个女儿。

霍奇的慈善事业为辛格提供了另一项机会，他也抓住了这一机会。的确，当辛格继续建立自己的慈善机构时，他声称是出于对"有需要的柬埔寨人"的支持，这大概是与霍奇交谈的灵感。霍奇每年向学校和大学捐赠大量资金，并资助其他对处境艰难青年进行帮助的计划。根据法律文件，在2007年至2018年期间，霍奇向100个不同的组织捐款超过3000万美元。辛格经常将慈善事业作为与客户建立联系的一种方式，以此来搞清楚他们的财力状况，并把自己表现为做善事的人。他会大肆宣传自己正在与有需要的孩子一起做的工作（奥克兰的篮球项目，或是为负担不起的孩子们举办的运动营），并有效地创造了一个掩盖其他活动的光环，而后者变得越来越险恶。

霍奇后来写到，当他初次见到辛格时，这位大学教练"对大学录取过程的能力、自信和知识给他带来了冲击"。

霍奇写道："成千上万的学生在争夺每所名额有限的顶尖大学,让像他这样的人站在我这一边似乎是聪明之举。他的推销有两个要素:首先,他会为我的孩子创建一个'品牌',以将其申请与大量的其他学生区分开;其次,他吹嘘自己在顶级大学有许多'人脉'。"

一位知情人士说,辛格"很擅长操纵人心。他谈论那些被某些大学录取的名人和富人的孩子,并说'你以为他们进去靠的是聪明才智?。'他让这听起来像是每个人都通过关系和捐赠,以及建造图书馆,才能使孩子被大学录取。而且他似乎真的相信这一点。我认为他从来没有想过自己在做任何超出常规的事情,那就是他的心理"。

辛格采取的另一种技巧,是让孩子对自己独立考上心仪大学的能力产生严重怀疑。这样,他就猎取了家长最大的恐惧之一:不得不看着自己孩子伤心欲绝。收到朋友被斯坦福和宾大录取、充满动画表情的好消息,而自己只能在候补名单上等待,谁想看着自己的孩子经历这样的耻辱过程?谁又愿意接受这样一个事实:他们针对让孩子考上"正确"大学所做的全部准备——且不说那些"正确的"课外活动和暑期实习——全部都是无用功?辛格知道,没人愿意接受这些。

因此,他直击要害,清楚地表明在没有他帮助的情况下,他的客户的孩子会,简而言之,搞砸。尽管霍奇的大女儿获得了 AP 学者奖,这意味着她在四次或更多大学预修课程考试中至少获得 5 分中的 3 分,但当她将乔治城确定为首选大学时,辛格告诉霍奇,她"最多只有 50% 的概率"能被录取。

但是有另一种选择,他说,听起来是如此无意冒犯、如此柔和,仿佛他只是伸手来帮助父母走过马路一样。"我与我在乔治城的朋友进行了交谈,他将与我们合作,"辛格在 2008 年 2 月的一封电子邮件中向霍奇写道,"他在上周帮我录取了两个女孩。"

第六章 体育人脉

瑞安·唐斯是一名身高 1.92 米、体重 88 公斤的四分卫。他长着一张娃娃脸，留着棕色短发，脖子上戴着十字架挂链。2019 年，他在全美青少年橄榄球运动员中排名第 7，获得了两所一区大学的录取通知书，他们邀请他进入大学打橄榄球，他当时 13 岁。

唐斯是 IMG 学院 2024 届学员，这是坐落于佛罗里达州布雷登顿、面向年轻运动员的超精英寄宿学校，该校占地约 2.4 平方公里，校园干净整洁。IMG 学院脱胎于著名教练尼克·博莱蒂耶里的网球学院，该学院曾在 20 世纪 80 年代培养过安德烈·阿加西和莫妮卡·塞莱斯等标志性明星。但是今天，这所学校完全不像博莱蒂耶里朴素却艰苦的网球训练营，不像那个他曾经在其中大喊大叫并以严厉手段把年轻门徒送进温网冠军赛的地方。一位曾在 20 世纪 80 年代末参加博莱蒂耶里训练营的球员说："以前是尼克和他的同伴教学，孩子们就在那儿。现在这里更像是一家工厂。"

那是一家非常豪华的工厂。1987 年，网球学院被实力雄厚的体育和市场营销代理公司 IMG 收购，而 IMG 又于 2013 年被好莱坞人才代理机构和媒体公司 Endeavor 并购。如今，IMG 学院作为先进的培训机构，已成为有抱负人才的五星级豪华度假胜地。学校对运动员进行九种运动训练，包括橄榄球、篮球、长曲棍球和高尔夫等，孩子们每天在各自的运动项目中投入近五小时。这所学校的1200名学生生活在一个闪闪发光的"别墅群"中，周围环绕着一个奥运场馆标准大小的游泳池、沙滩排球场、篮球场和一台巨大的平板电视，可以观看比赛。学校的体育馆有五个Equinox健身房那么大，其中包括配备了用于监控卧推技术的摄像系统的举重机和一个"水合中心"，学生可以在这里储备运动饮料、能量棒和口香糖，由佳得乐提供，该品牌与安德玛都是学院的赞助商。（除安德玛外，校园内不得佩戴其他运动徽标。）还有一个"心灵体育馆"，孩子们在这里通过种种方式增强他们的心理敏捷性和毅力，包括用卡片玩配对游戏、对动态板做出反应——动态板是一块大型方板，上面有数十盏小灯不断闪烁，训练的原理是在闪烁时迅速击中每个灯光，以缩短反应时间。这块板还可以强化运动员的手眼协调能力和外围视野。橄榄球更衣室被蓝色霓虹闪灯照亮，看起来像一个未来派的夜总会。除此之外，不可避免地，校园内还设有健康水疗中心。

在这个香格里拉规格的体育学院入学的年费为79900美元，这意味着学校吸引了许多巨富家庭，其中许多人来自海外。学校的停车场里到处都是豪车。一位辅导老师回忆一名学生的话："我必须在这门课上获得A，因为如果做到了，父亲会给我买（限量版）野马眼镜蛇跑车。"YouTube的宣传视频显示，一辆白色的加长豪华越野车缓慢停下，将IMG四年级学生带到萨拉索塔的丽思卡尔顿海滩俱乐部参加舞会。

IMG学院是美国文化重视青年专业化最夸张和集中的例子之一，它强调青年人要想在生活中取得成功，就必须成为获奖的奇才，具备特定领域的专业技能。对一个孩子来说，这是合乎逻辑的下一步，父母让她在三岁时放弃足球，因为她不会熟练地带球，而是投资于游泳，这将她导向了校队、俱乐部团队、私人课程、个人营养师和昂贵的夏令营。这个过程不仅对孩子和家长（他们日夜陪着孩子练习）要求很高，而且成本高昂。一位住在纽约的父亲在2019年把儿子送到南加州大学棒球夏令营参加"8至10岁潜力营"活动，夏令营费用500美元，酒店房间花费800美元，他和儿子的机票花费1200美元。这个夏令营为期三天。

对于那些能够负担得起这种培养计划的中上阶层和富裕家庭来说，这已经成为所有梦想获得大学奖学金的学生的必经之路，或者直接是进入一流大学的捷径。根据2018年一项针对哈佛的诉讼中公布的数据，在六年的时间范围里，特招运动员的接受率为86%。这一数据鼓舞了那些在后代身上发现了哪怕是一丁点突出的手眼协调能力的父母，导致了文化上一个渐进但非常极端的转变。孩子们涉足多种体育运动，直到10岁左右才会开始认真对待其中一项的日子，早已过去了。在当下的体育界，我们的目标是让孩子在很小的时候就取得优异成绩，家长们急切地计划着如何将那些少年冠军头衔转化为斯坦福大学的全额奖学金。犹他州立大学人类发展与家庭研究副教授特拉维斯·多什从事体育与青少年研究，他说："家长们早在孩子6岁时就开始考虑（体育专业化），以便让孩子日后在大学招生过程中看起来更好。他们对这一方面的评价与其他诸如娱乐、学习新技能和交朋友在内的目标一样高。对家长来说，他们最关心的问题无疑是：我该如何让我的孩子考进大学？"

而对于负担得起的父母来说，IMG学院是一个诱人而方便的助推器。由于这所学校吸引的运动员都很有才干，而且学校非常注重把他们培养得接近完美，因此学校挤满了大学招生人员。正如瑞安·唐斯证明的那样，这些对话很早就开始了。2019年，IMG学院毕业班的260名学生中，有165人被一区大学录取。该校自豪地宣扬这一统计数字，正如它在网站上所说，IMG学院的毕业生"自2012年以来进入了90所《美国新闻与世界报道》列出的百强大学"。

积极进取且注重结果的父母、巨大的财富，和体育运动的结合，使IMG学院成为里克·辛格无法抗拒的需要极力讨好的地方，他在2003年就这么做了，当时他开始通过大学资源公司为这所学院的学生提供大学咨询服务。IMG还为他提供了一个机会，让他更接近大学招生业务，并与该行业的关键人物建立关系。通过与IMG的联系，他能够确认并接近大学教练，这些教练将成为他和自己的客户进入一些顶尖大学的重要切入点，为他的"侧门"计划铺平道路。他还将更好地了解大学招生过程中的弱点、招生制度中的漏洞，以及教练同时拥有的权力和弱点。他会知道教练们常常感到自己被低估，在许多情况下他们的工资很低，被发展办公室和富有的校友多方面拉扯，以至于他们对自己的工作本身产生幻灭，同时也具备巨大的影响力。如果辛格在加州州立大学萨克拉门托分校已经开始四处收集所有这些信息，那么在 IMG，事情就变得更加具体化了。这所学院是他迈向成功的通道。

刚开始在 IMG 时，辛格只是个承包商，但他很快就在学院占据了一席之地，当时学校刚刚开始扩大教育规模。IMG 学院的学生历来都在附近的圣司提反圣公会学校和布雷登顿预科学院上课。在 2000 年，彭德尔顿学校在 IMG 学院校园里开张。它不属于 IMG，但专门为学院学生服务，允许他们在上午或下午上课，剩下的时间留给他们进行体育训练，因此该校入学人数迅速增长。

IMG 学院从一开始就面临的挑战是改变人们的刻板看法，即一所运动员为重点的学校并不是正经学校。"人们会说，'这只是一所赛马学校，'"该校校长兼联合创始人理查德·奥德尔说，他后来成为 IMG 学院负责学生事务的副主席，"所以我们必须每天工作以提高学术质量。"

实际上，达成这一目标确实需要工作。据该校的一位前任老师说，许多学生只是在那里参加体育运动。他们去上文化课是因为不得不上，但投入的精力很少。财富因素意味着许多孩子并不担心自己的未来。这位老师说："他们认为自己能在体育界大展拳脚。如果不能，那么父母的钱和人脉将为他们提供一个安全的未来。"

此外，如果他们的成绩很低，家长往往会出现，并要求改成绩。"他们会飞过来告诉老师该做什么，"这位老师说，"他们会说，'我在这里花了十几万美元，不是让我女儿只得到 B 的'。这位老师说，如果真遇到这种情况，校方管理层会向家长让步。"

在一个班里，一位将要成为职业高尔夫选手的学生参加了一个科学项目。该项目要求学生坐在户外，画出或拍出他们观察到的东西，这个项目的出发点是科学家必须学会对周围环境敏感。"就像幼儿园小孩画的画一样,每页上都有一个带笑脸的太阳,还有 V 形的小鸟。"这是这堂课的老师对这份学生作业的形容。学生得到了 F。然后她的父母飞来学校抱怨,老师被管理层要求"无论如何都要给她鼓励,因为她至少完成了作业"。

另一个即将成为职业网球运动员的学生曾经被要求搭建一个三维项目。她的母亲出现了,告诉老师给她女儿工作表,说这个女孩不打算做其他任何类型的作业。当老师拒绝时,那个女孩调到另一个班去了。

有进取心、要求严格的父母是辛格的理想客户,辛格在 IMG 学院找到了一个完美填补空缺的机会。虽然彭德尔顿有自己的大学顾问团队,但该部门还很年轻,因此 IMG 把辛格作为一个额外的礼遇,送给那些有兴趣为他支付咨询费用的家庭。辛格用他一贯的自我激励手段推销自己。

彭德尔顿联合创始人、前 IMG 高管格雷格·布雷尼奇说:"辛格说自己在任何地方都有人脉。"他说,辛格向家庭收取约 3500 美元的服务费。理查德·奥德尔记得他的推销甚至更加精准。"我和大学教练的关系很好。"辛格会说。

为了帮助自己应付新客户,辛格请来了两位 IMG 内部人士马克·里德尔和斯科特·特雷利。里德尔是仪表堂堂的当地人,出身于镇上一个显赫的家庭。他的父亲杰斐逊是一名房地产律师,母亲朱莉负责管理里德尔的所有权与托管公司,并为当地社会杂志增光添彩——他们刊发她在慈善午餐会和青少年联盟活动中的特稿报道。2006 年,《萨拉索塔》(*Sarasota*)杂志报道说,她参加了海湾野餐春季午餐会,为当地一家图书馆筹款,参加活动者需要戴上时髦的头饰。"朱莉·里德尔有 10 或 12 顶帽子,"文章写道,"她今天的帽子是从尼曼(Neiman's)买的。"

马克·里德尔在家附近名为"田野俱乐部"的乡村俱乐部打网球长大,他在"校队蓝调"丑闻中成了辛格最有影响力的同伙之一。当马克还是个孩子时,他会骑自行车去俱乐部打球,并说服大一点的孩子与他对垒。后来,他在 IMG 开始更认真地训练,他父亲每天早上 7 点送他去,并在那里引起了博莱蒂耶里的注意。他就读于萨拉索塔高中，在那里他被认为是一个和蔼可亲、有点傻乎乎的家伙。据一位同学说，在一次学校的才艺表演中，里德尔穿着一身燕尾服上台，一边在舞台上踢球，一边跟着 AC/DC 乐队歌曲《大球》（Big Balls）的节奏摇摆。他是一名优等生，参加了学校有吸引力的 STEM[1] 项目，是美国国家高中生荣誉协会的成员。但他真正突出的地方是在网球场。"他的侧上旋发球非常出色，似乎有悖物理学。"一位前队友说，他赞扬了里德尔，说他是学校单打和双打的头号选手，并帮助球队在 1999 年赢得了州冠军。

高中毕业后，里德尔整个夏天都在欧洲和加勒比海参加比赛，然后前往哈佛，在那里注册了预科课程。大学咨询机构"巴特勒国际方法"公司创始人兼 CEO 马特·巴特勒回忆起在大学的第一天见到里德尔的情景，当时他走进了艾略特之家，那是里德尔居住的地方。巴特勒告诉我说："他是一位来自佛罗里达州的网球好手，非常温文尔雅。他笑容灿烂，心情总是很好，总是很友好。他总是和那些很酷的人在一起。"

尽管有着富家血统，但里德尔在哈佛过得并不容易，到了大四时，他是校内第三号单打选手和第二号双打选手。当他回到家乡参加与 IMG 的比赛时（他的父母用烤肉招待了"深红队"），他告诉《萨拉索塔先驱论坛报》（*Sarasota Herald-Tribune*）："今年是我最困难的一年。老实说，为了学习我经常缺席训练。除了网球，这就是我的全部工作。"

他接着说："有很多学生昼夜不息地学习。网球经常会让我们四处奔走，这有点困难。在一场比赛结束后，看到一辆满载球员返回校园的面包车里，大家都埋头于书本，手电筒闪烁着光芒，也就不足为奇了。"

里德尔对该报说，他决定不再当医生，已转到生物学专业，并且他想尝试一下职业网球。"我期待着上场比赛。"里德尔告诉记者。但他的梦想是短暂的。据男子职业网球协会（ATP）的记录显示，他参加的 10 场职业赛中没有获得一场胜利，只赚了 892 美元。于是他回到了佛罗里达。

1　STEM 是科学、技术、工程和数学英文首字母的缩写。

当辛格遇到他时，里德尔正处于这种身份危机中。网球作为一项职业已不在他的讨论范围内。他还在萨拉索塔的乡村俱乐部打球，那里有个由严肃网球运动员组成的欣欣向荣社区，其中许多人是前大学生运动员，他们在当地的比赛中打球，并在一旁担任教练。很明显，他没有处在安迪·罗迪克[1]的发展轨道上（里德尔曾作为青少年球员击败过罗迪克）。据理查德·奥德尔说，辛格对马克·里德尔施展了魅力，使出浑身解数玩起了奉承的把戏，清楚地表明里德尔的资历给他留下了多么深刻的印象。"我认为里克和他联系的原因在于他是哈佛毕业生，"奥德尔说，"他对此加以吹嘘，'我们的员工中有一名哈佛毕业生'，我想这也是马克被卷入其中的原因之一。"

里德尔还有一些对辛格更加关键的东西：他对标准化测试了如指掌。他知道 SAT 和 ACT 的"各个方面"。根据奥德尔的说法，"他就是在那方面很在行"。当里德尔作为备考导师为辛格工作时，他会耐心地和孩子们一起做试题，有时甚至会自己出题。

就在这段时间里，马克·里德尔遇到了另一位导师斯科特·特雷利，他也将成为辛格在犯罪方面的重要同伙。特雷利是一位金发碧眼、孩子气十足的得克萨斯农工大学前网球助理教练，刚被辛格聘用时，他在 IMG 担任教练。里德尔更多是阳光而讨人喜欢，而特雷利则很直截了当，他善于向那些对坏消息既不习惯也不感兴趣的父母传达难以接受的事实。IMG 的一位高管说："有时和家长们在一起时，你必须非常小心。他们真的很成功，而你必须更讲究策略，得有点政治手腕。你必须字斟句酌。而斯科特能直截了当地和他们说话——那是他的绝招。"

据《华尔街日报》报道，辛格将所得的收入也分给导师们。他在一封电子邮件中写道："我的时薪是 250 美元，你的是 200 美元。"

这笔费用并不仅仅用于备考。里德尔，还有特别是特雷利，都和大学教练有人脉关系，这使他们对辛格来说价值更高。一位 IMG 高管说："斯

---

1 美国网球运动员，2003 年夺得美国网球公开赛冠军，2012 年退役。

科特（在高校）帮助安排网球选手，因为他在大学网球界有着令人难以置信的人脉。他曾是学院的球员和教练，他会解说 SEC 锦标赛[1]，因为他关于网球界的知识非常渊博。"

***

斯科特·特雷利为里克·辛格引荐的一个重要人物是戈登·恩斯特。特雷利是在网球圈里认识他的，他为《网球生活》杂志 2007 年的 12 月刊采访了恩斯特。恩斯特毕业于布朗大学，曾在那里打过大学网球和曲棍球，2006 年他成为乔治城大学的男女网球主教练。恩斯特以曲棍球名人堂成员戈迪·豪的名字命名，来自一个网球和曲棍球运动员家庭，父亲迪克是家乡罗得岛克兰斯顿区域传奇的高中和大学教练。作为一个在 20 世纪 80 年代早期长大的运动型孩子，恩斯特是当地的现象级人物，他赢得了网球州冠军头衔，是一名曲棍球全明星选手，并被《普罗维登斯公报》(*Providence Journal-Bulletin*) 评为光荣榜男孩。高中毕业后，恩斯特被明尼苏达州北极星队选中打职业曲棍球，但他选择接受常春藤盟校的教育。但恩斯特更在行的是体育，不是学业。后来，他开玩笑地对他的网球运动员说，在布朗大学读书时，他班上的每个人都在抄袭别人的考试答案，显然只有恩斯特被抓了个正着，但他一笑置之，陶醉于这件逸事的娱乐性，这是对他来说最有价值的点，而不是它的道德寓意。毕业后，他开始了短暂的华尔街生涯，在雷曼兄弟从事市政债券业务。由于对办公室工作不感冒，他重返体育界，开始了网球教练生涯，先是在西北大学当助理教练，然后去了宾大，1998 年至 2000 年间他在那担任网球主教练。来到乔治城之前，他是玛莎葡萄园[2]的"葡萄园青少年网球"项目总监。

恩斯特非常健谈、风度翩翩，是乔治城大学一位深受喜爱甚至爱戴

1　NCAA 在美国东南赛区的比赛。
2　玛莎葡萄园是位于美国马萨诸塞州东南部的一座岛屿，与前文提到的科德角相隔六公里。

的教练。他总是在会议上讲笑话,脸上总是挂着笑容。球员们对他如此忠诚,以至于都邀请他参加他们的婚礼,当然他对球员们也是如此。有一对年轻夫妇甚至请他主持他们的婚礼。在万圣节,他会进行装扮,有一年穿了件橙色的囚服,并邀请队员们到他家里和妻子及两个年轻的女儿一起观看超级碗。他和队员们打底线网球比赛,如果他们赢了,他就会给他们20美元。在招募活动中,当教练们来到一所高中体育馆,球员苗子们坐下来聊天,急切地想勾选自己令人印象深刻的数据,以便让教练们惊叹不已时,恩斯特却与众不同,他会问诸如"你最喜欢的电影是什么?"之类的问题。他想了解作为孩子的他们,而不仅仅是了解他们网球打得有多好。

"我把戈迪[1]视为介于第二个父亲和搞怪叔叔之间的角色,"凯西·马克思说,他曾在乔治城打网球并于2018年毕业,"整个团队绝对有家庭的氛围。"

马克思把恩斯特描述为一个喜欢逗乐大家、让每个人都感到舒服的人。他还有一种无法抗拒的呆萌劲儿。有一次,一位球员的父母在一家高级餐厅举办了一次晚宴,主人请大家围桌而坐,分享他们最喜欢的诗。轮到恩斯特的时候,他直截了当地说,"I.P. 戴利写的《黄色河流》"[2],逗得大家哈哈大笑。

这种欢快的外表掩盖了对恩斯特而言不太光鲜的现实。尽管乔治城是所拥有世界著名篮球队[3]的一区大学,但规模较小的体育项目获得的宣传和资源少得多。这种情况在大学里很常见,橄榄球和篮球是真正的资金源泉,这些项目通过门票销售、媒体版权和赞助交易来筹集资金,并为其他所有体育项目提供资金支持。但在乔治城,小型运动项目,尤其是网球等非顶流运动项目的压力更大,因为该校缺乏一支知名的橄榄球

---

[1] 戈登·恩斯特的昵称。
[2] I.P. 戴利的《黄色河流》(Yellow Stream by I. P. Daily)是一个文化梗,并不存在《黄色河流》这部作品或 I.P. 戴利这个人。——译注加编注
[3] 乔治城大学为美职篮联赛(NBA)输送了多位最终入选奈史密斯篮球名人堂的球员:帕特里克·尤因、阿伦佐·莫宁、迪坎比·穆托姆博和阿伦·艾弗森。

队。乔治城大学的体育方针也比它在大东部联盟的许多竞争者更加全面。作为一所耶稣会大学，该校信奉为学生提供尽可能多的体育机会（全部学生中有10%参加了校队），着眼于在多个项目上全方位赢得全国冠军，而不是在少数体育项目上投入巨资。

该校每年提供近130个体育奖学金名额，这些奖学金更多地分配给了参加全国性比赛的运动队，如篮球队、足球队、长曲棍球队和田径队。像网球和高尔夫这样较小的所谓奥运项目，则没有得到同等水平的经费，获得的资源和奖学金少得多。这些年来，乔治城大学的教练们一直在抱怨，他们认为学校应该减少其开设的29项体育项目数量，以便在每支运动队上投入更多资金。2013年，乔治城大学的陆上曲棍球队只有两个奖学金名额可以提供给潜力运动员，他们开始请愿要求乔治城大学更认真地对待这个项目。相比之下，其他高校则可以提供8~12个奖学金名额。当时，他们在美利坚大学训练，在马里兰大学比赛，因为乔治城没有合适的场地进行这项运动。该团队还要求与乔治城大学校长约翰·德吉奥亚坐下来谈谈，并从家长那里筹集了4.5万美元的捐款。他们发起该运动的结果是，第二年球队回到了校园，在一块经过升级的场地上进行训练和比赛。

基于与熟悉学校理念者的交流，乔治城大学的回应是它不试图与大东部以体育为重点的学校竞争。相反，它将自己视为常春藤盟校和其他顶级学术大学（如西北大学和波士顿学院）之列。这些学校同样采取了更全面的方针，并拥有大量的校队，以便提供更广泛的体育项目，包括壁球和帆船运动。例如耶鲁大学有35个校队，康奈尔大学有37个。相比之下，维拉诺瓦大学和圣母大学分别有21个和13个。乔治城大学在一段名为《乔治城体育风气》（Ethos of Georgetown Athletics）的视频中清楚地表明，该校对体育运动的看法与学校更大的使命紧密相连。在这段视频中，德吉奥亚严肃地说："我们被耶稣会的'全人关怀'（cura personalis）理念激励，关注整体的人、心灵、身体和头脑。"

不管大格局怎样，恩斯特仍然对预算的限制感到沮丧。据一位知情人士透露，他没有旅行预算，因此无法周游全国去寻找新球员，装备资源也很有限。"戈迪买几筒网球都感觉捉襟见肘，"这位知情人士说，"在大多数体育项目中，他们为球员提供全套设备，所有的装备（如网球拍、球、制服和运动鞋），但乔治城大学在这方面做得很少。因为预算太低了。"由于缺乏资源，助理教练来了又走，年复一年。

法庭文件显示，恩斯特年薪不到6.5万美元，这凸显了他在社会地位上的低下。尽管他通过在夏季举办利润丰厚的网球夏令营获得了额外补贴，但这与当时乔治城男篮主教练约翰·汤普森三世据报道近200万美元的底薪相差甚远。

恩斯特觉得自己最受限的是为球队招收球员的能力。据两位知情人士透露，乔治城绝大多数大东部竞争对手都有全额资助的网球队，意味着他们有8个全额奖学金可供女队使用，4.5个奖学金名额可供男队使用。与这些竞争对手不同，恩斯特只有1.5个女子奖学金名额，没有男子奖学金。因此当他试图招募球员时，常常会输给其他学校。

当恩斯特开始在乔治城执教时，校园里有八个户外网球场。当下雨或下雪时，球队不得不在耶茨·菲尔德家园的四个室内球场上比赛，这是乔治城的学生和社区成员锻炼身体的地方。有一次，当一支大东部球队与乔治城大学的比赛安排在耶茨举行时，这位大东部的教练震惊得目瞪口呆。网球场兼作篮球场，位于体育馆的中心，周围有一条跑道。恩斯特不得不改造这一区域，在球场周围拉上厚厚的窗帘挡住跑道，但还是挡不住孩子们在跑道上跑几圈。"就是那种橡胶室内表面，上面有篮球线，"这位教练说，"在那上面举行一场大学比赛真是太疯狂了。"

乔治城大学校园里的体育设施一直受到学校地理位置的限制。校园里还有该校的医学院和医院，被夹在一块0.4平方公里的土地上，周围都是高档住宅，这意味着学校一半以上的校队在校外训练和比赛。2014年，当乔治城大学破土动工兴建新体育设施汤普森校际体育中心来取代耶茨时，恩斯特彻底失去了网球场。这座新大楼是在室外网球场所在的地方建造的，但学校并没有在校园内建造新网球场的计划。取而代之的是，这所学校在附近的乔治城探访学校（一所女子预科学校）租了场地。

恩斯特抵达乔治城时就意识到了这些现实,但他身边的知情人士说,当时他相信自己能改善这种状况。还有一种希望是,他与当时的体育部负责人伯纳德·缪尔相熟,缪尔曾在布朗打过篮球,恩斯特当时也在那里,因此他的项目可能会比过去得到多一点的关爱。但他错了。

在任职初期,恩斯特从校友和球队家长那里筹集了足够的捐款,资助了一项价值10万美元、为期四年的男子网球奖学金。当他提交给缪尔时,被告知这笔钱必须捐给乔治城的整体体育基金,不能只用于网球。大学体育部通常坚持一种集中的募捐模式,即将捐款投入一个通用基金,然后分配到各个项目团队中。一所一区大学的一位前高级体育副主任说,这样做的部分原因是为了从校友和家长那里获得更多捐款,比如说,让一位捐赠者为学校的整体体育项目捐款5万美元,而不是为棒球捐款1万美元,同时也让教练远离"用小钱打发的校友"。但恩斯特认为这个体系令人沮丧。缪尔在一封电子邮件中说,他无法回忆起这起事件。

"我认为戈迪可能对那段经历感到非常沮丧,"这位知情人士说,"他觉得,'我筹钱,他们拿钱,我连用都用不了',我不知道从具体什么时候开始,也不知道细节,但我们都知道滑坡效应[1]开始发生了……"

下滑似乎很早就开始了。据记者丹尼尔·戈尔登最新出版的《入学代价》一书称,当辛格遇到恩斯特时,后者可能已经在工作中放飞自我了,把朋友们的孩子作为网球特招生招收到乔治城,作为对朋友们的一种帮助。没有证据表明这些行为涉及金钱。据称,恩斯特只是简单地把学生们说成拥有一区网球水平,实际上他们并没有。但辛格给了恩斯特一个新的机会,他愿意为教练的不诚实支付费用。

辛格的客户道格拉斯·霍奇是PIMCO的首席运营官,也是那位在柬埔寨建立孤儿院的慈善大亨,他成了第一个试验案例。霍奇的大女儿一心想上乔治城。但辛格说这个学校太难进了。2008年2月,在告诉霍奇他女儿最多有50%的机会进入乔治城大学后,他补充说:"也许我们可

---

[1] 滑坡效应是指一旦开始便难以阻止或驾驭的一系列事件或过程。——译注

以利用一个奥林匹克运动的角度。"

那个"角度"就是把霍奇的大女儿塑造为网球特招生。根据霍奇的判决备忘录，辛格一开始并没有这么说。他告诉霍奇，通过向一所大学的某个特定项目定向捐款，他女儿的入学机会会增加。他让这一切听起来像是例行公事一样，甚至显得乏味，仿佛这是另一个漏洞，多亏他多年大学顾问的经历，才让他比错综复杂的大学招生网络中的大多数人都更了解这个漏洞。正如他在一封电子邮件中告诉另一位家长的那样，"侧门并不是不恰当，后门也不是。所有学校都通过两者来资助他们的特殊项目或需要"。他接着告诉霍奇，他在乔治城认识戈登·恩斯特，如果霍奇向"资金长期不足"的女子网球项目捐款，恩斯特会力推霍奇女儿的申请。随后，辛格为霍奇的女儿制作了一份虚假的网球履历，声称她在多个美国网球协会锦标赛中都获得了胜利。事实上，她从来没有打过网球。辛格更进一步描述了一位年轻的网球神童，在2008年11月4日提交给乔治城的申请书中，他提到，霍奇的女儿在柬埔寨丛林中帮助修建了一个网球场。

接下来的一个月，乔治城大学给霍奇的女儿发了一封"预录取函"（likely letter），这封信的发送对象是被招募的运动员和其他被学校有条件录取的学生。这些信件的发出时间比发给普通申请人早得多，后者直到高中四年级的3月才会收到，而且这样的信函被认为是接近于直接录取。根据在"校队蓝调"案中提交的一份宣誓书面陈述，乔治城考生收到"预录取函"的录取概率超过95%，学生通常只有做出了一些特别出格的事才会导致不被录取，比如突然失学或犯了重罪。偶尔会有教练低估接受"预录取函"学生的数量，因此不得不撤销邀约，但一般来说这被认为是一个可靠的承诺。

如果辛格首次讨论"定向"捐款时，霍奇还不知道这会让他牵涉到任何不道德的事情，那么到这个时候他就了解这个计划了，并且当辛格说需要给女儿打造"品牌"时，他也完全理解了其含义。随着女儿乔治城大学面试日期的临近，霍奇向辛格坦言："如果面试官问起柬埔寨网球场的话会很糟糕。"辛格对面试有其他担忧,他让霍奇的女儿对有条件录取的事"保持低调",在面试中完全不要提及此事。

最后,两人担忧的情况都没有出现。霍奇的女儿被正式录取,2009年秋季,她进入了乔治城大学。霍奇对事件的结果感到满意,写了两张各7.5万美元的支票,寄到了恩斯特家的地址。

辛格发现了一种新的商业模式:侧门。他找到了第一个诱捕的教练,利用恩斯特对工作的失望,对违反程序和道德的意愿,以及作为一位薪酬一般的教练对更高生活方式的渴望。有一次恩斯特去纽约与圣约翰大学比赛,在肉库区的精品酒店甘瑟沃酒店预订房间,那里的客房起价每晚数百美元。恩斯特告诉球员们,他希望他们体验美好的东西,并带他们出去吃了一顿美味的晚餐。但过了一个晚上,团队就搬到了不那么时髦的地方:某个人的家里。

"他会说,'我们只有这么多经费。如果我们想去好地方,就必须这样做'。"——他指的是第二天晚上挤在一个团队成员家里的软垫上。"想要享受生活,就必须在一些时候省钱。就好像在第一天住在朋友家的地下室里,第二天我们就可以去住一个度假胜地。"

当这位队员向一位足球队的朋友提起自己队伍的行程时,这位朋友睁大了难以置信的眼睛。足球队的"心态就像是,你无论去哪里都坐球队巴士,在连锁餐厅吃饭,住在假日酒店里。这是非常标准的做法"。据《华尔街日报》报道,一位曾向乔治城网球项目捐款40万美元的父亲问他的捐款会用在哪里,恩斯特对他说:"这个嘛,教练也得吃饭。"

"他真的很关心赚钱,"一位认识恩斯特的教练说。这位人士补充说,恩斯特在管理事情的方式上"有点草率"。换句话说,他是辛格的完美猎物。

从很多方面讲,在"校队蓝调"案中做出无罪申辩的恩斯特,集中体现了大学教练疲惫不堪与被人利用的一面,而这基本不被公众所知。对于大多数旁观者而言,以及在我们的文化想象中,教练都是那些鼓舞人心的人物,向他挚爱的球员们灌输流血流汗流泪的毅力。他们是钢铁般坚忍的角色,鞭策自己的球员强健体魄,引领他们获得紧张刺激的胜利,之后他们被高高举过肩膀,穿过可爱的人群,有时会在一桶佳得乐的浇灌下收尾。有一些教练,比如乔治城的前篮球教练约翰·汤普森,已经取得了格外亮眼的神话般的地位,凭借自己的实力扬名立万。

但教练工作的薄弱一面并没有那么迷人,对于那些规模较小、不太受关注的体育项目的教练来说尤其如此。对许多教练来说,这份工作的主要内容也不是招募和训练球员。教练们有巨大的筹款压力,这些筹款被用于增加球队资源,甚至购买运动设备。压力还来自发展办公室,它不断提醒教练哪些捐赠者的孩子即将申请大学,建议教练陪同参观并坐下来与他们会面。"有很多'嘿,某某和他们的父母/叔叔/家人的朋友将要一起来校园。你能在办公室里和他们简短见面吗,或者你能带他们快速参观下学校吗?'"一位前一区大学教练说,"突然你就要带着孩子参观校园,而这个孩子并不是你真正想要的人。如果你是争强好胜的性子,这会让你觉得有些浪费时间。"

还有一些球员的父母,在自己孩子加入了球队却没有获得足够上场时间时,会打电话给教练。一位教练说:"家长们对大学体育介入很多。当球员阵容发生变化时,你会听到他们的声音。"在比赛或球探活动中,家长们全都会骚扰教练,以此引起他们的关注。一位前常春藤盟校教练说,她不再穿印有学校标志的T恤参加球探活动,因为当她试图观察学生比赛时,会有家长强行与她进行长达半小时的谈话。"这太让人分心了,"她说,"我都没法看比赛。"

在学术要求严格的大学里,教练们还必须面对不断减少的球员,因为当学生发现自己很难平衡学业和运动时,会抛弃球队。这让教练们觉得自己必须谨慎行事,不要把球员逼得太紧,以免失去他们。一位对工作幻灭的教练说:"这份工作的内容只不过是想方设法让所有人都开心。"

***

现在还不清楚是什么促使里克·辛格越界进入了一个完全非法的领域：如何从虚报学生简历转向对教练行贿，让教练以虚假借口把学生送进大学。我们清楚的是，在这个关键时刻，辛格身处一个拥有巨大财富的世界，他身边围绕着一批新父母，他们的预期结果可能是他萨克拉门托的客户没想过的。"他们想要搞定这件事，"他会这样向一个新的潜在客户解释，"他们不想在这件事上纠缠，所以他们想要孩子被某些特定的大学录取……我的客户想要的是一份承诺。"通过戈登·恩斯特这样的教练，辛格已经想出了确保实现这份承诺的方法。而作为一个总是爱要花招的行骗者，他明白这种承诺对这些家庭的价值，这些家庭对于大学录取的渴望，和那些没有财富和人脉的家庭一样疯狂。

甚至会更疯狂。这些家庭高调的名字和所处的圈层——工作圈子、慈善圈子和乡村俱乐部圈子——使得他们觉得必须让自家孩子被一所顶级大学镀金，这被认为是保全家族声誉和成功光环的必要条件。这是一种最高级别的地位维护。在许多情况下，这些父母简简单单觉得让孩子被顶尖大学录取是他们与生俱来的权利，是他们有资格获得的东西，他们不在乎用哪些手段达到目的。他们习惯于坐在私立高中的董事会席位上，在那里他们几乎具有绝对的影响力，没有人质疑他们的行为或动机。"校队蓝调"案中，一名被起诉的母亲米歇尔·贾纳夫斯便是如此，她曾在塞奇山学校担任董事会成员。她曾经大胆地向辛格提及这所高中对她和辛格的侧门计划提出质询的可能："他们并不蠢……不管怎样，我都不在乎。他们没法拿我怎么样。"

辛格最善加利用的地方，以及后来成为价值2500万美元的总体计划的真正精髓之处，在于他是大学体育运动方面彻头彻尾的专家，从大学体育的总体架构到它最精微的细节，他都了如指掌。他了解体育部的运作方式，以及他们如何与招生办公室互动。他知道教练们承受的压力和工作中不光鲜的现实，包括一位知情人士开玩笑说其薪水"只比牧师职位稍微高一点"。简而言之，他知道系统的弱点在哪里，并用他的魅力、平易近人和近乎病态的执着将其充分利用。

他和其他人一样知道一个最基本的事实，即运动员就读大学要比非运动员容易太多了。即使在面对其他VIP或带标签的申请人（校友后代、富家子弟和第一代大学生）时，运动员的身份也占据着支配地位。正如他在电话中告诉一位客户的那样："你知道，最容易（被录取）的方式是成为一名学生运动员，因为你可以叠加并胜过校友后代。"

辛格说："学生运动员占据了最优先的位置。"

一位常春藤盟校的前招生官说："在大学录取中，最具影响力的单一因素是体育运动。如果你得到了教练的支持，并且你通过了许多挑战——你必须通过很多很多次挑战才能达到那里。如果你真的跨过了所有这些障碍，而教练仍然支持你，那么在录取过程中，你的录取率几乎是100%。"

这位招生官员说，体育特招生在标准化考试成绩和成绩单方面仍需达到一定的最低标准，但这些考试成绩可能比非运动员低200分甚至更多，而且还有很大的"回旋余地"。一方面，特招生通常在十年级[1]就开始与教练交流，有时甚至更早，并就如何提高他们的申请成功率获得反馈。他们可能被告知需要重新参加ACT或SAT，或者需要上更高级的科学课。然后这些学生就有时间打磨他们的证书，并最终获得招生部门的许可。

在大多数一区大学，教练会把特招生名单交给体育招生协调员进行审查，确保他们在学业上合格。然后，一份优先名单会被提交给招生委员会，后者拥有最终决定权。常春藤盟校坚持一种称为学术指数的衡量标准，这会决定一个特定团队必须达到的学术平均水平。换句话说，孩子们的学术成绩可以有不同的水平，但综合起来必须达到一定的标准化考试成绩和GPA的均值。因此，一个学习成绩优异的学生可以帮助平衡名单，并为分数低的孩子腾出地方。

1　即美国的高中二年级。

但仍有大量障眼法在起作用。一位教练说，当他们在《美国新闻与世界报道》最佳大学排名前十的一所高校工作时，教练被要求按照从1到5的数字对他们的特招生进行学术排名，1是最好的学生，5是最差的学生。"你可以想要多少1就要多少，但只能有一个5。"这个想法的出发点是提高学生运动员的学术水平。但属于少数族裔的学生会得到额外分数，意味着这些孩子即使学分较低也可能升到榜首。"然后你的排名就会向上升，"教练说，"因为（大学）想要多样化。"

这些纸张随后被招生委员会拿走，教练们被告知不能复印或拍照，以免泄露给公众。

这位教练说，公众会对运动员和非运动员在学术水平上的差异感到震惊，特别是在竞技水平更高的学校，这位教练也在那里工作过。"这些特招生靠自己的水平是不可能进入大学的，根本不可能，"教练说，"如果你不（允许放低学术成绩门槛），你就真的没法跟其他学校竞争。真的没有运动员有这样的成绩。我不想说没有，当想到需要什么样的分数才能进入这些学校时，这样的运动员数量真的很少。你必须在SAT上表现完美……所以他们不得不降低标准。如果不这样做，我真的不知道怎样能组建一支球队。"

无论招生委员会对学生运动员是否进行审查，当涉及申请人的运动能力时，委员会都会无条件信任教练。招生办公室和体育部在学生的体育资质方面听取教练的意见。如果有任何担心或审查，往往是关于学生是否符合学术要求。"如果一个教练想要约翰·史密斯，而他是一名足球运动员，我完全信任我的教练。"一名顶级高校的前体育副主任说。这使得系统近乎荒谬地易于被利用。例如，在乔治城，戈登·恩斯特据称会给招生办公室和体育部关于特招生两份不同配置的文件。他会把里克·辛格孩子们的资料交给招生官，但他只会和体育部的人分享自己的实际特招生，用那些仍然是不错球员的非体育特长生来填满为辛格客户空出的名额。正如《入学代价》提及的那样，一位知情人士告诉丹尼尔·戈尔登："他欺骗了所有人，做起来没那么难。体育部和招生办公室之间没有协作。

他做手脚的是小众运动，能见度低，不受关注。"

自从"校队蓝调"丑闻爆发以来，包括乔治城大学、南加州大学、UCLA和斯坦福大学在内的许多学校都建立了新的体系，加强了体育部与招生办公室之间的沟通，并对申请人的体育资质进行事实核查。这位前体育副主任表示，这还不够。"很多高校都说，管理层必须对招聘人员进行审查，"他解释说，"那很好。即使他们正直、遵守道德且不作弊，这个系统仍然并非无懈可击。"例如，教练可以把一名好的但不一定杰出的运动员作为入列运动员[1]特招名单，并不是因为贿赂，而是因为他们知道家长会为这个项目捐款。

"教练选择入列运动员是为了筹款，也是为了自己的目的，"一位前一区男篮教练说，"你不会带冒牌运动员。但你会选择一个低于平均水平的运动员，想着'他们家里会为这个项目捐款'。这种情况经常发生。"

事实上，几乎没有教练会把奖学金名额给一个不能为球队补强的学生。这不仅浪费金钱，还会损害球队（以及教练的声誉）。除了提供奖学金外，教练还可以招募入列运动员来填补名单，给他们额外的名额。历史上，入列这个词的意思和它听起来的完全一样。"如果你在大学就读，一项体育运动的教练会贴出通知，'橄榄球队还有三个名额，谁想来试试的，周三下午3点过来'，"弗雷德·斯特罗克曾担任南加州大学和UCLA负责学术和学生服务的体育副主任，他说，"如果你已经是一名学生，你会真的进入队列。"

这在一些大学体育中仍然存在，主要是在赛艇这样的体育项目中，这些项目依赖那些在高中从未划过船的孩子来填满大名单。斯特罗克说，由于大学学费特别是私立大学的学费飙升（如果考虑到住宿、书本和餐食，南加州大学每年的学费为77459美元），教练们无法找到那么多强壮的入列运动员。他说："去那里读书太贵了，你得不到那样广泛的学生

---

[1] 入列运动员（Walk-on），是指在美国大学体育运动中未经事先招募或未获得体育奖学金而成为团队一员的运动员，他可能不会被列入官方阵容名单中或随队征战，但也有入列运动员逆袭成为团队著名球员的情况。——译注

代表。"因此,从高中招募入列运动员的行为变得非常活跃。

入列特招生在运动中表现不够抢眼,不能获得奖学金,也可能做不了一个团队的先发队员,但他们足够优秀,可以完成整个项目。诸如水球和田径等许多体育项目需要大量运动员参与练习和比赛,规模超出了教练能够招募的人数,因此入列队员变得不可或缺。例如南加州大学,女子越野队有两个奖学金名额(严格来讲是分配给田径的),这意味着其余十几名队员都是入列选手。"我们在很大程度上依赖于获得高质量的入列选手,因为这占了我们队伍人数的90%,我们不得不冲上去对阵帕克十二联盟[1],她们有大量的奖学金运动员。"南加州大学前教练汤姆·沃尔什说,"你得招收她们,但也要说,'你们必须自己支付高昂的学费'。"

UCLA发布的一份调查报告披露,尽管有个女孩的比赛时间不足以获得入选资格,但该校还是在2013年把她作为入列运动员招进了田径项目。她的父母承诺向田径项目捐款10万美元,这确保了她成功进入该校。这一案例凸显了大学里的招聘和发展过程是多么不受监管,两者之间的合谋又是多么轻松自如。当时该校的田径教练迈克尔·梅纳德后来在一封信中写到,根据学校体育筹款工作人员乔什·雷霍尔茨的请求,他批准了招募这名学生的决定,雷霍尔茨现在是该校的高级体育副主任。

"乔什问我队里是否还有女运动员名额,如果有,我能协助她入学吗?"梅纳德写道,"乔什表示,他不确定她在赛道上表现怎样,但她是主要捐赠者的女儿……乔什再次向我表示,她的父母是UCLA的主要捐赠者,这对学校的发展非常重要。"

"在我看来,(这名学生)在运动方面没有达到参加室内或室外田径赛的成绩水准。此时,我觉得自己被人操纵,用虚假的理由让她入编。"

UCLA于2014年对这起事件以及里克·辛格参与的另一起招募不一致事件展开调查,并做出裁定,认为承诺招募的时机"与(该学生)披露的入学动机(为了在毕业后做一名经理)摆在一起,使得事实无比清

---

[1] 帕克十二联盟(Pac-12),NCAA下辖的在美国西海岸的一个体育联盟。

晰：其父母的捐款就是为了换取女儿的入学"。然而，校方没有指控该学生或其父母有任何不当行为，该学生于2017年顺利毕业。根据UCLA的一份声明，该校一些未被提及名字的教练"被认定对违规行为负有直接责任"，并受到未被指明的纪律处分。声明还说，UCLA保留了那笔10万美元的捐款。

***

2009年，IMG进行了管理层更迭，终止了所有供应商的合同，包括与辛格的合作。这家公司把所有的外部服务都引入了内部，并购了彭德尔顿学校。作为这次整合的一部分，该公司建立了自己的大学预备部，聘请马克·里德尔负责备考，斯科特·特雷利与另一位导师一起负责大学入学工作。与此同时，IMG对辛格的不满也与日俱增。彭德尔顿校长理查德·奥德尔一向不欣赏辛格和他咄咄逼人、攀亲带故的作风，他觉得让辛格留在校园有损彭德尔顿提供的大学预备服务。"我认为没这个必要，他的存在会把家长的脑袋搞得很混乱。从实质上说，让他在校园里出现，就意味着家长为彭德尔顿和IMG交的学费并不足以使他们的孩子被某所大学录取。"

对辛格来说，从IMG被驱逐无伤大雅，他正在进行迄今为止最大的一次品牌重塑。在IMG不知情的情况下，里德尔将继续为他工作，只是以一种新的、非正统的身份。特雷利仍然是一位亲密的同事，将继续帮助辛格扩大自己的大学教练人脉网。

与此同时，辛格正在迅速扩张和升级自己的业务。2012年，他继续在任何能兜揽生意的地方发表关于大学咨询的布道，他还在伊利诺伊大学香槟分校的I酒店为全球领导小组YPO的成员做了一次演讲。他的目光盯上了一个更大的目标。他进军南加州，获取了更多的富有客户，也让自己在UCLA和南加州大学等更理想的高校有了立足点。他被好莱坞视为明星，甚至参加了一个关于大学入学压力的真人秀节目试镜。在试镜中，辛格肤色黝黑、精神抖擞，穿着一件白色的 POLO 衫，叠穿一件浅蓝色的 V 领毛衣。"这是一场比赛，"他对着镜头喋喋不休，"你们必须意识到，这是一场比赛。"

"这个过程为人们的家里带来了所有的美好，也带来了诸多糟糕，"他接着说，"周六晚上，真是一个美妙的夜晚。为什么？因为爸爸妈妈去了一个晚宴。他们在饭桌上听说每个孩子都进了这所学校，参加了这个暑期项目。正在做这个，正在做那个。到了周日早上，我的电话开始被打爆。'为什么我们没有做这些活动？我听说一个孩子的（GPA）成绩是3.4，却要被哈佛录取了。为什么我们的孩子没有像他一样做这做那呢？'

"他们失控了。他们会在周日早上 7 点叫醒孩子说：'快点，我们得走了，我们得出门了！我们有事情要忙！'。"

辛格在奥兰治县和洛杉矶的新业务充满了巨大潜力和巨量财富，以至于他本人于 2012 年搬到了纽波特海滩，以 150 万美元价格购买了一栋靠近海边的地中海式别墅。辛格独自搬进了富丽堂皇的新家，他和艾莉森 22 年的婚姻最近以离婚告终，儿子布拉德利去了德保罗大学学习，这一系列变化切断了辛格在萨克拉门托的主要根基。一位知情人士告诉我，在 8 月初停止为大学资源工作后，艾莉森和丈夫就一直"只是共存而已"。

但"存在"并不是辛格的风格。他在加州注册了一家以营利为目的的咨询公司"尖端"，然后创建了金钥匙世界基金会，这是他的免税非营利组织，声称要帮助"贫困的柬埔寨人"，以及帮助未得到政府充分关照的年轻人上大学。正如其使命宣言所说，"我们对主要体育大学项目的贡献，可能有助于为那些在正常渠道下无法被录取的学生提供入学机会"。成立慈善机构将使辛格与他的新客户有更多接触，他们中的大多数人像霍奇一样，都是重要的慈善捐赠者。但这也将服务于他自己的目的，而这些目的此时已经根本谈不上"正常"了。

第七章　特洛伊的陷落

2013年2月13日，南加州大学女足主教练阿里·霍斯罗沙欣给学校高级体育副主任唐娜·海涅尔发了一封邮件，介绍他正准备招募的一名年轻足球运动员。他写道，"顶尖选手预计全国特招级别第三席"，并指出她是"前爱国者日本国家联赛官方阵容球员"，并入选了"全国冠军锦标赛第一阵容"。阿里接着说，这个学生"双脚都能自如控球，司职中场。她对比赛的了解和对球场的认知和视野，将使她在大学比赛中脱颖而出。这些品质将使她成为我们团队的宝贵财富"。

这个被提及的学生就是道格拉斯·霍奇的一个小女儿。她不是高中足球运动员，更不用说全国排名了。尽管如此，海涅尔第二天就把她介绍给了体育招生小组委员会。该委员会负责审查招生候选人，要么给他们入学开绿灯，要么拒绝他们成为足球特招生。当年3月，霍奇的小女儿被录取了。

霍奇与里克·辛格首次合作五年后，他的大女儿从乔治城大学获得了毕业证书，却从未参加过网球练习，于是他再次回来索取所谓的"里克魔法"。辛格的"侧门"计划如此完美，霍奇对结果是如此满意，于是他开始为自己的下一个孩子支付费用。（她还不是最后一个。）这并不是一个循环往复的周期，因为辛格已经极大地提升了他的操盘术。这一次，他不会像对待戈登·恩斯特那样，让霍奇直接寄支票给教练。这位网球教练刚刚让辛格的另一位客户——电视台高管伊丽莎白·金梅尔的女儿——从侧门进入了乔治城。现在恩斯特是辛格工资单上的一员，每月收到11000到24000美元工资。辛格现在通过他的新帝国向大学和教练们提供支票，更熟练地掩盖了自己的行踪。

4月5日，他指示霍奇向他的营利组织支付15万美元，同时向他的非营利组织金钥匙世界基金会支付5万美元。第二天，辛格的记账员史蒂文·马塞拉给霍奇发了一封信，称他向非营利组织支付的款项"没有任何商品或服务交换"，为霍奇的这笔款项免税扫清了道路。辛格又把两张各5万美元的支票寄给了一家足球俱乐部，这家俱乐部由霍斯罗沙欣和他的足球助理教练劳拉·扬克共同经营。扬克扎着马尾辫，脸上长着雀斑，喜欢运动，曾为霍斯罗沙欣踢过球，后者当时是加州州立大学富尔顿分校的教练，扬克后来在那里成为他的助手。2007年，当霍斯罗沙欣被南加州大学聘用时，他把扬克也带来了，并曾形容她是"保持这个项目运行的黏合剂"。

霍斯罗沙欣是一个伊朗裔美国人，长着一双深陷的克鲁尼式的眼睛，浓密的黑发在太阳穴那里有些泛白，他像恩斯特一样，执教的是一项关注度不高的大学运动。但与恩斯特不同,他所在的是一所体育为王的学校。首先，这意味着橄榄球在南加州大学更多的像是一个学院而非一项赛事。在一次特洛伊[1]式失败的第二天早上，南加州大学校长的语音信箱里挤满了粉丝、校友和普通观众的咆哮。一些人甚至从南加州大学参赛的历史性体育场洛杉矶纪念体育馆拨入电话，在比赛期间发泄情绪。"我告诉你，校长先生，你得开掉教练。四分卫是个白痴，他连跑位都不会。你们这些队员到底有没有训练过？"但南加州大学是一区大学，并且是帕克十二联盟的一员，即使不产生收入的体育运动也是骄傲的资本。在南加州大学的主要体育建筑遗产大礼堂内，大厅的冠军堂里摆放的荣誉奖项可以抵得上一座博物馆，奖杯、牌匾和镀金杯子骄傲地围绕着一个跪着的特

1　特洛伊是南加州大学在NCAA中的外号，同时也是其自称。

洛伊勇士铜像，他的手臂组成了U形的胜利标志。六尊海斯曼奖[1]杯支撑在基座上，圆形空间的墙壁上排列着金牌，代表南加州大学运动员整个世纪以来在每一届奥运会上的胜利。里面还有特别致敬女子体育的空间，其中一个例子是2016年的女子第一资本杯[2]，在那年的NCAA锦标赛上，八支南加州大学女队至少进入了前十名。在大楼外面，深红色和金色的横幅上罗列着统计数字，提醒路人，在特洛伊人的身份中，体育占有何等的核心地位：451名奥运选手、19位名人堂成员、507名分区冠军。

2007年，霍斯罗沙欣来到美国南加州大学时，为这一传统做出了贡献，带领女足首次夺得NCAA冠军。这支球队经历了一个平庸的时期，连续八年没有通过NCAA联赛第二轮。由这位来自加州州立大学富尔顿分校的菜鸟教练主导的逆转，堪称历史性事件。霍斯罗沙欣被全美足球教练协会（NSCAA）评为年度最佳教练，并在《奥兰治县纪事报》（*Orange County Register*）上被形容为"女足最热门教练之一"。

"他简直是有史以来最惊人的教练。"一位熟人说。

唯一的麻烦是，南加州大学的胜利时刻并未延续。2009年，该队没有冲出NCAA联赛首轮。2011年，球队连续遭受8场失败，以13场失利标志着南加州大学在该项目历史上第一个负多胜少的赛季，霍斯罗沙欣难掩沮丧之情。"这是我教练生涯中最困难的一个赛季，"他告诉《特洛伊人日报》，"这很艰难。最艰难的是看到孩子们遭受痛苦，这让我在有些时候感到完全无助。"

"这所学校从没经历过这种类型的赛季，"他接着说，"我也没有过这样的经历。这对我们两者而言都截然不符。"霍斯罗沙欣6岁随家人从伊朗移民美国在犹他州长大时，是足球拯救了他。作为一个伊朗孩子，他在美国盎格鲁人最聚集的地区是个边缘人。事实上，他几乎连英语句子

---

1 海斯曼奖是美国大学橄榄球运动员的最高荣誉。
2 第一资本杯（Capital One Cup）：为表彰全美大学在所有运动项目上取得的成功，而设立的一个多运动项目奖项。全美高校在多个体育项目中相互竞争，根据各运动队在全国锦标赛上的成绩，在整个学年中获得积分，最终按积分选出优胜者。——译注

都连不起来，知道的仅有的单词是"你好"和"闭嘴"。和其他孩子一起踢球，最终和他们在球场上比赛，能让他融入其中而不显得那么格格不入。他有了一种新的通用语言，不需要说话，而是通过逼抢、冲撞、获胜和失败来表达。霍斯罗沙欣很擅长这门语言，他继续在大学踢球，首先在富尔顿，然后是加州州立大学洛杉矶分校，他在那里为墨西哥的偶像级人物——国家女足前教练利奥·奎利亚尔效力，后者也成了他的导师。霍斯罗沙欣说，奎利亚尔"教会了我关于足球的一切"。

"利奥有一种比赛精神。在这个国家，我们知道所有的战术、所有的训练，"霍斯罗沙欣接着说，"但我们没有其他国家那样的比赛精神。利奥有那种精神、那种激情。"

霍斯罗沙欣汲取了这种激情，并将其带到自己的教练风格中。"阿里谈论足球就像谈论宗教一样。他会说类似这样的话：'你需要按照比赛的要求去做'。"一名南加州大学前足球运动员说。那位球员还说，在一些训练前，他会点燃一炷香，在球场里走来走去，说"为胜利祈祷"。

但霍斯罗沙欣在南加州大学的几位前球员说，他的激情演变成了某种更极端的东西。作为一名教练，在很多方面，霍斯罗沙欣很像里克·辛格。在最美好的日子里他充满激情和魅力，在最糟糕的日子里他则会暴跳如雷，随着球队成绩的恶化，后一种情况越来越多。他曾因对比赛的进展生气而在赛场边摔椅子，也曾把战术板摔成两半。他朝队员们怒吼，曾经称她们为"奶油泡芙"，这让听到这句话的队内营养师大吃一惊。有时，他深陷于愤怒或沮丧情绪，以至于会当众哭泣。

和辛格一样，他也信奉艰苦卓绝的训练课程，即使对习惯于超越自己极限的一区运动员来说也显得有些极端。训练从早上五点半开始，霍斯罗沙欣曾请来一帮前海军陆战队队员，带领自己的团队进行一系列折磨人的训练，比如穿着运动裤和运动衫在游泳池里踩水12分钟。有一次，队员们不得不脱下运动衫（里面穿了泳衣）和另一名队员交换运动衫，同时还要踩着水保持漂浮。"太难了，"另一名前球员回忆道，"我是一名优秀的游泳运动员，我能记得自己呛了水后说，'这太疯狂了'。"

另一项训练要求队员们徒手把队友举起,以消防员式扛举[1]带着队友跑过足球场。

据几位球员说,霍斯罗沙欣最令人畏惧的训练仪式是一场他称之为"世界职业摔跤"(WWE)的比赛。他坚信要在精神和情感上树立勇气,为了使球队更加强悍,他会在球队输球后或是备战一场大型比赛时组织这样的训练。他会让女球员们站在足球场的中心圈周围,一次挑选两个球员来对抗。霍斯罗沙欣经常挑选两个他知道发生了争吵或不和的球员来加强戏剧效果。然后他把球扔到圆圈的中间,队员们追着球跑,看谁能抢走球,并先把球交给他。至于如何做到这一点,基本上没有规则,球员们可以进行身体对抗和冲撞——想怎么做都行。她们有很大的动力去做这件事,因为输掉比赛的人必须进行"库珀测试",这是一种非常讨厌的训练,需要在12分钟内跑2英里。换句话说,就是要玩命地跑。

萨曼莎·约翰逊曾于2009年至2013年间在南加州大学获得足球奖学金,她回忆起一次最残酷的世界职业摔跤比赛。那是在她大四时,当时她对足球和霍斯罗沙欣都感到精疲力竭,并私底下称他为"撒旦"。

"那是我们在体育馆和UCLA打比赛之前一周,他说:'我们要进行世界职业摔跤比赛。'"约翰逊说,"我们在想:'天哪,没人想跑库珀。为了不遭受惩罚,我们要互相残杀'。

"他把球扔进球场,我大脑的逻辑思维在想:'为什么要追球?如果另一个球员拿不到球,我就赢了'。"约翰逊接着说,"我当时想:'我的策略就是把那个女孩揍一顿,让她拿不到球'。你处在丛林法则的环境中,没别的选择。所以他把球扔出去,我径直跑到对手跟前,用身体狠狠地撞她。我做了所有这些疯狂的事情,朝地上摔她的头,踢她的屁股,心想:'这只是比赛的一部分'。"

另一名目击现场的球员回忆说,另一名球员"拿到了球,萨姆[2]把她

---

[1] 消防员救人时采用的一种扛举,施救者将被救者面朝地面扛在肩上,一手揽住其手臂,另一手揽住其腿部。
[2] 萨曼莎·约翰逊的昵称。

扑倒在地，她拒绝松手。然后萨姆抓住她的头发，把她的头往地上砸了四次。她头昏眼花，再也拿不住球了"。

据多名球员透露，当女孩躺在地上时，霍斯罗沙欣看上去一点也不慌张。他平静地叫教练过来帮忙。按照教练的指示，其他队员只是站在那里，不知所措。据多方消息称，最终这名年轻女孩被带离赛场，被告知出现了脑震荡。她以前有过脑震荡，那是一种长期的疾病，但这次似乎到了极限，医生建议她再也不要踢大学足球了。

"老实说，当时我并不在乎，"约翰逊在谈到这一事件时说，"我当时处于生存状态。我就想，我才不要跑那见鬼的库珀。"

一些球员也赞同约翰逊的观点，她们说为霍斯罗沙欣踢球就像身处战区，甚至几年后她们还会感觉到类似创伤后应激障碍的影响。他不只是让她们拼命训练，还很喜怒无常、暴躁易怒，并且据约翰逊说："在精神上有虐待倾向"。如果对球队的表现不满意，他会对球员们进行沉默对待。他曾把一名球员叫到办公室，让她告诉她正在处理家庭问题的室友"振作起来"，重新投入比赛。他会给队员们做书面测试，让她们接受他使用的足球术语，有些单词是波斯语，而她们必须在学业负担之外完成这些任务。他毫无边界感，在周末和休赛期也会给球员打电话，谈论一场比赛或训练的某个方面。

"我在手机上看到他的来电号码，吓个半死，但会告诉自己，'我必须接这个'，他只想谈谈训练时发生的事情。在我大四时，我和妈妈在一起，他打电话给我时，妈妈的想法是'不要接'。"

在南加州大学，以极端的方式斥责和驱使队员并非闻所未闻。男子和女子水球教练约万·瓦维奇，在训练和比赛中都因脏话连篇而"闻名"。与霍斯罗沙欣不同的是，"约万在赢球"，约翰逊说。此外，"水球的环境非常激烈，这项运动真的很粗鲁，水下发生的事情很疯狂。在某种程度上，那种行为是比赛的一部分。但在足球里"，在这项更绅士的运动中，她说，愤怒的教练"简直太反常了"。

霍斯罗沙欣的行为似乎得到了他的助手兼球队守门员教练劳拉·扬

克的支持。自从他们在加州州立大学富尔顿分校工作以来,两人就在职业上相互交织在一起。在南加州大学一起赢得2007年全国锦标赛冠军后,他们之间的联系变得更加紧密,共同创造了一种阴阳动力,这种动力被深厚的相互信任和忠诚覆盖。一位前球员说,他们之间的联系非常紧密,尽管性格迥异,但扬克似乎对老板"盲目效忠"。扬克性情和蔼、为人拘谨,但也不是那么容易被人摆布。她拥有训练有素的运动员坚强的精神(曾是富尔顿分校的明星守门员),不会被别人的胡说八道所动。

作为教练组中最主要的母性人物,扬克能够在情感上与球员建立联系。她们经常向她倾诉,与她谈论自己正在处理的问题。但她最终还是忠诚于霍斯罗沙欣。"她总是会支持他。"约翰逊说。

扬克从不反对霍斯罗沙欣疯狂的锻炼计划。从某种程度上,她甚至促成了后者的非职业行为。"如果他骂我们,然后离开房间,劳拉就会和我们说话,试着收拾残局。"约翰逊说,"她会试图解释他的行为。但有时,她会和他一起走出房间。"

随着特洛伊人继续输球,南加州大学体育圈内部的传言是,霍斯罗沙欣是凭借从南加州大学前任女足教练那里继承的球员赢得了全国冠军,他在招募自己的巨星方面存在困难。"不少人认为阿里是个好教练,但在招人方面不行。"一位知情人士说。

霍斯罗沙欣在接受《特洛伊人日报》采访时表示,在南加州大学,他感受到了体制上的压力,"目标是赢得全国冠军"。他说,南加州大学的体育主任帕特·黑登(霍斯罗沙欣执教过黑登的儿子,有一次因为后者忘了带自己的球鞋而让他坐在了替补席上)不停地问他:"你今天做了些什么来帮助我们赢得全国冠军?"

当时身兼南加州大学女子越野队主教练和田径助理教练两职的汤姆·沃尔什说,即使是南加州大学的小项目,"夺冠压力也是真实存在的"。

"压力来自体育主任,来自校友们——根据不同的体育项目,某些校友比其他人更激进。南加州大学一直都有一支传奇的田径队,我们要取得成功,不辜负先前的冠军头衔,肯定有压力。"

据一位与霍斯罗沙欣关系密切的知情人士透露,这种对胜利的关注,由于他令人沮丧的连败而变得更加糟糕,这让他开始厌倦自己的工作。他刚到南加州大学时兴高采烈,之后变得郁郁寡欢。他曾经在一所成绩平平的学校里以一个光荣教练的身份出现,扭转了加州州立大学富尔顿分校一盘散沙的女足颓势,多次带领团队进入 NCAA 锦标赛。但富尔顿终归是富尔顿。霍斯罗沙欣梦想着执教更高级别的球队,在南加州大学的网站上看到女足教练招聘启事后,他递交了一份申请。他告诉队员们,在接受时任体育副主任史蒂夫·洛佩斯的面试时,他把胳膊肘放在洛佩斯的办公桌上,靠过身去,直视着洛佩斯的眼睛说:"我就是你们要找的人。"

"他总是告诉我们要自信,不管怎样,即使你不自信也要这样。"约翰逊说,尽管如此,他仍然认为这个故事证明了霍斯罗沙欣的傲慢。

当洛佩斯打电话给霍斯罗沙欣提供这份工作时,后者跪倒在地,这表明霍斯罗沙欣既自以为是,也对自己的新工作深表感激。

南加州大学"改变了他",接近霍斯罗沙欣的知情人士对我说。"发生在他身上最糟糕的事情就是去到那里,在第一个赛季就赢得全国冠军。"从那时起,人们一直期望他能成功。"在其他任何地方,他都会被视为未来之星。但在南加州大学,只是'你下一步要做什么?',这种氛围让他觉得自己没有得到充分的欣赏。"

与乔治城大学的戈登·恩斯特不同,阿里·霍斯罗沙欣在南加州大学赚了不少钱。根据法律文件,他 2012 年的工资约为 20 万美元(助教劳拉·扬克的工资是 5.9 万美元)。随着面临的压力越来越大,他开始担心自己的帅位不保。据球员们说,他的荒唐行为变得更糟。他开始吼叫得更多,有时还情不自禁地流眼泪。"他直言不讳地说,自己可能会失业。他会说这样的话:'你们这些家伙在扰乱我的生活。我要靠这个付账单,养家糊口',就像他可能被炒鱿鱼是我们的错一样。"一名前球员说。他还会谈到自己的父亲:一位来自伊朗的移民,他为自己在美国的家庭建立了成功的生活,并把霍斯罗沙欣带进了足球界。"他会说他爸爸老了。

'我只想让他开心,所以我们必须赢。'他总是让我们有负罪感。"

到了2012年春天,霍斯罗沙欣非常担心自己的工作,以至于他请求球员们和洛佩斯聊聊,为她们的教练辩护。"我们的战绩太差了,他想让我们和其中一位体育主任说,'我们真的很喜欢阿里,请把他留在这里。再给他一次机会'。"一名队员说。她承认,考虑到自己对霍斯罗沙欣的看法,她对这个请求有着复杂的感受。但是她说:"我被他下了咒。我们很多人都有这种感觉。"

申辩成功了,至少有一段时间是这样。但霍斯罗沙欣对南加州大学的体育文化太熟悉了,正如一名前足球运动员所说的那样,"要么出众,要么出局",他知道自己的任期快结束了。不是说他要递交辞呈,那不是他的风格。但他的愤怒,再加上约翰逊认为他在南加州大学吸取的不屈不挠精神,让他有了一个新思路。

"在南加州大学,你可以做很多事情却不用付出代价,因为在南加州大学,无论如何,特洛伊人总会支持你。"约翰逊说,"这就是他们教我们的。你是特洛伊家族的一员。你遇到一个人,而他是特洛伊人,那么他就会支持你。就是这么回事。阿里可能觉得自己是不可战胜的。"因此,当里克·辛格在2012年秋天接近他,并提出引进一名冒牌特招生来换取金钱的想法时,那简直是天赐良机。

道格拉斯·霍奇的女儿被领进大门后,辛格继续跟进另一位客户托比·麦克法兰的女儿,托比是一家产权保险公司的高级总监,住在加州德尔马的一个豪华区域。麦克法兰的判决备忘录显示,他本人是南加州大学校友,对大学录取过程感到焦虑,为了让女儿的大学申请"问题解决",他从2012年开始与辛格合作。麦克法兰的律师在其判决听证会上说,麦克法兰当时也处于人生的"最低谷",正置身于一场"惨烈的离婚"中。辛格"为他提供了一条轻松摆脱压力的途径"。

起初,辛格只是为麦克法兰的女儿提供基本的辅导和备考,她在圣迭戈的拉荷亚国家学校上学。他最终提出了"侧门"方案,表示如果麦克法兰向他的非营利组织捐赠20万美元,他会利用在南加州大学的人脉,让其女儿成为一名足球特招生。她没有参加高中队（尽管参加过俱乐部足球），也没有足够的天赋为一支竞争激烈的大学队效力，但这不重要。辛格向麦克法兰保证，他的慈善活动是合法的，用于支持各个大学的田径运动，更具体地说，是支持弱势学生运动员。

2013年11月4日，麦克法兰的女儿在南加州大学体育招生小组委员会上被推荐为十年级、十一年级和十二年级"全美足球俱乐部成员"。她的个人资料还包括一张麦克法兰妻子提供的她踢足球的照片，还有一篇辛格用平淡陈腐的文风写的申请书草稿，上面说道："在足球场或长曲棍球场上，我看起来像个男孩子，我把头发扎起来，胳膊上没有袖子，从头到脚都是血迹和瘀伤。我的父母很难来观看我的足球比赛，因为我对手的父母总是对那个8号球员说脏话，她不在乎自己的身体，也不在乎场上的任何人。我在场上确实会有点收不住。"

霍斯罗沙欣和扬克进一步添枝加叶地写道，他们相信麦克法兰的女儿是"一块未经雕琢的璞玉，随着她的成长，我们认为她将能够帮助我们南加州大学的球队"。他们补充说她"将进入我们的项目，并将竞争边中场的角色"。

不到一周，霍斯罗沙欣就被解雇了，不是因为受贿，而是由于输球。帕特·黑登在新闻发布会上说："基于过去几年的状况，我们觉得是时候朝着一个新的方向发展了。我们需要振兴足球项目，重新开始争夺NCAA和分区冠军。"

在新闻发布会上，霍斯罗沙欣感谢黑登和南加州大学给予的机会，并说道："能成为特洛伊家族的一分子感觉非常棒。"（扬克不久也被终止了合同。）但内心深处，他悲痛欲绝。根据梅丽莎·科恩和詹妮弗·莱维茨所著的《不可接受》（*Unacceptable*）一书，霍斯罗沙欣非常伤心，他把自己所有带有南加州大学标志的装备塞满垃圾袋，然后扔进了垃圾桶。

四个月后，即2014年3月，麦克法兰的女儿被南加州大学录取，第二年春天入学。霍斯罗沙欣和扬克通过他们的足球俱乐部从辛格那里得到了总计10万美元的报酬。而麦克法兰则给金钥匙世界基金会开了一张

20万美元的支票，主题备忘录上写着"房地产咨询分析"。霍斯罗沙欣和扬克都在"校队蓝调"案中认罪。

***

与里克·辛格进军的其他地方相比，南加州大学将成为他的枢纽，这比其他任何一所高校都更加隐蔽且有利可图。相比之下，乔治城大学的网球项目只是小打小闹，他只有戈登·恩斯特的网球项目这一个切入点。在南加州大学，辛格不仅会打入据称愿意受贿的教练网络，而且检察官声称他还与南加州大学体育部和招生办公室之间的主要联络人建立了伙伴关系。

让情况变得更加完美的是，在辛格最有价值的客户——拥有巨额资产的加利福尼亚人——中间，南加州大学有着特殊的魅力。这所学校被不公正地称作"被宠坏的孩子的大学"[1]的日子早已一去不复返了，它之前被认为是奥兰治县精英小孩的一所精修学校，或者正如一名南加州大学的前工作人员所说，是一所为"米申维耶霍[2]的准废物们"开的学校。在大学校长史蒂夫·桑普尔的领导下，尤其是随后在2010年掌管南加州大学的马克斯·尼基亚斯领导下，该校经历了一场巨变，一改《洛杉矶杂志》封面报道的"富裕的平庸"形象，取而代之的是一所资源不断的一流大学。南加州大学的体育节目历来都富有传奇色彩，特洛伊足球比赛，在铜管乐队的盛况和喧闹声以及高踢腿的歌唱女郎啦啦队的助威下，形成了一道亮丽的风景线。而且有一年，南加州大学的SAT分数比其不那么魅力四射的跨城市竞争对手UCLA还高，这给南加州大学那些校友带来了新的吹牛资本。在2020年秋招时，南加州大学仅录取了近6万名申请人中的16%，而在1987年，其录取率是75%。

没有人会误认为南加州大学是哈佛大学，但它已成为富裕的西海岸

---

[1] "University of Spoiled Children"，与南加州大学首字母缩写同为USC。——译注
[2] 奥兰治县南部一地地名，位于南加州大学东南方向。

人追捧的奖章，部分原因是它是他们生活中乡村俱乐部经历的无缝扩展。南加州大学校园位于洛杉矶市中心附近一个不景气的社区中，是一所学术乌托邦，那里有广阔的绿色田野和红砖哥特式建筑，模仿了东部常春藤盟校的校园风格。在尼基亚斯任职期间，除了建设先进的生物力学实验室和十多个其他新研究中心外，南加州大学还建了一个占地6万平方米的学生村，里面有老乔的店、阿贝克隆比&费奇[1]和星巴克，以及其他咖啡馆和餐馆，全都经过精心设计，以达到电影片场般的完美效果。尼基亚斯是一位希腊裔工程师，有着华丽的品味和对经典的热爱，为了增光添彩，他决定在这个空间的中心立一座六米高的赫卡柏雕像，这是古代特洛伊的传奇王后。

"南加州大学学生村专为18岁孩子设计，他们会对父母说：'我想去这里！并住在老乔的店上面的宿舍！'"南加州大学的一位高级教职员对我说，他还说尼基亚斯"生活在最高级的环境中"。这位教职员继续说道："南加州大学不仅仅要成为一所重要的新学校。我们将成为21世纪的牛津。"

当地人尤其热衷于此。洛杉矶巴克利学校的许多学生继续选择攻读南加州大学，以至于巴克利的孩子将他们的学校称作这所大学的"后备军"。与此同时，哈佛西湖学校在2014年至2019年期间向南加州大学输送了83名毕业生，而被哈佛大学录取的毕业生只有51名。在洛杉矶，这种吸引力与南加州大学在娱乐业的深厚渊源息息相关。乔治·卢卡斯、罗伯特·泽米吉斯和贾德·阿帕图[2]都从其著名的电影学院毕业，该校在好莱坞的编剧、制片人和高管人群中也有相当比例的校友。南加州大学的影响力已扩展出了南加州沿海地区的电影圈，抵达了湾区的互联网商业新贵和风险投资家当中。门洛学校与两个被起诉的家长有关系，该校位于阿瑟顿（该地拥有2019年美国最昂贵的邮政编码），在过去三年里

---

1 老乔的店（Trader Joe's）是加州本土的连锁超市品牌，主要门店也分布于加州。阿贝克隆比&费奇（Abercrombie & Fitch）是面向年轻人群的美国服饰品牌。
2 三位是好莱坞著名导演，代表作分别为《星球大战》《阿甘正传》《一夜大肚》。

向南加州大学输送了24个孩子,与它送到斯坦福的学生数量一样。

南加州大学飞速增长的助推剂是金钱,以及对之越来越多的需求。马克斯·尼基亚斯的筹款和捐赠预期与他在洛杉矶市中心重建古希腊或牛津大学的梦想一样宏大。在他任职期间,南加州大学的筹款人员增加了一倍,在尼基亚斯掌舵的前六年半中,大学筹集的资金比过去65年加起来还要多。一个常被谈论的故事是,尼基亚斯出任校长后不久,与他聘请的一群筹款顾问举行了一次会议,以帮助他为南加州大学的未来做规划。顾问们建议南加州大学设定筹集30亿美元的目标。"那么好吧,"尼基亚斯说,把拳头砸在桌子上,"那就60亿!"

这是高等教育有史以来宣布的最大筹款目标,而尼基亚斯提前18个月实现了目标。

这是一种不惜一切代价发财致富的文化,作为其后果,许多丑闻将在一段时间后进入人们的视野。同时,大学的每个部门都感受到筹集资金的巨大压力,体育部也不例外。在2011年的一次采访中,体育主任帕特·黑登描述了"喂食野兽"的需要,以及体育部如何与南加州大学的核心发展办公室合作,以支持其捐赠游戏。"10万美元的要求是一回事,"黑登说,"但在我们的情况下,使那座金字塔运转起来,从而能够筹集60亿美元或是分配给我们的不管多少额度,就是另一回事了。"

黑登谦逊而有魅力,有着运动员在年长后特有的随和。他是南加州大学的家族财富,曾带领特洛伊的橄榄球队在20世纪70年代赢得了两次全国冠军,之后他为洛杉矶公羊队效力,然后作为律师和风险投资家开启了成功的职业生涯。他还曾是罗德学者,这更让他显得多才多艺。他欠缺的是掌管体育部的经验。黑登作为一名穿着闪亮盔甲的骑士回到了南加州,以帮助拯救南加州大学的体育运动。雷吉·布什丑闻给了南加州大学一记重拳,这名跑锋接受了来自经纪人超过10万美元的礼物,导致NCAA禁止南加州大学在2010年和2011年参加碗赛[1],并停掉

---

1 碗赛(bowl games),NCAA赛季常规联赛结束后的一些比赛的统称。——译注

了该校的30个奖学金名额。（布什否认自己有任何不当行为。）南加州大学在当时的新闻稿里说，黑登救赎特洛伊竞技的使命是"赫拉克勒斯式的"艰巨任务，他立即着手进行雄心勃勃的项目，以提高南加州大学在NCAA上的地位，包括创建大型的NCAA合规计划。

黑登为体育部带来了新的风度和气质，并立即开始将其转化为筹款活动，而这是体育部的主要工作。正如南加州大学高等教育教授威廉·蒂尔尼所说："帕特·黑登之所以受人欢迎，在于他在赚钱方面表现出色。"他有干工作的天分。2012年，黑登宣布要为体育奖学金和其他便利设施（包括为沙滩排球项目从美国奥林匹克训练中心引进棕榈树和沙子）筹集3亿美元资金。他将在短短三年内达到目标并继续前进，最终筹集了近7.5亿美元。体育部实际的细节操作并没有那么光明正大。据在那里工作过几年的一位人士说，南加州大学的迅速崛起意味着，尽管其品牌声望方面已经与谷歌相似，体育部"却像普罗维登斯学院一样运作"。换句话说，作为一个年收入超过1.2亿美元的实体（归功于橄榄球），体育部的运作方式更像一家夫妻店。（正如所有体育部做的那样，南加州大学力争达到收支平衡，将挣到的钱尽可能多地投入到体育项目中。）领导权掌握在极少数人手中，大多数都是南加州人，他们成长于学校排外的内部文化中，在其他地方的行政经验少之又少。黑登的副手史蒂夫·洛佩斯负责日常业务，自20世纪80年代初开始担任助理体能教练以来，洛佩斯不断在高升。罗恩·奥尔是南加州大学的前全美游泳选手，在2010年受聘监督特洛伊运动基金会时，他已经在体育部待了三十年之久。知情人士说，像票务这样的主要收入来源只是在"几个小隔间"里被处理。南加州大学是最后一批将赞助外包的学校之一，因此当时与耐克等公司达成的数百万美元交易是由一个仍在使用Excel电子表格的人处理的。"很多人的认知很有限，他们从来没有在其他地方工作过，"一名前雇员告诉我说，"他们并没有腐败，但南加州文化就是他们所知的一切。这就像是被收容者在管理收容所。"

接近南加州大学的人士不同意这种说法，他们说黑登实际上引进了有经验和真才实学的局外人，包括小约翰·麦凯，一名审判律师，当时担任 XFL 洛杉矶埃克西姆队[1]的总经理（他也有特洛伊血统，他父亲是传奇的南加州大学足球教练约翰·麦凯，而小约翰本人也曾是南加州大学和美国橄榄球联盟的运动员。）这些人指出，黑登一直从事私人股本业务，是个技术娴熟的商人，他的风格是把工作委托给信任的人。因为黑登在会议、外联和参加南加州大学体育赛事（他尽可能多地到场）之间忙得不可开交，因此严重依赖包括洛佩斯、奥尔和唐娜·海涅尔等手下。

筹款的鼓声一直在体育部激荡着。帕特·黑登能接触到很多富有的校友和洛杉矶商界人士。他在 2011 年的采访中说，他雇用了五名新员工，并让更多的人"上街去"，与南加州大学的年轻粉丝和家庭进行接触。和大多数学校一样，南加州大学的发展游戏是带着一种激进的无耻进行的，其无耻和粗鲁程度通过一些文件——它们作为"校队蓝调"案件调查过程的一部分得到披露——被揭示出来。公布的几十封电子邮件和电子表格列出了一个复杂的颜色编码系统，南加州大学借此在整个大学跟踪其 VIP 或带标记候选人。许多申请者都是未来的学生运动员，体育、招生和发展办公室的成员之间通过电子邮件不停地来回周旋，在某些情况下还有非常不专业的评论。在一封 2018 年的电子邮件中，副院长兼招生主任柯克·布伦南嘲笑一位申请人的语法，并开玩笑说他"无论如何都能为网球队接球"。（基于春季学期的成绩，该申请人获得了有条件入学通知。）南加州大学招生院长蒂姆·布鲁诺德对此开玩笑说，"你说的是睾丸[2]"。

在 2014 年的另一次交流中，南加州大学体育部的唐娜·海涅尔和罗恩·奥尔以及南加州大学马歇尔商学院发展总监萨拉·佩隆·墨菲讨论了水球队的一次入列运动员特招，该校过去一年里一直与其家人建立关系。电子邮件往来开始时，海涅尔写到，她已收到体育招生小组委员会

1　XFL 是一个美式职业橄榄球联盟，在 2001 年举办过其唯一的赛季，洛杉矶埃克西姆队是该联盟中洛杉矶本地的职业队伍。
2　原文"balls"在英语中既表示"球"的复数形式，也代表"睾丸"。

批准该学生作为水球特招生。这个家庭被认定为是"具有100万到500万捐款潜力的高水平潜在客户",但该家庭也一直在与商学院进行直接对话,于是南加州大学开始耍手段争夺这潜在的数百万美元。墨菲写道,与马歇尔一家的讨论"包括几次关于(他们)支持马歇尔愿望的对话",她说她"100%支持以捐赠者为中心的战略",其中也包括体育,因为这个家庭"对体育运动的热情可能会在他们与大学的共同经历中扮演重要角色"。

海涅尔随后给奥尔发信息:"如果这没有按你的计划发展,我可以让招生部收回入学同意书。让我知道下。告诉他们这是马歇尔的后门发展案例,我对此不知情。"

奥尔通过苹果手机回应道:"真是糟透了,别收回,我们会让他们因为内疚而就范的。"

黑登也提供了自己的VIP候选人名单,显示了他吸引富有家庭的一种方式,尽管据他身边的知情人士说,他没有权力对候选人做出最终决定。在2016年的一封主题为"帕特·黑登的特殊兴趣"的电子邮件中,海涅尔向南加州大学的两位高级招生官发送了黑登的"南加州大学入学建议列表"。其中包括一份电子表格,有30多个申请者的姓名,以及他们的GPA、考试成绩和"备注",如:"爸爸是著名的矫形外科医生""认捐100万""私人朋友""父亲是MLB球队老板"和"阿斯彭房产经纪人"。在很多情况下,这些学生的分数远远低于普通学生的录取标准。

***

在1983年拍摄的一张斯普林菲尔德学院女子游泳队的照片中,唐娜·海涅尔坐在后排远端。她是唯一没有穿属于那个时代光鲜丝滑的团队夹克的人,只穿着她的泳衣队服。她也是团队中唯一没有对着镜头微笑的成员。相反,她茫然地看着远处。

这张照片是海涅尔大四时在斯普林菲尔德拍摄的,在那里她是一名全美游泳运动员,在自由泳和 100 米个人混合泳中出类拔萃。"她在斯普林菲尔德学院如果不是最好的游泳运动员,那也是最好的之一,"斯普林菲尔德女子游泳队主教练玛丽·埃伦·奥尔塞斯说,海涅尔做运动员时这是一所三区大学,"她非常努力,是队里的中坚分子。"

奥尔塞斯说,在泳池之外,她与同伴保持着距离。"她不是一个热情暖心的人。她不是那种大家想去依靠的人。她是个好队友,但比较自我。"

当时在斯普林菲尔德担任跳水教练的约翰·布兰斯菲尔德说:"唐娜是个非常独立的人。她精力充沛,总是做自己的事情。"

海涅尔从斯普林菲尔德学院体育教育专业毕业后从事教练工作,先是在斯普林菲尔德为奥尔塞斯做志愿者,然后在马萨诸塞大学找到了一份工作,担任女子水球主教练和女子游泳助理教练。2003 年,她转行进入体育管理领域,来到南加州大学开始担任助理体育协调员。

海涅尔又高又瘦,留着一头金色的短发,脸庞瘦削。她每天早上 7 点到办公室,埋头苦干。她是个高效完成工作的人,没有抱怨,也不节外生枝。"她工作非常努力,相当认真,总是很匆忙。她没时间闲聊。"2006 年唐娜·海涅尔在南加州大学完成博士学位时的学术导师迈伦·登博说。

作为"第九条"[1]和女子体育的有力支持者,黑登作为体育主任的第一步行动之一就是将海涅尔提升为"高级女行政官",这大大拓宽了她在南加州大学的职责范围。知情人士说,黑登对海涅尔的职业道德和工作投入印象深刻。"对帕特来说,唐娜是能把事办成的人。"一位知情人士说。

随着职位的晋升,海涅尔实际上有两份工作:监督女子体育,并继续担任她以前的招生和资格主任。在后一个职位上,她与教练沟通,收集准特招生的体育和学术概况,然后提交给体育招生小组委员会。该委员会每隔一周的周四召开一次会议,由招生部门和其他教职员工组成,负责审查材料,几天后要么给学生开绿灯,要么拒绝其入学。海涅尔此

---

[1] 指的是美国的教育法第九条修正案,该条款禁止接受联邦政府资助的教育机构(涵盖美国大部分学校)内的性别歧视。——译注

前曾与同行布兰登·马丁共同担任招生工作，但马丁2013年离职时没有接替者，海涅尔控制了整个过程，没有任何监督。

"她是掌门人，"女子越野队前主教练汤姆·沃尔什说。在海涅尔的圈子里，"卡罗尔（海涅尔的前任）和布兰登离开后，几乎没有什么人与她共事。她一人独大，成了一座孤岛。"

教练们对此集体发出抱怨。沃尔什说，海涅尔以"犟得像驴"著称，在审查教练向她提交的候选人时，"她固执得像根钉子"，他对我说。"教练们很抓狂。'我们要做些什么才能让某人入学？'"沃尔什说，南加州大学水球队主教练约万·瓦维奇以脾气暴躁和脏话著称，当海涅尔拒绝他招募的队员（这些队员将组成能赢得国家冠军的队伍）时，他会变得格外疯狂。

布兰登·马丁在的时候，教练们有时会越过海涅尔，请他帮助他们把特招生推上去。马丁离开后，教练们就再也找不到其他人了。沃尔什回忆起一个特别痛苦的案例，当时他正在招募一名拉脱维亚选手。沃尔什反复向海涅尔出示学生运动员的材料，包括她的高中成绩单、考试成绩、跑步数据等等。"总有更多的事情让我去做。"几个月的时间一拖再拖，这位南加州大学首选选手的录取一直处于不确定状态。海涅尔一度要求沃尔什从这位学生的艺术作品集中提交艺术作品原作，而非副本——她正计划成为一名艺术专业的学生。沃尔什尽力搞定后，却被告知仍有信息缺失。他非常沮丧，因为她是个好学生，也是一流的跑步运动员。于是，他和海涅尔、黑登以及田径主教练罗恩·艾利斯开了个会。

沃尔什说，黑登在会上质问海涅尔："我们还需要做什么才能让这个女孩入学？她是名出色的学生，她是名出色的运动员。"这让海涅尔让步了。当沃尔什获得绿灯，并与这名跑步运动员取得联系时，她已经承诺就读佛于罗里达大学了。

"她已经等够了，"沃尔什说，"她后来成了全美运动员，也成了NCAA最好的跑步运动员之一。看到这些让我有点受伤。"

这里描绘的海涅尔是一个严格遵守规则的人，与她在南加州大学其他方面的行为形成了鲜明对比,在那里,她善于利用体育部的轻松散漫作风。2008年,她创始了自己的独立副业"清理清算所",在那里,她为高中教练、顾问和管理人员提供有关NCAA运动员规则的建议。服务的订阅年费高达700美元,同时她还举办时长两小时的研讨会,参会费用为100美元。这些研讨会在南加州大学的校内运动场加伦中心举行,尽管清理清算所与南加州大学在事实上是完全分开的。这是一家属于海涅尔的私人营利性企业,据报道,她通过自己在南加州大学的工作邮件和一名助理的邮件,给自己的研讨会打广告。

这种安排是一种明显的利益冲突,但似乎没有人注意到。迈伦·登博对我说:"作为一名教授,我做过咨询工作,但再过一百万年我也不会在校园里做咨询工作。我不会把校外的人带进校园,然后向他们收费。"

"这事只在南加州大学才可能发生。"部门里的一位老员工翻着白眼,叹了口气说。

海涅尔的律师尼娜·马里诺说,海涅尔直到2015年才与里克·辛格见面,当时她被带到帕特·黑登的办公室开会,发现辛格在那里。黑登把辛格描述成一个她应该与之合作以引进发展资金的人。马里诺说,对海涅尔的指控"完全令人震惊。任何认识唐娜·海涅尔的人都知道,她是一位正直而有道德的女士,有着强大的道德操守"。

由于与海涅尔的关系,辛格超越了教练的边缘世界,进入了大学管理层。尽管教练们可能会撒谎,向上级提交虚假的体育和招生文件,但他们的权力终归有限。正如越野队教练汤姆·沃尔什证明的那样,南加州大学的教练们要服从海涅尔的判决。事实上,对于辛格来说,接近海涅尔并不只意味着向体育招生中的最关键点迈进了一步,把特招候选人转给了招生官;她本身就是系统中的关键点。当她确定候选人之后,没有任何人会跟进核对学生的体育证书,无论是招生部门还是体育部都不会。在2015年1月的一封电子邮件中,辛格告诉当时正在南加州大学为自己的第三个孩子开启"侧门"计划的霍奇,他儿子虽然在高中只打了一个赛季,但仍被推荐为橄榄球运动员:"招生只是需要一些东西来证明他是运动员。在唐娜推荐后，他们不会再跟进。"

此外，与戈登·恩斯特或其他教练不同的是，海涅尔控制着南加州大学的预算，因此她可以接受来自家庭的捐款，这对辛格来说是一个非常有用的工具，既可以帮助他推销自己的服务（作为对南加州大学的捐赠），也可以替代直接贿赂个人。从霍奇的儿子起，辛格开始要求他帮助的进入南加州大学的家庭给学校的女子体育委员会开支票，这是海涅尔控制的一个账户。

到目前为止，海涅尔的名字经常出现在辛格的电子邮件中，有时她还直接与辛格的客户交流。霍奇在一封电子邮件中写道："非常感谢您昨天抽出时间来。我们正在按照您的要求准备（我儿子的）体育简历，应该可以在下周早些时候寄给您。"海涅尔回信说："太好了，期待中。你应该把注意力集中在他主要运动项目上获得的荣誉和成就。"（霍奇的儿子也被描述为一名有竞争力的网球运动员，这是另一个谎言。）后来，当劳拉·扬克（此时她在为辛格创建所有的运动类简历，包括各种运动项目）给海涅尔发了这个男孩的两项运动简历邮件时，海涅尔回复时附了另一个学生的体育档案，并备注说"橄榄球的一个例子"。她在足球档案上写了手写笔记，并说把照片换成一张"更有运动气质"的照片会更好。霍奇最终付给了辛格25万美元（一半给了金钥匙基金会，一半给了辛格），同时，向海涅尔的女子运动委员会支付了75000美元。

霍奇的律师说，辛格坚称霍奇付给南加州大学的钱是合法捐款，当霍奇收到大学校长马克斯·尼基亚斯的信（尼基亚斯在其中感谢他的捐赠，并说他希望霍奇的儿子决定像他姐姐一样加入南加州大学）时，这一说法显得更加可信。（霍奇在此之前曾直接付钱给恩斯特，让大女儿进入乔治城，所以他知道辛格的运作方式。）霍奇还受邀参加在尼基亚斯家举行的私人晚宴，他和妻子就坐在校长夫妇旁边。在晚宴上，霍奇收到邀请，在尼基亚斯的私人包厢观看南加州大学的一场足球赛。"辛格尽量减少了这一过程中让道格[1]感到不安和非法的方面。道格对辛格的保证感到欣慰，他保证自己的付款不仅会帮助自己的孩子，也会帮助孩子申请入学的教育机构，并（通过辛格的慈善机构）帮助处境不利的孩子。"霍奇的律师写道。

但辛格在南加州大学的"侧门"工作并不总是需要海涅尔。据"校队蓝调"案检方称，2013年，他直接与南加州大学水球教练约万·瓦维奇合作，把约翰·B. 威尔逊的儿子作为水球特招生送进了南加州大学。威尔逊家在马萨诸塞州海恩尼斯港，他曾在史泰博[2]担任执行官。瓦维奇是南加州大学最著名的教练之一，他是一位严厉的南斯拉夫人，以咒骂球员而闻名，他严厉的慈爱策略获得了回报。自1995年以来，他的男队和女队赢得了16次全国锦标赛冠军，使他成为南加州大学历史上获胜最多的教练。水球是辛格操纵的一个理想运动项目，因为瓦维奇可以招募的球员人数没有上限。尽管NCAA规定在锦标赛中只能有16名运动员参赛，但并没有规定球队本身的规模。瓦维奇的名单可能高达50人，许多球员被指定为茶水男孩或陪练球员（也就是说，他们永远得不到上场机会），尽管如此，他们还是很兴奋能在一个传奇人物的带领下训练。

威尔逊的儿子是加州阿瑟顿市门洛学校的学生，他确实是一名水球运动员，但据称辛格伪造了他的资质，虚报了他的下水时间。在一封电子邮件中，威尔逊写道："其他孩子会知道（我的儿子）是一个板凳球员？"辛格随后直接与瓦维奇沟通，瓦维奇说他会把这个男孩和他最看重的入列特招生一起提交给南加州大学体育招生小组委员会。这名男孩被录取后，威尔逊给辛格的慈善机构汇了10万美元，给他的营利组织汇了10万美元，给辛格个人汇了2万美元。辛格又给瓦维奇控制的"南加州大学男子水球"基金开出了10万美元的支票。

瓦维奇的律师斯蒂芬·拉森否认这位水球教练收受了辛格的任何贿赂，也否认他虚报了南加州大学的任何候选人。他说，瓦维奇早在2007

---

[1] 道格拉斯·霍奇的昵称。
[2] 美国办公用品零售商。

年就被大学里的一个人介绍给辛格,辛格带了几名学生运动员给瓦维奇,他们后来在南加州大学的水球运动中表现非常出色。如果那些学生碰巧来自富裕家庭,那就更好。在一封电子邮件中,辛格写信给瓦维奇,称威尔逊一家"已准备好提供捐赠"。

"南加州大学向所有教练施加巨大压力,要求他们筹集资金,招募有能力在经济上支持南加州大学的学生家庭,这件事尽人皆知,"拉森告诉《洛杉矶时报》,"这不是秘密,这是给所有项目和所有体育部门下达的指令。"

威尔逊的律师提交文件说,威尔逊(此书写作时正在做无罪申辩)相信,他捐赠的钱将用于像水球这样资金不足的项目。他们说,威尔逊以为全部20万美元都将捐给南加州大学,辛格"偷了一半"。作为威尔逊不知道任何贿赂的证据,他们还提交了后来与辛格通电话的记录,当时威尔逊正和他谈论通过"侧门"让两个女儿上大学的事。"我们让女孩们入学,这是一笔交易,"辛格说,"你要负责你的那部分,你要把钱支付给学校和教练。"

"呃,呃,帮我理一理头绪?"威尔逊回答道,"我以为是我付钱给你,你付钱给学校。"

"对,"辛格说,"说得没错。"

"哦,你刚说是我付钱给学校。"

南加州大学很快就成了辛格"侧门"计划的圣杯,他提着这所大学的牌子在家长面前招摇,带着轻松的自信和惊人的直率,向他们讲述这一切是如何运作的。南加州大学没有漏洞,没有受运气摆布的地方。这是他建立的一个可靠的系统,现在他正毫无顾忌地对其加以利用。就像他对一位(最终拒绝"侧门"提议的)家长说的那样:"假设是南加州大学,那么我可能会用体育来帮助他们入学,我会找一位教练,因为我们在南加州大学已经做过六次了。我会去找一个在某项运动中有保证名额的教练,问他们是否愿意给我那个名额。反过来,我们会帮助他们的项目,然后孩子就入学了。我们通常很早就申请,如果是像南加州大学这样的地方,孩子们很早就会采取行动。他们到 3 月 25 日才收到结果,但我几个月前就收到了。"

"所以我通常要做的是,"他接着说,"我必须为那个孩子在这项运动中创造一份简历。然后,我在体育部的联络员会在他们所谓的小组委员会会议上把这个人带到招生处,大多数学校通常每隔一个周四举行一次。然后他们审查这个孩子所报的运动项目。他们会当场作出决定孩子是否可以入学,或者他们可能会说,'我需要再看一组成绩',或者'我需要看一份进度报告,然后我们就录取'。

"然后就搞定了。家庭在搞定之前不用支付任何费用。我承担风险,我承担责任。"

不管他的游戏有多么流畅,不管他与南加州大学建立了多么精巧的关系网,里克·辛格仍然在学校里寻求另一个关系,一个真正的点睛之笔:与帕特·黑登的关系。让这位体育主任接纳他,至少接他的电话,听听他替候选人恳求,会让他的生活轻松得多。毕竟,黑登的一句好话会极大地增加一个学生被南加州大学录取的机会。

据《洛杉矶时报》报道,辛格向黑登大献殷勤,安排与他在洛杉矶乡村俱乐部喝咖啡,黑登是那里的会员。2015 年 6 月,黑登出于其他个人动机同意了这次会面,安排这次聚会的人是查克·肯沃西,他是华裔亿万富翁陈颂雄(日后还会成为《洛杉矶时报》的白衣骑士老板[1])的亲密顾问,肯沃西在女儿申请大学时曾让辛格担任顾问(他说辛格给了他女儿"很好的建议")。黑登急于与陈颂雄接触,以便向陈颂雄推销他正在销售的一系列豪华套房,作为南加州大学大体育馆 2.7 亿美元升级项目的一部分。如果和辛格喝杯咖啡是认识陈颂雄的代价,黑登情愿这样做。

这次咖啡会面一共持续了十分钟,大部分时间是辛格在说话,他提及知名人物来抬高自己、推销自己,大谈他的客户多么富有。黑登和小

---

[1] 陈颂雄曾向《洛杉矶时报》的母公司 Tribune Publishing 注资 7050 万美元(占股约 24%),制止了一次对该公司的恶意收购。在 2021 年 5 月,陈颂雄又支持了 Alden Global Capital 对 Tribune Publishing 的收购,该笔收购以 6.3 亿美元成交。

约翰·麦凯都在那里，在辛格的滔滔不绝中，他们称还有另一个会议而离开。小约翰在谈到那次推销时，对《洛杉矶时报》说："这对我们来说毫无意义。我们不需要里克·辛格。如果不是为了查克·肯沃西和陈颂雄，我们永远都不可能同意那次会面。"

尽管如此，会议结束后，黑登还是给肯沃西写了一封电子邮件说："哇!!谢谢你介绍里克。迷人的家伙。我真的很期待很快再见到他。谢谢!!!"

7月的时候，辛格在黑登的南加州大学办公室再次与他取得联系，在那里，辛格向黑登求助，让他一位得克萨斯州客户的女儿进入南加州大学。她此前被拒绝入学，对结果进行申诉也没有成功，辛格在做最后一搏。《洛杉矶时报》报道说，第二天他给黑登写了一封邮件，说："帕特，非常感谢您昨天和我一起度过的特别时光。您在南加州大学的工作真是太棒了。"接着，他又发了一封邮件，把女孩的成绩单和测试分数给了黑登。

黑登随后将邮件转发给海涅尔，询问她体育部是否能提供帮助。海涅尔在给黑登的回复中询问了关于辛格的情况，她想知道他是否和南加州大学"合得来"。

"我不知道，"黑登回答说，"你认识他吗？"

海涅尔的回答含混不清。她说，她记得辛格是为一个正在申请南加州大学的学生运动员"提供咨询的人"，"但我不太确定。"她写道。（据检方称，此时海涅尔已经与辛格和霍奇就使霍奇的两个孩子进入南加州大学进行了广泛沟通。）

尽管黑登早些时候对肯沃西说了些热情的话，随后他却告诉海涅尔，他对辛格"标记了红色警告"，并说"我对他不放心"。

与此同时，辛格不断向黑登发送关于这个得克萨斯女生的后续邮件。在黑登写信告诉他"里克，我被告知已经来不及改变结果了"之后，辛格依然狂轰滥炸。他问黑登是否能和女孩的父母见面，说他们已经向南加州大学捐款10万美元，是"湾区科技领域非常成功的人士"。

一个月后,辛格再次发邮件,称这家人是一个职业篮球队的"强大投资者"。"您能提供一个可能的会面日期吗?"他写道。

黑登对此不予理睬。

南加州大学的体育主任或许对辛格很冷淡,但辛格与海涅尔和其他教练的关系,使得该校的其他部分都是友好地盘。由于这些人脉完好无损,辛格加强了他在洛杉矶的社交游戏,利用每一个机会,潜入那些可以与该市最富有的居民亲近的地方。其中一个联系人是马克·豪泽,他在辛辛那提和洛杉矶经营一个对冲基金集团。根据法律文件,辛格的慈善机构投资了豪泽私人股本公司。也许作为交换,豪泽支付给辛格4万美元,让马克·里德尔"监督"他女儿的ACT,并开始在洛杉矶推荐辛格,把他带到贝莱尔乡村俱乐部,豪泽是那里的会员。豪泽对辛格来说还有一个很有价值的切入点:他是玛丽蒙特高中的董事会主席,这是一所独立的天主教学校,他的女儿就读于此。另一位在"校队蓝调"丑闻中被起诉的家长彼得·达梅里斯也在玛丽蒙特高中董事会任职。达梅里斯利用辛格,使他在洛约拉高中就读的儿子以冒牌网球特招生的身份进入了乔治城大学。(豪泽和达梅里斯都认罪了。)

莫西莫·吉安努利是通过豪泽第一次听说里克·辛格的。吉安努利是一名时装设计师,也是《欢乐满屋》(*Full House*)女演员洛丽·路格林的丈夫。他是个坚定的特洛伊人,尽管严格来说他不是南加州大学校友。他们的两个女儿在玛丽蒙特读书,当豪泽提到辛格并吹捧他是大学招生的头号专家时,吉安努利心里就开始琢磨她们的未来了。

当辛格和吉安努利见面时,辛格看起来名副其实。据一位知情人士透露,他似乎知识渊博,流露出一种"包在我身上"的态度,让这对夫妇感到很安心。辛格似乎也很忙,这让他看起来更可信,他显然是一个热门人物。很快,辛格公司的一群家教就来到这对夫妇的家里,和他们的女儿们一起准备大学入学工作。

然而,在2016年春天,第一个警告性的迹象表明家教可能还不够。玛丽蒙特的大学顾问建议吉安努利让大女儿伊莎贝拉申请亚利桑那州立大学。会议结束后，愤怒的吉安努利给辛格发了一封邮件："我有一些担心，想完全理解行动计划，确保我们拥有通往成功的路线图，因为它关乎让（伊莎贝拉）考上一所比亚利桑那州立大学更好的高校！"

辛格回信说："如果你的目标是南加州大学，我已经准备好了行动计划。打电话来跟我商量。"

第八章 巴克利蓝调

在巴克利学校,亚当·塞姆普雷维沃被称为一名运动员,他可能是在该校中凤毛麟角的被如此称呼的学生。他在篮球队打过球,成绩也不错,但并不是一个尖子生,否则他该上过大学预修课程和优等班,正在努力成为致告别辞的最优毕业生。在里克·辛格成为亚当的独立大学顾问前,他在巴克利的排名足以让他顺利升入一所不错的学院或大学,他在高中三年级转到坎贝尔霍尔中学后情况更是如此,那时他的GPA达到了4.0。一旦辛格入局,情况就发生了变化。

巴克利位于谢尔曼奥克区穆赫兰庄园的封闭社区附近,占地约7.3万平方米,历来被认为是一所"山谷学校",任何愿意付钱的人都可以上。哈佛西湖是盖蒂家族等老牌石油大亨家族眼中的热门学校,同时也是一批保守派娱乐业精英青睐的学校;巴克利则拥抱着一批更丰富多彩的人员构成:娱乐明星的孩子、富有的伊朗人,以及其他来自比弗利山庄和伯班克的富家小孩。布莱特·伊斯顿·埃利斯正是以他在巴克利的同学为原型,创作了小说《比零还少》,描绘了20世纪80年代洛杉矶青少年以吸可卡因和蹦迪为核心内容的生活场景。

随着时间的推移,社会分层逐渐松动,哈佛西湖以及诸如布伦特伍德学校等高不可攀的同类学校,如今都挤满了浮华的娱乐界接班人和科技界的子女。但巴克利仍然有着吸引演艺圈最耀眼明星的名声。卡戴珊家的人没有光临过哈佛西湖,但有两人(金和罗伯)就读了巴克利,迈克尔·杰克逊的孩子们也在此就读,还有帕里斯·希尔顿的孩子,很难想象他们能在哈佛西湖繁重的课程中熬过一个学期。

在洛杉矶的所有精英高中里,地位和名牌都在校园里被炫耀,这种炫耀在巴克利更为明显。一名曾经在此就读的学生说,停车场里价值9万美元的学生座驾并不少见,卡地亚爱心手镯、"布吉包"和香奈儿平底鞋则是"巴克利入门装备"。甚至邀请某人参加舞会也是一个精心制作的剧目,意在给人留下深刻印象。"舞会邀请"是巴克利的一个传统,一名学生公开邀请另一名学生去跳舞。这些活动可以在学校集会上进行,也可以在走廊里。一般来说,这些活动涉及大场面的奇观、鲜花、礼物、标志等,会吸引大批观众。有一年,一名巴克利男孩的舞会邀请是用一辆新车给未来的约会对象一个惊喜。

从巴克利毕业不久的玛丽说:"如果你在一个以钱的多少来衡量同龄人价值的地方如鱼得水,那么这里就是你的去处。"(本章学生姓名为化名。)

巴克利的家长们翻白眼以示承认。"你去参加家长之夜,有穿着15厘米高跟鞋的女士在教室里走来走去。"一位家长说。他们说,也有一批健康的孩子对其富有家境有自知之明,并特意回避随之而来的陷阱。"我认为有很多孩子不想炫耀攀比,"这位家长说,"这让他们恶心,他们从同伴那里得到的信息是:你不想用'富有'来定义你的核心,你想把核心建立在'我很风趣,我很迷人'之类的事情上,而不是金钱。"

在巴克利,学术也不是衡量学生身份的唯一标准。大多数家庭表示,他们之所以选择这所学校,正是因为它不像其他私立学校那样是个"高压锅"。他们的孩子并不总是痴迷于成绩,学校鼓励他们做的不仅仅是埋头读书。"我的孩子被哈佛西湖录取了,但那里太制度化了,"这位家长说,"这似乎是个错误的选择。"

尽管如此,对学生成功的关注,尤其是高中毕业后的去向,在巴克利近乎极端。玛丽说:"人们普遍认为,你的价值观和你在巴克利所付出的一切积累，归根结底都取决于你去哪里读大学，就像是在哪里读大学决定了你是谁。"

火上浇油的是，一些家长感到在让学生进入顶尖大学方面，哈佛西湖和马尔伯勒有着更好的记录。"那里的环境就像是芭芭拉（马尔伯勒的前校长芭芭拉·瓦格纳）打个电话给斯坦福，就能把一批学生送过去，"一位曾经的管理者说，"巴克利和斯坦福有这种关系吗？"

当然了，没有一个高中的管理者（不管他们多么有权势）会告诉一所大学哪些学生会被录取。巴克利父母所感受到的绝望，加上他们对地位和表象的重视，给了里克·辛格所需要的机会。亚当·塞姆普雷维沃的父亲斯蒂芬成了辛格的第一个试验品，他是辛格最能利用的那种痴迷于地位的巴克利父母的缩影。塞姆普雷维沃是一位成功的高管和企业家，曾被誉为使境况不佳的公司扭亏为盈的奇才，他被认为是 GetSmart.com（一家在线抵押贷款购物公司）和光辉国际招聘公司实现财富复兴的功臣。他也参与了 Machinima 的运作，这是 YouTube 领域早期最重要的内容方之一，为游戏玩家创造视频内容，而塞姆普雷维沃则帮助 Machinima 实现了收入的多样化。Machinima 在 2016 年以据称 1 亿美元的价格出售给了华纳兄弟。

塞姆普雷维沃是个精力充沛的人，长着一张瘦削、棱角分明的脸，留着黑白相间的山羊胡。他首先通过一个高中生项目进入哈佛大学，在其中参加了大学水平的遗传学和海洋生物学课程，两个都得了 A。"基于这段经历，"他说，"我知道（哈佛）是我想去的大学。"最终他获得了哈佛大学的本科和 MBA 学位。

他也让人们知道他的哈佛身份。大家都知道塞姆普雷维沃经常提到他的母校，甚至他一位朋友的两个儿子都知道他是在哪里获得学位的。"他总是在谈论哈佛，"其中一人说，"他就是那种人。"

据法律文件显示，除自尊心之外，塞姆普雷维沃自己的经历也让他对儿子们在哪里获得大学学位有着强烈的想法。在"校队蓝调"塞姆普雷维沃案件中提交的一份犯罪学家报告指出，"哈佛在斯蒂芬的职业生涯早期扮演了如此关键的角色，以至于他可能比大多数人更了解选择一所大学的意义"。

此外，据报道，塞姆普雷维沃觉得他的大儿子缺乏信心，需要"激励"才能茁壮成长。亚当开始患有抑郁症，并且具有严重的自我怀疑问题。父亲想帮他治好病，认为能治好病的方法就是把他送进一所优秀的四年制大学。虽然亚当的成绩和 SAT 分数——在第一次参加考试时，他在当时 2400 分的总分中得到了 1820 分，这分数高于 83% 的考生——已经足够好了，但还没有达到哈佛大学的标准，甚至没有达到名气稍低的顶尖大学的标准。由于拥有哈佛学位，塞姆普雷维沃担心亚当不能拥有和他一样的机会，于是他去找了里克·辛格。

辛格第一次见到塞姆普雷维沃是在后者贝莱尔的家，一栋托斯卡纳风格的别墅，在里面人们可以观赏周围的峡谷和远处太平洋的一角。这套房子有四个卧室、六个卫生间，还有一个带瀑布的无边泳池。屋前，距离一个停着三辆车的车库不远处有个篮球圈。塞姆普雷维沃一直支持儿子们的体育兴趣，并执教过十几支他的孩子们参加的小联盟和少年篮球队。

2014 年秋天，辛格参观了这所房子，并与亚当、斯蒂芬和亚当的母亲丽塔坐了下来，后者在豪宅地产行业工作。（她在"校队蓝调"案中没有被指控。）辛格使出了他的惯常手段，提及一些大名鼎鼎的朋友，故作姿态，滔滔不绝。这个时候，他瞎编乱造的吹牛水平达到了新高度。辛格告诉一位家长，他曾是勒布朗·詹姆斯的美国业余体育联合会青少年联赛教练，印第安纳大学篮球主教练博比·奈特的助理，在乔布斯因癌症去世时，他成了史蒂夫·乔布斯儿子的"替代大哥"。斯蒂芬·塞姆普雷维沃本人就是一名顾问，经常要对他人进行快速评估，但忽略了这些危险信号，因为他说："他看起来对自己的业务非常了解，在一开始似乎很专业。"

辛格也得到了家人的朋友马克和勒妮·保罗的推荐，并且那个时候他已经在巴克利建立了声誉，成了大学咨询的首选。他与巴克利的董事会成员相处融洽，不久还与他们中的一些人合作，其中包括德温·斯隆，他儿子比亚当小两岁，也卷入了"校队蓝调"丑闻案。辛格还得到了金融界的认可，并与塞姆普雷维沃一家谈了他的客户中有多少人来自摩根士丹利、奥本海默和瑞银等金融管理公司，他还定期在那些地方做报告。对于塞姆普雷维沃这样严肃的商人而言，这就是蓝筹股的合格标志。

根据塞姆普雷维沃详细的判决备忘录，接下来两年发生的事情让我们可以近距离了解，辛格如何制定公式来决定向谁及怎样推销"侧门"计划。这些事情还提供了一份关于他的心理评估，以及法医心理学家理查德·罗曼诺夫所称的"反社会人格特征"。罗曼诺夫对辛格进行了心理评估，评估结果包含在法庭文件中。他写到，像辛格这样的人"为了自己的利益，常常试图勾引和讨好周围的人"，他们"很有魅力，至少表面上很迷人。他们倾向于美化真相为己所用，为了达到目的或者摆脱困境而轻易撒谎"。

首先是魅力攻势。辛格向塞姆普雷维沃一家营造了这样的形象：他是一个一心一意的服务者，一个为客户倾其所有的人，一个无微不至的优雅和服务的缩影。辛格通过 Skype 安排亚当与萨克拉门托的员工米凯拉·桑福德建立联系，后者输入了亚当所有的高中成绩单和考试成绩，并在金钥匙系统中为他创建了个人资料，在这之后，辛格还为亚当安排了一个 SAT 家教。"你想在家里，还是通过 Skype？"他在给塞姆普雷维沃的一封电子邮件中问，"你想要一周一次，还是两次？Skype 一小时 50～100 美元，和在家一小时 150～300 美元的价格差别很大。你的想法是什么？"

不只这些。辛格为亚当一家在东部安排了一次大学参观，甚至给亚当找了份为加州女议员凯伦·巴斯工作的暑期实践，亚当在那里负责数据输入。辛格为这些服务向亚当一家一共收取了 7000 美元，他开始每月在他们家里亲自与亚当会面一次。在见面时，他不失时机地高谈阔论，谈及自己知道哈佛的捐款程序如何运作，他的大牌客户是哪些人，用精心谋划的奉承向他们发起猛攻。他说，塞姆普雷维沃和他的妻子做了如此惊人的慈善工作,他们的商业和房产投资令人印象深刻。直到后来,塞姆普雷维沃回过头来才意识到,这完全是辛格的把戏,实际上他是在摸清他们家的经济状况,并通过讨好进入他们的家里和生活中。

与此同时,塞姆普雷维沃上了当。

***

巴克利学校多年来贴着一条标语:大学从两岁开始。这句话出自伊莎贝尔·巴克利,她于1933年创立这所K-12学校,后来写了一本以此为名的书。巴克利的意图并不是要让父母害怕,也不是让他们在午睡时间间隙与孩子们练习长除法[1]。相反,她试图强调,即使是最小的孩子也可以学习去独立思考,并突破自己的创造力极限。巴克利是一位开明的中西部人,她曾在澳大利亚学习教育,注意到那个大陆上的孩子们五岁时就开始读书了。她试图以同样的方式塑造美国小孩。

多年来,巴克利从一场将传统的学术严谨与自由的艺术表达结合起来的非正统教育实验,逐步发展成了一个可靠的工具,将学生输送到美国最负盛名的学院和大学,其创始人的语言随之有了不那么理想化的意义。对许多父母来说,大学预备工作确实从孩子进入这所学校的那一刻就开始了。一位前行政人员表示,家长会询问,到学生上高中时,学校是否"仍然与哈佛保持着良好的关系",即便他们的孩子目前还在幼儿园阶段。另外,"人们也非常关心数学课的严谨程度是否足以使孩子受到斯坦福大学的尊重"。

与此同时,巴克利也给这种狂热添了把火,在学生接受教育的早期就开始讨论大学入学问题,并公开表示该校是通向尊贵学位证书的入场券。与大多数独立学校一样,巴克利在网站上公布其入学统计数据,每年大学咨询部都会向学校董事会介绍巴克利在大学招生方面的表现。大

---

[1] 长除法(Long division),俗称"长除",适用于整式除法、小数除法、多项式除法(即因式分解)等较重视计算过程和商数的除法,过程中兼用了乘法和减法。——译注

学咨询办公室两旁挂着各高校的旗帜，常春藤盟校的旗帜格外显眼。据一位之前的学生说，当大学申请时间临近时，学生们被建议去上他们会成功的课程。如果预修课程可能导致 B 或 C（但愿不会如此），他们被鼓励迅速放弃。一位学生被告知要旁听一堂课，而不要冒险获得一个在大学招生人员眼中不好的成绩。"因为在洛杉矶这全都与印象有关，"一位知情人士说，"坦率地说，我认为对于很多洛杉矶学校，不仅是巴克利，它们的品牌是'我们让多少孩子进了你想让你的孩子们上的学校？'，而不是'在哪里能让我的孩子得到最好的教育？'。"

根据前巴克利学生汉克的说法，大学在那儿是"从小培养的"。"这就像'上高中时要为上大学做准备'，初中全都是'嘿，我们必须为上高中做准备，因为那里的一切都很重要。九年级也很重要……'所有的事情都围绕着大学展开。"

汉克表示，在高四期间学生们的压力越来越大，他们要疯狂地发送大学申请，在某些情况下甚至多达 30 所高校。有一年，一个常春藤联盟高校——有近 12 个巴克利的孩子申请了该校——发布录取通知的前一天晚上，大家在不停地发送信息。"人们会说，'我们认为你会进去。如果你被录取了，我们不会恨你的'，"汉克说，"这几乎就像他们在试图为自己留面子，同时又在指责你。这就是那种具有疯狂毒性的环境，它非常有竞争性，这种竞争的推手是父母们而不是孩子们。"

巴克利的非裔和拉丁裔孩子的比例很低，令人焦虑不安的是，人们意识到巴克利许多学生的个人履历在大学招生官那里越来越落伍了。"我记得孩子们在说，'我准备去做 DNA 鉴定，希望我能写我有 1/16 的印第安人血统'，"汉克说，"这主要是玩笑，但它反映了我们都知道的文化。我作为上流社会的白人男性，处于不利地位。人们会说，'你必须确保你的申请令人难以置信'，以及诸如此类的其他内容。'你必须因为你的身份提供补偿。'这是被公开讨论的话题。"

巴克利的管理人员也知道这一个两难困境。据一位知情人士透露，校方从大学得到的反馈是：他们的一些学生的维度过于单一，在某些情况下无法超越他们的特权泡泡来认知这个世界。家长们抱怨说，他们的孩子在申请大学时会被问一些问题，比如"描述一个让你觉得自己像个'异类'的经历"，而他们的孩子不知道该如何回答。为了使巴克利更符合高等教育多样性的趋势，学校努力增加课程设置，让学生接触当代社会问题。学校开设了一门多样性、平等和包容课程，并设立了多样性主题周，其间组织关于社会正义主题的会议和小组研讨。其中一个叫作"社会正义研讨会"的系列活动鼓励学生们"贴近不适感"，但这些尝试往往让人觉得过犹不及，象征意义大过实质。在一次宽扎节[1]大会上，巴克利的一名工作人员请一名拥有一半黑人血统的学生参加，却不问她会不会真的庆祝宽扎节，实际上她不会。"会有一些集会试图发挥影响力，"玛丽说，"当你向其中大概80%是白人学生的听众演讲时，会感觉像是'道理我们懂，但大多数听众是白人难道不是一个更大的问题吗？'。"

巴克利的努力受到了家长们的阻挠，他们希望学校进入一个更进步的车道，同时也害怕学校走得太远，最后变得在巴克利家长眼中更像是嬉皮士风格，就像十字街学校那样。"有一种感觉是，父母们不想巴克利让孩子们因为有钱而感到内疚。"一位知情人士说。

＊＊＊

亚当·塞姆普雷维沃诸事顺利。他在准备 SAT 考试，缩小了自己的大学选择范围。事情进展是如此顺利，以至于父亲不想干涉里克·辛格和儿子的工作。当 1 月辛格给塞姆普雷维沃发邮件，说"如果亚当想让自己的（SAT）成绩显著提高，他就需要花更多的时间学习"时，塞姆普雷维沃感觉很震惊。辛格还宣称，他们为亚当准备的申请学校现在已经变成"困难任务"了。波士顿学院、乔治城大学、范德堡大学和 UCLA 等高校，突然被认为变得遥不可及。

1　宽扎节是非裔美国人的果实初收节日，源自非洲传统的收获节。庆祝活动从 12 月 26 日至 1 月 1 日，共七天。

正如斯蒂芬·塞姆普雷维沃的判决备忘录所描述的那样，辛格的"转折点"就这样开始了，这位顾问开始在他身上播下怀疑儿子能力的种子。他说亚当需要更多帮助，尤其是在 SAT 备考方面，并怀疑他的 GPA 水平。塞姆普雷维沃曾说辛格"忽冷忽热"，这时的辛格肯定是前者了。他让塞姆普雷维沃觉得，如果不听从他的劝告，就等同于放弃儿子的未来。"因为亚当在学习上投入了大量的时间和精力，所以我很担心，也很难过。"他说，"不幸的是，我陷入了辛格的圈套。我没有怀疑辛格，而是怀疑亚当。"

法医心理学家理查德·罗曼诺夫在评估中说："最大的危险"是像辛格这样的人"掉头"的时候。他写道："他们用自己敏锐的本能攻击受害者的软肋，无情地漠视受害者的感受，用言语将之击倒。他们通常早早地在双方的友好时期做足功课，知道如何最有效地伤害目标，并着眼于在将来如何最有效地利用形势。一些这样的人为了达到目的会变得具有威胁性，甚至公开使用暴力。"

判决备忘录显示，辛格并不暴力。到了 2015 年夏天，他对局势施加了更大的压力，让父子俩都很苦恼。他开始积极推动乔治城大学成为亚当唯一应该申请的学校，尽管亚当在进行了大学参观后，心仪范德堡大学。在 8 月 8 日那个周六，亚当显然在努力解决自己和大学顾问之间的愿望冲突问题。在一封主题为"乔治城 vs 范德堡"的电子邮件中，亚当问辛格哪所学校的商业课程更强，哪所学校毕业后会有更多的工作机会。对此，辛格写道："乔治城正处于一个因商机而最受欢迎的位置。它的学位在全国范围内得到更广泛的认可。范德堡在全国范围内表现不错，但没有达到同一水平。"

一小时后，亚当回答说："好的，谢谢。我要把乔治城当我的头号，范德堡当我的二号。"

当然，塞姆普雷维沃一家不知道，辛格主推乔治城大学的理由，是那里有戈登·恩斯特。亚当现在锁定了该校，辛格就可以施展必杀技了。在同月的一次会议上，辛格告诉塞姆普雷维沃，他过去曾通过让一些家庭为体育项目捐款而帮助他们进入了大学，并将之描述为一个"助推"

项目。在这个项目中，各运动队将用这笔资金聘请教练，填补预算缺口。根据辩护备忘录，"斯蒂芬曾向哈佛大学捐过款，当时并没有对此想太多"。

在接下来的一次会面中，辛格更明确地表示，塞姆普雷维沃需要向辛格的慈善机构捐赠40万美元，然后再转给乔治城大学。他说，这笔捐款可以免税，并将用于弥补乔治城的体育预算缺口。除此之外，他重申了亚当在SAT和成绩方面多么需要帮助。

"这是一个新花样"，塞姆普雷维沃告诉罗曼诺夫40万美元的数字。他说，每次见到辛格都有新东西。"首先是助推因素，然后是慈善机构，"塞姆普雷维沃说，"里克所做的一切都是精心设计的，而且防御意识极强。你不能质疑他。他的气场要求你相信他。我对此感觉不舒服，不过也没有和其他人谈论这件事。"

辛格向塞姆普雷维沃保证，慈善机构没有任何"问题"，这是一个合法的组织。他说，通过这条路，亚当将得到"额外的助推"，而塞姆普雷维沃当时认为儿子要被录取就需要这个助推。

8月19日，在亚当决定选择乔治城仅仅11天后，辛格就给塞姆普雷维沃发了一封以亚当名义写的信，自称是一名杰出的网球运动员。他指示亚当把这封信通过邮件发给恩斯特，而亚当在那天晚些时候发了该邮件。这封信不实地暗示亚当和恩斯特已经讨论过被录用的问题，以及两人在私底下认识；在便条的最后，他提到了恩斯特在科德角的避暑别墅。便条上写着：

尊敬的恩斯特教练：

  我想告诉您我夏天的最新情况。在您的建议下，我今年夏天双打表现很好，取得了巨大成功，单打也很好。

  我期待着有机会为您效力。我们的交流激发了我，让我在今年夏天尽力主宰比赛。

  四年级就要开始了，我会取得好成绩，不辜负您的期望。

感谢能有机会为您和乔治城大学效力。

祝您从科德角返程平安。

亚当·塞姆普雷维沃

第二天，恩斯特将邮件转发给乔治城大学的一名招生人员，对方回邮件说"看起来很好"。恩斯特随后给招生官发邮件"确认"他已使用了网球队的三个招生"名额"，其中一个是亚当。招生官并不知道的是，另外两位是辛格的其他客户，包括硅谷金融家曼纽尔·亨利克斯和伊丽莎白·亨利克斯的女儿，以及位于洛杉矶的信息技术公司 ASGN 的 CEO 彼得·达梅里斯的儿子。恩斯特还有一个名额可以填补。

在某些情况下，恩斯特甚至不再通过辛格招生了。2015 年 5 月，就在亚当·塞姆普雷维沃向恩斯特发送那封不实的电子邮件的几个月前，一位在佛罗里达州棕榈滩和马萨诸塞州马什皮拥有住宅的投资高管阿明·库利从佛罗里达飞往科德角，向恩斯特支付了 20 万美元。据联邦检察官说，这位教练刚刚把库利的女儿作为一名冒牌网球特招生招进了乔治城大学。这笔交易并不是辛格安排的，而是由马萨诸塞州的一名网球招募人员推动的，该人目前还没有被确认。（库利的律师说，他将对这些指控做无罪申诉。）

不管恩斯特是怎么运作的，他现在都赚了不少钱。仅从辛格坦承的情况来看，在 2015 年 9 月至 2016 年 11 月期间，这位教练就将 95 万美元收入囊中，到 2019 年"校队蓝调"丑闻登上头条时，恩斯特已经赚了 270 万美元。朋友们注意到，恩斯特突然将自己的乡村俱乐部会员资格从 Edgemoor 俱乐部（一家不错的俱乐部，但没有高尔夫球场）升级到了更豪华的切维蔡司（Chevy Chase）乡村俱乐部，其入会费近 10 万美元。"我记得当时在想，'哇，切维蔡司啊'。"一位朋友说。恩斯特在 2015 年以 53 万美元在科德角购买了一套公寓，而几年前，他和妻子还在马里兰州购买了一套价值 160 万美元的五居室住房。

在乔治城大学，恩斯特仍然是校园里受人喜爱的教练。但有人感觉到，他已经放弃了为努力改善球队资源而斗争。当这所大学为了给新的体育设施腾出空间而将现有的网球场夷为平地时，一名前运动员回忆自己"走进他的办公室说：'这太荒谬了。为什么要牺牲我们的球场？为什么不能把新设施建在校园其他地方？'"。这对恩斯特来说极具破坏性，因为他将无法再经营网球夏令营，而这是他收入的重要组成部分。（他还通过给奥巴马总统的女儿们等贵宾上私人课赚钱，并到处炫耀此事。）

"但他只是说：'呃，我们只需在现有条件下做到最好。'他更关注的是努力管理球队。我们对此有点沮丧，开玩笑说，作为网球队我们在耶茨没有球场。"

这名球员同情恩斯特，但也不明白为什么他没有与体育部更努力地斗争。他几乎俯首听命了。"在我看来，他的心态毫无疑问是不想挑事。"

其他球员不同意这种说法，表示恩斯特仍然致力于为球员们尽其所能，无论是场上还是场下。他都会积极关注球员们的学术表现，如果需要实习推荐他也会出手相助，并督促他们发挥出最佳水平。然而，就像恩斯特一直以来那样，事情也有一些蹊跷之处。2015年，乔治城大学女队在大东部锦标赛首轮输给西顿霍尔后，有机会打一场安慰赛，不是为了任何奖杯或积分，而是为了与竞争对手进行练习，为下赛季做准备。但恩斯特让他的队员们回家。"我们没有抓住任何一个真正可能提高球队，让我们变得更好、打更多比赛的机会。"这位前球员说。

与此同时，在洛杉矶，亚当·塞姆普雷维沃正在纸面上被包装为恩斯特的下一位网球明星。辛格一直在和斯蒂芬·塞姆普雷维沃谈论把亚当包装成一名学者运动员，以帮助他进入大学。他曾给洛杉矶的两名划艇教练发过邮件，说亚当可以向他们学习划桨技术，大概是想在大学申请表上把他介绍成一名划艇运动员（他从未参加过这项运动）。此事后来没有下文，很明显，即使在网球骗局之前，他们也讨论过如何为亚当伪造出其他身份。讽刺的是，彼得·达梅里斯的儿子在高中时实际上是一名很有竞争力的赛艇运动员，但在与乔治城大学进行毕业生面试（该面试是录取过程的一部分)时,辛格指示他不要讨论划艇问题。

检方称,在亚当·塞姆普雷维沃的问题上,给恩斯特发送邮件是"欺诈计划的开端"。斯蒂芬和亚当都知道这是"假的"。根据判决备忘录,斯蒂芬本人承认,在这一点上,他明白自己所做的事情"不道德",知道在儿子的大学申请过程中他将太多的控制权给了辛格,但他觉得自己无能为力。当他打电话和辛格讨论这件事,并试图重申自己的控制权时,他说辛格猛烈抨击了他,说"箭已离弦"。"我觉得自己处于一种无法退出的境地,"塞姆普雷维沃后来说,"这让我非常不安。"

尽管如此,他还是不遗余力地推进了这个计划。10月,辛格给父子俩发了一封电子邮件,内容是他用亚当的口吻给乔治城大学写了份申请书,开头是"当我走进一个房间时,人们通常会抬起头来评论我的身高——1米96——问我是否打篮球。我微笑着点点头,但坚称我投入最多精力的运动是网球"。这封乔治城申请书谎称亚当高中四年都打网球,单打和双打都排名靠前,是网球和篮球的"CIF学者运动员"[1]和"全美学术阵容"成员,入选了"耐克联盟全美学术阵容"。这些添油加醋的内容出自辛格之手,在提交申请前,塞姆普雷维沃和他的儿子对此并不知情。

根据辩护备忘录,塞姆普雷维沃实际上对自己的行为感到不安,这导致辛格开始"欺负"他,并询问他是否对这个计划"完全投入"。塞姆普雷维沃还说辛格开始威胁他,说"如果我们不一条路走到黑,事情不会顺利收场",暗示如果亚当的父亲制造麻烦,他可能会破坏亚当的入学。

"里克变得更加激进和消极,"塞姆普雷维沃对罗曼诺夫说,"最重要的是,我不想让亚当失望……里克声称这个进程无法阻止,如果干扰它我会背负巨大的压力。我为亚当担心,担心如果我们不按照里克的计划推进,他会做什么不好的事情。"

这份备忘录说,辛格通过"鬼鬼祟祟"和"倾向于敦促别人按他的

---

[1] CIF指代加州校际联盟,CIF学者运动员是由CIF颁发的面向高中四年级学生的奖学金,每年仅评选出两名(男女各一)在运动、学术和性格上均表现突出的学生。

路线走"来对形势施加压力。"里克就是这样运作的,"塞姆普雷维沃解释道,"他坚信一切在昨天就该完成。"

与此同时,辛格明确表示,"侧门"是亚当在乔治城的"唯一机会"。

11月,曾表示不知道他父亲与辛格的阴谋的亚当,收到了乔治城大学的一封信。信中说根据恩斯特的评估,他有95%以上的机会被录取。次年4月,亚当被正式录取时,塞姆普雷维沃收到了一张金钥匙世界基金会开出的40万美元发票。辛格随后打了一个电话,要求塞姆普雷维沃立即付款。他说,他不想为了钱而"追捕斯蒂芬"。这个电话让塞姆普雷维沃更加感到受到威胁。"听到他这么说真是吓人,"他告诉罗曼诺夫说,"所以我觉得自己被困住了,没有退路。"

"里克性格反复无常,我很怕他,"他接着说,"我一直在想,如果他爆发了,如果我们撤退,会发生什么?亚当会怎么样?他能进任何一所高校吗?我不知道。"

他开了支票。

不久,丽塔·塞姆普雷维沃在脸书上发布了一张照片。照片上,她、丈夫和两个儿子都面带微笑,穿着与之相配的乔治城T恤,并评论道:"要去华盛顿了……超级骄傲……Go Hoyas! [1]"

***

亚当·塞姆普雷维沃秋天在乔治城开始上课的几个月前,里克·辛格已经在为他与另一个巴克利学生家庭的下一个大型"侧门"计划打基础了。2016年4月,他和学校董事会的三个伙伴坐了下来:布莱恩·韦德斯海姆、亚当·巴斯和德温·斯隆。会议由韦德斯海姆和巴斯组织,他们已经认识辛格了,目的是把他介绍给斯隆。斯隆的长子在巴克利读高中二年级,正开始考虑申请大学。

---

[1] Go Hoyas是乔治城大学体育运动的口号,也是乔治城大学的毕业生见面的密码。——译注

尤其是韦德斯海姆，他是一位辛格迷，早在2009年就和辛格合作过，多年来一直在奥本海默的萨玛集团将辛格作为额外待遇提供给他的客户。他声称已经把辛格介绍给了圣路易斯公羊队前老板奇普·罗森布鲁姆，后者是在奥本海默的一次活动上听辛格演讲后聘用他的。然而，"校队蓝调"丑闻曝光后，罗森布鲁姆发表声明说："我们从来都不是韦德斯海姆先生的客户，我们与奥本海默15年来没有任何业务关系。最重要的是，和其他许多人一样，我们只是使用了辛格先生提供的合法大学咨询服务。"

那年春天，当韦德斯海姆加入巴克利董事会时，他向其他董事会成员介绍了里克·辛格的情况，并向董事会主席瓦莱里娅·鲍尔弗做了特别介绍。据说三人随后共进午餐，讨论让辛格来董事会发言，因为巴克利正在考虑改变学校传达的信息。韦德斯海姆后来说，他当时没有追求这个想法，因为"里克的见解不太相关"。甚至有人说要把他带到大学咨询部当顾问，因为他在让孩子们进入一流高校方面有着很好的业绩（这也从来没有实现）。一位知情人士告诉我说，韦德斯海姆还为巴克利的父母举办私人金融活动，并让辛格作为某种"配角"发言。韦德斯海姆和蔼可亲，碰巧是南加州大学的毕业生，辛格在他身上找到了另一个完美的目标——一个关系密切的财富管理者，也是洛杉矶最著名私立学校之一的家长。韦德斯海姆的触角伸得甚至更远，他在萨玛集团的一名员工杨秋雪向辛格介绍了一个中国家庭，辛格当时正把他们的女儿包装成足球特招生去耶鲁大学。这个计划将是他迄今为止最大的"侧门"计划：这家人将付给他120万美元。

正如一位知情人士所说："里克像开斯特拉迪瓦里斯[1]品牌店那样经营巴克利董事会，而布莱恩则是这家店的引路人。"

韦德斯海姆的两个孩子还不到需要辛格帮助的年龄，但斯隆很担心自己的儿子马泰奥，他觉得录取过程比自己曾经申请大学时复杂得多，马泰奥可能需要巴克利之外的更多帮助。据一位知情人士透露，斯隆一

---

1 西班牙女装品牌。

直以来都在保护他四个孩子中的老大马泰奥,他八年级入读巴克利时苦苦挣扎,之前马泰奥在意大利的一所学校,英语不算流利。马泰奥曾经在巴克利的第一代移民小组里,谈论他在学校的第一年是多么艰难,但他已经适应并成了一名坚强的学生。在高中时,他很受欢迎、充满活力。他是个"足球小子",在队里踢球,做了一些有趣的事情,比如在一次个性展示周[1]里,他脱下衬衫在头上挥舞。他还参加了一些预修课程。"他很聪明,"一名同学说,"我从没想过他需要帮助才能上大学。"

尽管如此,德温·斯隆作为一位精力旺盛的"大炮",似乎没有什么事情在他看来是进展得足够快的(在巴克利董事会,上他总是想做下一件事),他似乎担心儿子的前景。一年夏天,马泰奥在耶鲁大学参加了环境科学与工程领导力课程后,斯隆在谈话中随口说,虽然马泰奥有着丰富的经验,学到了很多东西,但他不太可能进入耶鲁大学。一位无意中听到这番评论的知情人士说,斯隆对他的儿子"有一种不安感"。

斯隆自己的大学之路是由勤奋和自力更生铸就的。他由母亲和继父抚养长大,母亲以前是职业滑冰运动员,继父上过医学院。高中期间,斯隆开始了自己的汽车设计业务,并从事建筑工作。从附近的查普曼大学转入南加州大学后,他继续兼顾自己的职责,在一家金融通讯社上夜班,在车里睡几个小时后出现在教室里。大四那年,他发明了一种可以在织物上作画的玩具。斯隆把它卖给了一家玩具公司,并用所得购买了一个具有多种服务功能的零售加油站。

继父曾经辱骂过他,也曾疏远他,但他向斯隆介绍了东方宗教,斯隆从小就到印度的一个道场朝圣,与精神导师萨提亚·赛巴巴一起学习。斯隆三十一岁时,赛巴巴告诉他,他的未来妻子将是谁:一位意大利石油公司高管的二十五岁女儿克里斯蒂娜·坎迪亚尼。他们结婚了。这对夫妇在洛杉矶起家,2005年搬到了意大利,斯隆在那里为他岳父的企业

---

[1] 个性展示周是西方流行的校园文化,一周五天每天都有不同内容的着装主题。学生们可以将自己的创意想法付诸实践,充分发挥娱乐精神,通过亲密互动彰显校园文化,增强彼此之间的认同感和向心力。——译注

工作。过了八年，他们生了三个孩子（第四个孩子那时还没出生），然后回到了洛杉矶。斯隆在那里进入了污水处理行业，获得了对社会负责的环境斗士的声誉。他耀眼的履历和慈善工作（他和克里斯蒂娜资助了印度孤儿院，并赞助了2015年在洛杉矶举行的特殊奥运会）使他们家成了巴克利的新星，他们对学校也非常慷慨。（克里斯蒂娜尚未在"校队蓝调"案中被指控。）孩子们被巴克利录取后不久，斯隆就给学校开了一张12.5万美元的支票，最终努力达到了百万美元捐赠者的水平，在巴克利赢得了青铜级别。当洛杉矶大型律师事务所布查尔特的总裁兼CEO亚当·巴斯建议斯隆加入巴克利董事会时，他接受了。

　　以捐款的形式炫耀金钱是学校的一项流行运动，学校的建筑物甚至教室上都刻有慷慨家庭的名字。音乐会和舞蹈表演的小册子上也都贴满了捐款家庭的名字，一年一度的巴克利博览会不仅是为学校筹款，也是为了让这些家庭的名字在显眼的地方展示出来。

　　5月，辛格应邀来到斯隆位于贝莱尔的豪宅，与斯隆夫妇和马泰奥坐在一起。这座价值340万美元的西班牙复兴建筑风格宅邸装满了斯隆拥有的19世纪风格艺术藏品，以及赛巴巴的纪念物。但辛格对谈论艺术和宗教不感兴趣，他马上开始做生意，向他们进行的宣传与塞姆普雷维沃一家如出一辙。他给马泰奥一些老派淳朴热情的指导，要求他努力学习，不要熬夜，不沾毒品。克里斯蒂娜对此特别欣赏，并为他的服务提供同样的价格：7000美元加上SAT辅导的每小时费用。斯隆一家对此印象深刻。

　　一个月后，辛格开始每月第三个周日去他们家和马泰奥一起工作。这一次，辛格更积极地从慈善角度切入，与斯隆在慈善事业上找到了共鸣，为他们之间更深层的联系播下种子。辛格谈到了自己的机构，以及该机构如何帮助那些无法接受昂贵教育的贫困儿童。反过来，斯隆也分享了他自己通过特奥会和联合国儿童基金会帮助孩子们的工作。辛格接着说，他将在未来一年半里与马泰奥共度大量私人时光，他并不会对所有客户都提供这样的服务，他将与大学招生部门合作，帮助马泰奥获得录取。作为交换,他说希望斯隆能为他的慈善事业捐款 20 万美元。此时,他没有提及任何大学,特别是任何体育视角,这纯粹是魅力攻势。

马泰奥后来对《华尔街日报》说,辛格"会向我爸爸献殷勤"。他接着说,在这段时间里,他正处在巴克利的论文培训课程中,和老师一起写大学申请书。他还参加了课外活动、体育活动和一些预修课程,与此同时,他还为 SAT 做准备,并与辛格一起工作。

几个月后,在 2017 年春天,辛格的腔调发生了变化。突然,马泰奥看起来不再是强有力的大学候选人。突然,他需要变得"更有趣"。辛格说,一种方法是把他定位为一名水球运动员。斯隆很困惑,因为马泰奥从没打过水球。但辛格很坚持,说这不重要,马泰奥可以接受训练,并解释说水球队有 40 名球员,不是所有人都参加比赛。马泰奥可以和球队一起训练,甚至可以成为球队的大使,因为他会说三种语言。

根据"校队蓝调"案的检方指控,此时辛格已经向斯隆提出了"侧门"计划,辛格给斯隆发邮件说,如果马泰奥通过这种方式申请乔治城,他不需要在巴克利获得"全 A"。他还告诉斯隆不要担心马泰奥会退出足球界,因为辛格会"为他创造一个故事"。在 1 月的一封电子邮件中,他直截了当地问斯隆是否"准备好了投入到金融'侧门'计划中"。

一直以来,辛格都在向斯隆力推南加州大学。尽管马泰奥说他对申请那里不感兴趣,而是打算回东部的学校参观,但辛格一直在推销南加州大学是他最好的去处,因为斯隆是校友,克里斯蒂娜希望马泰奥待在家附近。辛格告诉她,如果马泰奥去东海岸上学,他可能会在那里遇到一个女朋友,那就是结局——马泰奥不会再回来了。辛格更进一步,组织了一次南加州大学的参观,从而搞定了此事。马泰奥爱上了校园,南加州大学成了他的首选。

到了 6 月,斯隆对辛格的"侧门"策略所产生的任何疑虑都烟消云散了。他同意把马泰奥打造成水球特招生,并在亚马逊上为儿子订购了水球装备。然后,他让马泰奥在家庭游泳池里穿着装备扔球摆拍,抓拍动态照片。斯隆随后将这些照片通过电子邮件发送给一位平面设计师,以便对其进行处理，使得马泰奥看上去像是参加了一场真正的水球比赛。在平面设计师调整了图片后，斯隆回答说："哇！你搞定了！！！"斯隆随后通过电子邮件将这张照片发给辛格，问道："这样行吗？"

"是的，但是出水有点高——没人会那么高。"他回答说。

斯隆和平面设计师就这样来回修改。直到这位平面设计师说，如果进一步修改这幅图像，它看起来就会"100% 是假的"。随后设计师把一张新照片发给斯隆，斯隆把照片转发给辛格，辛格认为这张照片"完美无瑕"。

9月，斯隆去了贝莱尔酒店，辛格在那里向奥本海默的客户展示他的"CEO 兼大师级教练"大学招生广告。听到他讲话，斯隆心里明白，辛格的招牌货真价实。他帮助了所有这些富有而成功的大人物。他似乎没有什么不合法的地方。

接下来一个月，南加州大学体育部的唐娜·海涅尔向体育招生小组委员会提交了马泰奥的体育档案。在众多的虚构中，包括马泰奥曾是"意大利少年国家队"和"洛杉矶水球队"的"外线球员"。当马泰奥被南加州大学有条件录取时，辛格指示斯隆给南加州大学女子田径队开一张5万美元的支票。他说，一旦马泰奥在春季被录取，斯隆应当给金钥匙世界基金会寄一张20万美元的支票。次年1月，也就是马泰奥被正式接受的前两个月，史蒂文·马塞拉向斯隆发了一张发票，要求他付款。斯隆给辛格发了一封电子邮件，问他计划是否有什么变化。辛格回答说："我们正在让每个人都做好准备，我正在努力让钱到位，以便不耽搁南加州（大学）之后尽快做出确认。"

3月，马泰奥被学校正式录取。斯隆很激动，写信给辛格，并抄送他的儿子："我们要庆祝两次。第二次是官方正式庆祝。"然后他只给辛格写信，感谢他"辛勤的工作和不可思议的战略思考"。斯隆告诉他，自己"正在前往夏威夷的途中，所以我们回来后处理付款可以吗？"。4月11日，斯隆给金钥匙世界基金会汇了20万美元。

一切都进行得很顺利，没有任何问题，只是现在巴克利的一位大学顾问提出质疑。马泰奥被南加州大学录取后,曾在斯坦福大学担任招生官、掌管巴克利大学招生部的资深顾问朱莉·泰勒-瓦斯,与南加州大学的一位副院长兼招生主任柯克·布伦南交谈,后者提到了马泰奥的特招。泰勒-瓦斯很困惑,她说巴克利没有水球队。困惑被转达给唐娜·海涅尔,她告知了里克·辛格。然后,辛格写信给斯隆,警告他注意巴克利的招生团队:"他们了解南加州大学。"他接着解释说,"(他)在南加州大学的伙伴"打算重申马泰奥在意大利打过水球,以便掩盖没有高中水球队的事实。

"有什么问题吗?"斯隆回信说。然后三分钟后,他又发了一封邮件,向辛格发泄:"我又想了下,这太离谱了!考虑到学生隐私问题,他们无权打电话质疑马泰奥的申请。"

斯隆非常愤怒,后来他出现在巴克利学校,就泰勒-瓦斯对马泰奥申请的质疑与她对质,坚称马泰奥为意大利的一支水球队打过球。据一位知情人士称,这种行为在巴克利并不少见,"家长们把学校顾问当成做错了事的仆人"。

对泰勒-瓦斯来说,此局面似曾相识。几个月前,也就是2017年12月7日周四,她与杜兰大学招生中心进行了一次例行的对接,或者说是"宣传"电话,以了解那些提前申请的巴克利孩子们的情况。野火在城市里肆虐,巴克利从技术上讲是关闭了,但考虑到提前录取的决定将很快出结果,泰勒-瓦斯来到自己的办公室打通了一些电话。正如《名利场》第一次报道的那样,杜兰大学的招生官对巴克利的一名学生表示特别惊讶。泰勒-瓦斯能告诉他们更多关于玛丽·巴斯的情况吗?(玛丽是化名。)她是一位非洲裔美国第一代大学生,考试成绩很好。泰勒-瓦斯认识玛丽,但她既不是非洲裔美国人,也不是"第一代"。她是巴克利学校董事会成员亚当·巴斯的女儿。

据一位知情人士透露,泰勒-瓦斯挂断电话后,和巴克利的同事开了个电话会议,讨论下一步该怎么办。有人担心,一份伪造的申请书可能会对学校其他学生的申请产生影响,大学会进而怀疑任何写有巴克利名字的申请。她和同事们想谨慎处理这种情况。

巴克利决定调查玛丽递出的其他早期申请（给乔治城大学和洛约拉马里蒙特大学的申请）里是否有虚假信息。时任巴克利大学咨询部副主任的乔·布拉斯伯格后来联系了乔治城大学。这次电话揭示了玛丽在乔治城的申请书中对自己的种族和父母的教育水平有着相同的杜撰，更进一步的是，她被定位为一名网球特招生。当乔治城大学得知申请表是假的，而且玛丽实际上不是网球运动员时，他们说会仔细进行自查。（亚当·巴斯还没有受到"校队蓝调"案的牵连。）

现在还不清楚接下来到底发生了什么，但恩斯特似乎联系了里克·辛格，提醒他乔治城正在进行审查，因为那天晚些时候，辛格打电话给玛丽，根据巴斯家族后来发布的一份声明，辛格告诉她，如果乔治城问她是不是网球手，她应该说是。玛丽拒绝了，她和父母试图登录自己的通用申请账号，却发现他们无法登录。从米凯拉·桑福德那里得到密码并登录后，他们看到了提交的谎言。亚当·巴斯随后打电话给当时巴克利的校长詹姆斯·巴斯比，说玛丽的申请有问题。据一位巴斯家族身边的知情人士透露，他们"不知道巴克利和杜兰大学的官员在12月7日就女儿的申请通了电话"，他们是在12月8日辛格打来电话时，才了解到与他有关的问题。

巴斯一家就在那个周末开始与巴克利合作，写信给玛丽申请的学校，以便道歉并澄清事实。在此之前，巴克利招生小组并不知道里克·辛格是她的独立顾问，也不知道他用她的密码填写了她的申请表。巴斯夫妇从未分享过这个信息。辛格与此事的关联被揭示时，学校的反应是：见鬼。

巴克利已经和辛格发生了一次令人不安的争吵。大约一年前，辛格伪造了另一名学生的大学申请，进入他的通用申请账号并亲自替他填写申请书。当这名学生试图用这个账号自己写申请书时，他发现自己无法登录，因为辛格修改了密码。当泰勒-瓦斯与辛格对质时，他承认了此事，但说这是他公司的"标准做法"，因为他们有太多的申请书需要跟踪。他做出了道歉，问题似乎消失了。但这一事件促使巴克利致信家长，警告他们应该提防辛格，而且不应当把孩子的密码和大学申请的登录信息交给任何对之进行索取的独立大学顾问。巴克利的心态并不是告诉家长不要聘请外部顾问，因为学校知道这无济于事，但学校强烈建议家长依赖学校内部团队，就算他们选择聘请其他人，至少要告诉内部团队实情。

在玛丽·巴斯申请造假的消息传出后几天内，乔治城大学勒令恩斯特休假，并与外部律师一起对这位教练展开调查。学校还怀疑恩斯特特招的另一名学生的资历。（根据乔治城大学的一份声明，基于调查，乔治城大学"制定了一项关于招募学生运动员的新政策"，并"实施审计，以检查被招募的运动员是否在球队名册上"。恩斯特在2018年7月被要求辞职。）辛格对此事的借口是，他的员工中有人在玛丽的申请表中输入了虚假信息，他很抱歉。但他已经危及了玛丽早期申请的高校的命中率，乔治城和杜兰大学都没有录取她。

与此同时，在德温·斯隆因为泰勒-瓦斯胆敢怀疑儿子的水球证书而对其大发脾气后，唐娜·海涅尔给南加州大学招生部的柯克·布伦南发了一封电子邮件，说马泰奥在洛杉矶一家私人俱乐部打水球。她说，在夏天，马泰奥曾为"意大利青年队"效力。

她写道："我不知道巴克利的人是不是不知道他的参与。"

布伦南回答说，他会把信息转给巴克利，并指出学校"似乎异常怀疑"。

辛格随后通过电子邮件向斯隆发送了一份脚本，如果巴克利提出任何问题，可以使用该说辞。他指示他继续保持愤怒——"他们为什么要怀疑??"，并说"自从马泰奥夏天在意大利参加水球比赛后"，斯隆一家就与南加州大学的水球教练约万·瓦维奇和他妻子丽莎建立了"亲密关系"，斯隆解释说，瓦维奇在海外度过暑假，训练并招募球员。

***

欺诈并没有就此结束。几个月后，斯隆在一次电话里告诉辛格，当南加州大学发展办公室的一名成员打电话给他,想知道他对女子田径的不同寻常捐赠时,他告诉他们,"呃,我妈妈,我母亲是奥运会运动员,她去年刚刚去世"。

"你是最棒的。"辛格说。

这个诡计奏效了,马泰奥顺利进入南加州大学,在那年秋天以 2022 届身份入学。到了那个时候,巴克利还有其他更大的不利因素要处理。有消息说,亚当·巴斯和其他五名董事会成员向校长请愿,要求修改他们孩子的成绩(玛丽的数学成绩从 C+ 改成了 B+)。2018 年 2 月,当消息泄露给学校社区时,引起了轩然大波。学生们罢课进行抗议,并组织全校静坐示威。一些孩子注意到,玛丽已经不来上学了。学校召开了一次大会,董事会成员们和詹姆斯·巴斯比回答了学校礼堂里愤怒的学生的问题。最终,巴斯比被迫辞职,尽管对此事的调查没发现他做错任何事,对成绩的修改也是获得批准的。巴克利身陷火海。

但从巴克利得到了所需东西的辛格,早已向前进发。

第九章　不要作弊

"你哪一所大学也进不去。"

里克·辛格改变了口风。那是 2018 年春天，他和杰克·白金汉合作了一年，帮助他变成更有吸引力的大学申请者，杰克是青年品牌专家兼洛杉矶社交名媛简·白金汉的儿子。

一年前，辛格在聘请过他的一位家长的引荐下初次来到这个家庭时，杰克是名校布伦特伍德高中二年级的学生。他又高又壮，和母亲一样一头金发，是布伦特伍德足球队的守门员。他很受欢迎，为人风趣，却算不上学术达人，尤其是在一所孩子们为了保持 4.5 的 GPA 而疲于奔命的学校。布伦特伍德在外的名声是严格程度和学术要求上不如哈佛西湖学校（后者的校长名为迈克博士），但它更像是权力玩家们的上流社会堡垒。美国前财政部长史蒂文·姆努钦的孩子们就读于这所学校，而且布伦特伍德的董事会成员包括卡莉斯塔·弗洛克哈特和兰斯·米尔肯，后者是前垃圾债券之王、亿万富翁迈克尔·米尔肯的儿子。"那是穷人版的哈佛西湖，只不过那儿没有穷人。"哈佛西湖的一位家长评论道。另一位洛杉矶家长说在这所学校里财富因素位于"最高层"，他还半开玩笑地说没有私人飞机的家庭没必要申请这所学校。这所学校在 2016 年声名狼藉，因为一群主要是白人的学生在 Snapchat 上发布了他们在一位洛杉矶亿万富翁的游艇上开派对的视频,他们唱着速可达福星[1]的一首饶舌歌曲《垃圾堆,垃圾堆》,里面充斥着 N 开头的词语[2]。布伦特伍德的其他学生将这个视频发布到网上后,该视频被疯传。

在布伦特伍德,白金汉认为杰克的成绩是个问题,她担心他的成绩单在大学招生官眼中看起来如何。曾就读于杜克大学的白金汉倒没有一心要让杰克上一所精英大学,她常常向身边人开玩笑说她的孩子们(她还有一个小女儿莉莉亚)"永远也进不了哈佛"。但是她想让他上大学,当杰克说他对南卫理公会大学和南加州大学感兴趣时,她决心全力以赴帮他进行申请。(此叙述基于白金汉与身边知情人士的私下对话。)

就像在洛杉矶所有的私立高中一样,在布伦特伍德,人们争先恐后地为孩子安排独立大学顾问。早在孩子读高中一年级时,家长们就已经开始担心如果自己行动不够迅速,独立顾问会被一抢而空。布伦特伍德的家长们私下议论说,学校自己新聘的大学顾问团队只会全力关注尖子生和垫底生,你的孩子如果处于中流水平,就会被忽视。因此,家长们认为他们需要为自己的孩子带来专属的拥护者和战略专家。白金汉正在观看杰克的一场足球比赛时,一位朋友问她聘请了哪位大学顾问。她大吃一惊:"什么?我以为不到三年级没必要找大学顾问,"她说。"噢,天哪。"那位女士说,告诉她实际上二年级开始做这件事已经被认为迟了。这位女士随后给了她辛格的名字,说其他朋友正在聘请他并对他赞赏有加。她在苹果手机上向白金汉分享了辛格的联系方式。

辛格初次来到她家就和她儿子一拍即合,白金汉感到很高兴。和大部分高中生一样,杰克对于自己的生活中出现一位新的辅导老师并不感到兴奋,然而辛格迅速融入并立即开始与篮球迷杰克谈论起了体育。他们俩开始列举篮球数据,辛格一度不经意地提到他是萨克拉门托国王队的共同所有者。这是个谎言,然而没有人知道这一点,并且它使整个场

---

[1] 小达罗德·达拉德·布朗·弗格森,又名速可达福星(ASAP Ferg),是美国纽约市哈勒姆区的歌手和作曲家。——译注
[2] 这首歌的歌词里有很多贬低黑人的"nigga"一词。——译注

景看起来好得令人难以置信。

白金汉在客厅里听到辛格和她儿子聊天时,不禁感叹自己能找到这位大学顾问是多么幸运。她同意和辛格谈谈,只是因为辛格愿意来到她位于比弗利山庄的家中进行初次会面。她还得到了另外一位大学顾问的名字,但是他的办公室在布伦特伍德,白金汉不可能在工作日下午3点应付着洛杉矶的交通去和他碰面,更不用说还得努力拖着一个不急于进行升学咨询一事的儿子同行。

白金汉一头金发,像小鸟般可人,一脸灿烂的笑容时而显出同理心,时而带着表演性,很容易被人误认为是比弗利山庄真正的家庭主妇,她甚至会拿这个自嘲。她总是不吝拥抱和飞吻,乐于举办庆祝会和婴儿洗礼派对[1]。她也是派对筹款人,一位理解"既要关注别人也要吸引别人关注"的道理的人,据一位朋友说,白金汉的品牌一直是"完美的"。尽管白金汉身处一座被光鲜和亮丽定义的城市,但她似乎哪样都不缺。她创办的公司被好莱坞一家人才经纪公司收购。她价值700万美元的豪宅里遍布着令人印象深刻的当代艺术。她的孩子们富有创造力且成就非凡:莉莉亚是Instagram上的超级明星,和《美少女的谎言》(*Pretty Little Liars*)作者萨拉·谢泼德合写了一本关于青少年网络红人的小说[2]。在前不久刚刚结束的婚姻中,她有着一位同样具有魅力的丈夫马库斯·白金汉相伴左右,他是位魁梧性感的英国人,是成功的励志演说家和畅销书作家。对于朋友们而言,简和马库斯是一对拥有终极权力的夫妇。他们不仅好看,而且富有。他们是有想法的人,深思熟虑且富有创造力。"他们讨论趋势、世界如何运转以及一切。"一位朋友说。

她的朋友中有很多是制片人和经纪人的妻子,或者本身就是制片人和经纪人。在这群人当中,白金汉是那个知道哪里可以买到最好的面霜和最好的手提包、城里"最好"的小学是哪一所的人。("当你有了孩子,你必须去那个中心。"当白金汉自己的两个孩子都在那儿注册时,她告

---

[1] 专门为准妈妈和即将出生的小宝宝准备的庆祝派对。——译注
[2] 该书名为《影响》(*Influence*),2021年7月由美国达顿出版社出版。

诉一位朋友。）她的社交天分使她在自己涉足的好莱坞圈子里得心应手。"简总是能认出房间里最重要的人是谁，"另外一位朋友说，"走进一个房间时，她清楚在离开前需要去攀谈的两个人是谁。"她既是一位勤奋的CEO，又是一位体贴而忠诚的朋友，她的主要缺点在于太过关心周围的人，尤其是她一直溺爱的孩子们。这部分是因为白金汉自己的成长经历太过动荡。她由纽约市一位单身的职场母亲抚养长大，母亲几乎没有钱支付账单，在白金汉大学毕业后突然去世。她就读于一所精英私立高中霍瑞思曼学校，她和弟弟经常被叫去校长办公室，被告知如果母亲再不付学费，他们就无法继续上学。

"因为她的母亲常常不在身边提供帮助，所以简必须成为这样一位成功的职业女性，但是她也想成为亲力亲为的母亲，"另一位知情人士称，"我认为她在那方面做得已经很不错。显然，她并不完美。"

从高中以来，白金汉一直痴迷于青少年行为，那时她写了一本名为《青少年畅所欲言》（*Teens Speak Out*）的书，书中调查了她的同龄人对于性、职场女性以及其他问题的看法。从杜克大学毕业后，她进入了广告业，继续将她在市场研究中学到的新技能和自己的热情结合，创办了趋势预测公司"青年情报"，该公司发布了内部通讯《卡珊卓报告》（*Cassandra Report*）。2003年，这家公司被创意艺人经纪公司（CAA）收购，消息登上头条，使得白金汉一跃成为好莱坞商业和社交圈的核心人物。她现在住在洛杉矶，开始为青少年写建议书籍，以及现代女孩指南系列丛书。在这个系列中，她满怀自信地为一些事情提供建议，例如在《现代女孩棘手情况指南》（*Modern Girl's Guide to Sticky Situations*）中，指导读者"在头痛、酸黄瓜、堵车和日常紧急情况中幸存"。这些书被改编成现已不存在的Style电视台的一个剧集，进一步提升了她在娱乐业的信誉。2009年，她创立了一家青年市场营销和消费者洞察公司"时代趋势"，并与电影工作室和制片人合作，告诉他们需要如何调整系列电影以更真实地反映青少年文化，或者为什么某个演员已经过气。在杰克入学前，布伦特伍德学校甚至曾聘请她来帮助他们改进自己的信息发送系统。

随着文化对于千禧一代的痴迷升级，白金汉乘风破浪，在她已经研究了数十年的主题上启发了世界。2016年，她做了一场关于千禧一代应享权利的演讲，在其中说："这不是他们的错，而是你们这些父母的错，当你们因为他们学会用幼儿便盆就给一颗金星奖励时，当他们没有参与活动就能获得你们的奖杯时，当你们在他们生命中的每天里都不停地说他们有多棒时，这样的事情就会发生。"

"现在，十年后，"她继续说，"我们生他们的气。我们自食其果。"

尽管在谈论孩子的话题时她洋溢着和睦与权威，白金汉对于自己的孩子，尤其是杰克，却感到极度的不安和内疚。杰克在儿童时期出现了口吃问题，她认为这是由自己总是工作太忙而导致。从纽约搬到洛杉矶时，她在创意艺人经纪公司全职工作并写书。她的助理不得不提醒她离开办公桌去吃午饭。这是在洛杉矶，毕竟不是纽约——闲聊是工作的一部分。白金汉总是想到自己的童年，尽最大努力去做一位在场的母亲，做接送孩子的人，但这并不总能如愿，她担心儿子因此承受痛苦。听到老师们说起杰克和莉莉亚的学习障碍后（后者表现出数字阅读障碍的迹象），白金汉在杰克上七年级时让两个孩子接受了一位神经心理学家的测试，结果两人都被给予了特殊照顾。就杰克而言，如果需要，他能延长考试时间，上课可以用键盘——因为精细运动技能不足，他的手写笔迹非常糟糕。

到杰克上高中，和大学申请近在咫尺时，更多的混乱出现了。马库斯在2016年宣布要离开，为不体面的离婚做准备。根据法律文件和白金汉身边友人的透露，马库斯搬出去后仍保留着共同监护权，但很少看望孩子们——在这个家庭尽力重新适应和找到方向时，杰克和莉莉亚在白金汉的房间里和她一起睡了两个月。杰克开始在学校遇到麻烦。他的成绩一落千丈。（马库斯·白金汉在"校队蓝调"案中没有受到指控，他拒绝发表评论。）

接着辛格出现了。突然有了这样一位既是教练又是家长的人物，可以帮忙控制白金汉生活中至少一处混乱。他能够和杰克交谈，监督他的功课，帮他把事情带上正轨。初次见面时，辛格以一种对后者负责的态度和杰克进行了男人间的对话，既鼓舞人心又严厉有加。白金汉想，杰克就需要这个。

"杰克，"辛格说，"让我们来谈谈你的成绩。你想把这个 B 提高到 B+ 吗？或者我们能不能拿个 A —？这门课如何？我们能把分数提上去吗？"

"我打算每个月和你确认一次，"他继续说，"我们要看看这些成绩有何变化。我们要把成绩提上去。你的母亲没法替你做这件事，没有人能替你——只有你自己能。"

他还提出想法，让杰克说自己想成为一支运动队的管理员，作为助力大学录取的办法。他说，每支校队都需要一位管理员，考虑到杰克热爱体育而且本人就是运动员，又如此精通统计数据，他将会成为理想的候选人。白金汉对此印象深刻——她以前从未考虑过这一点，当辛格后来让她发一张儿子踢足球时的"动作图片"，以便帮助他申请成为管理员时，她默许了。（后来，这张照片被认为用来将杰克包装为一名特招足球运动员，但是白金汉身边的知情人士称白金汉从未与辛格讨论过此事。）

见识了辛格对大学申请丰富的知识和精通程度，并目睹了他与杰克的关系之后，白金汉身陷其中，无法自已。她对他滔滔不绝："你是我的英雄。你是我的救星。告诉我要做什么，我会照办。不胜感激。"

辛格离开后，白金汉问儿子的想法，她心里想着最坏的结果。她被迷倒了，那么他呢？"他是个很酷的家伙，"杰克说，"我很高兴与他合作。"

***

到 2017 年简·白金汉遇到里克·辛格时，有关这位大学顾问的传言已经传遍了洛杉矶几乎每一所私立高中的家长。这就是辛格在萨克拉门托的效应，只是乘了十倍。这是一个更大、更富有、更急迫的父母群体,他们非常关心地位和向邻人看齐,无论是聘请"最好的"大学顾问,还是将他们的孩子们送去最好的学校。洛杉矶最富有的口袋同时也是育儿不安全感的温床。这些家庭长时间聘请家庭教师,把各个科目外包指导——私人长曲棍球教练、西班牙语辅导老师——父母在为他们的孩子提供建议时往往不愿意相信自己,他们习惯了请专家来做。进入了这个环境的辛格,不仅在巴克利取得了进展,还进入了哈佛西湖、马尔伯勒、玛丽蒙特、布伦特伍德、十字街和洛约拉高中。(他在这些学校的交易并非全部不合法。)

然而,在"辛格非常了不起"这样的喋喋不休中,穿插的是越来越多说他"肮脏"或"腐败"的评论——他会说或做奇怪的事,在一个案例中,他要求一个家庭在(白人)学生的大学申请里,说他们的孩子是非裔美国人。(他们拒绝了。)白金汉有一天看到杰克的通用申请账号时感到惊讶,因为辛格在其中写到杰克在美国军人之后基金会[1]当志愿者。杰克在非营利组织中做过许多志愿者工作——这是他母亲鼓励他去做的事情——但并没有为军人之后基金会做过志愿者。她提醒了金钥匙世界基金会的某个人,认为他们错误地输入了信息,她想着杰克的申请信息可能另属他人,但是后来再也没有多想过。事实上大多数情况下,家长对辛格方面出现的任何警示信号或违规行为不屑一顾,并继续与他合作,将其归结为他对发挥自身最大价值的过分热情,并仍然认为他是他们可以找到的最佳大学顾问。

有些家长见过他之后立即因为他的傲慢而失去兴趣,就此结束。他们会另聘他人。有一个聘请了他的家庭又解聘了他,因为他每次和孩子见面都会把他们的孩子严厉责备到落泪,说她需要更加努力地学习。然而对于那些中了辛格魔法的人来说,他们看到的只是:魔法。

某些情况下,那些摔得最惨的人是母亲们,就像白金汉一样。这些女性天生就是看护者、溺爱者和担忧者。她们常常因为现代育儿的要求

---

[1] 美国军人之后基金会旨在扶助在岗位上牺牲的军人的孩子,让军人无后顾之忧。

和标准而感到非常苦恼：无穷无尽的选择，太多她们被同龄人视为做"错"了的方式，无论是为她们八岁的孩子选择了在 Yelp[1] 上不太受欢迎的舞蹈工作室，还是公开喂她们的学步儿童吃非有机草莓。父亲们当然也能够感受到这些压力，但总体来说还是母亲们在谈到育儿时为细节和不断变化的时代精神而焦急。豆浆还是杏仁奶？基于游戏还是基于学术的幼儿园？三岁还是五岁踢足球？压力始于孩子一出生甚至更早时，孕期可能是母亲最为自我怀疑和焦虑的时期，但它会持续，直到小学、中学、高中，这也解释了为什么像贝齐·布朗·布劳恩这样的育儿权威人物拥有持续二十年的"婴儿小组"。

与辛格所掠夺的父亲们不同，对于辛格与金融机构的联系、他在哈佛的人脉、他声称曾被奥巴马夫妇聘用过的情况，这些母亲并没有那么钦佩有加。她们在他身上发现的那些吸引她们的东西，在于他是最高级的看护者。她们可以卸下部分她们厌倦已久的育儿方面的负担，把它交给辛格。他可以精心安排那些在孩子的生活中积累了十六七年的细节。更不用说，他一周七天、每天24小时都有空——在短信里、在邮件里、在电话中——并且愿意聊天。他归根结底是一位朋友、某种家庭成员、一位他们能够信任并且相处舒服的人。不像那些对她们提出要求的人——老师、教练、同事、合作伙伴；所有人——辛格给了她们喘息的机会。

一位硅谷家长伊丽莎白·亨利克斯向辛格支付了40万美元，让两个女儿通过造假被大学录取，她在被捕后的一封信中写道："我满脑子想的都是这个问题：我是个好母亲吗？我怎样才能成为一个好母亲？"亨利克斯认罪并被判刑，她的行为被归咎于她"对女儿深厚而无条件的爱"，一种在辛格的影响下变得"扭曲"的爱。伊丽莎白的丈夫曼纽尔也被指控并认罪，但尚未被判刑。

这种让费莉西蒂·霍夫曼也会常常思考的理念——过度保护、容易受伤的母亲，尤其是"好母亲"的理念，很少被套用在父亲身上，至少

---

1 Yelp：美国著名的商户点评网站，类似于中国的"大众点评"。——译注

不具备相同含义。母亲被认为天性善良,在道德正直、培养爱心和关怀方面是模范。她们付出,她们施爱,她们保护,她们偏袒。然而正如霍夫曼指出的,这种形象背后是一个不切实际的理想在起作用,它是这样一种感觉:母亲不能只是普通人,她不能犯错。父亲可以去耍流氓,酗酒,晚归,一切都会被原谅,顺便说一句,这样的行为还被认为是意料之中。但母亲不能这样。忘记不完美。如果一位母亲的爱真的扭曲了会怎么样?溺爱过度怎么办?当母爱走向不太好的方向又该如何?

母亲对于孩子上大学的焦虑,不总是为了确保孩子进入"正确"的学校从而保护社会地位,尽管在某些情况下确实如此。通常,它更多的是为了保护孩子免受痛苦和失望,这些是有强迫症、尤其是极度缺乏安全感的母亲无法忍受的。就好比孩子非常渴望上某所大学,于是母亲觉得有必要为他实现这一目标。母亲甚至可能表现出一种和孩子们的相互依赖,她们的关系如此深刻而紧密。一位私立学校前管理人员说,母亲经常在说起大学申请时仿佛这是一种共同的行为,比如"我们进入了布朗!"或"我们正在申请纽约大学"。

并不是说父亲们就没有愧疚感———一位母亲曾告诉我,一位父亲打开了女儿收到的关于是否录取的信函(来自他母校耶鲁大学,当时通知书还通过邮件寄送),当女孩走进来时他正在哭。她被拒了。"所以,其一,他打开了她的信,"这位母亲说,"其二,他夺走了她反应的机会。"

辛格迅速摸清了母亲们的不安全感并向她们靠拢。以简·白金汉为例,他会经常称赞她的育儿方式,说:"很明显你是一位伟大的母亲。你爱你的孩子们,你的孩子们也爱你。"其他时候,他利用她是一位魅力四射且刚刚恢复单身的女性这一事实,和她以近乎挑逗的方式聊天。

***

大约在白金汉进行有关千禧一代演讲的同时,费莉西蒂·霍夫曼在镜头外通过她名为"搞什么费莉卡?"(What the Flicka? ——Flicka 是霍夫曼从小到大的昵称）的网站，成为一名反直觉的 DGAF[1] 妈妈专家。她于 2012 年创办了该网站，就在她大热的剧集《绝望主妇》（*Desperate Housewives*）——她因此赢得了艾美奖——播出之后。霍夫曼意识到有许多女性和她在剧中的角色——忙碌的职场母亲勒奈特·斯加沃——产生了共鸣。为什么不去迎合那个群体，给自己一个新的营销平台，更不用说这是一个她可以发泄和吐槽现实生活中育儿悲伤的地方呢？

霍夫曼一直公开表现出身为两个女孩的家长的焦虑，这两个女儿是她和同为演员的丈夫威廉·H. 梅西所生。他们的两个女儿很早就被诊断为患有学习障碍，这更增加了她的担心。正如她在一份法律文件中写的："从我的孩子们出生的那一刻起，我就因为她们有我这样的母亲而担心。我拼命地想把这件事情做对，又非常害怕出错。我自身的恐惧和缺乏信心，加上一个被诊断有学习障碍的女儿，常常让我从一开始就缺乏安全感，并高度焦虑"。

在霍夫曼的案件中，梅西写信给法官说，他的妻子"从来没有轻松地当过母亲。她总是努力在专家意见和她的常识之间寻找平衡"。

费莉西蒂和梅西的大女儿索菲娅尤其令人担心。索菲娅四岁时，"她甚至光脚穿过一片草坪就会失控"，霍夫曼在写给法官的信中说。"光是她衬衫上的标签就会引发二十分钟的崩溃。她不知道如何和其他孩子玩耍，最经常的情况是她无法入睡。"

索菲娅最终被诊断为患有感觉调节障碍，这意味着她对周围的环境反应过激或者反应不足，并且无法调节自己的情绪。在接受了一位神经心理学家的测试后，她在学校里获得了特殊照顾。

像白金汉一样，霍夫曼也是一位职场母亲，与此同时强烈渴望成为亲力亲为的家长。她的父母在她很小的时候就离了婚，但是她说她母亲在有孩子之前就参演戏剧，母亲总是支持她，从她小时候在科罗拉多州阿斯彭的时候就去观看了她参演的每一部戏。然而她母亲常常外出，霍

---

[1] DGAF 是 Don't Give A Fuck（我他妈的不在乎）的缩写，表示有多不在乎任何事，同时也可以作为一种生活方式，表示不在乎任何人或任何事，只是做你自己。

夫曼说过她是由六个姐姐抚养大的，她还有一g哥哥。霍夫曼的家族很有钱——她的外祖父帮助成立了投资银行公司摩根士丹利，他父亲是这家公司的合伙人。她得以进入佛蒙特州的寄宿学校，在洛杉矶的巴克利学校短暂停留，随后在密西根的因特劳肯艺术学院完成了高中学业。

在纽约大学学习戏剧期间，她结交了一群和剧作家大卫·马梅合作的演员，其中包括梅西，他在马梅的表演工作坊教授表演。这群人接下来成立了大西洋剧团，霍夫曼和梅西成了终生的艺术搭档和人生伴侣。从一开始，两人就是天生一对。梅西在戈达德学院上学时遇到了马梅，该学院是佛蒙特州的一所小型进步主义学校。据纽约一位认识他们夫妇的演员说，梅西是随和的嬉皮士，而霍夫曼则是"A型完美主义者"。他们在一起后，梅西不再吸大麻，或者说吸得少了些，和新女友步调一致。对于霍夫曼而言，梅西是年长而更睿智的导师，用她的话说是一位"大神"，他的表演经验更丰富，并指导她演戏。

到了20世纪90年代中期，他们结婚了。梅西在科恩兄弟的电影《冰雪暴》(*Fargo*)中扮演主角，开启了他在好莱坞事业的宏图。这对夫妇如今生活在洛杉矶，同时出演电影和电视剧。对于霍夫曼而言，成功是循序渐进的。她出演过《欢乐一家亲》(*Frasier*)的剧集，出演了美国广播公司广受好评但短暂的由艾伦·索金执笔的剧集《体育之夜》(*Sports Night*)。然后在2004年，《绝望主妇》首次登场，一切都改变了。"我长时间拍摄，一周远超过三四十小时，"她说，"周末的时候要做宣传。我从来没有在周末休息。那是一个非常紧张的时期，真正有趣的时期。"然而负面的情况在于，她说她"因为母亲身份而精疲力竭"。

事实上，她在接受电视学院的采访时说，自从有了孩子，她每次参与电影和电视剧工作都会产生"大量的母职愧疚"。2004年拍摄《穿越美国》(*Transamerica*)这部让她获得奥斯卡提名的影片，意味着飞往纽约参加为期一个月的彩排，留下两个未满四岁的孩子在家。她为《绝望主妇》试镜，意味着下午5点女儿们还在浴缸里时她就要离开家。"我说，'我必须振作起来'，"她说，"孩子们在哭，因为我要走了。"

她的感情渗透到了该剧的编剧房间[1]里。"我想是在第二季里，（勒奈特）在足球场上的那个场景，在她一直服用利他林[2]试图跟上做母亲，试图跟上孩子的步伐之后。她经历了一次崩溃，由她的朋友们陪伴着，"霍夫曼说，"她谈论着：'我感觉自己是个糟糕的母亲。我感觉没有我，孩子们会过得更好。'

"那些感觉都来自我自己。我当时想，'这就是我当母亲的感觉。我为我的孩子们有我这样的母亲而深感难过'。"

在"搞什么费莉卡？"网站上，霍夫曼把玩着这种情感，将自我怜悯变成了自我伤害式的幽默。"我进行自我解放的第一步就是将'好妈妈'这个词等同于'混蛋妈妈'，"她在2016年6月写道，"因为那就是我们正在对自己做的事，也是让别人对我们做的事，恶毒又卑鄙。我们真是见鬼了。"

她将自己展示为母爱游戏中的幸存者，一位不完美的战士，愿意揭露自己的疏忽和违规行为，各个地方的母亲都愿意与她一起坐下来，疲惫地举杯饮红酒，庆祝勉强及格的行为。"如果我们的孩子在十八岁时还活着并且成了体面的公民，"她有一次发帖说，"我们都应该得到一枚该死的奖牌。"

在另外一个帖子里，她承认："作为一名家长我已经犯了太多错误，事实上一想到这件事我就感觉恶心。"

该网站兜售诸如印有"我今天不能成人"和"并非不是红酒"的马克杯，或者写着"足够好的妈妈"的手机背景图片。像《B—的祝福》(The Blessing of a B Minus)这样的书得到吹捧，此类书警告读者不要过度养育，并让孩子们去实现不可能的理想。

无论她在网上如何兜售对于母亲身份满不在乎的态度，现实生活中她很少这么做。梅西曾说她经常寻找育儿专家，既包括有着让她羡慕的孩子的朋友们，也包括专业人士。读完《放下孩子》(The Blessing of a

---

[1] 一档美剧通常由多个编剧合作完成，编剧房间即多个编剧一起完成剧情的地方。
[2] 一种中枢神经系统兴奋剂的品牌，该药剂用于改善使用者的情绪和专注力。

Skinned Knee）一书后，她找到了该书作者温迪·莫戈尔，并连续多年向她请教。索菲娅就读于洛杉矶市中心一所公立表演艺术学校洛杉矶县艺术高中时，霍夫曼和梅西常常露面，积极参与学校活动，利用他们的影响力帮助学校筹款。这所学校免收学费，依赖于家长们的参与。它也依赖于捐赠，霍夫曼和梅西给支持学校的基金会捐了两万美元——其他捐助者包括弗兰克·盖里，保罗·托马斯·安德森，以及索尼和迪士尼。[1]梅西主演了一段宣传学校的视频，一天晚上，他和霍夫曼甚至在他们好莱坞山价值380万美元的家中为洛杉矶县艺术高中的孩子们举办了一场派对。Popeyes炸鸡送来了，梅西是那位酷爸爸，和几个吉他学生一起弹吉他，跟大家开玩笑。"你们最好当心——人们要开始变得疯狂啦！"他开玩笑说。与此同时，霍夫曼警惕地站在门口，进行筛查以确保没有非洛杉矶县艺术高中的孩子们进来。"她很紧张，"一位在场的人说，"她明确表示她不想任何非这所学校的人来参加派对。"

洛杉矶县艺术高中可能没有像哈佛西湖学校那样的学术强度，但它也有自己极富竞争精神的文化。就像在影响广泛的艺术高中电影《名扬四海》里一样，孩子们可能在吃午餐时突然唱起歌跳起舞，他们还可能为了毕业那年的试镜而累坏自己。学校中有众多舞台父母，他们试图让孩子成为学校作品中的主角，希望他们在学校烘焙义卖会上付出的时间得到回报。在能够负担得起声乐、舞蹈和表演辅导老师以使孩子在比赛中保持领先的家庭与不能负担这些的家庭之间，存在着一道特权鸿沟。与此同时，学生们都关注着同一批精英艺术院校：茱莉亚学院、耶鲁戏剧学院、卡内基梅隆以及加州艺术学院，这些高校相当于表演艺术界的常春藤盟校。结果造就了一种"狗咬狗残酷竞争"的文化，一位前洛杉矶县艺术高中学生如是说。

在全国联合试镜日，诸多大学在酒店开设专区，让毕业生们前来试镜，令人备感压力。"我有认识的人试镜多达二十至三十次，"这位前学生说，

---

1 弗兰克·盖里，美国著名建筑设计师，普利兹克奖得主。保罗·托马斯·安德森，美国独立电影导演。

"他们非常害怕高中毕业后无法立即进入大学。这在艺术界是重要的身份象征，因为这不像是'噢，我的成绩不够好'或是'我现在还不够好'，这是'我的天赋不够好'。"

另一名毕业生卡米洛·埃斯特拉达说，学校设置了一面墙以增加压力，让毕业生选择放置他们的大学录取通知书。"这是一块软木板，孩子们可以把录取了他们的学校钉在上面，"他说，"我记得我在想，哦天哪，有人进到这所了吗？也许我应该申请那所。这绝对是一种压力。"

索菲娅·梅西在洛杉矶县艺术高中不需要沾父母的光。作为学校戏剧部的成员，她在学校的作品中已经获得了许多重要的角色，包括《春之觉醒》(Spring Awakening)的主角，以及在蜘蛛侠独幕剧中扮演玛丽·简一角。认识她的学生们说她的父母是谁无关她的成功，她拥有真正的天赋。

然而为了让她顺利通过大学录取过程，就在听一个朋友告诉她辛格是加州最好的大学顾问后，她的母亲在2016年秋天聘请了里克·辛格，那时索菲娅是高中二年级学生。根据霍夫曼的判决备忘录，霍夫曼聘请某人的部分冲动来自洛杉矶县艺术高中自己的升学咨询部门负担过重：该校有超过600名学生，只配了两名顾问。根据法律文件记载，考虑到索菲娅的学习障碍以及她的PSAT[1]成绩并不理想，霍夫曼不想索菲娅冒险。她的分数几乎没有突破过1000分，理想分数是1520分。索菲娅参加PSAT考试那天，没有吃治疗注意缺陷多动症的药，她和霍夫曼都没有对考试考虑过多——根据定义，它不过是一次"模拟考试"——他们认为做过某种程度的准备后，索菲娅会在SAT考试上做得更好。她甚至没有获得额外的考试时间，尽管她有这个资格。霍夫曼仍然希望为她准备万全之策。

事情一如既往地从辛格开始起步。他为索菲娅找到SAT辅导老师，并开始帮助索菲娅规划大学计划，他让人们知道他对大学申请知之甚多。一年后，他赢得了霍夫曼的信任，她将小女儿乔治娅的学术前途托付给

---

1 PSAT即SAT的预备考试，美国高中学生在一年级至三年级每年都可以参加一次，其作用类似于中国的高考模拟考，在自我测评、查漏补缺方面有效果，但不可取代SAT成绩。

了他。乔治娅那时刚开始在帕萨迪纳一所私立女校韦斯特里奇学校上高中。他甚至和乔治娅的学校管理人员们见面，以倡导一项考虑到她的学习障碍的教育项目。他已经成了霍夫曼最值得信赖的教育顾问。

一切有条不紊地进行了一年。随后在2017年8月，他开始改变论调。在和霍夫曼的一次会议中，他说索菲娅真的需要提高考试分数。他忧心忡忡。他说她需要一位数学家教，每周辅导她两次。他还就大学录取的可怕现状给霍夫曼上了一课：所有那些校友、运动员和捐赠者们的孩子都在参与竞争。他没有指出霍夫曼和梅西是有影响力的家长：成就斐然又名声在外的演员，自愿贡献时间帮助孩子们的学校筹款，并且很可能会为他们孩子上的任何一所大学做同样的事情。他没有提醒他们有能力通过向大学捐款，并将孩子变成VIP候选人。

霍夫曼只听辛格的。当他发表他那世界末日般的演讲时，她没有考虑其他。当他说虽然一所学校公布的录取率为10%，但对于索菲娅这样的特殊孩子而言，录取率大概差不多只有2%~3%，霍夫曼的心凉了。

索菲娅一心向往茱莉亚学院，这所学校不需要标准化考试的成绩，然而辛格对此置之不理。是的，她的试镜很重要，他说，但是她只靠天赋很难被录取，而索菲娅感兴趣的其他学校需要看到更好的考试成绩才可能考虑她。他说，她的SAT考试分数需要提高到1250~1300分之间的范围。没有那样的分数，不论试镜有多优秀，索菲娅都会被拒绝。

种下可怕的种子又将它们牢牢按进土壤后，辛格随后提供了一个解决方法。他说，他有一个"使得竞争环境变公平"的办法。会议中，霍夫曼一直使用iPad记笔记，她开始打字了。

***

回到白金汉这边，杰克读高中三年级的那一年，里克·辛格每个月和杰克见面一小时。每当他来的时候，他都会和简·白金汉闲聊，问她过得怎么样，工作怎么样，然后告诉她自己的基金会做的所有好事。他说他在为贫困儿童们建操场,他会让耐克那样的公司来赞助。他一度从波士顿给她打电话,说他正在那里建一座操场。

有一回,他提到了一种名为"侧门"的策略,然而据白金汉身边的知情人士称,他描述的方式含混不清,听起来不像违法的。他说"侧门"就是他用自己的人脉让孩子们进入大学的方式。"我认识这些教练,我认识这些管理人员,"他说,"他们喜欢我,他们录取我推荐的孩子。"白金汉听见了但没有太在意,她也不认为这有多大作用。后来,她和一位正在聘用辛格的朋友交换对于辛格的意见,她们尝试解码他所说的东西。"你懂这个'侧门'策略吗?"白金汉问。这位朋友不明白,也不理解他说过的其他令人困惑而模糊的评论。她们认为,辛格只是像往常一样突发奇想。

然而到了杰克三年级那年的 4 月左右,辛格说的内容再也不模棱两可。他说,杰克遇到了麻烦,他的成绩没有像他期望中那样高,而且他的大学前景——不仅仅是某一所大学,而是所有大学的前景——看起来都不确定。杰克参观过达拉斯的南卫理公会大学并且非常喜欢它,最重要的是它有一个体育管理项目。那是他的第一选择,并且他计划进行提前申请。(然而,让杰克热烈谈论他对成为团队管理员的兴趣这一计划已经消失于无形,尽管白金汉问过他几回这件事——这是辛格不靠谱的另一个方面。)但杰克也喜欢离家近这一点,与母亲和妹妹在一起,尤其是父母离婚了,所以他也在考虑南加州大学。

但是辛格没有听这些。他闭口不谈细节。现在的他严厉甚至刻薄。"你进不了南卫理公会大学,"他告诉杰克,"或者南加州大学。你哪儿也进不去。"

"这是个真正的问题。"他说。

杰克自己参加了两次 ACT,分别排在前 92% 和 94%。他的 GPA 在 3.3 左右。事实上,对于他正在关注的那些中等水平高校而言,他所处的位置并不算灾难性的。或许它们并非令人瞩目的学校,南加州大学可能确实超出了他的能力范围,但他也并不是那类败局已定的学生。而辛格恰恰在把他描绘为这种形象。

白金汉现在害怕了。一股全新的愧疚感涌上心头：她想，她因为离婚而毁了孩子们的生活，现在杰克的美好未来将被夺走。她还因为没有更好的人脉而感到羞愧。有很多家长认识南加州大学董事会成员或者其他位高权重的人，当对一个孩子进行推荐时，他们有足够的发言权。白金汉认识南加州大学新闻学院的人，他们已经帮忙安排了一次参观，但他们不是那种能把孩子弄进学校的人。

这些想法完全没有依据，不合逻辑，但这些感觉是真实的。这是一个她应该转向某人求助，或者至少寻求建议的时刻，她迫切需要一位决策咨询人。然而，她感觉身边没有这样的人。据简身边的知情人士称，到这个时候，马库斯和简已经不再说话。任何时候她尝试和他谈论孩子们，他都会制止她。如果她说，"杰克的成绩有问题"，他会回答，"我会和杰克谈谈这件事"。如果她说，"莉莉亚有点麻烦"，无论是什么事情他都会说，"我会和莉莉亚谈谈这件事"。当她给他发邮件询问有关大学的建议时——"杰克应该提前申请南加州大学吗？"——马库斯没有回复。

因此她更加依赖辛格了，后者突然说："我能提高他的 ACT 分数。"

在后来被视为极具反讽意味的冲动中，5月，当白金汉的一个孩子放学回家告诉她另一名学生在课堂上作弊但没有被抓住后，白金汉登录了 Instagram，她经常在那里发布积极的、肯定人生的信息，她以全大写字母写道：不要作弊。

第十章　指定分数

在 IMG 学院，没有人比马克·里德尔更努力工作。里德尔现在是学校 SAT 和 ACT 备考部门的负责人，从早晨 7 点给学生们上考试复习课开始就不停地忙碌，直到晚上 9 点才结束。这位前哈佛网球运动员和 SAT 考试神童做事全情投入、积极高效。穿着乡村俱乐部休闲装的他总是乐观热心——如果里德尔发现有人拿着重物穿过校园，他会挥手并跑过去帮忙。早上，当为他工作的那些大学生年纪的辅导老师在课前尽力用咖啡提神时，里德尔早已忙得不可开交。"好的！我们开工吧！我们来完成一些 SAT 试题吧！"他会很兴奋地说。之后，辅导老师们与学生开会的中途，里德尔会探出头来询问情况。"需要我给你复印什么东西吗？一切都顺利吗？"他会说。然后，他会竖起大拇指，或者说："超级棒！"接着继续做自己的事情。

到 2016 年，里德尔与里克·辛格不再有任何外部联系，后者早已离开了 IMG 位于佛罗里达州布雷登顿的校区。然而彭德尔顿学校于 2012 年关闭并且 IMG 将其员工纳入内部后，里德尔成了 IMG 标准化考试备考的权威人物。(斯科特·特雷利曾在 IMG 与里德尔一起工作，作为辛格的另一位辅导老师，他于 2014 年离开并成为一名独立大学顾问，在萨拉索塔给学生运动员提供服务。)里德尔在 IMG 的工作意味着全天上课，帮助学校的学生运动员提高成绩，以使他们更吸引大学招生人员。与彭德尔顿学校不同的是，标准化备考不再是家庭付费的选择性服务，它现在已经包含在学费中。即便如此，也不是所有的孩子都来上课。事实上，据之前的辅导老师说，备考课出勤率最多只有50%。某些情况下，只有少数孩子会来上课，有时候甚至一个孩子都没有。毕竟孩子们已经被长达半天的运动训练累坏了，然后还要平衡常规课程负荷和晚上的强制自习。他们当中很多人还有这样的假设，那就是考试分数无论如何也不会让他们被大学录取，而他们的运动能力或是父母的人脉能让他们实现大学梦。有些例外的学生真正对写作业和学习如何在标准化考试中取得好成绩感兴趣，然而辅导老师们说，在大多数时候，里德尔应付着一群无动于衷的顾客。

据IMG学院的一位知情人士称，这所学校约300名毕业班学生中，有1/4学生利用了学校的备考课程。这位人士称，越临近标准化考试日期，课程就变得越受欢迎，然而考试结束后学生们对课程的兴趣就会锐减，因为"学生们就像我们有时候一样，喜欢临时抱佛脚。但是也有少部分人会在整个学期都紧跟课程"。

备考课程在晚上进行，"这使得上课有些难"，IMG学院的知情人士称，"你在早上6点半到7点之间起床，吃早餐，早上7点40分之前上第一节课，一直学习到中午12点15分；你有45分钟的时间吃饭、换衣服，或许接受治疗；练习从下午1点半持续到5点半甚至6点。你得洗澡、吃饭，如果你在晚上7点半还去听课的话，就没多少时间可以当青少年了"。

"你要在晚上7点半开始备考，而这一天你已经一度过了十二三个非常严苛的小时。这对人要求太高了。很难做到。"

里德尔似乎仍然致力于他的工作，并且对帮助孩子们感兴趣。他仍然不知疲倦地坐在他们身边，跟他们一个问题接一个问题地复习。他尽责地影印了SAT和ACT的模拟试卷。迪伦·贾杰斯是一位IMG的辅导老师，他说复印可能持续三四个小时，"其他老师可能会抱怨我们使用复印机太多，因为我们在那里待得太久了"，而里德尔经常会反驳说："复印是我们的本职工作。"

随着时间的推移,他的同事们不禁注意到他的工作——或是其他什么——对他造成了严重的不良影响。影响他的因素不只是漫长的工作时长和需要被赶着去上课的孩子们,还包括因为辅导富裕、要求高的家庭的孩子所踏入的政治雷区,以及整个学校旨在取悦家长的工作哲学。有的家长考虑到他被称为IMG学院顶级SAT专家,并且是哈佛毕业生,坚持要里德尔亲自辅导他们的孩子,这让里德尔已经过度饱和的工作量雪上加霜。还有其他家长让他为孩子的进步与否负全责。在夏季,IMG举办了为期三周的运动营,孩子们可以在那里和教练们一起练习。有些人还参加了每天三个半小时的备考课程。学生们在上课第一天参加ACT或SAT的模拟考试,花三周时间完成需要改进的部分,然后在课程结束时参加一个最终的模拟考试,目标在于将学生的分数提升200分,这是给里德尔的又一重压力。

一年夏天,里德尔的一名学生在课堂上无法集中注意力。结果,他的分数在课程收尾时下降了。这名男孩的父亲不断给里德尔打电话,检查孩子的进展,而里德尔一直向他保证这名学生做得不错。当一直负责管理男孩所在班级的贾杰斯告诉里德尔,这名男孩实际上表现不佳时,里德尔明显感到不安。"你能看出来他心烦意乱,"贾杰斯说,"他承受着来自上级的压力,他们要求他证明该项目存在的合理性,而且他还要面对一位家长的责难。"

一位2016年在IMG工作的辅导老师说,大概在那个时候,里德尔开始更多地敞开心扉,说他对攻读MBA课程感兴趣,然而由于自己的工作安排,他不确定要怎么做。"听上去他不想再做这种辅导和SAT教学工作了。他在申请学校,并谈论要抽出时间做申请有多困难,"这位辅导老师告诉我说,"他说他主要想在网上读(研究生院),因为他没有时间去教室。"

"他看起来绝对是厌倦了正在做的事,"这位人士继续说,"在我当时看来这合情合理,因为他那时候工作太忙了。"

据《坦帕湾时报》(*Tampa Bay Times*)的报道,里德尔萌生了开办自己的大学预备公司的想法,并且注册了 RiddellCollegePrep.com 的域名。2014年,他还和一位商业伙伴成立了一家名为"普罗米修斯国际教育"的公司,但从来没有取得什么进展。

除了对备考与日俱增的烦扰,同事们说里德尔身上还有些东西不太对劲。辅导老师们注意到他会神秘地消失,不解释他去了哪里,事先也从不给任何人提醒。辅导老师只会在里德尔答应来帮忙准备课程前十分钟收到一条信息说:"嘿,我出城了。"当他一天左右之后回来时,他只会模糊地暗示说他不得不去某个地方工作,但不再多说其他。没有人问任何问题,因为里德尔和同事们从不交心。

他永远处于工作状态的个性有助于与周围人保持距离。他很少谈论私生活,除了说过他娶了一位投资银行家,对方已怀孕,以及他曾经就读于哈佛。他的 IMG 办公室书架是罕见的展示其个人兴趣的地方,成排成排的 SAT 和 ACT 备考书籍当中叠放着安·兰德[1]的小说。

"马克总是魅力四射、满面笑容,"另一位前辅导老师说,"他不可能心情糟糕,或者表现出那样。不过,我从不真的相信他表现出的情绪是他的真实感受。那几乎是一周七天每天 24 小时不停歇被迫展现的。"

***

那时 IMG 的任何人都不知道,马克·里德尔莫名其妙的缺席和里克·辛格有关。里德尔复印标准化考试试题,并在高级词汇和有理方程式方面训练孩子们,与此同时,他作为辛格的"伙计"过着双重生活,飞遍全国替辛格的客户们参加标准化考试。里德尔是辛格第二项"侧门"计划的主要参与者——第一项是伪造运动员档案让学生们通过大学录取。第二项便是考试作弊"侧门",在这项计划里,辛格让里德尔代替学生参加标准化考试,坐在他们旁边帮他们答题,或者事后更正他们的答案,

---

[1] 安·兰德(Ayn Rand,1905—1982),俄裔美籍著名作家、哲学家、知识分子。小说代表作《源泉》《阿特拉斯耸耸肩》。——译注

许多情况下学生们对此一无所知。辛格精心策划，让学生们不会把他们的答案填入官方测试实际的答题卡中，而是写在单独的答题纸上。这样一来，里德尔就能事后"填涂所有答案，并且不会留下擦除痕迹"，辛格在法庭上说。"孩子们仍然不得不用自己的笔迹完成他们自己的论文，那也成了孩子们在完成的考试中唯一合法的部分。"在学生和他们的家人离开后，里德尔会花上几个小时填完实际的考试内容。

作弊几乎总是发生在辛格控制的两个考点内：洛杉矶和休斯敦。他会指导家长们捏造一个必须去其中一座城市的理由，例如犹太男子成人礼或是一场婚礼，以便安排他们的孩子在那里参加考试。他让他们早上7点45分到场。里德尔通常提前一夜飞过去。

辛格在休斯敦的人脉是莉萨·"妮基"·威廉姆斯，辛格称她为"我在休斯敦的女性伙伴"。她是杰克耶茨高中的助教，在校还管理 SAT 和 ACT 考试。他通过马丁·福克斯的介绍认识了她，马丁在休斯敦运营一所网球学院。根据一份法律文件的记载，辛格为这次介绍支付了5万美元。福克斯还将辛格介绍给了得克萨斯大学奥斯汀分校的男子网球教练迈克尔·森特。（威廉姆斯、森特以及福克斯在"校队蓝调"案中均已认罪。）在洛杉矶，辛格则依赖西好莱坞大学预备学校的乌克兰主任伊戈尔·德沃斯基，这是一所由德沃斯基母亲创办的小规模 K-12 预科独立学校。这所学校拥有约 100 名学生，其中大部分是俄罗斯人，学校将自己宣传为"帮助年轻的头脑为未来做准备"。根据检方起诉，辛格每送一位学生去威廉姆斯和德沃斯基那里参加考试，就支付给他们1万美元。作为交换，威廉姆斯和德沃斯基允许里德尔在他们学校监考那些学生，然而在填写 ACT 或 SAT 的文书时会写实际上是他们在监考，某些情况下会写他们的一位同事进行了监考。他们还会撒谎说考试持续了多日。（德沃斯基承认对自己的指控属实。）

据辛格说，认罪的里德尔并没有考试答案，他只是擅长考 ACT 和 SAT，所以他能够"锁定分数"。辛格还说："我会提前告诉他我想要的分数，马克会恰好考出那个分数。"对于之前从来没有参加过 ACT 或

SAT 的孩子，辛格让里德尔考出一个完美或接近完美的分数。然而对于已经参加过这类考试的孩子，他会告诉里德尔不要得太高分，因为两次分数之间的差距可能会引起 ACT 或者美国大学理事会的警觉。他为每场考试支付给里德尔约 1 万美元，然而他将考试结果归功于自己。"我能让分数成真，"他对一位家长吹牛，"地球上没有其他人可以做到这件事。"

根据法律文件的记载，里德尔参与了超过 18 场这样的考试，最早的一次是在 2011 年。那一年他为加拿大商人、加拿大前职业橄榄球运动员大卫·西杜的儿子替考。里德尔使用伪造的身份证件假冒这名男孩，为他替考 SAT，将他的分数提升了 210 分，获得了满分 2400 分的 1670 分。（辛格指示里德尔不要获得太高的分数，否则会招来审查。）他还替这名男孩参加了高中毕业考试。一年后里德尔又为西杜的小儿子替考 SAT，为他获得了 2280 分。辛格提供的服务中还包括为这个小儿子写大学申请论文，声称自己与洛杉矶帮派一起做过志愿工作。"我们能不能减少和帮派的交集，"西杜看完草稿后给辛格写信说道，"枪？那玩意儿太可怕了。"大卫·西杜向辛格支付了 20 万美元，在案件中承认自己有罪。

另外一个案件则涉及硅谷风险投资家曼纽尔·亨利克斯和夫人伊丽莎白的大女儿，里德尔将她的 SAT 分数提升了 320 分，达到 1900 分（满分还是 2400 分）。2015 年这个女孩参考时，他就坐在旁边，并且修改了她的答案。根据法律文件的记载，考试结束后，里德尔扬扬得意地与女孩和她的母亲谈论他们是如何逃脱惩罚的。这是里德尔少数几次在学生的（私立）高中参加考试，里德尔给女孩的顾问发邮件说，自己的妻子刚生完孩子后被安排了监考机会。"我真的很感激有机会监考这次考试，因为我目前在申请研究生学校，很需要这份酬劳。"他补充道。

第二年，到了亨利克斯夫妇的小女儿参加 ACT 的时间——辛格早已告诉她母亲这个女孩"太蠢了"，自己肯定考不好——里德尔坐在她和辛格的另一位客户、拉古纳比奇房地产大亨罗伯特·弗拉克斯曼的女儿旁边，在休斯敦的考试中心帮助她们答题。（辛格曾告诉弗拉克斯曼，假如不提升考试分数，他的女儿"什么大学都上不了"。）但是里德尔很小心地让女孩们提交不同的答案，免得引起任何怀疑。亨利克斯的女儿最终在考试中获得了满分36分中的30分，但亨利克斯夫妇认为这个分数不够好，于是辛格的另外一位"监考官"为这个女孩接下来的ACT和SAT科目考试进行作弊。弗拉克斯曼女儿的分数从20分提升到了28分。亨利克斯夫妇最终向辛格及其慈善机构支付了40万美元的考试作弊费用和伪造的网球申请费用——在曼纽尔·亨利克斯帮助辛格的一位客户进了西北大学之后，辛格降低了他的费率。弗拉克斯曼的账单是7.5万美元。

辛格计划的核心在于让孩子被给予特殊照顾，在考试中获得额外作答时间。有了这一特殊照顾，他们能够独自参加持续多日[1]的考试，无论是在他们的高中，还是在一个特殊的考点，而不是在拥挤的考试中心里与其他考生一起考试。将孩子与考生群体分开，使得辛格和同伙们可以在他精心安排的暗箱中进行操作，并精心组织不被察觉的欺诈。他会告诉家长："此事天衣无缝。"他的一些学生已经在各自的高中取得了特殊照顾资格，那些学生过去因为学习障碍而接受过测试，他们在申请ACT或SAT时几乎总会被给予额外时间，因为他们拥有患上学习障碍的证明文书。然而有些时候，辛格让那些孩子没有这类病史的家长通过找神经心理学家进行评估，申请额外考试时间；他会提议让他们使用他信赖的医生，这些医生会配合说孩子有问题，并写一份报告，例如说他患有注意缺陷多动症（ADHD）。有一回，他指示曼哈顿著名律师事务所威尔基、法尔与加拉格尔的联合主席戈登·卡普兰，让他的女儿去看神经心理学家，并且告诉女孩进去后要"表现得愚蠢"。

"目标在于让自己表现得迟钝，"他补充道，"表现得不聪明。"

一旦额外时间得到批准，辛格就会指导那些家庭安排孩子在他的考点之一参加考试。正如他向卡普兰解释的："这是我们首先要做的事。我

---

1 ACT和SAT针对有障碍的考生的延长考试时间政策有几种，其中最常见的情况是延长约50%的考试时间（不含考试间的休息时间），但也有少部分情况考生可以获得延长100%的考试时间（双倍时间）甚至更多。在后面这种情况下，考试就能长达两天甚至更多，且考间休息时间可根据考生个人情况调整。

们需要你的女儿接受有关学习障碍的测试。我的理由如下：如果她接受了学习障碍的测试，比方说是我的人做的这个测试，或者你想要的任何人，我需要那个人让她获得双倍的考试时间，持续多日。

"这意味着，我们需要证明她的学习能力有些障碍，而她肯定也有。如果她获得了双倍的考试时间，那么我有两所学校，我会让她在其中一所参加考试，并且我能保证她的得分。如果是 ACT，我们保证她得三十几分。如果是 SAT，我能保证她得 1400 分以上。现在，她的考试分数突然不再阻碍她被大学录取，因为她已经足够有实力了。"

但是，辛格强调，"首先你需要搞到延长时间"。

卡普兰承认，支付给辛格 7.5 万美元以帮助他女儿在 ACT 中取得好成绩。

***

近些年来"延长时间"的概念得到了普及，私立和公立学校中收到这一待遇的学生数量，也在呈爆炸式增长。根据《华尔街日报》的调查，2000 年至 2016 年间，拥有所谓"504 计划"的学生人数增加了两倍多。"504 计划"以《1973 年康复法案》的一条命名，由联邦政府资助，给有学习障碍的公立学校学生提供特殊照顾，如额外的考试时间，教室的前排座位，以及某些情况下以口头测试代替书面测试。这些学生也有资格获得个性化教育计划，该计划提供"504 计划"未涵盖的服务，如专门指导。在私立学校，没有公开数据透露获得特殊照顾的学生数量，但是口耳相传的证据表明，这种趋势与公立学校中的情况相似，假如不是更极端。

"这太普遍了，"独立大学顾问珍·凯菲什告诉我说，"过去几年间，情况变得疯狂。在（洛杉矶）西边的一些学校里，我没见过哪个孩子没获得延长时间。"她说在一些情况下孩子有合法的学习障碍，例如阅读障碍，但是她也见过家长声称自己的孩子遭受着处在灰色地带的痛苦，例如焦虑症和强迫症。"我甚至见过饮食失调导致抑郁，"她说，"当人们说

'我的孩子有考试焦虑症'时,我总觉得很好笑,好吧,我知道这东西确实存在,但谁又没有考试焦虑症呢?"

特殊照顾案例的急剧增加,是由围绕大学录取的焦虑驱动的,因为一些家庭看到了一种门路,通过它,他们能获得优势,并利用一个相当容易操纵的系统。众所周知,一旦学生们在高中获得了特殊照顾,他们几乎总能在标准化考试时获得特殊照顾。"也有例外,"ACT在2019年告诉《华盛顿邮报》,当时一名在高中获得特殊照顾的学生不符合在ACT中获得特殊照顾的资格,"但这很罕见。"

对于SAT应试者而言,它甚至更为罕见。从2017年开始,负责管理SAT考试的美国大学理事会停止对学生进行评估,单纯依赖高中的指定。在其高中得到特殊照顾并行使了这种权利的孩子,会在SAT考试中自动获得额外时间。洛杉矶的一位负责测试儿童和青少年学习障碍的临床神经心理学家奥伦·博克瑟说,这导致大量学生"不受限制地"在SAT考试中获得额外时间。大学理事会看到,从2010—2011学年到2017—2018学年,特殊照顾的申请增加了200%。

博克瑟说,他看到一些家庭明确表示想让孩子得到特殊照顾,但他经常不得不让他们失望。"有时候,我会在电话里阻止,"他说,"如果一个家庭说,'好吧,我的孩子真的很焦虑。他们有考试焦虑症。我们可以做一些测试来验证这一点,她可以获得特殊照顾吗?',我通常会说,'那真的很难证明。特别是如果你的孩子没有接受治疗,没有被精神科医生跟踪治疗,还有老师们没有看出来的话'。我会说,'如果你过来做这些测试,你可能是在我身上浪费钱,因为我们可能会走到最后,发现没有任何证据能支撑你的提议'。"

博克瑟曾见过孩子们在他提供的认知障碍测试中试图作弊,假装不明白事情。某些情况下,如果家长们最终没有获得期望的建议,他们会另寻医生进行评估。

南加州富裕地区的一位前公立学校顾问凯茜·佩尔泽说,高中追求特殊照顾的热潮绝对是被学生(及其家长)驱动的,那些学生"试图在

ACT或SAT上获得更多考试时间"。她说当她2010年离开高中顾问行业，成为一名执业治疗师时，她的学校卡皮斯特拉诺谷高中很少有"504计划"的孩子。然而当她五年后回来时，情况大相径庭。"我简直不敢相信拥有'504计划'的孩子的数量，"她说，"我问了和我工作的许多顾问（发生了什么事情），他们说，'噢，那是因为他们想要在SAT考试上获得更多时间'。情况已经非常失控了。"

不论是在私立还是公立学校，获得特殊照顾归根到底通常还是靠花钱。仅仅是接受神经心理学家的测试就要花费数千美元。博克瑟的办公室位于洛杉矶最富裕的两个领地——帕萨迪纳和太平洋帕利塞德——为期两天的测试收费7500美元。有些神经心理学家收费高达1万美元。

在私立学校，获得一份来自像博克瑟这样的人出具的报告就足以让学生获得特殊照顾，这使得这个流程远比在公立学校简单。"在私立学校，你只需要钱和一个愿意说'噢，当然。你的孩子有焦虑症'的人，"吉娜·科恩芬德说，她是UCLA的儿科社工，有一个患有学习障碍的女儿并在一所私立高中获得了特殊照顾，"私立学校的孩子占尽了优势。"

一位私立高中的顾问对此也有共鸣，补充说这样的流程之所以如此天衣无缝，部分原因是家长们对于那些他们每年捐赠4万美元的学校有着巨大的影响力。"如果你是学校的临床心理医生，你会对一个从校外神经心理学家那里获得独立评估的富裕家庭说不吗？他们会要求解雇你。他们会说：'你怎么敢？这个人应该走人。'因此我们已经创立了这样一种文化，这种文化中的大部分人都将获得延长时间，"这位顾问说，"我会说，这个系统已经从上到下烂掉了。"

佩尔泽说，在公立学校，学生必须证明他们的残疾已经影响了"主要生活活动"，这意味着如果一名学生突然得了几个C，就声称自己紧张坏了，光靠这些不足以获得"504计划"资格。不同于私立学校，在一项特殊照顾计划到位之前，公立学校有着层层审批，还有必须进行的对话——对话者是老师、学校校长和顾问。即使如此，有门路的家庭还是能够如愿。如果某个家庭申请特殊照顾遭到拒绝，他们可以雇用律师去起诉这一决定,没有任何学校想参与这样不体面的斗争。"这种情况发生在很多地区,而学校只会说:'那我们就给他们特殊照顾吧。'他们不想处理斗争。他们不想面对家长们,"佩尔泽说,"那就是问题开始出现的地方。"

金钱对于获取特殊照顾的作用,在数据中写得很明确,但是这个数据只对公立学校公开。上文中提到的《华尔街日报》调查表明,"504计划"增长的主体发生在富裕地区。在洛杉矶县,拥有最多504学生数量的学校是帕利塞德特许高中,即帕利高,它位于太平洋帕利塞德,这个地区的居民包括史蒂文·斯皮尔伯格和J.J.艾布拉姆斯[1],该地的房价中位数为240万美元。帕利高坐落在小山上,俯瞰大洋,拥有波光粼粼的水上中心。学校里52%的学生是白人,不到30%的人有资格获得免费或减价午餐。它与城市另一边的埃尔蒙特高中截然不同,那边几乎85%的学生是拉美裔或西班牙裔,超过95%的学生有资格获得免费或减价午餐。新闻网站《洛杉矶主义者》(*LAist*)的一份报告指出,在帕利高,8.5%的学生获得"504计划"支持;在埃尔蒙特,只有0.1%的学生如此。

"很不幸,"博克瑟说,"(非富裕区域的)公立学校这么多的孩子被忽略了。首先,他们的家长没有接受过相关教育或者无法接触到相关信息渠道,以得知这些服务的存在。"

***

2018年秋天,布伦特伍德学校有传闻出来,如今已是毕业生的杰克·白金汉在ACT中获得了"不可思议的"特殊照顾。杰克告诉朋友们,暑假时他在自己家参加了ACT,他的母亲在那里监考他。他说连他自己都对此难以置信,而他的同学们也都开始问他们的大学顾问,自己能否获得这么棒的安排。"杰克得到了这个、这个和这个优待。"他们说。这些传

---

[1] J.J.艾布拉姆斯,美国制片人、导演、编剧,参与的电视剧和电影包括《迷失》《疑犯追踪》、"星球大战"系列、"星际迷航"系列和"碟中谍"系列等。

言甚至传到了学校家长的耳朵里。一位家长说:"我感觉那听起来有些奇怪,转念一想,简是那种能够想出办法做事的人。"这位家长耸耸肩。

杰克在"校队蓝调"丑闻中没有受到指控,在开始与里克·辛格合作之前,他已经得到了 ACT 延长时间的资格,他也在自己的高中因为学习障碍而获得特殊照顾。然而,他在家中参加考试这种非常反传统的场景是辛格策划的,就在辛格说简·白金汉的儿子不可能考取任何一所大学,让她陷入恐慌模式不久后。他向白金汉扔出救生圈:"我能提升他的 ACT 分数。"最开始,辛格对于自己怎么能做到这点含糊其词。然而白金汉在离婚后处于如此绝望的状态,她更偏爱让这一切保持模糊。在内心深处,她清楚辛格无论提议什么,都是完全不道德的,但她认为,她对此理解得越少越好。这儿有一个解决问题的方法,而白金汉总是以自己是个问题解决者为傲。

这项计划围绕着杰克重新参加 ACT 的需要展开,辛格说在杰克读高中四年级之前要做完这件事。但是他也说了 ACT 在夏季结束后就不在洛杉矶进行,所以杰克需要在休斯敦参加这一考试,在妮基·威廉姆斯的高中。这对白金汉来说没问题。他们在那儿有家族朋友,可以将参加 ACT 和拜访朋友合并为一次旅行。到了 7 月初,辛格对于这一切将如何进行说得更加明确。在一次电话中,他说她和杰克将在早上 8 点在那所高中前面和威廉姆斯碰面,然后他们穿过街道去另一个地点参加考试,因为学校正在改建。

"好的,"白金汉在电话里一直重复,"好的。"

辛格告诉她,他们将会在一间教室内见到马克·里德尔。"妮基会负责余下的事。"他说。

"不可思议,"白金汉说,"他在一天内完成考试没问题吗?"(通过特殊照顾政策,杰克被允许用两天时间来完成考试。)

辛格说可以,因为里德尔从佛罗里达飞过来也就待一天,但是他们会告诉测试组织者,杰克花了两天时间完成考试。

"明白,明白。"白金汉说。

然而几周后出了问题。杰克回来后被安排了鼻窦手术。距离他出发去休斯敦几天前,他感染了,医生说这个手术不得不推迟。医生还说,杰克不能坐飞机。白金汉恐慌了。不行,杰克必须坐飞机,那个周末他必须在休斯敦,她告诉医生。雪上加霜的是,马库斯已经对手术感到厌烦,他认为这个手术"可有可无",还和他在欧洲的度假冲突了。他已经答应了将会为手术而早些回家,改动日期只会让他对前妻更加刻薄。

白金汉下决心要在麻烦中找到双赢局面,她打电话问辛格:"所以我的问题是,我猜(杰克)不去(休斯敦)也能完成考试,有没有这种可能?"

随后她提出了自己的解决方法:"你能不能给我在家为他安排一场考试,我们来监考他,我来监考他?"

"好的,是,我猜我们可以那么做。"辛格说,但是他补充说他需要威廉姆斯来安排这件事。

那天晚些时候,他给白金汉回电说可以做这件事。威廉姆斯告诉他,她将发给她一份 ACT 试卷让杰克完成。辛格告诉白金汉,威廉姆斯称这个计划"很疯狂",但是他向她保证他"一直在做这种事"。

"是的,我知道这很疯狂,我清楚它是的,"白金汉说,"接下来我需要你把他弄进南加州大学,然后我需要你治愈癌症并在中东地区(实现和平)。"

"我可以做到,"辛格开玩笑回复说,"只要你能想办法赶走你丈夫并让他对你好,我就可以做到……"

"那不可能,那不可能,"她说,"但是你知道,中东和平,还有哈佛之类的事,我对你有信心。"

第二天,他向白金汉索要了一份杰克的手写样本,以便里德尔可以在参加 ACT 时匹配笔迹。鉴于杰克之前已经参加过两次考试,笔迹必须看起来一致。

7 月 14 日,里德尔在休斯敦一家酒店的房间里参加了 ACT。他为杰克考出了 35 分,满分 36 分,将他的分数提高了 5 分,让他的分数排在最顶尖的 1%。三天后,杰克在自己家参加了一场 ACT 的模拟考试,他母亲就站在旁边看着。他以为自己在参加实际的考试。白金汉甚至用苹果手机拍摄了他答题的视频，以使得它看上去完全合法，然后将完成的试卷发给了辛格。

白金汉身边的知情人士说，她不知道里德尔已经在休斯敦参加了另一场考试，她以为辛格或他的一名员工会更正杰克的考试答案，将答卷发给 ACT。她知道这是错误而不道德的，但她努力不去想太多，尽力保持细节模糊，不去问太多问题。她一心想帮助自己的儿子。她的主要想法是："如果有什么事是我能做的，我就应该去做。"最坏的情况是，ACT 发现杰克的分数并非合法取得，他们将这个分数作废——就这样。

当辛格说白金汉需要向他的慈善机构捐 5 万美元以换取他的服务时，她同样没有想太多，并以"让爱传出去"[1]的方式证明了这一点。她已经做了坏事，现在她要把钱投给好东西：辛格说的那些他在全国各地建造的操场。就像她发表演讲并接受付款，将其捐赠给慈善机构一样，或是当她的孩子们行为不端时，她让他们花一些时间在她参与的众多非营利组织之一做志愿工作。在她看来，支付 5 万美元（如辛格告知她的一样，可以免税）是在世界上播种善意，以补偿她所做的事情。

***

杰克·白金汉在家参加 ACT 半年前，费莉西蒂·霍夫曼开车送大女儿索菲娅去西好莱坞大学预备学校参加 SAT 考试。从家里开过去有 20 分钟车程，在车里，索菲娅坐在霍夫曼的旁边。像大部分青少年一样，索菲娅对参加考试感到紧张。她问妈妈，考试结束后她们能不能出去吃冰激凌。

霍夫曼试图向她的女儿保证一切都会没事，然而她的心思却在别处。当她驾驶汽车沿着蜿蜒的峡谷道路行驶时，她想着自己做了什么非常错

---

[1] 同名电影《让爱传出去》（*Pay it Forward*）讲述了一个单亲家庭的母子通过助人为乐找生活的希望。

误的事情，并且被这一想法深深困扰。

把车掉头，根据她写给法官的一封信，她告诉自己。把车掉头。把它掉头就行了。

霍夫曼继续往前开。

最终，她在喷泉大街和新月高地大道拐角处一幢暗淡的米色建筑物前停了下来。这所学校看起来更像是一座混凝土街区，和犹太会堂共用空间，距离日落大道和马尔蒙城堡等繁华迷人的聚会场所不到一英里。然而这所预备学校没有什么迷人之处，它通过一个巨大的白色标志宣传自己，标志在学校建筑的一面墙上，上面用大号蓝色字体写着学校的电话号码。

在大楼内等候的是马克·里德尔，他提前一夜从坦帕飞过来为索菲娅监考。他将获得1万美元的工作报酬。索菲娅不知道，他并非合法的监考官。到她和母亲吃冰激凌的时候，里德尔正在纠正她的答案，随后将答案递交给伊戈尔·德沃斯基，德沃斯基会把答案发给ACT。除了这所建筑物有些古怪荒凉之外，一切看上去都很正常。

霍夫曼现在正式进入了里克·辛格的"侧门"计划——只不过经过了几个月的深思熟虑。当辛格于2017年8月在她家会面首次提出在SAT考试中作弊时，霍夫曼忠实地记录下了他所说的话，仅此而已。当他描述他能如何为索菲娅"提供公平的竞争环境"时，霍夫曼在她的笔记本里敲下："控制SAT的结果——15000美元——让监考老师和她一起在房间里，她会拿到她需要的答案。在考试结束时——监考官会确认。要价75000美元的家伙会确保分数完美。"辛格向霍夫曼保证，他已经为其他许多家庭操作了同样的事情。

他还说，如果索菲娅的分数提高太多——她已经参加过SAT并得分大约1000分——会引起美国大学理事会的怀疑。霍夫曼写道："如果我们参加多次考试，并且在不同考试之间成绩提高太多，会招来美国大学理事会的调查。"按照这个逻辑，辛格说，最好让霍夫曼的小女儿乔治娅完全跳过PSAT考试，直接参与辛格为她安排好的SAT。"如果我们决定要这么做，那就不要参加 PSAT，直接在 10 月参加 SAT。"霍夫曼写道。辛格坚持的最后一点，是索菲娅需要在 SAT 考试中获得 100% 的延长时间，这样她才能在他控制的考场内用两天时间完成考试。

霍夫曼后来向法官写道，听完辛格的提议后，"我很震惊这样的事情竟然存在。在他提出最初的建议后，这事搁置了一阵。我在六周的时间里都无法下决心。我不停地来回踱步，回避做最终决定。"

索菲娅从八岁起一直因为她的学习障碍而看神经心理学家，并按照建议每三年重新测试一次，以便继续在学校获得特殊照顾。事实上，那年早在 6 月，霍夫曼已经带索菲娅去重新测试了。她被给予了获得额外考试时间的资格。

与辛格见面几天后，霍夫曼致电索菲娅的神经心理学家，让医生联系大学理事会，确保索菲娅能在 SAT 中获得延长时间。她不是在给辛格的计划出力，她想确保无论辛格有没有参与，索菲娅都将在考试中获得额外时间。事实上在那个时候，基于辛格的建议，霍夫曼唯一同意的事情就是为索菲娅聘请一位新的数学辅导老师。

霍夫曼所经历的精神和道德困境在她的信中得到了曝光。"老实说，我过去和现在都不在意我女儿上不上名校，"霍夫曼写道，"我只是希望能给她一个机会，能够被这样一个项目考虑，此项目会将她的表演天赋作为决定性因素……我心里清楚，她在剧场或电影里的成败并不取决于她的数学技能。我不希望女儿因为数学不好而被阻止试镜或做自己热爱的事。"她说，她想做的只是给她女儿"一次公平的机会"。

索菲娅仍然一心向往茱莉亚学院。但是她也会申请其他学校，霍夫曼担心糟糕的 SAT 分数会影响她进入那些大学的机会，担心她的机会将被夺走。

霍夫曼还在权衡这一切，10 月，美国大学理事会通知索菲娅，她已获批在 SAT 中延长一倍时间。霍夫曼将含有这个消息的邮件转发给了辛格和洛杉矶县艺术高中的一位顾问。

"好哇！她得到待遇了。"霍夫曼写道。

这位高中顾问给霍夫曼回信，她说索菲娅可以在 12 月的连续两天在洛杉矶县艺术高中参加 SAT，这位顾问将会监考这场考试。霍夫曼随后将这封邮件转发给辛格，补充道："惨啦！看上去洛杉矶县艺术高中希望自己提供监考官。"

辛格回复："我们来讨论一下。"

根据她的法庭辩护，霍夫曼此时对于她应该做什么仍然感到困惑。因此她打电话给辛格商量各种选项：索菲娅是应该自己参加考试，用上被给予延长的时间，还是应该让他精心安排一切以保证一个优秀的分数呢？然而并没有什么商量余地。辛格继续贩卖着恐惧。他说，即便拥有延长的考试时间，索菲娅所做的备考准备仍然不够。除非霍夫曼依靠他，否则她会被学校拒绝。

置身于令人困惑的育儿世界中，习惯了依赖专家指导，又如此害怕索菲娅的梦想会破灭，霍夫曼做出了她的选择。当天晚些时候，辛格发邮件问："你们要自己做这件事（考试），还是在我的帮助下做呢？"

"在你的帮助下做。"霍夫曼回复道。

第十一章 莫斯的宝贝

2018年4月12日,极度心烦意乱的莫西莫·吉安努利大步走进玛丽蒙特高中的校园,他的小女儿奥利维娅是这里的毕业班学生。他希望和奥利维娅的大学顾问菲利普·"PJ"·佩特龙聊聊,后者在和南加州大学一位招生人员的对话中,就奥利维娅的大学申请提出了质疑。吉安努利与塔吉特公司已经就他的同名休闲装产品线达成了2800万美元的许可交易。他和身为演员的妻子洛丽·路格林都不是典型的玛丽蒙特家长。吉安努利的皮肤常年晒成了古铜色,穿着崭新而鲜艳的纽扣领衬衫,脚穿意大利鞋(没穿袜子)。他在玛丽蒙特很显眼,作为洛杉矶的一所私立学校,路过玛丽蒙特的明星人物并不多。当然也不是说吉安努利夫妇出现在那所学校是什么轰动大事,他们很少在玛丽蒙特受欢迎的活动中被认出来,例如父女共舞或者一年一度的烧烤等,但他们是学校的主要捐赠者,并且他们的姓名也出现在玛丽蒙特的年度报告中。

然而从与南加州大学通话中传来的消息,要求吉安努利现身学校。3月,在佩特龙打给南加州大学有关玛丽蒙特高中申请者的例行对表电话中,南加州大学的招生人员提到奥利维娅被"标记"为本校女子赛艇队新招募的入列队员。佩特龙深感困惑。奥利维娅是YouTube和Instagram上知名的网络红人,被人们以奥利维娅·杰德的名字熟知,拥有超过140万关注者。正如佩特龙后来在笔记中写道的,她的"视频日志拍摄计划"使她总是忙得不可开交。奥利维娅本人被她在玛丽蒙特的朋友们称为OG——这是对俚语"元老级人物"(original gangster)一词的致敬,这同时也是她真实姓名的首字母缩写——她在一个视频帖子中向粉丝们承认了这一点。"我基本上没去过学校"以至于"我认为我的同学们……他们可能忘了我在那儿上学吧",她一边往她那完美无瑕的脸颊上抹着美容膏,一边漫不经心地说。

佩特龙身材偏瘦,衣着精致优雅,波浪形的深色头发搭在肩头。玛丽蒙特的家长们认为他是一位"顾家男人"。他以帮助学生们在选择大学时找到"合适的对象"而非盯着大牌学校出名,他可能会建议一名学生申请莎拉劳伦斯学院或里德学院,而非波士顿学院或宾大。他举止得体,绝不会直截了当地告诉家长或学生自己不认同他们的选择,但会冷静地带领他们了解他的想法,就像一位家长耐心地向一个学步儿童解释为什么夹心吐司饼干实际上并非晚餐的最好选择。"他会检查你的期望",2014年毕业于玛丽蒙特的加比·约翰逊说,"假如一名学生过来说'我想去这所学校'",而这所学校显然目标有点太大,"他会坦诚相告或者试图变得现实。他这么说时很友善,但也有几分严厉"。

考虑到奥利维娅网上直播的需求,佩特龙怀疑她是否真的参加过赛艇队,毕竟玛丽蒙特是一个小得令人难以置信的社区,在这个地方"人人都清楚谁在做着什么事",据一位前玛丽蒙特家长说,"每个人都知道谁家的孩子私下在练习马术"。尽管玛丽蒙特没有官方赛艇队,如果某一年有足够多的女孩对这一体育运动感兴趣,玛丽蒙特也会支持创建临时队伍来代表学校参赛。玛丽蒙特的人同样知道哪些女孩参加了私人赛艇俱乐部,毕竟这是一项需要较多投入的运动,通常意味着在黎明完成训练后,还要出现在早上的课堂上。在与南加州大学的通话中,招生官提到了奥利维娅的姐姐伊莎贝拉,她前一年作为赛艇队特招生被南加州大学录取。佩特龙告诉招生官,这一切可能与吉安努利聘请的外部大学顾问有关。南加州大学招生官表示他们将与体育部一起对此进行调查。

毫无疑问,那位外部顾问正是里克·辛格,他在玛丽蒙特的大学顾问员工当中声名狼藉，不单单是因为他辅导的学生的申请资料中错误信息频出。聘用他的那些玛丽蒙特学生对他言听计从，很少与学校顾问碰面。"他们将整个流程搬到了校外进行"，一位知情人士称。当学校顾问被要求为学生写推荐信时，他们给学生发调查问卷填写，以便增进对学生的了解。这位知情人士称："辛格负责的孩子，只愿回答1/10的问题。"

辛格负责的孩子主要来自超级富有的家庭（一位家长称之为"拥有私人飞机的那群人"），众所周知，他们在一门名为"人生发展"的课上要么不现身，要么请病假。这门课每两周一节，部分内容是带领学生们演练大学申请流程和标准化考试。据玛丽蒙特的网站介绍，这门课还讨论诸如"压力管理""情绪意识"和"践行自我同情"等方面内容。而当辛格负责的孩子现身课堂的时候，他们常常会把脚架在桌子上，或者用其他方式展示他们对课程兴趣索然。

佩特龙和南加州大学通完对表电话一个月后，4月11日那天，招生人员回电并索要与吉安努利合作的那位独立大学顾问的姓名。佩特龙说他的名字叫里克·辛格。招生人员开始将点点滴滴联系起来，并称辛格的另一位申请湾区大学的客户提交了一份伪造的体育运动证书，涉及该生没有参加过的运动。

次日，吉安努利（也被称作莫斯）抵达玛丽蒙特与佩特龙当面对质。虽然玛丽蒙特坐落在贝莱尔，但这所天主教女校氛围低调。它那老式布道所风格的建筑和巴克利学校或布伦特伍德学校最先进的设施相去甚远。这所学校的前台没有可以代客泊车的服务员，取而代之的是一座穿着长袍张开双臂欢迎全体学生的耶稣雕像。这些学生既有来自富裕家庭的当地学生，又有从城中贫困区域或偏僻郊区长途跋涉通勤而来的奖学金学生。作为一所私立学校，玛丽蒙特绝对普通又接地气，这样的文化加上竞争不那么激烈的学术名声，使之在洛杉矶的育儿界遭遇了居高临下的白眼。一位母亲很是不屑地将这所学校称作"被甩下一大截的老三"，排在它的女校竞争对手马尔伯勒学校和阿切尔女校之后。然而，玛丽蒙特的家长通常恰恰是因为这所学校对于社会地位的漠不关心而选择了它。

"玛丽蒙特的文化是，'哦，你妈妈演电视剧？有什么大不了的'，"危机公关罗斯·约翰逊说，他的两个女儿（包括前面提到的加比）就在玛丽蒙特读书，"这里不存在什么天鹅绒绳索或演员休息室或好莱坞扯淡的等级制度。在这所学校里，你可买不到身份。"

这使得贝拉[1]和奥利维娅从马尔伯勒学校完成初中学业后进入玛丽蒙特高中就读，变成了一件不同寻常的事情，虽说这所学校有较小的学术压力，且离他们家近在咫尺。吉安努利那幢价值 2800 万美元的地中海式豪宅，毗邻玛丽蒙特高中停车场。该住宅同时毗邻贝莱尔乡村俱乐部，吉安努利一家经常带着高尔夫球具手推车去这家专属俱乐部。俱乐部会员们在夕阳下推杆时，能一眼看到石榴红和金色相间的南加州大学旗帜在他家豪宅上空骄傲飘扬。

接到前台电话说吉安努利想和他交谈时，佩特龙正坐在自己的办公室里。他有两年没见过吉安努利了，上回见面还是他们初次开会讨论奥利维娅的大学计划时。当他走下楼向吉安努利问好时，他已经猜到了吉安努利的突然造访和他前一天接到南加州大学的电话有关。他们朝他的办公室走去时，佩特龙不经意地问吉安努利，那天是否步行或开车去过玛丽蒙特高中，由此证实了自己的怀疑。

"这有什么要紧吗？"吉安努利言简意赅地问。

当佩特龙说他只是尝试闲聊一会儿，吉安努利反驳道："我们还是开门见山吧。"

***

尽管他家的上空飘扬着那面旗帜，但莫西莫·吉安努利并非从南加州大学毕业。事实上，他甚至从未被这所学校录取过。20 世纪 80 年代中期，他在那里参加过一些课程，并且加入了 Beta Theta Pi 兄弟会，在

---

[1] 伊莎贝拉的昵称。

一群穿着短裤、人字拖的兄弟会成员中，他因为穿着时髦而与众不同。"他看起来总是像在努力成为华伦天奴。"一名前兄弟会成员说。吉安努利对时尚的感知延伸到了室内设计上：有一天，他决定用白色瓷砖重新装修他在兄弟会住处的房间，让它拥有 54 俱乐部[1]的氛围。这位知情人士称："他很在乎个人形象。他开着带条纹车顶的大众沙漠越野车四处转悠。他绝对喜欢获得关注。"他在其他方面也显得别具一格。当他的同龄人忙于精心策划恶作剧（例如，从直升机上将一桶肥料倒在兄弟会房子的屋顶上）或在草坪上完成小桶上倒立时，吉安努利则用父亲寄来用作学费的钱，为他未来的服装帝国播撒种子。"他为女生联谊会制作了运动衫，让那些霓虹色回归，"这名前兄弟会成员说，"他把有趣的图案设置在各处，而不只是印在前面。所有的姑娘都爱不释手，并买下了它们。他开始将它们卖给其他大学，这一举动差不多启动了他的生意。"

然而，当兄弟会的成员们发现他压根儿不是真正意义上的南加州大学学生时，他们将他踢出了兄弟会，他在南加州大学的时光就此终结。

吉安努利和南加州大学的关系可能只是打了个擦边球，然而据他身边的一位知情人士称，他对这所学校始终怀抱"热情"。轮到他的女儿们申请大学时，那份热情就变得有些过头了。至于洛丽·路格林，知情人士们称，她对于女儿去哪所学校一点儿也不在意，并且承认自己不了解大学的形势。但据一位知情人士称，她"希望女儿们拥有上大学的经历"。她本人从未上过大学，16 岁时就成为肥皂剧《夜色边缘》(*The Edge of Night*)的常驻演员，开启了电视生涯。24 岁时，她参演了长盛不衰的情景剧《欢乐满屋》，奠定了她在美国文化中的经典形象：奥尔森双胞胎的甜美而品行端正的贝基姨妈。奥利维娅和贝拉都在不同程度上追随母亲踏入娱乐业。贝拉对表演有所涉猎，奥利维娅在她的圈子里已经成了名人，尽管是个 21 世纪语境里的明星。多亏了丝芙兰等美妆品牌的赞助协议，奥利维娅这个散发着名人子女厌世气息、眼睛天真无邪

---

[1] 54 俱乐部（Studio 54）是 20 世纪 70 年代美国纽约市的传奇俱乐部，是当时俱乐部享乐主义的摇篮。——译注

的褐发女郎,凭借拍摄旅行前打包行李或是准备外出前化妆的视频帖子,挣了1万至1.5万美元。路格林和女儿们关系密切,酷爱让她们作为走红毯的搭档。在奥利维娅的一个视频中,她和母亲坐在同一张床的边缘,当奥利维娅考她诸如"火"和"骚"[1]之类当代俚语的含义时,她们像女学生一样咯咯直笑。"'骚'的含义?"路格林语气中充满夸张的难以置信,"我以为[2]我知道的!"在某个时刻她转向女儿,祝贺"(她)所有的成功"。

吉安努利和佩特龙坐下来交谈之时,他们的大女儿已经被南加州大学录取了。这一切多亏了辛格,他是这个家庭为了"让大女儿考上一所比亚利桑那州立大学更好的高校"而聘请的人,吉安努利反感亚利桑那州立大学。在告知吉安努利夫妇,贝拉的学业成绩只能勉强够着南加州大学的招生标准,甚至可能还"差一点"后,辛格将贝拉包装为一名赛艇队特招生,并提醒这对夫妇,没有他的帮助和谋划,贝拉永远也不可能进入南加州大学。他没有提醒吉安努利夫妇,他们在南加州大学有自己的人脉,也许可以利用那些人脉帮忙把他们的女儿们弄进去,更不用说经常有发展官员联络吉安努利以寻求捐款——那些人似乎并不在乎他并非真正意义上的校友。相反,辛格告诉吉安努利夫妇,他们唯一的选择就是走"侧门"。2016年9月,当辛格通知他们给他发一张贝拉"像一名真正的运动员一样身穿训练服"坐在划船机上的照片,以便他用来创建一份"舵手档案"时,吉安努利同意了。在训练和比赛中,舵手通常身材娇小,不划船,但是他们坐在船尾控制方向,同时引导桨手们。

辛格长期以来鼓励把赛艇运动员身份作为一张大学入场券,甚至将此策略推荐给与他合法合作的那些家庭。20世纪90年代的大学校园里,参与这项运动的人数(尤其是女性)急剧增长,这要归功于教育法修正案第九条规定了女性运动员奖学金金额必须与男性运动员奖学金金额相等。对于那些想要平衡橄榄球队人数(每年被给予85项奖学金的那些项

---

[1] "火"(fire)和"骚"(thot)是新生代网络热词,分别指代"非常火爆"和"浪骚货"。——译注
[2] 原文 thot 在英语中与 thought(以为,想)同音。

目）和女性体育运动人数的学校而言，赛艇队被视为重要的平衡者。一支大型的一区女子赛艇队伍可能拥有超过 47 位成员，合格的成员只需要足够的耐力和力量。一名高中足球运动员或田径明星可以在半年内转成一名技艺娴熟的桨手（舵手们甚至不需要运动能力，他们只需要个头小，能够挤进船的尾部就座即可）。"许多在其他体育运动中拥有高水平背景的入列队员表现得非常不错，然而他们不够资格在大学水平的同类体育运动中参加竞技，"芝加哥训练中心的创始人蒙塔纳·布奇说，该中心为市中心年轻人提供免费的赛艇指导，"一名真正优秀的高中排球运动员有可能进不了大学校队，因为他们高大健康又愿意吃苦，算是孺子可教。用上一年半的时间，他们可以摇身一变成为真正优秀的赛艇运动员。"

这一现象结合教育法修正案第九条，为女性入列赛艇运动员打开了闸门。根据 NCAA 的一份报告，1990 年，12 所美国大学共有 305 名女性赛艇运动员，其中大部分人获得了某些形式的奖学金。2018 年，该数字飙升至 145 所学校共有 7277 名女性赛艇运动员。

辛格早就意识到了这一点，并对与他合作的各个家庭提到了此事。伊利诺伊州皮奥里亚的一名广告经理埃里克·韦伯说，辛格在帮她的女儿——一名富有竞争力的啦啦队队员和体操运动员——进行大学申请时，他问她："你对赛艇有兴趣吗？因为这将有助于你进入那些单靠你的成绩和个人品牌可能无法被录取的学校。"这一提议促使韦伯买了一台划船机供女儿训练，不过最终她还是以一名普通学生的身份申请了大学。

在吉安努利发给辛格的照片里，贝拉穿着一件灰色 T 恤和一双黑色耐克运动鞋，在一间空荡荡的只放着锻炼器械的房间内拉着划船机。辛格将照片转发给了劳拉·扬克，她伪造了一份运动员简历，介绍贝拉为洛杉矶 MAC 赛艇队的舵手，曾参加过著名的查尔斯河赛艇大赛，并在圣迭戈赛艇经典赛上摘金。另一方面，贝拉是一家足球俱乐部的队长和中场球员，同时也是玛丽蒙特足球队的成员。这一切都是公然伪造的。

辛格又给扬克发了封邮件，说："唐娜想要一张（贝拉）坐在船上的照片。有没有什么看不清楚舵手脸的照片可以让我们拿来用的？"

10月27日，唐娜·海涅尔将贝拉介绍为一名赛艇队新招募的成员，她被有条件地录取了。两天后，辛格给吉安努利发邮件写道："请支付5万美元酬劳给以下人员（：）唐娜·海涅尔，高级体育副主任（，）转交给南加州大学体育运动部。"吉安努利回邮件说，他会让他的业务经理通过联邦快递寄去支票。他还询问是否可以同南加州大学体育主任帕特·黑登讨论伊莎贝拉被南加州大学有条件录取一事。他认识帕特，并且过几周他将同帕特一道前往佐治亚州的奥古斯塔参加高尔夫大师赛。"最好让（黑登）置身事外，"辛格回邮件写道，"我一年前因（贝拉的）事与他见面时，他觉得你值得再追加百万美元。"

吉安努利吃惊地回复道："哈！！"

与此同时，吉安努利拒绝了来自南加州大学一位发展官员的协助。发展官员差不多这时候给他发邮件，提议"（为贝拉）提供一对一机会，为家庭定制一个校园或课堂参观"。发展官员补充道："我也乐意标记她的申请。"

"不胜感激，但我想我们已经完成这件事了"，吉安努利回复道。接着他将邮件转发给路格林，并写道："这是我在打发别人时表现最友善的一回。"

2017年春天，当贝拉被南加州大学正式录取时——玛丽蒙特的同学们对她刮目相看，并想当然地认为是她父母的人脉起了作用——记账员史蒂文·马塞拉从金钥匙世界基金会通过电汇给吉安努利寄了一张20万美元的发票。吉安努利收到一份声明称"未换取任何商品或服务"。（早些时候他已经问过，"出于会计目的，我可以把这笔钱归类为捐赠吗？"，辛格回复，"当然"。）随后他给辛格写了一封感谢邮件，抄送了路格林，邮件标题为"特洛伊人的快乐"。他又给他的会计写了封邮件，转发了那张20万美元的发票。"好消息是我女儿……进入南加州了，"吉安努利写道，"坏的（消息）是我不得不钻空子。"

根据吉安努利和路格林遭到指控后由他们的律师提交的文件，这对夫妻深信辛格促成的是给南加州大学女子体育运动的一项"合法"捐款。

换句话说，他们在付费参与学校默许的实践（也就是说"钻空子"），这样的做法虽然很普遍，却不同于为了让一名学生更容易被录取而捐赠扩建修建图书馆。毕竟他们自孩子们小时候起就一直在对学校进行数额可观的捐款，早已习惯了被人直接伸手要钱。这次真的有什么不同吗？他们相信，辛格让他们写给南加州大学的5万美元支票实际上流向了南加州大学，而不是给了唐娜·海涅尔或一位游手好闲的教练。至于那20万美元，他们开始声称这笔捐赠是用来交换服务的——甚至说得更中听一些，这是为了慈善——而非用来酬劳任何人的贿赂。"在法庭审判时，"他们的律师肖恩·伯科威茨曾领导过美国司法部检方对安然管理层的指控，他写道："吉安努利和路格林若想自证清白，必须证明他们以为两次酬金都是合法捐赠，并不清楚或者有意使任何一次酬劳被直接或间接用于贿赂海涅尔。"

（尽管起初否认被卷入了大学招生丑闻，并在最开始做了无罪辩护，2020年5月，吉安努利夫妇改变了他们的立场。路格林认罪合谋进行电汇和邮件欺诈；吉安努利认罪合谋进行电汇和家庭欺诈，以及诚信服务电汇和邮件欺诈。）

轮到他们的小女儿奥利维娅申请大学时，吉安努利夫妇故技重施，再次选择了伪造赛艇运动员身份这条通往南加州大学的"侧门"路线。"没错，南加州大学是（奥利维娅）的！"辛格发邮件询问这对夫妇是否愿意故技重施时，路格林心潮澎湃地给辛格回邮件说。

这个决定看上去是父母单方面的决定——奥利维娅曾公开告诉她的粉丝她对上大学毫无兴趣，而且她当然也不需要为了职业成功而弄一个学位，她在互联网事业上已经收获了成功。但是辛格搞出来一份运动员简历，将她包装成一名技艺高超的舵手，参加过查尔斯河赛艇大赛、圣迭戈赛艇经典赛以及美国划桨比赛西南地区少年组冠军赛，声称她在这些比赛中摘得了铜牌和银牌。与此同时，尽管她抗拒上大学，父母还是让她在划船机上摆了造型。在吉安努利发给辛格用于编造简历的照片中，奥利维娅穿着时髦，身着流行的紧身裤和白色背心，在划船机上保持平衡。

2017年11月，在海涅尔将她的运动员简历递交给体育运动招生下属委员会后，奥利维娅拿到了通行证。当辛格在邮件中通知吉安努利这一消息时，路格林回信写道，"这个消息太棒了！"，同时配上了一个击掌的表情符号。

辛格回信写道："请继续保密直到3月。"

"当然会。"路格林回复。

尽管吉安努利夫妇没有声张，玛丽蒙特还是疑声四起。大约这个时候，佩特龙和南加州大学招生部门通了电话，被告知奥利维娅被标记为赛艇队新招募的成员。他随后向奥利维娅质疑此事，同时也向她询问了她姐姐的运动员资格证书。对话传到路格林耳中，路格林在给辛格的一封邮件中将佩特龙称为"我们在玛丽蒙特的一位好朋友"。她还给奥利维娅发信息警告说，如果告诉佩特龙南加州大学是她的第一志愿，有可能"引来那条黄鼠狼干涉此事"，并且不要"对那个人透露太多"。吉安努利补充道："去他妈的"，并且称佩特龙是一个"爱管闲事的混蛋"。

当吉安努利走进佩特龙光照好、通风好、有着新英格兰风格航海氛围、挂着玛丽蒙特的水手吉祥物的办公室时，根据佩特龙会后记录下的笔记，他显然很生气。吉安努利习惯了和追星族与应声虫们打交道，习惯了享受社会特权。他要求知道佩特龙和南加州大学说了什么有关他女儿的事，以及他为什么要试图破坏她们在南加州大学的机会。

接着，他问佩特龙前一年对南加州大学说了什么有关贝拉的话。佩特龙说，他被告知贝拉被南加州大学录取为新招募的赛艇运动员，他回答说他不知道她在赛艇队，但是没有反对该决定。吉安努利接下来想知道佩特龙是否曾经说过贝拉并非南加州大学理想的录取生——她在那儿发展得不错，他补充说。

佩特龙说他很高兴能听说贝拉在那里发展得不错，而且他从未说过她是"糟糕的候选人"，他只是不知道她是赛艇运动员。此时，吉安努利的声音已经大到让大学顾问联合主任走过来，关上了佩特龙办公室的门。

吉安努利随后改变话题谈论起奥利维娅：佩特龙究竟对南加州大学说了什么？他担心现在他们会取消她的录取资格。佩特龙说，早几周前，他曾接到过南加州大学招生部门的例行电话：他被告知奥利维娅也被招募为赛艇队新成员，而他说他不知道她是一名桨手。

"她是一位舵手"，吉安努利说她是一家私人赛艇俱乐部的成员。（辛格为奥利维娅想出来的洛杉矶码头俱乐部根本不存在。）

"我对此并不知情。"佩特龙说，并向吉安努利保证，他会将这些信息转告给南加州大学。

吉安努利随后陷入了"焦虑的意识流"，说他曾因为佩特龙无法将贝拉在马尔伯勒和在玛丽蒙特的 GPA 合并而大为光火。（将来自不同学校的 GPA 合并并非标准操作，学生们读过的高中会分别向大学发送成绩单。）

"我就既往不咎了，"吉安努利说，"但我感到很震惊，你让奥利维娅今年被南加州大学录取一事陷入了危机！"

"她要是知道这一切，将会伤心至极！"他接着说，"你知道奥利维娅是谁吗？"

佩特龙说他非常了解奥利维娅的 YouTube 频道，以及如果吉安努利能读一读他为奥利维娅写的推荐信，他会发现自己将她描述为"一位在其专业领域前途光明的权威人物"，任何一所学校都会非常乐意录取她。

吉安努利不为所动。"我还是不明白，"他说，"你是她们的大学顾问。你理应帮助她们。"

"我认识许多人"，吉安努利继续说他已经向南加州大学"输送"了一些来自名门望族的"录取生"，以便提高玛丽蒙特的声誉。吉安努利问佩特龙，那他为什么要"行为反常地向南加州大学说女儿们的坏话"。

佩特龙说他没做过这种事。事实上，他虽然心里暗自觉得辛格将姐妹俩伪造成运动员一事已经让她们陷入了危险，却从未将想法说出来（因为他不希望事态进一步升级）。"我的职责在于确保这一流程的真实性，"佩特龙冷静地说，他指的是大学录取流程，"正如玛丽蒙特一样，我也有我的职业声誉，当我发表意见时，我要对过去和未来的每一名毕业生负责。"

吉安努利听后问道："你现在打算怎么办？"

佩特龙说他会打给他在南加州大学的联系人，告诉他吉安努利已经告知自己奥利维娅是一家私人俱乐部的舵手。

吉安努利看起来很满意，起身握了握佩特龙的手，走了出去。

佩特龙将这次会面的内容转述给了玛丽蒙特的校长杰奎琳·兰德里。杰奎琳随后联系吉安努利，向他保证玛丽蒙特不会干涉奥利维娅的申请。佩特龙还与玛丽蒙特的体育主任确认，看看那里是否有吉安努利的两个女儿身为桨手的记录。然而记录一片空白。

那天晚些时候，佩特龙在给吉安努利的一封邮件中甚至提供了更多保证："我想向您更新一下奥利维娅申请南加州大学的状态。首先，他们没有任何取消（她的）录取资格的打算，并且对这件事为您和您家人造成的不便深感意外。若您愿意，您可以找（南加州大学资深招生副主任）核实此事……我也已经和（南加州大学资深招生副主任）分享了您今早造访一事，对方也向我确认了奥利维娅确实是一位舵手。"

吉安努利回复邮件，同时抄送给路格林："不胜感激。"随后他将佩特龙的邮件转发给了辛格以及卷入辛格计划的另一位家长，写道："我们开始吧……"

次日，吉安努利给辛格和另外一位家长发信息，问道："有什么风声吗？"

"鸦雀无声。"辛格回复。

玛丽蒙特风波虽然平息，在小镇另一边的南加州大学里，唐娜·海涅尔却吓坏了。她最近刚刚摆平了马泰奥·斯隆被水球队录取一事，巴克利学校大学顾问主任朱莉·泰勒-瓦斯致电招生部，质疑斯隆是否真的参加过该运动。现在又来了一个讨厌的高中大学顾问兴风作浪。那天早些时候了解到吉安努利和佩特龙之间的对质时，她给辛格留下了一封惊慌失措的语音邮件："我只是想确保，你知道，我不想——看到家长们动怒并在学校搞出任何乱子。我只想确保那些学生……如果在学校遭到质疑,他们能够妥善回应,说他们是相应体育运动的入列运动员候选人。他们期待在队里试一试,争取入学后进队。好吗?这就是我想确保的事。"

"所以说,"她补充道,"我只是不希望任何人走进(巴克利)或(玛丽蒙特),对着顾问们大吼大叫,你懂的。那会搞砸一切——让一切停摆。"

***

唐娜·海涅尔有着前所未有的充分理由在里克·辛格的"侧门"系统中获得投资。他最近开始每月支付给她 2 万美元作为常年咨询费,但检察官们说这是一个幌子。检方称,这本质上就是金钱交易,让他客户的孩子们作为冒充的运动员被南加州大学录取,并且这些学生的数量在不断增加。截至 2018 年,海涅尔已经为超过 24 名辛格的"运动员"进入南加州大学铺平了道路。这些人当中,大部分从未从事过他们被录取的运动;极少数人被伪造成在主流运动的队伍中效力过的运动员,例如橄榄球(一人作为长传手)和男子篮球。这一大批孩子的家庭不断为南加州大学捐款——从 2014 年到 2018 年,辛格的客户向海涅尔管理的大学账户支付了超过 130 万美元。

与此同时,水球队教练约万·瓦维奇从资助他队伍的南加州大学银行账户内收到了共计 25 万来自辛格的付款。检方指控称这笔钱也用作交换,换取辛格的客户作为水球运动员被南加州大学录取的资格。辛格向一位家长解释道:"约万通常做的事情是,我补贴他员工的工资……我把他的两名员工在我们的雇员名册上登记为我们的合同工……然后我给他们发放全年工资。"这是一项简单的交易。"因为他是那个释放出(队伍中)空缺名额的人。"辛格说。(瓦维奇和海涅尔都声称自己无罪,并将在审判时反驳这些指控。)

海涅尔对辛格的价值不仅仅是一位助力者,还在于她是南加州大学体育部的拍板人。他在和客户的交谈中不经意地提起她,将她兜售为通往南加州大学的"侧门"把关人:"目前的情况就是如果唐娜告诉我说没问题,我们就没问题。"辛格对纳帕谷的葡萄酒商小阿古斯丁·胡尼乌斯说,胡尼乌斯因使用"侧门"计划将其女儿送进南加州大学而认罪,"接着她收到了一封招生部门的来信,里面通知她被录取了,不过是有条件录取,她需要通过NCAA的运动员资格审查,她需要向美国学生信息中心寄去她的成绩单,等等……"然而到此时为止,海涅尔做的事情已远不限于介绍冒牌运动员。当招生部门的成员问海涅尔,为什么赌博业巨头贾玛尔·阿卜杜勒阿齐兹的女儿虽然已被篮球队录取,却从不参加篮球队训练时,海涅尔声称该女孩得了足底筋膜炎,并说她是夏天时受的伤,需要缺席六至八个月。当辛格的另一名被包装成冒牌女子水球运动员的申请者被发现高中成绩单上成绩不全时,海涅尔向辛格保证她将"抹去"这个可能让人受牵连的细节。阿卜杜勒阿齐兹声称无罪。他的律师布莱恩·凯利在一项提议中写道:"尽管政府必然会试图证明阿卜杜勒阿齐兹先生清楚他的捐款是贿赂,阿卜杜勒阿齐兹先生'并未被告知该款项的性质,也没有从这些情况中推测出这些付款是贿赂'。"

辛格的其他同伙偶尔会来帮忙清除障碍。当辛格为湾区房地产大亨布鲁斯·伊萨克森和他妻子达维娜的女儿劳伦·伊萨克森安排一切,以足球运动员身份申请南加州大学时,突然出了乱子;她的申请被归到了常规招生材料中,而不是海涅尔负责的那一块。这一"笔误"搞砸了计划,辛格因此通知霍斯罗沙欣——他当时执教于奥兰治县一家高中生俱乐部球队——将申请发给了UCLA男子足球教练豪尔赫·萨尔塞多,此人也早已被拉入了辛格的欺诈教练团伙。萨尔塞多随后将申请转给该校女足教练,接着申请被递交给该校学生运动员招生委员会。(布鲁斯和达维娜·伊萨克森以及萨尔塞多均承认对其指控中的罪名。)高中时从未参加过足球竞技的劳伦被录取了,其实她喜欢马术。辛格往萨尔塞多控制的一家体育营销公司寄了张10万美元的支票。(霍斯罗沙欣凭借他的中间人服务赚了2.5万美元。)UCLA要求所有的录取者至少第一年都要在队伍中效力,因此劳伦被迫作为中场运动员在拥有国家排名的校队中训练了一个赛季。在她们学校的校队主页上，劳伦将"在所属马术分部连续两年夺冠"列为"最激动人心的运动成就"。

第一次与特洛伊人的快乐失之交臂后，伊萨克森夫妇随后安排辛格让他们的小女儿以赛艇特招生身份进入南加州大学，尽管她也如她的姐姐一样，更像是参与马术的类型。"又一位女赛艇选手"，辛格在转发女孩的成绩单和测试分数时给海涅尔写道。他伪造的运动员履历中说她是北加利福尼亚红木赛艇俱乐部的"校队 8 号位领桨手"。这个队伍确实存在，然而正如它的名字所说一样，它划的是短桨，用的是两座或四座的船，而不是八座的划艇——任何熟悉这一运动的人立刻就能意识到这一点。小伊萨克森也在西好莱坞考试中心同马克·里德尔参加了 ACT。作为交换，布鲁斯·伊萨克森先后向辛格的慈善机构转了价值超过 60 万美元的脸书公司股份。

事实上，到 2018 年为止，辛格的教练帝国一直在快速扩张。霍斯罗沙欣还将辛格介绍给了南加州大学男子排球教练威廉·比尔·弗格森，此人一直执教到 2015 年，之后去了维克森林大学。2017 年，辛格辅导的一名年轻人上了北卡罗来纳大学的候补名单，据传弗格森同意将她指定为排球队新招募的队员。作为交换，金钥匙世界基金会向维克森林大学的体育运动账户和弗格森运营的一家私人排球训练营分别支付了 5 万美元。（弗格森正在反驳这些指控。）在一家酒店的停车场内，辛格向得克萨斯大学奥斯汀分校当时的男子网球教练迈克尔·森特支付了 10 万美元，以便让他的一位富有客户之子以网球特招生身份进入得克萨斯大学。这个男孩入学不久后就退出了网球队。他父亲以股份形式向金钥匙世界基金会捐款超过 50 万美元。森特认罪并被判处六个月的监禁。

霍斯罗沙欣介绍给辛格的另外一位人物是耶鲁大学女足教练鲁迪·梅雷迪思。梅雷迪思也是位身陷烦恼的教练，他的队伍一直蒙受损失，他也对自己的工作感到心灰意冷。2017 年，在奥本海默公司布莱恩·韦德斯海姆手下工作的杨秋雪将辛格介绍给了一个于近期搬来南加州的中国家庭，该家庭正在找人帮助他们的女儿郭雪莉申请大学。郭的父母目前尚未透露身份，他们不懂英文，并且对于美国大学的招生一无所知。郭的律师詹姆斯·斯珀特斯说，郭是一名出类拔萃的学生和才华横溢的艺术家，一心向往牛津大学和哥伦比亚大学，然而辛格极力推荐耶鲁大学，声称他能确保她被耶鲁大学录取。另一位知情人士称辛格那时候恐吓郭，说她永远也上不了牛津大学，他认识牛津大学校委会的人，能够保证她被学校拒之门外。

郭家让步耶鲁大学后，辛格将她的简历和个人陈述发给了梅雷迪思，让他"修改"她的作品选集——原本展示的是她的艺术作品，现在要求专注于足球。他随后伪造了一份运动员简历并将它转发给教练。梅雷迪思承认对自己的指控。尽管提前申请的截止日期已过，梅雷迪思依然将郭指定为足球特招生，并将她的录取身份改成了提前申请者。辛格给他寄了张40万美元的支票。郭家向辛格分期支付了120万美元，这是辛格实施"侧门"计划以来获得数额最大的一笔酬金。郭的律师告诉《纽约时报》，"单是这笔金额就表明他在掠夺华人社区。这个捐款名义上被用于帮助贫困青年。（郭的父母）没有意识到这笔钱进了梅雷迪思的口袋。他们也不知道他将用那笔钱行贿。丝毫没有半点迹象"。郭和她的父母在大学招生丑闻中均未遭指控。2019年3月，当这一丑闻被爆出时，耶鲁大学撤销了对郭的录取，而她当时已入学。

辛格最重要的新通关教练所供职的大学是他多年来竭尽全力尝试渗透的学校：斯坦福大学。至少自2009年开始，辛格就一直尝试在该校取得突破，接近学校的七位教练，试探有没有可能为他们的体育运动输送潜在的"特招生"。他们当中无人上钩。直到2016年秋天，他用自己的手机给斯坦福帆船教练约翰·范德莫尔打了一个电话。

长期以来，哈佛大学被认为是西方的象征。随着科技浪潮的出现和看上去大批量涌现的创业公司之神——其中最著名的当属谷歌公司的联合创始人谢尔盖·布林和拉里·佩奇——斯坦福大学的知名度得到了指数级提升。对于加利福尼亚人，尤其是辛格瞄准的富裕的北加州人而言，斯坦福比哈佛更胜一筹。这是他们后院里的剑桥，不仅给予其毕业生一个名门出身，还被认为是一艘火箭飞船，通往苹果公司或是必将IPO的创业公司。如果说哈佛和它的常春藤竞争对手非常在意传统贵族和高盛的人脉与职位，斯坦福则有一个更为现代而精英的光环，对硅谷的亿万富翁新贵们充满吸引力。学校超低的录取率使得它像一个更丰厚的回报。

"全球公民年"组织的创始人兼CEO阿比·法瑞克说，"斯坦福影响"在湾区十分普遍。该非营利组织将那些上大学前一年进行间隔年[1]的高中毕业生安排进世界各地的贫困社区，使他们致力于健康、环境及教育项目。她说："我会在帕洛阿尔托高中做演讲，该校与斯坦福校园近在咫尺，我猜那所学校一半的孩子都有一位斯坦福毕业的家长，不是本科生就是研究生。数字是我编出来的，是我的猜想，但是在那里抚养孩子的人，他们的眼中或者世界观里，基本上有且仅有一所大学。"

她说，在硅谷"有这么一个由手握斯坦福学位的人群组成的团伙"——她自己就是其中一员——"并且这一团伙打开了各种各样的机会"。

辛格初次接触约翰·范德莫尔时，后者38岁，毕业于私立学校，从小就在科德角进行帆船运动。在东海岸被培养成才后，范德莫尔代表罗德岛的圣乔治学院和纽约的霍巴特和威廉姆史密斯学院参加过帆船赛，后来转为教练，开始是马里兰州圣玛丽学院的助理教练，随后担任美国海军学院的主教练。他的妻子也是名帆船选手，参加了2012年的奥运会比赛。

辛格打电话来的时候，范德莫尔正从帆船训练中开车归来。对话很简短。辛格做了自我介绍，并说他有兴趣聊一聊斯坦福的帆船项目特招生一事，而范德莫尔同时执教男队和女队。他像任何招生官员一样介绍自己，范德莫尔愉快地答应进行会面。（这一陈述基于范德莫尔被宣判时所接受的询问，以及同他身边知情人士的对话。）

---

1 间隔年（Gap Year），指西方国家青年在开学或毕业工作前做一次长期旅行，让学生在步入校园或社会前体验不同的生活方式，其间学生通常也会做一些与自己专业相关的工作，或一些非政府机构（NGO）组织的志愿者工作。——译注

次日，辛格去了斯坦福大学，坐下来与教练商讨更多细节。此次会议中，辛格表现出真诚、充满好奇且天真无邪的形象，当他告诉范德莫尔自己希望了解更多有关帆船以及该体育运动如何招募新队员的细节时，并没有表现出任何胁迫或恶意。在其他许多运动中，他已经将学生运动员和教练进行了连接，但是从来没有在帆船项目中进行这样的连接。范德莫尔会教他更多内容吗？他让教练处于自在的状态，通过让他感觉自己像一位有价值的专家，而达到恭维的目的。如此一来，他怎么能不显得魅力四射呢？至于金钱或者酬金，辛格从未提起，然而在对话临近结束时，他说他有一名学生希望范德莫尔能够见一见。（范德莫尔承认所有对他的指控。他被判处一天有期徒刑，但是被视为已经服过刑了。）

他提到的学生是赵雨思，其父亲是制药产业的亿万富翁，在北京工作。他通过摩根士丹利洛杉矶地区分部的金融顾问迈克尔·吴的介绍认识了辛格。辛格和这个家庭合作，致力于帮助雨思申请美国大学。吴没有被牵扯进这一桩丑闻。

根据检方在"校队蓝调"案中的指控，虽然雨思没有帆船经验，但辛格问范德莫尔是否可以将她指定为队伍中新招募的队员。眼见着很多帆船入列运动员都缺乏经验，这点似乎不难。"你能找到的普通入列运动员充其量不过是在某个夏令营参加过单帆帆船运动。"一位大学帆船教练说。每年在22人的队伍中，范德莫尔一般有六七个空缺席位，这意味着他会尝试招募接近10名队员，毕竟不是每个人都会接受录取。辛格说，作为将雨思标记为特招生的交换，她的家庭将对范德莫尔的队伍进行"捐助"，具体指支付帆船教练的薪水。辛格补充说，他会担任"担保人"，确保这笔资金得到支付。这一提议非常具有吸引力，毕竟帆船运动不受NCAA监管，这意味着高中帆船选手没有任何可以依赖的中枢来与教练取得联系，也没有奖学金。范德莫尔接受了这一提议。雨思和她的父母在这次丑闻中都没有受到指控。

这一推销如此吸引人还有另外一个原因。范德莫尔在承担队伍的基础开支方面一直都捉襟见肘，如制服和船只，每项花费可达8000~1万美元。尽管斯坦福的帆船项目得到了很多资助——据知情人士称,每年有超过 20 万美元的预算——但该校参与的大部分赛事在东海岸。范德莫尔每年单单在机票上就要花费 10 万美元,给其他事项只留下了更少的经费。范德莫尔只有一位助理教练,而斯坦福的顶级竞争对手们都配有两位助理教练。为了参加帆船比赛,助理教练至关重要,因为这些赛事通常在多个地点举办且用时超过一周。

这种情况将筹款的重担放在了范德莫尔肩上,而据他身边的知情人士称,这并非他的强项。"他一直想做的只是执教他的队伍。"其中一人说。斯坦福大学当然拥有一众热情又慷慨的校友,而且家长们有时候会给范德莫尔打电话说:"嘿,你需要什么吗?"然而为了依照他希望的方式来资助自己的队伍,他需要的不只是突如其来的提议。他需要保持忙碌、打电话,而这些都是他讨厌做的事。

据一位知情人士称,2008 年当范德莫尔初来斯坦福大学时,为诸如帆船这样的小众运动筹款一事几乎全部由大学的发展办公室来监管。工作人员会与范德莫尔一道坐下来,听他提出队伍的需求。发展办公室的工作人员随后会将他和捐赠者们对接,并邀请他参加社会活动,在那里他可以和校友们熟络起来。范德莫尔本人不会开口提要求,但他会在整个过程中助力发展办公室。当时在任的体育主任是鲍勃·鲍尔斯比,此人"固执己见地认为教练不负责筹款",一位前斯坦福教练说。"大家就这么说定了。那是大家的共识。"

2012 年,鲍尔斯比被伯纳德·缪尔接任,这位乔治城大学前体育部主任曾聘用过戈登·恩斯特。据范德莫尔身边的一位知情人士称,事情发生了急剧变化。如今发展办公室将更高的优先级给了诸如橄榄球和篮球等热门体育运动,同时停止把发展机会给予小众体育运动的教练。

从范德莫尔第一次与缪尔开会时起,新协议就已经变得一目了然。

据范德莫尔身边的知情人士称,缪尔对范德莫尔说:"如果你想再增加一位(额外的)教练,你就必须为此筹款。"

缪尔在一封邮件中写道:"在担任斯坦福大学体育部主任一职期间,

我没有发现任何有关筹款政策的实质性变化。"

"教练是我们体育部项目的门面，除却他们日常的执教和招新职责外，作为附属职责，我们鼓励他们参与支持体育部的筹款活动，"他继续说，"他们这么做的时候，我们期望他们和我们的发展团队密切合作。

"我不会说为橄榄球和篮球筹款的优先级更高，不过说句公道话，那些运动通常吸引着更多捐赠人的兴趣。我们的发展团队相应地和对那些运动感兴趣的捐赠人合作，尽可能发掘机会利用他们的捐赠来资助我们的其他运动。

"当我们部门的经营预算不足以支付使某一队伍成功的关键花销时，我的做法通常是交代我们的发展团队和主教练通力协作，去评估和寻找为队伍筹款的机会。额外增加一名帆船教练就属于这种情况。"

一位前斯坦福大学体育部知情人士认同缪尔和鲍尔斯比二人的政策别无二致，只不过缪尔更鼓励教练们出去为经营预算之外的东西筹款。该知情人士称："在鲍勃手下，教练的筹款活动不会得到鼓励。"缪尔在任时，"教练们仍然有分到预算，如果他们说，'嘿，我想再雇一位额外的教练或新买一艘船，那些预算不包括的事项'，伯纳德就会说，'你需要去筹款'"。此人也不同意这种说法：缪尔偏爱橄榄球和篮球，不惜损害小众的"奥运会运动"，后者是大学体育运动中帆船等小众运动的别称。"每位体育部主任都认识到了橄榄球和篮球的重要性。橄榄球尤其必须成功，才能带动其他运动的成功。如果橄榄球无法挣钱，所有的运动都会搞砸。因此存在一个不成文的高低等级。"但是，那样的态度"从来没有以牺牲奥运会运动为代价"。

身兼筹款的新职责，范德莫尔减少了执教时间，增加了拓展校友的时间，但是他仍然负担不起第三位教练。多亏了家长们的捐款，他得以短暂地聘请一位教练，随后又因为资金耗尽解聘了他。因此，赵雨思被斯坦福大学录取后，当辛格将一张50万美元的支票以捐助斯坦福大学帆船队的名义给范德莫尔时，这位教练收下了它。赵最后错过了作为帆船手申请斯坦福大学的时间（尽管辛格早已为她伪造了一份运动员履历），但是她最终通过常规招生渠道进入了斯坦福大学。辛格希望范德莫尔明白他仍然信守承诺——辛格也希望确保这条渠道畅通。因此他再一次利用了文化差异，要求赵家无论如何都要支付他650万美元。这个家庭相信这笔钱只是给斯坦福大学的慈善捐款，他们付给了辛格，并没有因此遭到指控。

范德莫尔亲自将这张50万美元的支票送到了斯坦福大学发展办公室。次年，他又送了更多从辛格的慈善机构拿到的支票，加起来总计77万美元。实际上，最终没有孩子通过"侧门"被斯坦福大学录取——辛格向范德莫尔介绍的后续两名冒牌运动员最终选择去其他学校——然而辛格仍然保持着源源不断的金钱流，他说目的在于"维持关系"。就范德莫尔而言，他将所有资金用于队伍，从来没有中饱私囊。

知情人士称，随着资金的积累，范德莫尔受到了学校发展官的称赞，他们不可避免地注意到了大量现金的突然涌入。斯坦福大学称其发展官向帆船教练询问过有关现金捐赠一事，以及"他们对于礼物性质的理解基于教练所提供的信息，很显然那些信息当时没有引起担心"。确实，一位知情人士称，辛格在斯坦福大学远近闻名，不会遭受任何质疑。有一回，当范德莫尔开口告诉缪尔那些捐款来自哪儿时，这位体育部主任打断了他。"噢，我对里克放心。"他说。

缪尔在他的邮件中写道："我通过那些送给我们帆船项目的现金开始注意到里克·辛格和金钥匙世界基金会，然而我那时没有理由相信那些礼物被用于欺诈目的。"

"校队蓝调"案曝光后，斯坦福大学宣布了新规定用以收紧内部控制权，例如在招募运动员时制定书面筹款政策，审查捐款时更为仔细。学校还称将会把辛格基金会捐赠的77万美元重新分配给一个或多个实体，以"援助资金短缺并正在寻求经济资助的高中生们，以及提升他们对于大学招生的准备"。

里克·辛格在给约翰·范德莫尔写支票时，仍不忘推进他建立一座商业帝国的梦想，这一梦想远不只大学顾问业务。正如《纽约时报》首次报道的那样，2017年他开始将从富人家长那里挣来的钱投入一系列数字创业公司，并寄希望于它们最终能打包出售，或许甚至能一跃成为上市公司。他的大部分公司围绕的还是帮助孩子们进入大学的永恒主题，不过它们中的每一个都有自己独特的方向。GettingIntoCollege.com 的创建基于一个算法，它能记录学生的学术履历、性格、价值观和认知能力，将他们与理想的大学进行配对。USA-UES 是一个基于计算机的培训项目，教中国高中生"软技能"，例如时间管理和团队合作——一些中国学校教科书里通常不会涵盖的内容。Counting Stars 则用一个算法去评估学生运动员，并帮他们决定理想的大学。

辛格与那些在各自领域出众的专家和权威人物展开各种争论，以促成事业成功，这些人物包括运营美国女子篮球联盟（WNBA）多年的体育运动总裁唐娜·奥兰德，以及著名研究心理学家和 eHarmony[1] 前任首席科学官 J. 盖伦·巴克沃尔特。辛格在钱来宝公司的老伙计比尔·坦普尔顿也参与了进来，2017年晚些时候，当时已从事咨询业务的坦普尔顿在萨克拉门托的全食超市遇见了辛格。坦普尔顿说，他注意到辛格身上焕发出新光彩。与上次见他时不同，辛格的穿着更时尚了，开着一辆奢侈的越野车到处巡游。辛格给自己的运动装衣柜新添了"四百美元的毛衣"，坦普尔顿说。一番闲聊后，辛格问坦普尔顿是否有兴趣纵向扩展业务，帮助中年美国人调查诸如年龄歧视之类的工作问题。坦普尔顿同意并且开始着手调查，然而几个月后，辛格决定更换赛道，为康复中的上瘾者们开发一个移动端应用。

辛格说他在一家游泳俱乐部遇到了一位康复中的女士并对她印象非常深刻，坦普尔顿说。"她分享了上瘾时遇到的障碍，并将他稍稍带入了那个世界。随后他冒出了创建一个移动端应用的想法，为那些结束治疗项目的人打造一个平台。它会创建诸如冥想视频、文章和锻炼计划这类内容，使正在康复的上瘾者们得到持续的照顾。"

---

1 美国的一家婚恋交友网站。

辛格往他的创业项目中投入了几百万美元，拼命挖掘细节。"他非常有控制欲，"一位参与创建 GettingIntoCollege.com 网站的人说，"对他来说，没有什么事情是小到不值得过问的。样本大小、分析策略、招生策略，他对一切事情都有很强的主见。"

他的梦想一如既往地"如此不切实际"，此人称。"他打算一夜之间改变世界。"

2017 年 7 月，借着新客户比尔·麦格拉申的帮助，他看上去可能要实现目标了。一直在想方设法利用家长们的人脉和业务的辛格，在麦格拉申身上嗅出了一个机会。麦格拉申是睿思基金的创始人，这是硅谷一家投资社会影响力的基金，背后的支持者包括博诺（Bono）和 eBay 的亿万富翁杰夫·斯科尔。麦格拉申同时涉足科技领域和好莱坞（他是 STX 娱乐公司委员会的一员，这家公司是他帮助成立的），工作勤快又刻苦。他总在接电话，总是化身为空中飞人。在前往洛杉矶的中途停车时间里，他与阿什顿·库彻[1]和制片人盖伊·奥赛瑞为伴。他还为一家极有影响力的私募股权工作；睿思基金隶属于美国得克萨斯州太平洋投资公司（TPG）。麦格拉申聘请辛格帮助自己的儿子进入大学，这个男孩和辛格一道备考，最终，辛格安排麦格拉申的儿子在他的好莱坞测试中心参加了 ACT。他还准备开始与麦格拉申讨论一项申请南加州大学的"侧门"计划。一心渴望为这位 VIP 客户留下印象的辛格，在麦格拉申面前将自己的个人履历夸大到了新高度，称自己有人脉认识哈佛大学的校长，以及南加州大学的校长和校委会几年前曾聘请他修改学校的品牌和形象。（麦格拉申否认一切不法行为，并正在反驳针对他的指控。他声称自己不知道辛格安排了人员搞定他儿子的 ACT，并且在儿子申请南加州大学之前他已经退出了"侧门"计划。）

目前，他找到了与麦格拉申合作的其他角度，并通过他接触了睿思的合伙人约翰·罗杰斯。二人通过电话交谈，据辛格称，他们讨论了

---

[1] 美国演员、制片人，曾主演电影《蝴蝶效应》。

TPG 向他的公司投资 250 万美元的可能性。会后,辛格喜出望外。据称他给自己的团队群发邮件说:"信息很明确。睿思,尤其是约翰·罗杰斯和比尔·麦格拉申希望我们成为合伙人。"他向团队一位成员强调,睿思的兴趣主要和一个人有关:辛格。"他们真的需要我,"他说,"他们真的需要我。"(TPG 随后声明:"辛格先生误解或者曲解了一个礼貌的拒绝。在 TPG 的投资流程里,该投资甚至从未抵达第一个有意义的节点。")

创业公司的事情在缓慢进展中。辛格每周和手下每一家公司开例会,会中他确认公司的进展并提供支持。他送所有人南下飞往纽波特海滩,又把大家送进万豪酒店住上几日开一整天的会。他和科技公司建立合作伙伴关系,以便为他的投资搭建基础设施。

然而 2018 年的夏天一结束,有些事情就不太对劲了。辛格突然在周会上言辞简慢、丧失耐心。"我注意到他的性格和态度都发生了翻天覆地的变化,"坦普尔顿说,"他对一些人几乎进行着语言上的侮辱。非常直截了当的侮辱。他和我几年前认识的那个里克截然不同。你知道的,那位教练,那个灵感之源。'我们来实现这一切吧!'现在变成了'他妈的!我们本该把这件事搞定的!'随着时间的推移,事情变得每况愈下。"

一些和辛格合作的家长同样注意到了他行为上的突变。他不回复信息和电话。他回电时说着令人费解的话,说他人在波士顿,在建操场、创业,总之他的解释从来都是含糊其词。最终,他和他创业团队的每周电话例会也取消了。"曾有连续几周我都听不到任何消息,"坦普尔顿说,"然后我接到一个电话,几乎像是惊慌失措的电话:'我们在干什么?'"

坦普尔顿想当然地认为,辛格只不过是因为大学顾问业务中的其他各种要求和无休止的出差旅行而备感压力。过了好几个月,他才终于搞清楚究竟发生了什么事情。

第十二章　波士顿摊牌

2018年7月26日，接到耶鲁大学女子足球队教练鲁迪·梅雷迪思的电话时，里克·辛格正开着车在伦敦乱转，他迷路了。

"鲁迪，长官。"辛格接通电话，语气轻快。

"最近怎么样，伙计？"梅雷迪思说。

辛格说他和他的员工在伦敦就一个培训项目会面，几天后就回美国。谈话间，他突然咒骂道："该死，这他妈是哪儿？"辛格还不确定自己要去哪儿。"现在我又开回大街上了。老天，幸亏我住在美国。"

"你不能老老实实待在一个地方吗？"梅雷迪思开玩笑说。

"不行，有人会找上门来，"辛格回答说，"总有人阴魂不散，大人物。每个人都对我有所企图。"

"因为他们知道你是个大人物。"梅雷迪思说。

"什么原因我不清楚，不过我已经厌倦当大人物了。"

梅雷迪思是位运动员，体格健壮，头发剃得精光，笑容极富感染力，和辛格愉快地通话时，他已经在耶鲁执教十多年了。梅雷迪思以前是个没心眼的乐天派，带领球队一举获得2005年常春藤盟校锦标赛冠军。进入耶鲁后，他总因比赛失利心烦意乱，却故作风轻云淡。2013年毕业于耶鲁大学的足球运动员阿黛尔·杰克逊-吉布森说："我还在球队时，队员的伤病导致很多赛季结果不尽如人意。球队最开始成绩不错，之后就逐渐走下坡路了。到我大四的时候,我已经感觉快撑不住了,很多人也对训练失去了信心。"

以上对梅雷迪思的描述与20世纪90年代耶鲁大学的球员们记忆中的他大相径庭。"他是一个年轻的非裔美国人,和耶鲁大学其他白人老教练相比,他无疑与众不同。"一名前男子足球运动员说道,他透露梅雷迪思以前经常和男子足球队一起踢球。前女子足球运动员们则说:"他令人耳目一新。"1992年,梅雷迪思刚到耶鲁不久时是女子足球助理教练,三年后被提拔为主教练。彼时,他幽默风趣、满怀激情,会在赛前慷慨激昂地演讲,还坚持让球员在万圣节穿着节日装束训练。

就连这些球员都注意到了他身上的一些不安全感。梅雷迪思承认他有学习障碍,也时常以此自嘲:"我连阅读都困难,还当上了耶鲁大学的教练。"一些队员优渥的身世似乎让他震惊。梅雷迪思成长在马里兰州的一个普通家庭,家境并不富裕。在转学到南康涅狄格州立大学之前,他只是一个在蒙哥马利学院[1]念书的普通美国人,中途还险些退学。耶鲁的环境他可能适应不了,2000年毕业于耶鲁大学的足球运动员塞琳·吉本斯评价道。"每个人都很聪明,他们的父母也都有权有势,"她说,"孩子们有自己的主张,所以鲁迪在指导时,很难像从前那样自信满满。"

那时候,吉本斯偶尔会和梅雷迪思校外俱乐部的队员一起训练。她说,在那里他完全就是另一个人,自信得多,说他是个擅长制造惊喜的魔术师也不为过。但在耶鲁,能看得出来他有些畏首畏尾。

近几年,与其说畏首畏尾,不如说他已经不抱任何幻想了。他对朋友和之前的球员说,自己不像以前那样和队员关系密切了,场下和她们交流也不多。他的球队曾爆出丑闻,有人指控他强迫两名队员代写自己的研究生论文,以获得俄亥俄大学体育教学和运动科学硕士学位。[据《耶鲁每日新闻》(Yale Daily News)报道,耶鲁大学校长和体育部主任都知晓此事,相关调查随之展开,最终处理措施却没了下文。]一名前球

---

[1] 位于马里兰州的一所社区大学。

员说，梅雷迪思似乎也厌倦了与那些只知道"塞钱"和"提要求"的队员家长打交道。甚至有队员家长提出开私人飞机带他到巴黎观看世界杯。2013年，梅雷迪思最好的朋友、多年的助理教练弗里茨·罗德里格斯辞职，梅雷迪思挥别了球队中最亲密的参谋和知己。在南康涅狄格州立大学时，梅雷迪思和罗德里格斯是室友，曾经一起踢球，来到耶鲁大学后，两人更是形影不离。梅雷迪思曾经形容他们是"古怪却又十分契合的搭档"。（2017年，罗德里格斯骤然离世，给梅雷迪思造成了沉重打击。）

梅雷迪思的工作热情渐退，耶鲁大学转而日益关注体育成绩。据当时一位深谙耶鲁体育部内情的人士透露，"学校的文化导向明显变了，新的期望是，'你必须取胜'"。这位知情人士说，体育部领导开始热衷于赢得锦标赛，教练们压力倍增。学校甚至以发放夺冠奖金的方式调动教练们的积极性。这种激进的氛围，似乎让训练成绩平平的梅雷迪思感到焦虑。在与朋友的私下交流中，梅雷迪思担心自己可能工作不保。

梅雷迪思的焦虑是否促使他决定与辛格合作，人们不得而知。不过从2015年4月开始，他陆续接受辛格支付的报酬，并将辛格招募来的球员纳入麾下。同年，他在接受《耶鲁每日新闻》采访时表示，考虑到耶鲁大学本科生人数扩招15%，他希望能增加球员名额。他说，哪怕只多一个名额，对球队壮大也大有益处，也意味着他不用将别人拒之门外，后者可能会"记恨你，因为你没有把他们招进学校，他们与你对阵时，会拼尽全力打败你"。

当然，获得更多名额，也意味着梅雷迪思有更多机会与辛格合作。

梅雷迪思的老朋友奇戈齐·奥弗现任佛罗里达州律师，两人读大学时曾是球场上的对手。2016年夏天，梅雷迪思来到佛罗里达州，在奥弗举办的足球夏令营担任教练，就在那个时候，奇戈齐·奥弗开始注意到梅雷迪思的变化。梅雷迪思的妻子伊娃·贝里斯滕·梅雷迪思是卫斯理大学的女足教练，奥弗多年前就开始邀请梅雷迪思来夏令营任教，但暑假期间夫妻二人都会回伊娃的家乡瑞典度假。当梅雷迪思表示那年不去欧洲而来任教时，奥弗高兴得像进了球一样。

梅雷迪思不出意外地成了夏令营的风云人物。自己的孩子能得到耶鲁大学女子足球队教练的指导，这样的机会可不是每天都有的，更别说还能在场下谈笑风生，因此每天休息时段，梅雷迪思被家长们团团围住。身着耶鲁大学的灰色球衫，健壮的身体在闷热天气下蒙着一层薄汗，梅雷迪思看上去简直是常春藤盟校的体育之神。但在场下，他看起来无精打采，提不起精神。他告诉奥弗，他正考虑辞职搬来佛罗里达，这个想法并不荒谬。作为匹克球[1]的狂热爱好者，梅雷迪思经常来这里参加比赛，这项爱好花了他不少时间，但提出这个想法还是让奥弗吓了一跳。

奥弗对梅雷迪思说："鲁迪，谁会从耶鲁辞职啊？没人这样做，他们只会干到退休。"

梅雷迪思说自己"太累了"，奥弗回忆道，还有就是"太大压力，太大压力"。

在与远在伦敦的辛格电话闲聊后，梅雷迪思说起了正事，"你那儿有合适的人选吗？"他问道。梅雷迪思指的是以足球特长生名义入学的人，而他收钱作为报酬。要知道，他曾把郭雪莉送进耶鲁，获利40万美元。

辛格说，他正在和两家人商洽入学耶鲁大学和斯坦福大学相关事项。他说，想"看看他们谁先迈出一步"，再告诉梅雷迪思，以免其中一人或两人都选择斯坦福大学。

梅雷迪思说："也许我可以给他们俩都留位置。"

"真的吗？"辛格感到有一笔更棒的交易。

"也许，"梅雷迪思说，"这样吧，告诉我……告诉我名字，我来处理。"

辛格说等他回家和两家人沟通后，他会再联系梅雷迪思。

随后两人的谈话变成了兄弟间的互相吹嘘，辛格兴致勃勃地聊着八卦和他专门为吸引梅雷迪思而杜撰的故事，梅雷迪思则踊跃地做着好听众。辛格谈到自己曾与一位年收入"大约500万美元"的女士约会，却被她超出正常体重9到14斤的身材吓得打退堂鼓，这位女士还在晚餐时

---

[1] 一种融合了网球、羽毛球和乒乓球要素的球类运动。

喝下了两杯红酒和甜点（"这对她的体形可没好处"）。他谈到他曾与布朗大学校长通电话。他告诉梅雷迪思，自己拿到了斯坦福大学博士学位和加州大学伯克利分校的 MBA 学位，而且虽然"对银行业一窍不通"，却当上了银行总裁。他还说自己已经 58 岁了，但"看起来像 40 岁"。梅雷迪思问，今年有多少人通过他走"侧门"，辛格回答说："靠。大概，我也算不准，差不多七八百人吧。"

梅雷迪思一度问起杰罗姆·艾伦的情况。这位在宾夕法尼亚大学长期任职的男篮教练，最近因涉嫌受贿 30 万美元而遭到起诉。一位父亲让艾伦将自己的儿子以篮球特长生名义招进宾夕法尼亚大学沃顿商学院，梅雷迪思似乎担心他和辛格会陷入相同的境遇。但辛格向他保证，自己的手段更高明，并且与艾伦没有任何牵扯。他声称自己清楚艾伦事件的全部内情，还说"我会保证你的安全"。"噢，不，不，"辛格说，"他那是活该，你明白吗？……这些人还以为他们的路子行得通。"（艾伦当庭认罪，被判处缓刑四年。）

"你的做法跟他们不同在哪里，怎么保证我们不出事呢？"梅雷迪思问道。

"因为我参与其中，我通过我的生意来操作，通过我的基金会来操作，明白吗？"

"明白了，好的。"梅雷迪思说。

辛格开玩笑说要和梅雷迪思比赛打匹克球，自己肯定能赢。两人结束通话。这次通话是梅雷迪思配合联邦调查局打的，全程录音，而辛格对此一无所知。

***

按照政府的说法，里克·辛格的计谋之所以能得逞，是因为在他的设想中，涉及交易的人绝不会声张。毕竟，谁会揭发自己通过巨额行贿将孩子送入名校呢？到时，社会舆论对家长的谴责和抨击是巨大的，更不用提这对（通常）毫不知情的孩子造成的伤害。辛格深谙此理。在与鲁迪·梅雷迪思通话的一个月前，辛格与曼哈顿著名律师事务所威尔基、法尔与加拉格尔联合主席戈登·卡普兰谈话时曾说："除非你们中有人说出去，否则这件事绝不会败露。"

"我不会告诉任何人。"卡普兰回答说。

"那就好。"辛格笑着说。

卡普兰也笑了。

有时，一些八卦的家长会四处打探消息，怀疑自己的某个朋友和辛格有秘密交易。北加州的葡萄酒商小阿古斯丁·胡尼乌斯向辛格打听过硅谷大佬比尔·麦格拉申是否"干过这种勾当"，因为他的儿子和胡尼乌斯的女儿是同学。"他是不是表面上干干净净，实际却在帮他的孩子？"胡尼乌斯说，"因为他让我感觉很内疚。"

辛格巧妙地周旋着两方，他向胡尼乌斯透露，麦格拉申的确也牵涉其中，还说麦格拉申"要求（向他儿子）保密"。后来他又适时告诉麦格拉申，胡尼乌斯"在千方百计打听你（儿子）的路子。他向我打听，我说我不知道且不想和他谈论此事"。

也有人热衷于发短信讨论此事。酒类经销商CEO马尔奇·帕拉泰拉是旧金山湾区的一位家长，她曾收到朋友的短信："我们给（辛格）的价格没你那么高，那太夸张了。"帕拉泰拉回复道："你答应过保密的！不要告诉任何人！"根据法律文件记载，她后来坦言，觉得自己付给辛格的大部分钱都没到学校账上。"这是我们俩之间的秘密，"她继续说，"绝对不要再提这件事。"麦格拉申和帕拉泰拉都否认了指控，将接受审判。

有时，家长的思想斗争显而易见。就像卡普兰在电话中和辛格说的那样："就，老实说，我并不担心其中的道德问题。我担心的是，如果（我女儿）被抓现行，你懂的，她的人生就毁了。"

"这种情况二十多年来都没发生过。"辛格安慰他说。

"有人说……"卡普兰忧心忡忡地边沉思边继续说。

辛格向他作出承诺：在大家都守口如瓶的这个封闭系统中，不会出任何差错。

确实，闲言碎语一直只在家长之间流传，他们和少数金钥匙的员工，以及马克·里德尔和伊戈尔·德沃斯基这样的伙伴，是仅有的知道辛格勾当的人。辛格的一些亲戚，包括他的继父和妹妹，都在为他做事，但不能确定他们是否知道所谓的慈善机构只是一个幌子，他们还未被卷入此案。事实上，辛格的操作真正令人惊叹之处在于，与他有过接触的人实际掌握的信息非常少。虽然有部分大学教练知情，且伪造了给其他教练的介绍信，但有些人根本不知道彼此的存在。辛格雇来与家长会面的家教们，也不知道自己无意中卷入了一场骗局，他们与辛格即使有联系，也十分有限。"我跟他没有碰过头，都是远程办公，"辛格的雇员之一坦利·哈丁说，他的工作是协助孩子们完成大学申请书，"我会去一些人家里修改申请书，但我只和里克有过简短的交流，例如'你能去见见某人吗？'"就连辛格的老朋友比尔·坦普尔顿，这样最亲密的知己和挚友，也不知道他到底在背后干着什么勾当。"这是一起中心辐射式合谋，"一名不愿透露姓名的丑闻当事人表示，"里克及（和他联络的）非常小的一个团队是中心，余下的人都是辐射出去的辐条，彼此之间互不认识，也没有接触。"

辛格设想家长会保守秘密是正确的，一条漫不经心的短信也的确不会导致事态败露。真正让事情浮出水面的是联邦调查局的调查，它牵涉一起股票交易案，辛格与这起案件原本毫无关联，但该案的一个细节牵扯到了他：涉案人中有一位家长，他希望把孩子以足球特招生名义送入耶鲁大学。

莫里·托宾曾是一名股票经纪人，笑起来牙齿漏风，虽然是加拿大人，却像个布鲁克林人一样说话时拉长腔，他看起来更像一名退休拳击手，而不是身价百万的金融巨鳄。托宾住在洛杉矶，他的小女儿就读于马尔伯勒，两个大女儿则在耶鲁大学求学，其中一个已于2015年毕业。托宾本人转到佛蒙特大学之前在耶鲁大学待过两年。据说他转学是为了打冰球（托宾在两所学校都打过冰球，后来去欧洲打半职业冰球联赛）。当时，耶鲁冰球队一窝蜂地把孩子们送进北美职业冰球联盟（NHL）。正如一位耶鲁校友所说："没有人会舍弃耶鲁转而选择佛蒙特大学。"

朋友们经常和托宾就他没拿到耶鲁学位的事实开玩笑，但他的孩子们还有机会。这也许激发了他想让六个孩子都上耶鲁的决心，以此对他的遗憾做出过度补偿。托宾这样的父母不是个例，他们在孩子很小时就开始为孩子操心学校，这在洛杉矶很常见。作为从多伦多举家搬迁而来的外来人口，托宾也算初来乍到，但他很快就搞清楚了当地私立学校所在，还能就诸如马尔伯勒、约翰·托马斯·戴伊以及早期教育中心等学校的地位和入读要求高谈阔论。

认识托宾的人说他是个骗子，身边总是围绕着一股神秘气息，"耶鲁肄业""突然搬到洛杉矶"，等等。在《不可接受》一书中，作者引用了托宾高中时的朋友、蒙特利尔刑诉律师劳埃德·菲施勒的话，他说托宾在多伦多"做了太多自绝后路的事"，这或许是他搬到加州的真正原因。不过托宾驳斥了这种说法。

托宾的名校情结在大学上尤为强烈。没有证据证明托宾的两个大女儿采取了非法手段入读耶鲁，但小女儿安妮（化名）的情况则有所不同。

2017年夏天，安妮在著名女校马尔伯勒正步入高中三年级。她曾在足球俱乐部为一支精英球队效力，但据知情人士透露，她的实力达不到一区大学球队的要求。安妮学业表现优异，但在马尔伯勒，像她这样的女孩有太多，她的父亲不打算冒险。

那年夏天，托宾去了耶鲁大学，他的两个大女儿是足球队队员。观看女儿们踢球时，他见了梅雷迪思，托宾声称他通过两个大女儿已经认识梅雷迪思，并且后者准备将安妮招进球队。但托宾根据梅雷迪思的言行判断，梅雷迪思对此事也没有十足把握。根据法律文件，交谈中梅雷迪思向托宾提出，让安妮以足球特长生的身份进入耶鲁大学需要支付一笔费用。当时具体金额还没确定，但是托宾同意了。根据法律文件，托宾交代他需要支付给梅雷迪思的报酬"在六位数"，之后托宾开始按月付款。那时，据说梅雷迪思和妻子以12.5万美元的价格在佛罗里达州购入一套度假房，并申请了 359250 美元的建设贷款。

几个月后的 9 月，安妮在马尔伯勒的同学们正备战标准化测试并拟定申请大学列表时，安妮通过 Instagram 发布了一条让他们震惊的帖子。她上传了一张自拍，身着耶鲁大学的运动衫，笑容灿烂。她写道："告诉大家一个激动人心的消息，我确定要去耶鲁踢球了。"

不过，这张自拍很快被删除。没有人知道，在与梅雷迪思交易期间，托宾试图掩盖另一个更大的骗局。2013 年，他着手谋划一个股价操纵计划，通过与商业伙伴联手宣传，诱导人们买入他秘密控制的两家上市公司的股票。股价飙升后，托宾趁机抛售了价值数百万美元的股票，虽然托宾的精心策划使这一系列操作表面看起来与正常的股票交易无异。联邦政府听到这起案件的风声后，随即在涉案投资者常驻地马萨诸塞州展开调查。

2018 年 3 月，联邦调查局搜查了托宾的住所，寻找罪证。几周后，托宾飞往波士顿，与检方和联邦调查局成员会面，费尽心机想逃脱七位数的罚款并免受牢狱之灾。他很清楚自己手里有一张底牌。他告诉调查人员，他和耶鲁大学女子足球教练参与了一起贿赂案件。调查人员竖起了耳朵。（最终，托宾对证券欺诈和共谋股价操纵的罪名供认不讳，被判处一年监禁。而他在"校队蓝调"案中未受指控。）

紧接着，一个堪比 B 级犯罪片情节的调查计划敲定了。检方安排莫里·托宾于 4 月 12 日飞往波士顿与鲁迪·梅雷迪思碰面。他通知梅雷迪思在酒店见面。梅雷迪思对即将发生的一切毫无防备，当他走进房间时，他的一举一动都被联邦调查局设置的摄像机监视着。这是一个匪夷所思的场景：常春藤盟校教练和精明的洛杉矶商人躲在一个酒店房间里，商讨到底多少钱才能让托宾的孩子得以跻身耶鲁大学。经过一番谈话，最终确定了价格：45 万美元，比梅雷迪思违规招募中国学生拿到的钱还多 5 万美元。但这笔钱不会一次性付清。托宾先将联邦调查局提供的 2000 美元现金付给了他，并表示会把剩下的钱汇到梅雷迪思指定的银行账户，开户地在康涅狄格州，会谈到此结束。六天后，托宾从一个波士顿银行账户汇给梅雷迪思 4000 美元,该账户由联邦调查局严密监控。掌握证据后,政府方以实施电汇欺诈的罪名将梅雷迪思逮捕。

但美国政府无意中发现,这起案件不只是一个教练犯罪这么简单。在两人之前的谈话中,梅雷迪思提到了一个探员们之前从未听过的名字:里克·辛格。

在那之后,辛格以惊人的速度落网。莫里·托宾和鲁迪·梅雷迪思见面几周后,2018 年 4 月,梅雷迪思就同意配合调查辛格,并开始在检方监听下给他打电话——其中就包括伦敦的那个电话。截至 6 月,联邦调查局已经通过监听掌握了辛格足够多的信息。接下来的几个月,他们收集的证据不仅针对辛格和他的假慈善基金会,还有唐娜·海涅尔、马克·里德尔、伊戈尔·德沃斯基等九位教练。

9 月 21 日,梅雷迪思走进波士顿另一个酒店房间。他和辛格约好在长码头万豪酒店会面,那是海滨一座谷仓形状的红砖建筑,离法纳尔厅[1]不远。会面中途,联邦调查局的三个探员和一个国税局探员突然现身,逮捕了辛格。

联邦调查局一一列出对辛格的指控,包括合谋勒索、洗钱和欺诈罪,并问辛格是否愿意配合调查并接受口头审讯。辛格同意了。但根据官方报告,接受审讯伊始,他就开始为自己辩护。"他一开始不愿意配合,"一位官员评价道,"他没有完全承认自己的罪行。还一直用'捐款'一词,试图将教练们通过伪造证书招收并不具备资格的学生获得的赃款合理化。"

随着辛格与国税局刑事调查组特别探员伊丽莎白·基廷的交流进一步推进,事态越发白热化。基廷向辛格强调,一次支付是否被称作"捐款"并不是重点。只要这笔钱是以将实际上并非运动员的学生送进名校的目的打进大学体育项目账户中,那么它就是犯罪。据辛格所说,他与基廷的讨论"异常激烈"。基廷说,她没有提高音量,但的确比平时更"生

---

[1] 波士顿地标性景点,被称为"自由的摇篮"。

气勃勃"。她说,在她的印象中,辛格"并不完全坦率,还试图淡化自己行径的严重性"。

第二天,辛格见到了他的律师,双方一致答应配合联邦调查局拨打电话并录音。但辛格并不情愿这么做。他配合联邦调查局打了几个电话后,就不想继续了。这些电话是打给新客户或正在与他合作的客户的。联邦调查局探员要求他在通话中言辞要尽可能详细,还要向他们点明付给教练的钱是贿款。基廷说,这样做的目的是让还不存在犯罪事实的家长们清楚事情的严重性,确保不出现"误解家长意图"的情况。但辛格不喜欢政府的措辞,他说,这不是他平常与客户沟通的方式,他一般都告诉家长这笔钱是体育项目赞助费。他说,如果不这样说就是在"撒谎"。

10月2日,辛格和联邦调查局之间的交锋到达顶点。那天,他在苹果手机的备忘录中写道:"与探员发生了嘈杂刺耳的争吵。他们一直要求我撒谎,不准我跟客户们重申他们的钱去向哪里——钱是给项目的,而不是教练,那明明就是捐款,但他们希望那是一笔贿款。

"我对他们说,如果他们要求我以我不会使用的方式问问题、套话,那就给我一份脚本。本质上他们就是在要求我歪曲事实……"

他也提到了基廷,是这么描述的:"就像在酒店房间那样,伊丽莎白提高音量,要求我承认每个人都向学校行了贿。这一次,她想让每个人都相信我告诉他们的瞎话。"

基廷回忆说,这段时间,她与辛格进行了数次"严肃谈话",内容是关于他和家长们的谈话以及"总体上他配合的情况"。辛格试图提醒一些家长,事情已经败露。他暗中联系比尔·麦格拉申,表示需要在圣莫尼卡机场见他一面,因为他担心他的电话"被监听了"。(他告诉另外几位家长,他的电话被监听。)辛格计划的会面没有成功。还有一次,他到客户家里,警告那位父亲说自己被监听了,让他不要说任何会给自己带来麻烦的话。

辛格还在苹果手机备忘录里写道,政府想要"构陷"一些人。辛格的律师兼客户戈登·卡普兰给他发短信,称自己的女儿在标准化测试中没能得到额外的答题时间。在这之后，辛格在笔记中提到了政府："他们为了抓住戈登的把柄，在戈登本人并未表态的情况下，仍想让我找戈登要钱，保证他的女儿通过（设在西好莱坞考试中心的）SAT。我说这太可笑了，他不会因为女儿没通过考试而行贿。"

辛格还写到，联邦政府让他告诉斯坦福帆船教练约翰·范德莫尔，下次会把10万至20万美元直接付到范德莫尔账上，不走学校帆船项目的账了。

无论里克·辛格是不是一个自愿、配合的证人，他在协助联邦调查局让他的几十名客户和共事者上钩这件事上，都忙得不可开交。根据他的记载，在10月5日这一天，他和两名探员去美国银行拿到了两张1万美元的银行支票，收款人是马克·里德尔和在西好莱坞考试中心的伊戈尔·德沃斯基。然后他把支票送到了邮局，在那里探员们对支票和信封进行拍照取证。他打了"一系列成功的电话"，并在所有通话中表示他正在波士顿"安排好一切"。其中包括一封发给客户格雷戈里·阿博特的语音邮件，他对阿博特捐赠的7.5万美元捐款表示感谢，并承诺"我们能在明天的洛杉矶（SAT）学科测验中得到750分以上"；他还给里德尔打了个电话，后者告诉他"一切顺利"，他会为阿博特的女儿拿到超过750分；他发给范德莫尔一封语音邮件，让他"回电话，以便讨论他付款16万美元给教练的要求"；他还与唐娜·海涅尔通话，后者告诉他两名学生已被南加州大学录取，并且同意5万美元贿款可以"晚点到账"；辛格还打电话给阿里·霍斯罗沙欣询问一名学生的近况，并多次与比尔·麦格拉申和戈登·卡普兰通话。几天后，辛格给休斯敦一所精英网球学校的负责人马丁·福克斯发了短信，后者后来供述了关于协助辛格受贿行贿的事实。他还收到了费莉西蒂·霍夫曼的短信，这位女演员的大女儿索菲娅正准备申请大学，辛格确认会与她会面处理"申请事项"。他在笔记上补充说，探员们会监听此次会面。

从9月下旬开始，辛格就被要求跟之前的客户联系，告知他的基金会正在接受审计，他只是想提醒他们可能会接到美国国税局的电话，了解他们向慈善机构捐款的情况。这么做是为了收集罪证,也是为了让家长们承认罪行。根据政府的说法,这就"相当于一个被监听的线人问曾经找他进过货的毒贩:'你还记得我是什么时候卖给你那些毒品的吗?'"。

一些曾与辛格合作过的家长对他的突然来电心存怀疑,其中一些家长和辛格的合作已过去数年,他们收到辛格的留言("嘿,我是里克,想跟你说件事。")后拒绝回电,也正因为这份警觉,他们侥幸逃脱了调查。

但那些接听或回电的人都被提问了国税局借辛格之口提出的问题。辛格无力掩盖真相,听上去可怜又可笑,但大多数家长对这个电话不以为意,或者只是想逃离这恼人的消息。

辛格在电话中对阿古斯丁·胡尼乌斯说:"我必须确保咱们俩一条心。因为我准备这么告诉国税局——你向我的基金会捐赠的5万美元,是为了帮助贫困学生,而不是给马克·里德尔作为帮助你女儿考试的报酬,也不是把她安排在西好莱坞考试中心考试的费用。"

"老哥、老哥,你以为我是傻瓜吗?"胡尼乌斯反问。

"我不是那个意思,"辛格说,"主要是因为……"

"我明白了,里克,我明白了……我就说我是因为看到你们努力帮助贫困大学生圆梦而受到触动。完全理解。"

与莫西莫·吉安努利的通话中,辛格提到了国税局审计的事情,而吉安努利表示"自己的女儿正在享受她们的南加州大学生活"。"他们正在调查所有款项,"辛格说,"他们,他们也问了你那两次20万的转账记录是什么情况……我当然不可能说这笔钱是你为了让你女儿以赛艇运动员身份进入南加州大学,付给唐娜·海涅尔的贿款。"

"当然。"吉安努利回答道。

"有趣的是,"辛格说,"很有意思,几周前唐娜打电话这么跟我说,'以后你还会不会继续用上次帮吉安努利女儿们的方法,让那些不划船的女孩们以特招生身份,进入南加州大学?',太有趣了,我都觉得自己在瞎编!"

"嗯,对,嗯……"吉安努利回应道。

"所以我只是想确保我们俩说法一致,因为……"

"我明白。"

"记住你那40万美元是捐给我们基金会,用于帮助贫困学生的。"

"啊,没问题。"吉安努利说。

打给比尔·麦格拉申时,辛格说他很担心,因为里德尔正在接受国税局审计,围绕辛格及其基金会付给他的资金情况展开调查。

"里德尔被问询之后,我有点被吓到了,你知道吧?"辛格说,"因为我一直在想,'该死。我摊上大麻烦了',国税局还给我装了窃听器。说不定我家里也有窃听装置,因为他说的全是关于基金会的事,你也知道国税局那帮家伙不查清真相不会死心的。当我和律师见面时,他还安慰我,'里克,坚持住,放轻松。他们要监听你好几个月,放轻松'。"

"嗯……"麦格拉申答道。

"你懂的,这两天的我不像前几天时那么担心了,"辛格笑称,"但我还是打算用另一部手机——我儿子的手机,而我这么做……主要是为了让我们的对话保密,避免出问题,以防万一嘛。"

"嗯,嗯。"

目光转回洛杉矶。据知情人士透露,简·白金汉觉察到辛格变得越来越古怪。当她的儿子杰克拿着崭新且显著提升的ACT成绩升入布伦特伍德的高中四年级时,辛格不再是她眼中的救世主。就像其他男人一样,辛格让她渐渐心生依赖,最后突然切断了联系,让她孤立无援。他突然不回短信和邮件了,甚至不回复她提出的最紧要问题,比如:杰克应该申请南卫理公会大学的提前录取吗?

辛格最终还是回复了,他告诉她放弃南卫理公会大学的提前录取申请。"别去,他肯定会被拒,"他说,"他需要更好的成绩。不要去申请提前录取。"

"好吧,"白金汉写道,"那么,他应该提前行动吗?"她问道,意思是他是否需要申请提前行动,这样可以向学校表明这是他的首选之一,如果被录取,他也可以选择不去。

辛格没有回应。他也没有把杰克的申请递交给南卫理公会大学或杜兰大学。

白金汉怒气冲冲地质问他:"怎么回事?"

"他不会被录取的。"他说。

"什么?"白金汉气愤地说,杰克也同样生气。

为了挽回局面,她问道:"那南加州大学的事怎么样了?"根据知情人士的说法,她采纳了辛格的建议,让杰克申请南加州大学,目标是朝着成为一名球队管理者方向努力,这就是她把杰克穿着足球服的照片发给他的原因。

辛格直接略过了这个问题,很明显他还没有采取任何行动。

他的创业伙伴们同样遭到冷遇。11月,比尔·坦普尔顿选定萨克拉门托的戒瘾所,准备在这测试他研发的康复训练应用程序,辛格打电话给他说生意不做了。"你手里的工作得停下来了。"他说。

"你开什么玩笑?"目瞪口呆的坦普尔顿回答,"我们已经准备测试了。"

"上周我参加了董事会,他们告诉我,这些业务太烧钱了。"辛格说,"不是针对你这一个项目。是基金会钱不够了,我手头的其他生意状况也不好,实在无力给你们提供资金支持了,所以只能叫停。"

坦普尔顿解雇了为数不多的几个员工,关停公司,辛格没有再过问或来访。

他还给团队中的另一位创业伙伴打了电话,这位合伙人注意到辛格在电话中越来越"暴躁",辛格说:"我正在接受国税局的审计,基金会的资金都被冻结了。你们可以继续开展工作,但之后的资金问题得自己解决。"

***

到2019年初时,里克·辛格联系过的大多数家长都还在过着平静的生活。3月1日,斯蒂芬和丽塔·塞姆普雷维沃在马里布的诺布餐厅享用落日晚宴，丽塔在脸书上分享了这一时刻。3月9日，简·白金汉与威尔·法瑞尔、《实习医生格蕾》(Grey's Anatomy)和《丑闻》(Scandal)的编剧珊达·莱姆斯一起为民主党参议员柯尔斯滕·吉利布兰德举办了一场筹款活动。除此之外，简·白金汉还有其他值得庆祝的事，就在几天前，杰克成功被南卫理公会大学录取了。为了纪念这个重要的时刻，白金汉出门给他买了气球。洛丽·路格林当时正在加拿大，拍摄电视剧《倾听心灵》(When Calls the Heart)，该剧在贺曼电影频道播出，她在剧中扮演加拿大西部一个煤矿小镇的寡妇。这部电视剧和网飞公司怀旧衍生剧《欢乐再满屋》(Fuller House)的火爆上映，宣布了这位20世纪80年代电视明星的强势回归。莫里·托宾给自己重新打造了社会企业家和慈善家的身份，通过在Instagram上发布视频，宣传自己职业角色的转变。"这是全社会共同的目标，我们都能为实现这个目标并产生良好的社会效应做出自己的贡献。"他站在一家名为洛杉矶救济会的无家可归者收容所前说，托宾曾告知他的粉丝，每周六和周日他都在这里做志愿者。

　　3月11日下午，在白金汉的筹款活动结束两天后，比尔·麦格拉申坐在位于旧金山金融区的TPG总部32楼，与公司高管和联席CEO们一起规划睿思基金的未来发展。据知情人士透露，当时他身穿一件炭灰色的杰尼亚西装，西装上有他的定制签名，在和同事们讨论公司的繁盛前景时，眼前海湾大桥的壮丽景色一览无余。麦格拉申曾在2013年助推TPG向优步公司投资8800万美元，如今优步已准备上市，而睿思基金的投资也获得了可观的回报。会议持续了四个小时。6点钟，麦格拉申收拾好东西离开了公司大楼。

　　次日的黎明对于这个国家的一些高档街区来说宁静如常。一大早，贝莱尔和比弗利山庄里的洒水器还未开始发出有节奏的"嘀嗒"声。一阵凉爽的晨风拂过旧金山湾，从帕洛阿尔托和阿瑟顿的豪宅上空掠过。而位于康涅狄格州西南部的格林尼治，气温则降至零度以下，整个小镇都笼罩在冬日的寂静中。

　　早晨6点，平静被打破了。

一支全副武装的联邦调查局警探队席卷了全国各地涉案人员的住所，目标是那些政府已经掌握足够的证据并予以批捕的家长。这是一场精心策划的大规模行动，阵势堪比缉毒现场，实际上只是为了抓捕一群有钱的中年家长。他们老老实实地围成一圈站着，穿着睡衣，半梦半醒。

简·白金汉以为是附近有疯子在四处游荡，敲门的人是想提醒她和孩子们注意安全。当她看到是联邦调查局的人找上门，还要求带她走时，她直接瘫倒在地，站不起来了。探员们拒绝透露来意，也没有告知要把她带去哪里，但有个探员仁慈地让她的一个孩子出去为母亲买条能量棒。

米歇尔·贾纳夫斯以为发生地震了。她和丈夫以及孩子们跌跌撞撞地从床上爬起来冲到门厅。就在这时，联邦调查局探员冲了进来，喊着各种命令。两名探员控制了她的两个十几岁的女儿，另外两名则制服了她丈夫。其余四名探员抓住了她。探员们将他们的手铐在背后，然后把这一家人带到外面。贾纳夫斯的女儿们光脚站着，浑身发抖，惊恐万分。

门洛帕克富人区的情况不尽相同，珠宝商玛乔丽·克拉普被叫喊声惊醒。玛乔丽曾委托辛格帮她儿子在 ACT 中作弊，还谎称她的儿子是第一代移民后裔以骗取优待。联邦调查局的人边敲门，边喊着她的名字。在孩子们的注视下，她被戴上手铐，探员们持续对她发号施令，实施问询。在准备把她带到旧金山市中心的调查局大楼审讯前，探员们同意让她先迅速换件衣服。

进入费莉西蒂·霍夫曼和威廉·梅西家中后，探员们径直走向他们女儿的房间，用枪指着并把她们叫醒。后来，这个场景时常导致索菲娅做噩梦，从此不敢单独睡觉。几英里外，独自在家的莫西莫·吉安努利被铐着带出了家门，他的妻子正忙于拍摄，女儿们也在度春假。

探员们又来到旧金山阿古斯丁·胡尼乌斯家中，命令他的女儿们从床上下来。当看到父亲被铐走时，她们惊恐地站在那里，这一幕将会让她们患上急性焦虑症。

当父母们像大毒枭一样被围捕时，指挥这次诱捕行动的马萨诸塞州联邦检察官安德鲁·莱林正在查看他的笔记。他身穿炭灰色西装，系着红色条纹领带，准备向几十名得到通知的记者发布重大犯罪消息。

  10点整，莱林这个高大的光头检察官面无表情地走上讲台，直视镜头。很快，全世界都将认识里克·辛格。

作者手记

2019年3月12日召开的新闻发布会宣布了美国有史以来"最大的大学招生骗局",紧接着就是一场媒体大地震。我第一次听说这个故事是那天早上在洛杉矶的家里,当时我正在打一个工作电话。我先生用短信发给我一个突发新闻的链接,我一边在电脑上读这篇新闻,一边漫不经心地继续电话交流。几分钟后,我浏览了脸书和推特,几乎铺天盖地全是这些消息。这篇新闻报道粗俗又耸动,将"欺诈"和"丑闻"的之类的大字贴在名人配图上面,但它也触及了许多美国人关心的话题。

这一案件被称为"校队蓝调"案,它讲述了阶级的不平等,以及这种不平等在大学招生中的表现,针对美国高等教育声称的精英管理的前提,该案件提供了更多反面材料。它是一个关于富人(大部分是白人)的权力和特殊权利的故事,而这些富人身处一个贫富差距已经到达临界点的国家。它是一个关于对地位的追求和迫切需要的故事,而这些都发生在一个自我标榜为不以出身论地位的国家。这也是一个关于父母对孩子的强烈保护和关爱的人性故事,他们为保护孩子付出不懈努力,不管有多么错误甚至违法,也在所不惜。它还讲述着家庭在面对进入大学这项成人仪式时的困惑、愤怒和挫败感,它已经成为一项障碍赛,充满着不可能克服的挑战。此外当然还有里克·辛格这个主角,他几乎单枪匹马地完成了数额高达2500万美元的犯罪。这个案子里不存在伯尼·麦道夫[1]那样聪明的策划者,只有一个狂热而不知疲倦的骗子,碰巧对大学招生很了解。一旦面纱被揭开,他的操作便显得异常拙劣而简单,大学体育招生过程中令人错愕的缺乏核实和制衡,使得这一切具备了可能。

在洛杉矶,这个故事与个人息息相关。消息传出的第二天早上,私立学校家长的手机里短信开始炸锅了。毕竟,他们中的很多人都知道辛格是谁,聘用他的人也不在少数。有些人对这个消息感到厌恶和愤怒。还有些人同情被指控的父母,其中一些人他们认识。不过,许多人害怕被卷入其中。律师的电话开始响个不停。

与此同时,女演员洛丽·路格林、费莉西蒂·霍夫曼以及洛杉矶企业家和社交名媛简·白金汉的 Instagram 账号上充斥着愤怒的评论。因为所有被指控的父母在被捕时都被收走了手机,这些辱骂行为持续了几个小时,留下了公众愤怒的痕迹。

由于司法部要求私立高中交出学生档案,该市的私立高中进入了防御模式。哈佛西湖校长里克·康芒斯向学校社区发了一封信,澄清"哈佛西湖从未与威廉·辛格有过任何关系,我们不鼓励家长聘请独立大学顾问"。信中确实提及,政府要求两名哈佛西湖校友提供记录,学校将"完全配合并乐意接受这项调查"。

当马尔伯勒的校长普里西拉·桑兹听到这个消息时,她说她感到"肚子上挨了一拳"。

"每个人大抵都处在同一个位置,"她说,"没有人比其他人知道得更多。当时,我不知道学校里是否有人参与其中。"

桑兹首先想到的是,我们是怎么到了这种地步的?"然而,我可以理解这是怎么发生的。"她说道。她在私立高中的精英世界待了这么长时间,以至于她了解这些人,知道他们的态度,知道即使是最美好的愿望也会被外部压力和对成功的过分渴望所玷污。她太能理解一些家长拥有的特权态度——"你值得上(某所大学),因为我们就是值得上这所大学的人"。

---

[1] 即伯纳德·麦道夫,曾任纳斯达克主席,美国历史上最大的诈骗案制造者。——译注

桑兹心神不定，走出马尔伯勒，穿过街道来到她在汉考克帕克的家（离莫里·托宾住的地方不远，这位家长是将马尔伯勒卷入丑闻的人）。她在厨房里坐下。"我想，我得写点东西。"

结果，她给学校社区写了一封体贴、优雅且非常诚恳的信，信中她将丑闻定性为"尊严、人性和道德的丧失，破坏了我们所主张和珍视的东西"。

***

几乎顷刻间，路格林和霍夫曼成了丑闻的公共门面。面容凄凉的霍夫曼阴沉地走向波士顿法院的形象，将永远与幸福平静的路格林并排出现，她在同一次"游街示众"中还停下来为粉丝签名。六个月后，霍夫曼承认了自己的罪行，并在法庭上宣读了一份含泪的道歉信；与此同时，路格林和她丈夫莫西莫公然反对指控，狗仔队还拍到她拿着瑜伽垫在城里转悠的照片。好女孩和坏女孩的叙事变得更加明显。

当教练和家长们从 6 月开始一个接一个被判刑时，公众和媒体的热情持续高涨。当斯坦福帆船教练约翰·范德莫尔第一个被判刑时，人们感到惊讶，他只被判了一天监禁，理由是他从来没有把从辛格那里得到的钱装进自己的口袋，而是把钱投给了他的团队。迄今为止，最严厉的判决是 PIMCO 前 CEO 道格拉斯·霍奇，他因与辛格长达十年的合作而被判九个月监禁。在他的判决听证会上，纳撒尼尔·M.戈顿法官对霍奇的行为毫不留情。他说："在英语中，没有一个词能像意第绪语中的胆大包天（chutzpah）那样描述你的行为。"

当然，自从那次公告发布，自从"校队蓝调"丑闻第一次为人所知以来，世界已经发生了翻天覆地的变化。几乎一年后，作为一个国际社会，我们开始专注于更为严重而可怕的东西：一种以难以想象的方式颠覆我们生活的新型冠状病毒（COVID-19）。新冠也给高等教育界造成了巨大破坏，在线学习的兴起使 5 万美元的大学学费突然变得比以往任何时候都更加离谱。大学遭受了经济上的挫折，甚至像斯坦福这样拥有巨额捐赠的高校也被迫砍掉包括帆船队在内的项目，讽刺的是，前教练约翰·范德莫尔之前正试图在辛格的资助下维持这一项目。学术项目也受到了影响。俄亥俄卫斯理大学取消了 18 个专业，原因是预算削减和新冠疫情相关的成本上升，加州大学伯克利分校也停止了一些博士项目的招生。

最重要的是，新冠疫情使这个国家的富人和穷人之间的差距变得更加极端，因为许多来自低收入阶层的准大学生选择在疫情大流行期间放弃上大学。大学入学率总体上有所下降，2020 年新生入学率比前一年下降了 16%，而在那些无法从经济角度接受为 Zoom 教育支付数万美元的家庭，其孩子们的退学比例更显著。考虑到新冠对经济造成的破坏，这些学生往往有更多出去赚钱、帮家里养家糊口的责任。根据独立学院和大学协会去年秋天发布的一项针对 292 所私立非营利学校的调查，获得联邦佩尔助学金的学生入学率下降了近 8%。正如美国研究生院理事会主席苏珊娜·奥尔特加对《纽约时报》说的那样："休息几年不一定是世界末日，甚至可能是明智之举。但是，如果我们的大学不与这些学生进行接触，不与他们保持联系，不鼓励他们继续考虑研究生院的问题，我们就可能会有自己的迷惘一代学生，他们忙于其他事情，却无法实现自己的梦想。"这一点更适用于本科生，因为他们甚至还没有感受到大学教育对于扩大他们的视野和机会意味着什么。

截至撰写本书时，22 名家长和 2 名教练已被判入狱。由于新冠病毒大流行，还有 7 名已认罪的家长正在等待被推迟的判决听证会。另外 10 名家长正与针对他们的指控抗争，并计划在 2021 年 2 月接受审判（由于疫情，审判日期一再推迟），其中包括艾米和格雷戈里·科尔伯恩、贾玛尔·阿卜杜勒阿齐兹、陈一新、伊丽莎白·金梅尔、比尔·麦格拉申、帕拉泰拉、约翰·威尔逊、霍马扬·扎德和罗伯特·赞格里洛。阿明·库利表示，他将对针对他的指控进行申辩，不过他还没有提出抗辩。

在撰写本书时，其他准备接受审判的人包括前乔治城网球教练戈登·恩斯特、前维克森林大学排球教练威廉·弗格森、前南加州大学高级体育副主任唐娜·海涅尔和南加州大学前水球教练约万·瓦维奇。

听证会的基调，以及媒体报道的基调，都是对特权阶层的权利和被指控的父母无耻地希望获得生活的另一次升级的谩骂。法官英迪拉·塔尔瓦尼在诉讼过程中一直保持冷静的声音，正如她在判处斯蒂芬·塞姆普雷维沃四个月监禁时所说："我一直在回想人们使用的为这里发生的事情所找的借口，我想引用其中一位家长写的一封信，因为我认为这值得反思。

"这位家长写道，'任何家里有高中生处在混乱、武断，并且坦白地说可怕的大学录取过程中的人都知道，依靠有专业知识的学术家教和顾问来帮助孩子是至关重要的'。

"那么我们想想看，对于那些父母甚至没有上过大学的申请者来说，大学录取过程有多可怕。想想看，对于那些没有资源来聘请这些至关重要的具有专业知识的学术家教和顾问的学生和家长来说，这个过程有多可怕。"

"我不会批评你被一个拥有高超骗术的人带上犯罪道路，"塔尔瓦尼接着说，"犯罪总是这样发生……依据我从报纸上读到的东西，我确实明白，辛格先生公开地在教室里、讲堂里对那些有钱的家长推销'侧门'计划。我认为所有这些家长都需要问的问题不是'好吧，我们当然都要聘请专家'，我认为大家需要问的问题是'是什么让你的孩子有权走"侧门"？'"

当然，检方的态度更为严厉，无论是在我参加的一次生动的听证会上，我观察着联邦检察官埃里克·罗森斜靠在讲台上咬牙切齿的情景，还是在其详细的判决备忘录中，其中充满了对富人生活方式细节的描述。政府表示像霍夫曼这样的家长应该实际服刑，认为缓刑或是"在好莱坞山上一个有无边泳池的大房子里"进行家庭监禁，不会"构成有意义的惩罚，也不会阻止其他人犯下类似罪行"。最终，霍夫曼在旧金山附近的一个最低安全级别[1]的联邦监狱服刑 11 天。

由于案件仍在进行中,联邦刑事调查对涉案人员产生了重大影响,所以报道这一事件具有挑战性。许多被指控的人都被其律师指令保持沉默,以免影响他们案件的结果。那些没有被起诉但对这个故事有深入了解的人,常常害怕发声会引发任何与辛格的关联,从而玷污自己的名誉。出于这个原因,我依靠许多匿名消息来源帮助我把故事的各个方面拼凑起来,我非常感谢他们的指导。我同样感谢那些愿意公开谈论辛格的人——人数太多以至于不胜枚举,他们觉得有必要说出这个他们现在意识到其表里不一的人的真相。还有一些人几年前就看到了这些警示信号,其中最显著的是玛吉·阿莫特,多年来她一直有条不紊地保存着有关辛格的记录,因为她意识到他不仅仅是一个可疑的自我推销者。

就辛格的事和我交谈的绝大多数人,都与他的犯罪行为无关,其中包括他童年和大学的朋友、作为大学顾问聘用他的大多数家长和学生、他的公司未来之星和大学资源的前同事,以及最近在金钥匙和他一起工作的人。就连辛格的家人,包括和他一起经营早年生意的前妻艾莉森,也与这起丑闻无关。正如一个被指控的人告诉我的那样,辛格策划了一个"中心辐射式合谋",在这个合谋中,信息被辛格本人严加保护。此外,他还是个非常注重隐私的人,很少分享超出他吹牛能力之外的信息或细节。

书中引用的所有短信、电子邮件和电话都来自与丑闻有关的法庭记录,包括长达 200 多页的支持刑事申诉的宣誓书。

我在这本书中提到的学校,无论是私立高中还是学院和大学,也没有遭受任何不当行为指控。那些聘用辛格所依赖的教练和管理人员的大学,那些在虚假借口之下录取辛格推荐的学生的大学,包括南加州大学、乔治城大学、加州大学洛杉矶分校、斯坦福大学和耶鲁大学,在丑闻发生后都开展了内部调查,并采取了新的政策和保障机制,以防止此类欺诈

---

1 最低安全级别(minimum-security),指对囚犯监管程度最低的监狱,通常用来关押对社会威胁较小的囚犯。——译注

再次发生。南加州大学现在建立了一个三级体系,即学生运动员的录取审查由学校教练、监管校队的高级体育行政官和南加州大学体育合规办公室联合进行。南加州大学在一份声明中说,现在学校每年要对运动员名册进行审核,并与招生名单进行交叉核对,主教练必须"以书面形式证明该学生是因其运动能力而被录取的"。

我在书中花了不少篇幅提及哈佛西湖学校和巴克利中学,尽管我一再要求采访,但两所学校都拒绝置评。在某些情况下,我更改了那些学校的学生和前学生的名字,他们害怕来自学校的负面影响而不愿透露姓名。

或许最需要澄清的是,在本案被起诉的家庭中,有很少的孩子知道他们的申请书或标准化考试分数中包含虚假信息,他们也不知道辛格把美化版的他们推给了大学。(并且没有孩子在此案中被起诉。)就连那些周而复始、月复一月地和辛格坐在一起,在某些情况下还被家长要求做一些奇怪的行为,比如穿着水球服在游泳池里摆拍的学生,也都不了解有什么幕后阴谋。丑闻曝光一天后,杰克·白金汉(他在母亲的"监考"下在家里参加了 ACT)向《好莱坞报道者》(*Hollywood Reporter*)发了一份声明说:"我知道有数以百万计的孩子,不论是富有的还是没那么幸运的,都在拼尽全力向梦想中的大学发起冲击。我很沮丧,因为我在不知不觉中参与了一个庞大的阴谋,它帮助那些可能不如其他人那么努力的孩子,让他们获得了比那些真正配得上这些席位的孩子更多的优势。"

至于辛格,他承认了四项重罪:合谋洗钱罪、合谋勒索罪、合谋诈骗美国罪,以及在与政府合作后提醒一些人警惕该调查的妨碍司法公正罪。他可能面临长达 65 年的牢狱之灾。辛格是政府的污点证人,并且依然忙个不停,通常是在健身房,早上五点半开始锻炼(我在萨克拉门托见过他一次),或者在纽波特海滩港划桨,让 TMZ[1] 的摄影师喜出望外。

---

1 TMZ 是美国在线旗下的一个娱乐新闻网站,TMZ 是"三十英里区域"(Thirty Mile Zone)的英文缩写,这个地区主要是洛杉矶名人聚集区,由此可见网站对名人报道的专注。——译注

这个故事还没有大结局，但一个重大的转折点出现在 2020 年 5 月，当时路格林和吉安努利戏剧性地改变了方向，与政府达成认罪协议。自从路格林在波士顿首次出庭以来，她似乎对此案和即将到来的审判越发焦虑。八卦杂志报道说，这一戏剧事件正在给她和家人带来损失。奥利维娅·杰德·吉安努利退出了社交媒体，从南加州大学退学；她姐姐也在丑闻后退学，并在 2019 年 12 月发布的一段视频中说："我想继续我的生活。"

吉安努利一家的态度转变，发生在戈顿法官拒绝对吉安努利一家及其他父母撤销指控两周后。此前辩方辩称，根据辛格当时在苹果手机上的笔记，辛格在遭窃听期间给客户打电话时被联邦调查局胁迫撒谎，以便让客户承认犯罪。但在审了联邦调查局特工和检方提交的否认证词后，戈顿否决了这一提案，给辩方造成了沉重打击。

根据认罪协议，路格林承认合谋实施电汇和邮件欺诈，吉安努利承认合谋实施电汇和邮件欺诈以及诚信服务电汇和邮件欺诈。检察官同意撤销在提起诉讼后增加的洗钱和联邦项目贿赂的指控。作为交换，检察官建议路格林入狱两个月、吉安努利入狱五个月。

在因新冠疫情而改在 Zoom 举行的宣判听证会上，这对夫妇回答戈顿法官的问题时显得阴郁。因为技术上的困难，戈顿法官有时难以听到他们的声音。在这场 40 分钟的听证会中，经常出现的一句话是"路格林女士，请你取消静音好吗？"路格林和吉安努利看起来是在不同的房间里，由他们的律师陪同。路格林穿着一件高领黑色衬衫，有时她皱着眉头，但回答问题时干净利落、彬彬有礼。当终于说出这个世界一直在急迫地等待她说的话——"有罪"——时，她闭上眼睛，叹了口气。

致谢

我要感谢很多人把这本书从构思变成了现实,需要感谢的人多得在这里无法一一点到。我首先要感谢那些愿意与我分享他们的故事和见解的人,他们讲述了里克·辛格、大学招生的现状、精英私立学校的文化以及自己的经历。对我来说,这是一次难以置信的教育,最重要的是,如果没有这些人的时间、耐心和慷慨,这将是不可能完成的任务。

我还要感谢对这起丑闻的精彩报道,在它们的帮助下我自己所讲的故事才成为可能。《华尔街日报》的詹妮弗·莱维茨和梅丽莎·科恩等记者、《洛杉矶时报》的乔尔·鲁宾和马修·奥姆塞斯,以及《纽约时报》的凯特·泰勒、珍妮弗·梅迪纳、大卫·W.陈和比利·威茨等,随着丑闻的展开,都做出了开创性的披露报道,为我的叙述增添了背景和重要细节。格拉尼特湾高中的新闻团队在丑闻爆发后迅速动员起来,开始发布新闻,也值得提名致敬。而丹尼尔·戈尔登在最新版的《入学代价》中对辛格的报道则是最一流的新闻工作。

这本书的构思是在大学招生丑闻爆发的那一天:2019年3月12日。感谢我的经纪人丹尼尔·格林伯格,他几天之内就把我们之间针对这个在媒体上狂轰滥炸的疯狂大学招生故事的对话,变成了撰写一本书的协议。我在Twelve出版社的编辑肖恩·德斯蒙德在整个项目中一直是冷静而坚定的力量。2019年夏天,当我们应景地在南加州大学学生村第一次见面时,他帮我勾勒出了这本书的大纲,从那时起,他对故事的思考就一直准确无误。

当本项目开始后,在《快公司》杂志社,总编辑斯蒂芬妮·梅塔以最快的速度说出了"你需要什么?"这样的话。我很幸运,在写作过程中,《快公司》副主编大卫·利茨基是我严格的监督者和参谋,他还帮助我找到了我自觉能讲好的故事中的故事:洛杉矶精英教育文化。

另一份大礼经由露丝·巴雷特而来,那就是我的研究助理萨曼莎·夏皮罗,我真希望能和她在一起工作的时间更长一些。对我而言遗憾的是,普林斯顿的秋季学期即将到来。萨曼莎是一位了不起的人物,她未来的新闻事业将前途无量。

我在萨克拉门托的向导是我姐姐和姐夫米歇尔和约翰·沙夫,他们不仅向我介绍了当地人,还介绍了这座城市(也许是世界上)最好的咖啡。提醒任何想找里克·辛格故事的人:去坦普尔咖啡馆给自己找个座位,和周围的任何人聊天。

伊丽莎白·约翰逊通过一丝不苟的文字编辑将这篇手稿变成了可出版的形式。卡罗琳·莱文是一位重要的法律专家。贝丝·约翰逊进行了事实核查,是一位杰出的读者,我依靠她获得反馈和评价。Twelve 出版社的蕾切尔·坎伯里给本书做的定稿工作既深思熟虑,又合乎时宜。

我要向许多朋友表示无尽的感谢。感谢贝基·林巴赫总是为我提供道义上的支持。感谢凯蒂·厄斯金帮助我减少了对刑事诉讼世界的迷茫。克莱尔·马丁对洛杉矶家长场景的细微差别提供了学者级的洞察。我很感谢艾莉森·伍兹、钦钦·贝克特、维妮莎·卡鲁比安和安吉拉·霍姆勒,因为和他们的交流常常会变成章节里的思绪。

我的孩子阿列克谢和卡特里娜在本书的整个报道和写作过程中都是我的明灯,尽管我的工作给家庭带来了压力,由于新冠病毒的爆发,家庭突然多了一重学校功能。他们永远是我最大的重置按钮。感谢拉什菲尔德一家:莱恩、卡伦和阿里,感谢他们的鼓励和帮助。

最重要的是,感谢我的丈夫理查德·拉什菲尔德,感谢你的爱、智慧和加油鼓劲,感谢你以各种方式坚守堡垒（他拥有所有Zoom的密码）。作为一名同行记者，他也是一位珍贵的编辑，对我的手稿百般雕琢，而这种方式只有一个与你终生相伴的人才会愿意去做。

最后，在诸多方面感谢我的父母贾斯汀和勒妮·拉波特，包括他们支持我自己的教育。

注释

1. 大学梦魇

作者对弗兰克·布鲁尼、朱莉·利思科特-海姆斯、杰夫·希夫曼、普里西拉·桑兹、路易莎·多纳蒂、珍·凯菲什、萨拉·哈伯森、马克·斯克拉罗和亚历山德拉·杜马的引述整理自作者对他们的采访。萨曼莎·夏皮罗与内德·约翰逊进行了谈话。有关哈佛西湖的历史资料摘自 Susan Wels 的《哈佛-西湖：历史回顾》(*Harvard-Westlake: A History*) 一书。书籍《去哪里读书不代表你会成为什么人》*Where You Go Is Not Who You'll Be* 和 Loren Pope 所著的《改变生活的大学：40 所将改变你对大学看法的学校》(*Colleges That Change Lives: 40 Schools That Will Change the Way You Think About Colleges*) 对本章内容有一定影响。在私下采访了几十位孩子就读于洛杉矶顶尖中学的父母，以及与学校管理人员和学生谈话后，作者发现许多父母表现出担忧、焦虑；在与这些对象的交流中，学校募捐机制是探讨的主题之一。哈佛西湖中学捐赠常客的数据和入学统计数据均来自其官方网站。引述"最大的大学招生骗局"来自马萨诸塞州地区的联邦检察官安德鲁·莱林在 2019 年 3 月 12 日新闻发布会上的发言。2018 年 8 月 30 日，斯坦福大学在新闻稿中宣布将不再"公布本科申请人数"。有关高等教育多样性现状的数据引用自 Paul Tough 于 2019 年 9 月 10 日发表在《纽约时报》的《大学招生办公室真正需要什么》(*What College

Admissions Offices Really Want》一文。常春藤盟校高收入家庭学生百分比的统计数据来自 2017 年 1 月 18 日《纽约时报》的文章《一些大学的学生中，来自头部 1% 的人数比底部 60% 的人数更多》(Some Colleges Have More Students from the Top 1 Percent Than the Bottom 60)。杜兰大学"VIP 邮件"中的信息来源于 2010 年 10 月 3 日 John Pope 在 Times-Picayune 上发表的《杜兰大学今年创纪录收到了 44,000 份申请》(Tulane University Gets Record 44,000 Applications This Year)一文。更多关于杜兰大学营销策略的信息来源于 Douglas Belkin 撰写的《待售：SAT 考生姓名。大学购买学生数据以提高独占性》(For Sale: SAT-Takers' Names. Colleges Buy Student Data and Boost Exclusivity)一文，2019 年 11 月 5 日发表在《华尔街日报》。哈佛西湖毕业晚会的细节由当时参与活动的父母提供。

2. 那个人物

对丹·拉森、比尔·坦普尔顿，阿尼·伯恩斯坦、迈克·沃尔夫、罗斯·本乔亚、马弗·克莱巴、保罗·汉斯莱和格兰特·施纳的引用源自作者对他们的采访。关于辛格在贝莱尔酒店发表的言论细节来源于与会人士以及《天啊，他告诉我他可以操控这件事：揭秘招生骗子里克·辛格向洛杉矶精英家长推销的计划》(Holy Sh—t, He Was Telling Me He Could Rig It: Inside Admissions Scammer Rick Singer's Pitch to L.A.'s Elite Parents)一文，作者 Nicole Sperling，2019 年 3 月 14 日发表于《名利场》杂志 HWD 版块。德温·斯隆的判决备忘录(United States of America v. Devin Sloane, case no. 19-CR-10117-IT)也提供了有关该事件的信息。有关布莱恩·韦德斯海姆及其与辛格关系的信息是基于对内部人士的非公开采访，以及以下文章：《在洛杉矶欺骗和撒谎：大学招生丑闻如何让南加利福尼亚最富有的家庭陷入困境》(To Cheat and Lie in L.A.: How the College Admissions Scandal Ensnared the Richest Families in Southern California)，由 Evgenia Peretz 撰写，2019 年 9 月发表于《名利场》；《与大学招生舞弊丑闻有关的奥本海默财务顾问》(Oppenheimer Financial Adviser Connected to College Admissions Cheating Scandal），由 Jennifer Levitz 和 Melissa Korn 撰写，2019 年 4 月 30 日发表于《华尔街日报》。有关里克·辛格向德温·斯隆推销的细节来源于斯隆的判决备忘录。有关金钥匙多个项目的信息，摘自 2011 年 4 月 6 日 Marketwire 新闻稿。有关辛格 20 世纪 70 年代在伊利诺伊州林肯伍德和西尼尔斯高中的过往，整理自作者与 Arnie Bernstein、Mike Wolfe、Ross Benjoya 以及辛格其他同学的对话。里克逸事来自 Andrew Jenks 的 C13 Originals 播客《黑帮资本主义：大学招生丑闻》（Gangster Capitalism: The College Admissions Scandal）。斯科基游行相关信息来自伊利诺伊州大屠杀博物馆制作的纪录片《斯科基：遭受入侵但未被征服》（Skokie: Invaded but Not Conquered）。有关里克陈述其教育背景的信息来自证词，Dayo Adetu, et al. vs. Sidwell Friends School，证词笔录，2016 年 10 月 14 日。辛格在三一大学的往事来源于对 Hensley、Scheiner 和其他同窗的采访；Daniel Golden 的《入学代价：美国统治阶级如何进入精英大学——谁又被拒之门外》（The Price of Admission: How American's Ruling Class Buys Its Way into Elite Colleges—And Who Gets Left Outside the Gates，2019 年版）；1985 年 1 月 18 日 Shannon Cameron 发表在 Trinitonian 上的《多才多艺的辛格迎接挑战》（Multi-Talented Singer Rises to Challenge）一文。

3. 打破藩篱

对比尔·坦普尔顿、玛吉·阿莫特、帕特里夏·费尔斯、萨迪克·阿卜杜勒-阿利姆、约翰·梅克菲塞尔、皮特·勒布兰克、约翰·兰金、杰夫·卡拉斯卡、罗恩·麦克纳、金·佩里、斯科特·金斯顿、多萝西·米斯勒、马克·斯克拉罗、比尔·鲁宾、吉尔·纽曼、格温·迈耶、珍·凯菲什、安迪·洛克伍德和普里西拉·桑兹的引用整理自作者对他们的采访。未来之星夏令营的早期信息来源于采访熟悉该公司的知情人士，以及 Daniel Golden 的 2019 年版《入学代价》，书中讨论了辛格在萨克拉门托的篮球教练生涯。艾莉森·辛格的相关细节来自萨克拉门托知情人士。辛格对未来之星的相关引述来自 Janet Motenko 的文章《顾问帮助学生进入大学》(*Counselor Helps Students Reach College*)，1994 年 6 月 19 日发表于《萨克拉门托蜜蜂报》。1988 年 3 月 10 日发表于《萨克拉门托蜜蜂报》的《越过那条细线》(*Stepping over That Fine Line*) 一文，报道了辛格被恩西纳高中开除以及他对科里·泰勒的辱骂，作者 Pete LeBlanc，他在 1988 年 12 月 15 日发布于《萨克拉门托蜜蜂报》的《前恩西纳篮球教练辛格在罗克林找到新生活》(*Former Encina Hoops Coach Singer Finds Life in Rocklin*) 一文介绍了辛格的执教风格。辛格编造大学背景的信息来自《恩西纳教练的双重任务，两倍的乐趣》(*Double Duty Twice as Fun for Encina Coach*) 一文，作者 Pete LeBlanc，1988 年 1 月 21 日发表于《萨克拉门托蜜蜂报》。Jeff Caraska 的文章《看看谁在 CVC 中保持不败》(*Just Look Who's Undefeated in the CVC*) 于 1988 年 1 月 17 日发表在《奥本杂志》上。艾伦·科赫的引述来源于《高端大学招生的合法世界》(*The Legitimate World of High-End College Admissions*)，作者 Douglas Belkin，《华尔街日报》，2019 年 3 月 13 日。在 Kathy Robertson 发表于 2005 年 2 月 6 日《萨克拉门托商业日报》的文章《数千人求助于大学入学教练》(*Thousands Turn to College-Prep Coach*) 中，辛格说自己相对于经商，更擅长执教。

4. 幼儿入学躁狂症

以下人员原话的引述整理自作者对他们的采访：米歇尔·盖特里德、路易莎·多纳蒂、克里斯蒂娜·西蒙、安妮·西蒙、丽塔·科宁、贝齐·布朗·布劳恩、梅雷迪思·亚历山大、朱莉·利思科特-海姆斯和索菲娅·罗伯逊。对洛杉矶精英幼儿园文化的了解基于对曾就读和正就读于上述学校的数十名孩子父母的采访。阳光幼儿园派对筹款活动的细节来源于学校家长收到的一封电子邮件，作者曾向该筹款活动发送数封邮件和短信请求采访，但并未收到任何回应。有关卡西迪法律纠纷的信息以及家长与该校上一任校长之间关系亲密的情报来源于《洛杉矶两家精英学前学校之间的激烈竞争揭秘》(*Inside the Cutthroat Rivalry Between Two of*

L.A.'s Elite Preschools）一文，作者 Claire Martin，2016 年 9 月 1 日发表于《洛杉矶杂志》。幼儿宝备项目的更多细节，可在《好莱坞最喜欢的七个夏令营》（7 of Hollywood's Favorite Summer Camps）一文中找到，作者 Lindsay Weinberg，2018 年 8 月 4 日发表于《好莱坞报道者》。

5．欢迎来到黄金海岸

对以下人员原话的引述整理自作者的采访：吉尔·纽曼、卡尔·格鲁伯、玛吉·阿莫特、帕特里夏·费尔斯、路易斯·罗布尔斯、乔恩·里德、史蒂夫·雷普瑟、布伦特·戈德曼和安迪·洛克伍德。辛格在内布拉斯加州奥马哈任青年篮球教练的经历参考自《策划大学招生丑闻的幕后主谋曾是一名疯狂的初中篮球教练》（The Mastermind Behind the College Admission Scandal Used to Be a Crazy Middle School Basketball Coach），作者 Jahd Khalil，2019 年 5 月 16 日发表于 Deadspin。2000 年 11 月 5 日出版的 Omaha World Herald 的商业人士专栏 Stangle Takes Post at West 讲述了他在内布拉斯加州的经历。辛格在一环的工作由文章《山姆大叔，来和他们谈谈》（Uncle Sam, Come and Talk to 'Em）报道，作者 Vipin V. Nair，2002 年 3 月 21 日发表于 Hindu BusinessLine。2005 年 2 月 6 日，《萨克拉门托商业日报》刊登的《数千人求助于大学入学教练》（Thousands Turn to College-Prep Coach）一文报道了辛格在飞机上与客户会面的逸事，作者为 Kathy Robertson。我查看了由乔恩·里德发起的里克·辛格和其顾问委员会的电子邮件往来内容。2019 年 7 月 1 日，《华尔街日报》刊登的《大学招生丑闻的核心在佛罗里达州一家精英体育学院建立》（A Core of the College Admissions Scandal Was Built at Elite Florida Sports Academy）一文报道了辛格与 IMG 学院的关系，作者 Jennifer Levitz。辛格在 Dayo Adetu, et al. v. Sidwell Friends School 中使用了"大师级教练"（master coach）一词，证词笔录，2016 年 10 月 14 日。辛格提到的"哈佛要价 4500 万美元……"来源于被告 John Wilson 的补充动议提供辩护证据（United States of America v. David Sidoo et al., case no. 1:19-cr-10080-

NMG）。2019 年 5 月 20 日，《华尔街日报》刊载的《Pimco 与大学招生骗局的策划者关系深厚》（*Pimco's Ties to Architect of College-Admissions Scam Ran Deep*）一文报道了辛格与太平洋投资管理公司的联系，作者 Justin Baer、Melissa Korn 和 Gregory Zuckerman。道格拉斯·霍奇的背景及与辛格的交易细节来源于其判决备忘录（*United States of America v. Douglas Hodge, case no. 19-10080-NMG*），以及政府对霍奇的合并判决备忘录（*United States of America v. Elizabeth Henriquez, Manuel Henriquez, Douglas Hodge and Michelle Janavs, case no. 19-10080-NMG*）。霍奇对辛格的评论来自前者的专栏文章《我希望我从未遇到过里克·辛格》（*I Wish I'd Never Met Rick Singer*），2020 年 2 月 9 日刊登于《华尔街日报》。

6. 体育人脉

以下人员原话的引述整理自作者的采访：特拉维斯·多什、马特·巴特勒、理查德·奥德尔、格雷格·布雷尼奇、凯西·马克思、弗雷德·斯特罗克。瑞安·唐斯作为重要人物出现在 IMG 学院宣传视频中，片名《IMG 七年级学生获得 D1 录取通知》（*IMG 7th Grader Obtains D1 Offers*）。IMG 校园和项目的描述来自 IMG 学院宣传材料。朱莉·里德尔的参赛经历来自 2006 年 7 月 1 日《萨拉索塔》杂志的 The Social Detective 专栏。马克·里德尔的背景参考自《回家之旅：前海员里德尔与哈佛网球队重返该地区》（*Road Trip Home: Former Sailor Riddell Back in Area with Harvard Tennis Team*）一文，作者 Mic Huber，2004 年 3 月 1 日发表在《萨拉索塔先驱论坛报》，以及对其萨拉索塔高中同学的采访。辛格分赃的行为来源于《大学招生丑闻的核心在佛罗里达州一家精英体育学院建立》（*A Core of the College Admissions Scandal Was Built at Elite Florida Sports Academy*）一文，作者 Jennifer Levitz，2019 年 7 月 1 日发表于《华尔街日报》。乔治城曲棍球队发起的请愿书信息来自与乔治城前运动员谈话，以及《主场劣势：为什么乔治城大学的曲棍球队在过去十年中都没有取得过胜利赛季？》（*Homefield Disadvantage: Why Hasn't Georgetown's*

Field Hockey Team Had a Winning Season in Over a Decade?），作者 Chris Castano，2014 年 1 月 23 日发表于 *Georgetown Voice*。乔治城网球设施的信息基于与知情人士的对话，以及《突破点：乔治城大学网球的未来蒙上了一层迷雾》(*Break Point: The Murky Future of Tennis on Georgetown's Campus*) 一文，作者 Chris Almeida、Joe Pollicino，2015 年 10 月 8 日发表在 *Georgetown Voice*。戈登·恩斯特的评论（"教练也得吃饭"）来自《"不，你并不特殊。"大学舞弊幕后主谋是如何招揽家庭的》(*'Nope, You're Not Special.' How the College Scam Mastermind Recruited Families*)，刊登于 2019 年 9 月 6 日的《华尔街日报》，作者 Jennifer Levitz 和 Melissa Korn。辛格提到的（"他们想要完成这件事"）来自支持"校队蓝调"刑事诉讼的宣誓书面陈述。米歇尔·贾纳夫斯提到的（"他们并不蠢"）来源于政府合并判决备忘录（*United States of America v. Elizabeth Henriquez, Manuel Henriquez, Douglas Hodge and Michelle Janavs, case no. 19-10080-NMG*）。乔治城体育审查过程的信息来自 Daniel Golden 的最新版《入学代价》(*The Price of Admission*)。2013 年 UCLA 网球队招募该年非参赛网球运动员的细节，请参见 2014 年 7 月 1 日 UCLA 行政政策与法规办公室主任 William H. Cormier 撰写的《学生运动员录取合规调查报告》(*Student-Athlete Admissions Compliance Investigation Report*)。

7. 特洛伊的陷落

以下人员原话的引述整理自作者的采访：萨曼莎·约翰逊、玛丽·埃伦·奥尔塞斯、约翰·布兰斯菲尔德、迈伦·登博和汤姆·沃尔什。阿里·霍斯罗沙欣的电子邮件和道格拉斯·霍奇的女儿如何申请南加州大学以及霍奇支付的款项等一系列事件，均来自支持"校队蓝调"行动刑事诉讼的宣誓书面陈述。扬克作为"保持这个项目运行的黏合剂"的说法来自 2013 年南加州大学足球媒体手册。2008 年 2 月 21 日，《奥兰治县纪事报》上《足球：新秀对决导师》(*Soccer: The Rookie vs. the Mentor*) 一文中，霍斯罗沙欣被描述为"女足最热门教练之一"，作者 Scott Reid。2011年11月9日，Nick Burton 在《特洛伊人日报》上《陌生的领域》（*Unfamiliar Territory*）一文中，使用霍斯罗沙欣作为案例；同作者在该报上2011年8月14日一篇名为《特洛伊之女为夺冠做准备》（*Women of Troy Gearing Up for Title Run*）的文章中也提到了霍斯罗沙欣。《不可接受》（*Unacceptable: Privilege, Deceit & the Making of the College Admissions Scandal*）一书描述了霍斯罗沙欣扔掉南加州大学运动服的细节，作者 Melissa Korn 和 Jennifer Levitz，由企鹅出版社2020年出版。霍斯罗沙欣和扬克的工资数据来源于政府对霍奇的合并判决备忘录。托比·麦克法兰与辛格的来往细节来源于麦克法兰的判决备忘录（*United States of America v. Toby MacFarlane, case no. 1:19-CR-10131 NMG*）。南加州大学作为"富裕但平庸"的代表，以及该校包括筹款活动等兴起的相关信息，均来自《南加州大学如何成为美国最为丑闻缠身的学校》（*How USC Became the Most Scandal-Plagued Campus in America*）一文，由 Jason McGahan 撰写，2019年4月24日发表于《洛杉矶杂志》。帕特·黑登的采访来自名为《与 Al Checcio 和 Pat Haden 讨论体育筹款的对谈》（*A Conversation on Athletics Fundraising with Al Checcio and Pat Haden*）的 YouTube 视频，视频时间为2011年8月5日。南加州大学招生办和体育工作人员的来往邮件来源于校园蓝调行动被告罗伯特·赞格里洛对南加州无党派大学的撤销动议的反对意见（*United States of America v. David Sidoo, et al., case no. 19-10080*）。海涅尔名下"清理清算所"公司业务的信息来源于《因行贿被捕的南加州大学体育管理员"知情甚详"》（*USC Athletic Administrator Arrested for Bribery 'Knew Her Stuff'*）一文，作者 J. Brady McCollough，2019年3月13日发表于《洛杉矶时报》；该公司业务信息同时来自文章《被起诉的南加州大学管理员让同事卷入其私人交易》（*Indicted USC Administrator Involved Colleagues in Her Private Dealings*），作者 Kaidi Yuan 和 Ashley Zhang，2019年12月5日发表在《洛杉矶主义者》网站。约万·瓦维奇担任水球教练的经历参考自《南加州大学水球王朝如何成为招生贿赂丑闻的完美人口》(*How a USC Water Polo Dynasty Doubled as a Perfect Entryway for the Admissions Bribery Scandal*)一文，作者 Tim Rohan，2019 年 3 月 20 日发表在 *Sports Illustrated*。威尔逊儿子申请南加州大学的信息来自支持"校队蓝调"行动刑事诉讼的宣誓书面陈述。斯蒂芬·拉森提到的"不应感到意外……"来自《招生丑闻：被控家长试图将南加大牵涉其中》(*Admissions Scandal: Charged Parents Try to Drag USC into the Fray*)一文，作者 Joel Rubin 和 Matthew Ormseth，2020 年 1 月 13 日发表于《洛杉矶时报》。辛格提到的（"假设是南加州大学……"）来自政府对反对被告强制执行动议的综合回应（*United States of America v. David Sidoo, et al, case no: 19-10080-NMG*）。帕特·黑登与辛格的来往细节来自《在招生丑闻中，里克·辛格如何试图拉拢南加州大学传奇人物帕特·黑登》(*How Rick Singer Tried to Rope in USC Legend Pat Haden amid Admissions Scandal*)一文，作者 Joel Rubin，2019 年 8 月 30 日发表于《洛杉矶时报》（洛杉矶时报同意作者使用该文章）。

8. 巴克利蓝调

关于巴克利学校的描述基于对在校生和毕业生、学生父母以及该校前行政人员的十多次采访。巴克利没有回应作者的采访请求。学生的姓名已更改，以保护他们可能受到学校带来的负面影响。关于亚当·塞姆普雷维沃、父亲斯蒂芬·塞姆普雷维沃，以及该家庭与辛格的来往（包括电子邮件）的信息来自斯蒂芬·塞姆普雷维沃的判决备忘录（*United States of America v. Stephen Semprevivo, case no. 1:19-CR-10117-IT-10*）。犯罪心理学家理查德·罗曼诺夫的心理评估也在该备忘录中。德温·斯隆及其与辛格来往的信息来自前者的判决备忘录（*United States of America v. Devin Sloane, case no. 19-CR-10117-IT*）。马泰奥·斯隆评论辛格"会向我爸爸献殷勤"来自文章《为什么你不相信我？：大学招生丑闻后的家庭反思》(*Why Didn't You Believe in Me?: The Family Reckoning After the College Admissions Scandal*)，作者 Jennifer Levitz 和 Melissa Korn，

2020年1月17日发表于《华尔街日报》。关于布莱恩·韦德斯海姆和巴克利学校董事会的细节来自与巴克利学校知情人士的谈话。韦德斯海姆、辛格和瓦莱里娅·鲍尔弗之间共进午餐的细节来源于《洛杉矶杂志》2020年10月登出的《"A榜单"：在家长的压力下，洛杉矶和美国各地的精英预备学校厚颜无耻地提高学生成绩》(*The 'A List': Under Pressure from Parents to Deliver Students to Top Colleges, Elite Prep Schools in L.A. and Across the U.S. Are Brazenly Inflating Grades*)一文，作者 Max Kutner。Jennifer Levitz 和 Melissa Korn 在《与大学招生舞弊丑闻有关的奥本海默财务顾问》(*Oppenheimer Financial Adviser Connected to College Admissions Cheating Scandal*)一文中报道了杨秋雪介绍一个中国家庭给辛格，刊登于2019年4月30日的《华尔街日报》。斯隆和辛格交往以及斯隆在游泳池拍摄其儿子，均来自支持"校队蓝调"行动刑事诉讼的宣誓书面陈述。玛丽·巴斯申请大学的细节，来自作者与跟巴斯家族关系密切的知情人士及巴克利学校知情人士的对话，以及《在洛杉矶欺骗和撒谎：大学招生丑闻如何让南加利福尼亚最富有的家庭陷入困境》(*To Cheat and Lie in L.A.: How the College Admissions Scandal Ensnared the Richest Families in Southern California*)一文，作者 Evgenia Peretz，2019年9月发表在《名利场》。

9. 不要撒谎

对卡米洛·埃斯特拉达的引述摘自作者采访。简·白金汉与辛格的来往基于前者的判决备忘录(*United States of America v. Jane Buckingham, case no. 1:119-CR-10117-IT*)、政府判决备忘录(*United States v. Jane Buckingham, case no. 19-10117-IT-3*)和与白金汉关系密切的知情人士。2016年5月18日《洛杉矶时报》的《白人学生用种族歧视词进行说唱，激起富人区布伦特伍德学校的反响》(*White Students Rapping a Racial Slur Stirs Posh Brentwood School*)一文报道了布伦特伍德学校学生涉及的种族歧视，作者 Sonali Kohli。白金汉提到的"这不是他们的错……"

来自《揭秘简·巴金汉姆从育儿专家到涉嫌大学招生舞弊者的惊人沦陷》（*Inside Jane Buckingham's Stunning Fall from Parenting Guru to Alleged College Admissions Cheater*）一文，作者 Gary Baum 和 Seth Abramovich，2019 年 3 月 19 日发表于《好莱坞报道者》。费莉西蒂·霍夫曼与辛格的来往、索菲娅·格蕾丝·梅西和乔治娅·梅西的相关信息摘自霍夫曼的判决备忘录（*United States of America v. Felicity Huffman, criminal case no. 1:19-CR-10117-IT*）和政府判决备忘录（*United States of America v. Felicity Huffman, case no. 19-10117-IT-6*）。霍夫曼的背景资料来自 2016 年电视学院对霍夫曼的视频采访，以及《费莉西蒂·霍夫曼：拼命的主妇，全心投入的家长，如今成为被告》（*Felicity Huffman: Desperate Housewife, Devoted Parent and Now a Defendant*）一文，由 Cara Buckley 和 Adam Popescu 撰写，2019 年 3 月 23 日刊登于《纽约时报》。

10. 指定分数

以下人员原话的引述整理自作者的采访：迪伦·贾杰斯、珍·凯菲什、奥伦·博克瑟、凯茜·佩尔泽和吉娜·科恩芬德。马克·里德尔想要创立备考机构的想法来自《大学招生丑闻：马克·里德尔是谁？这位佛罗里达男子和"非常聪明的家伙"，替孩子们代考？》（*College Admissions Scandal: Who's Mark Riddell, the Florida Man and 'Really Smart Guy' Who Took Tests for Kids?*），作者 Susan Taylor Martin，2019 年 5 月 31 日发表于《坦帕湾时报》。辛格关于里德尔能够"填涂所有答案"和"马克会恰好考出那个分数"的说法来自其 2019 年 3 月 12 日的认罪听证会（*United States of America v. William Rick Singer, case no. 1:19-CR-10078-RWZ*）；妮基·威廉姆斯、伊戈尔·德沃斯基、大卫·西杜、曼纽尔·亨利克斯、伊丽莎白·亨利克斯和罗伯特·弗拉克斯曼的详细信息来自支持"校队蓝调"行动刑事诉讼的宣誓书面陈述。辛格对戈登·卡普兰的引述也来自该宣誓书面陈述。Douglas Belkin、Jennifer Levitz 和 Melissa Korn 在《更多的学生，尤其是富裕家庭的学生，获得额外时间参加 SAT 考试》（*Many*

More Students, Especially the Affluent, Get Extra Time to Take the SAT）一文中报道了"504 计划"的发展以及 SAT 申请考试特殊照顾请求的增加，2019 年 3 月 18 日发表在《华尔街日报》。关于 ACT 的引述（"也有例外……"）出现在《滥用 SAT 和 ACT 的"延长时间"激怒了学习障碍社群》（*Abuse of 'Extended Time' on SAT and ACT Outrages Learning Disability Community*），作者 Nick Anderson，2019 年 3 月 29 日发表于《华盛顿邮报》。美国大学理事会停止进行考试特殊照顾评估的决定来自其 2016 年 12 月 5 日发布的新闻稿《大学理事会简化了考试适应措施的申请流程》（*College Board Simplifies Request Process for Test Accommodations*）。帕利高中和埃尔蒙特高中的对比以及 504 计划的学生数据来源于《为什么洛杉矶最富裕学校的学生更有可能在 SAT 考试中获得额外时间》（*Why Students at LA's Richest Schools Are Far More Likely to Get Extra Time on the SAT*）一文，作者 Austin Peay 和 Sam Kmack，2019 年 8 月 29 日发布于《洛杉矶主义者》新闻网。

11. 莫斯的宝贝

对加比·约翰逊、罗斯·约翰逊、埃里克·韦伯、蒙塔纳·布奇、阿比·法瑞克和比尔·坦普尔顿的原话引述均来自作者采访。菲利普·佩特龙和南加州大学之间的通话，以及他与莫西莫·吉安努利的会面参考自其笔记，该笔记详细记载了这些来往。这些来往数据来自 *Government's Response in Opposition to Dismiss Indictment* 文件。关于辛格与吉安努利来往的其他细节记录在 *Government's Consolidated Response in Opposition to Defendants' Motions to Compel*，两份文件均基于 *United States of America v. David Sidoo, et al., case no. 19-10080-NMG*。其他信息可在支持校园蓝调行动刑事诉讼宣誓书面陈述中找到。女子划船运动人数的信息通过 *NCAA Sports Sponsorship and Participation Rates Report* 获取，作者 Erin Irick，2018 年 10 月。路格林写的（"引来那条黄鼠狼干涉此事"）出现于 2020 年 5 月 22 日路格林和吉安努利的认罪听证会，由联邦检察官埃里克·罗森陈述。对约万·瓦维奇和唐娜·海涅尔的指控信息来自替代起诉书 United States of America v. Gordon Ernst, Donna Heinel, Mikaela Sanford, Niki Williams, William Ferguson, Jorge Salcedo and Jovan Vavic, case no. 19-10081-IT。托比·麦克法兰、布鲁斯和达维娜·伊萨克森以及贾玛尔·阿卜杜勒阿齐兹的信息来自支持"校队蓝调"行动刑事诉讼的宣誓书面陈述。郭雪莉申请耶鲁的细节来自鲁迪·梅雷迪思的认罪听证会（United States of America v. Rudolph "Rudy" Meredith, case no. 19-10075-MLW）和《在大学招生丑闻中，来自中国的家庭支付最多》（In College Admissions Scandal, Families from China Paid the Most）一文，作者 Melissa Korn 和 Jennifer Levitz，2019 年 4 月 26 日发表于《华尔街日报》，相关信息也参考 Kate Taylor 和 Jennifer Medina 撰写的《大学招生丑闻中的一个谜团揭晓：支付 120 万美元的家庭》（A Mystery Solved in the College Admissions Scandal: The Family Who Paid $1.2 Million），2019 年 4 月 26 日发表在《纽约时报》。2019 年 12 月 3 日，校长 Marc Tessier-Lavigne 在给斯坦福社区的一封信中透露辛格试图与斯坦福教练搞好关系，该信件名为"对学生运动员录取过程的外部审查得出结论，建议改革"（External Review of Athletic Admissions Reaches Conclusions, Recommends Reforms）。约翰·范德莫尔的详细信息基于其判决备忘录（United States of America v. John Vandemoer, case no. 1:19-CR-10079-RWZ）以及对与其关系密切的知情人士的采访。辛格的数字创业项目被记者 Joel Rubin 和 Matthew Ormseth 的《里克·辛格除了大学招生外还有宏伟计划。然后丑闻使他崩溃》（Rick Singer Had Grand Plans Beyond College Admissions. Then Scandal Brought Him Down）一文首次报道，2019 年 4 月 29 日发表在《洛杉矶时报》。其他信息和细节来自对坦普尔顿以及公司其他相关人员的采访。

12. 波士顿摊牌

对阿黛尔·杰克逊-吉布森、塞琳·吉本斯、奇戈齐·奥弗和坦利·哈丁原话的引述来自作者对他们的采访。里克·辛格和鲁迪·梅雷迪思的电话来往信息来自 *Defendant John Wilson's Supplemental Motion to Compel Production of Exculpatory Evidence*（*United States of America v. David Sidoo et al., case no. 1:19-CR-10080-NMG*）。2019 年 3 月 16 日，Bill Gallagher 和 Skakel McCooey 发表于《耶鲁每日新闻》的《梅雷迪思据称利用运动员帮他写研究生论文》（*Meredith Allegedly Used Players to Write His Grad School Papers*）一文中报道了梅雷迪思向球员施压，使其帮助他完成研究生作业。梅雷迪思谈论特招生席位的相关细节来自《随着扩张，招聘政策的变化尚不明确》（*With Expansion, Changes to Recruitment Policy Unclear*）一文，作者 Greg Cameron 和 Rachel Siegel，2015 年 3 月 4 日刊登在《耶鲁每日新闻》。辛格和戈登·卡普兰、小阿古斯丁·胡尼乌斯和比尔·麦格拉申的对话来自支持"校队蓝调"行动刑事诉讼宣誓书面陈述。马尔奇·帕拉泰拉的短信来源于 *Government's Response in Opposition to Defendants' Motion to Dismiss Indictment, or, in the Alternative, for Suppressing of Evidence and for Discovery and an Evidentiary Hearing*（*United States of America v. David Sidoo et al., case no. 19-10080-NMG*）。莫里·托宾和"凯特"·托宾的信息基于采访知情人士和《揭露大学招生丑闻的洛杉矶父亲的离奇故事》（*The Bizarre Story of the L.A. Dad Who Exposed the College Admissions Scandal*）一文，作者 Joel Rubin、Matthew Ormseth、Suhauna Hussain 和 Richard Winton，2019 年 3 月 31 日发布于《洛杉矶时报》；以及《在洛杉矶欺骗和撒谎：大学招生丑闻如何让南加利福尼亚最富有的家庭陷入困境》（*To Cheat and Lie in L.A.: How the College Admissions Scandal Ensnared the Richest Families in Southern California*），作者 Evgenia Peretz，2019 年 9 月发表于《名利场》。托宾和梅雷迪思就耶鲁大学和波士顿大学贿赂事件的讨论记录在梅雷迪思的认罪听证会（*United States of America v. Rudolph "Rudy" Meredith, case no. 19-10075-MLW*）。梅雷迪思购买度假房和申请建设贷款的详细信息，参见《在耶鲁，一位曾经备受尊敬的足球教练成为了一个谜》（*At Yale, a Once Respected*

Soccer Coach Becomes an Enigma),作者 David W. Chen 和 Marc Tracy,2019 年 3 月 15 日发表于《纽约时报》。联邦调查局在波士顿与辛格的对峙,在政府对被告撤销起诉动议的第二次反驳(Government's Sur-Reply in Opposition to Defendants' Motion to Dismiss Indictment)中有详细说明;辛格的手机备忘录来自"政府反对撤销起诉的答复"【Government's Response in Opposition to Dismiss Indictment(United States of America v. David Sidoo et al., case no. 19-10080-NMG)】。美国联邦调查局于 2019 年 3 月 12 日上午突击搜查多位被告人住所的细节,详细记录在相应被告人的判决备忘录中。

图书在版编目（CIP）数据

买进名校：美国名校录取舞弊内幕 /（美）妮可·拉波特著；薛亮，刘建周译. -- 北京：北京联合出版公司，2024.6
（雅众.纪实）
ISBN 978-7-5596-7523-1

Ⅰ.①买… Ⅱ.①妮… ②薛… ③刘… Ⅲ.①纪实文学—美国—现代 Ⅳ.① I712.55

中国国家版本馆 CIP 数据核字 (2024) 第 064247 号

北京市版权局著作权合同登记 图字：01-2024-1030

Copyright © 2021 by Nicole LaPorte
This edition published by arrangement with Grand Central Publishing, New York, New York, USA. All rights reserved.

买进名校：美国名校录取舞弊内幕

作　　者：[美] 妮可·拉波特
译　　者：薛　亮　刘建周
出 品 人：赵红仕
特约编辑：赵行健
特约校对：吴泽源
责任编辑：徐　樟
装帧设计：周伟伟

北京联合出版公司出版
（北京市西城区德外大街83号楼9层　100088）
北京联合天畅文化传播公司发行
山东临沂新华印刷物流集团有限责任公司印刷　新华书店经销
字数243千字　1230毫米 × 880毫米　1/32　8.75印张
2024年6月第1版　2024年6月第1次印刷
ISBN 978-7-5596-7523-1
定价：68.00元

版权所有，侵权必究
未经书面许可，不得以任何方式转载、复制、翻印本书部分或全部内容。
本书若有质量问题，请与本公司图书销售中心联系调换。
电话：（010）64258472-800